RICHARD COLES

Der Priester und das schwarze Schaf

GOLDMANN

Richard Coles

Der Priester und das schwarze Schaf

Ein Fall für Pfarrer Daniel Clement

Aus dem Englischen
von Sibylle Schmidt

GOLDMANN

Die Originalausgabe erschien 2023 unter dem Titel
»A Death in the Parish. A Canon Clement Mystery«
bei Weidenfeld & Nicolson,
an imprint of The Orion Publishing Group Ltd, London.
An Hachette UK Company

MIX
Papier | Fördert gute Waldnutzung
FSC® C014496

Penguin Random House Verlagsgruppe FSC® N001967

1. Auflage
Deutsche Erstveröffentlichung Juni 2024

Umschlaggestaltung: UNO Werbeagentur GmbH, München
Umschlagmotiv: iStockphoto / johnwoodcock; © FinePic®, München
Redaktion: Johanna Schwering
AB · Herstellung: ik
Satz: GGP Media GmbH, Pößneck
Druck und Bindung: GGP Media GmbH, Pößneck
Printed in Germany
ISBN 978-3-442-20668-1

www.goldmann-verlag.de

Für Martin

Die Gemeinde Upper und Lower Badsaddle
Flugplatz
nach Champton
Kirche St Thomas the Martyr
Kirche St Catherine
Das Pfarrhaus
Manor House
Upper Badsaddle
Lower Badsaddle

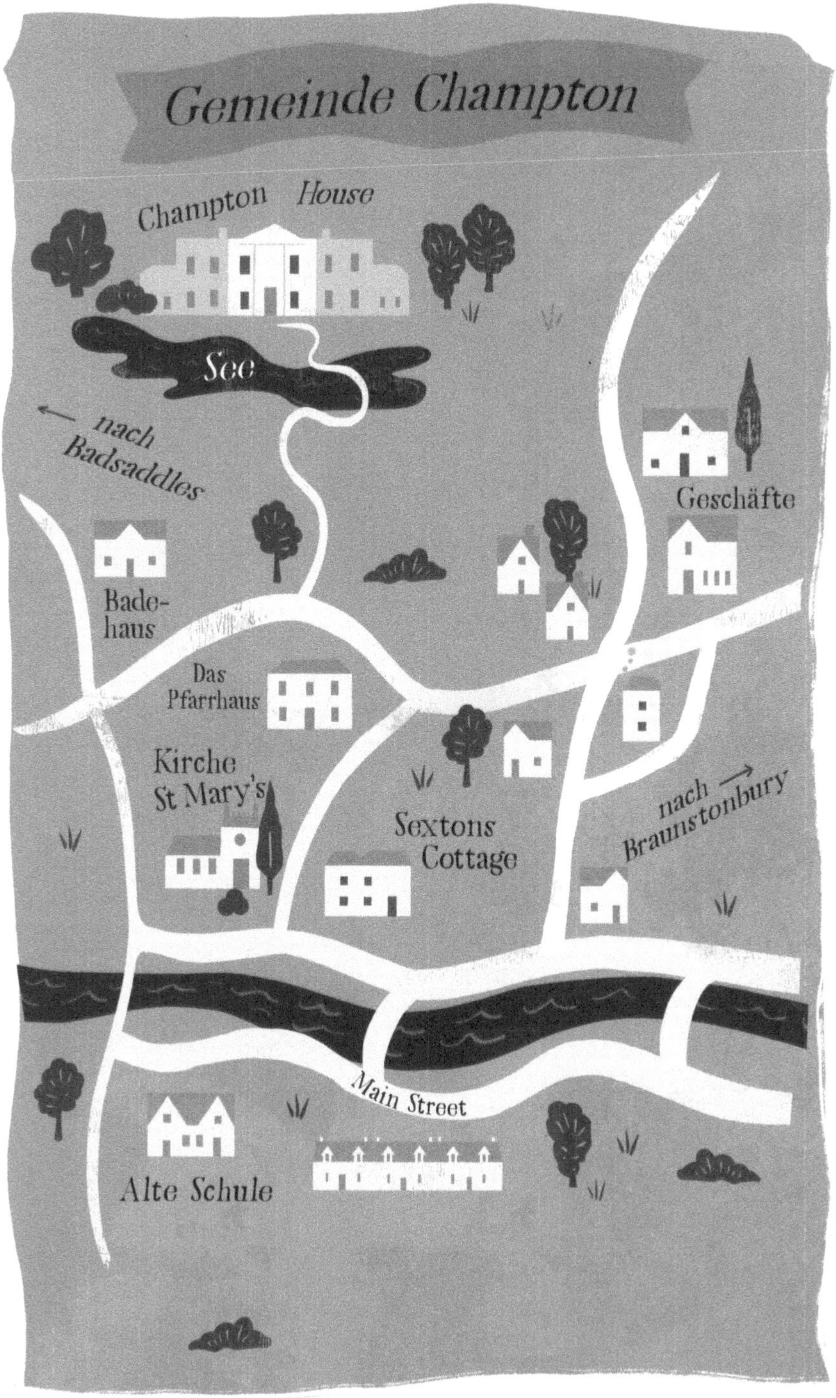
Gemeinde Champton
Champton House
See
nach Badsaddles
Geschäfte
Badehaus
Das Pfarrhaus
Kirche St Mary's
Sextons Cottage
nach Braunstonbury
Main Street
Alte Schule

Ihr Kinder, seid gehorsam euren Eltern
in dem Herrn; denn das ist recht.
»Ehre deinen Vater und deine Mutter«,
das ist das erste Gebot, das eine Verheißung hat:
»auf dass dir's wohl gehe und du lange lebest auf Erden«.

Epheser 6; 1–3

1

Audrey Clement verzog keine Miene, als ein halbes Brötchen mit Karacho über den Esstisch gefeuert wurde und sie nur knapp verfehlte.

In der folgenden Stille studierte Audrey eingehend das schnörkelige Monogramm der Adelsfamilie de Floures auf ihrem Teller – »de F«, von Blumen umrankt – und zog dann betont langsam eine Augenbraue hoch. Ob sich diese Reaktion auf die kunstvollen Buchstaben oder die Störung der Unterhaltung bezog, blieb ungewiss.

Das sonntägliche Mittagsmahl in Champton House verlief ganz und gar nicht so, wie es sich wohl alle Anwesenden erhofft hatten. Lord de Floures am Kopfende des Esstischs blickte jetzt stirnrunzelnd auf, die mit Wildbret beladene Gabel verharrte auf halbem Wege zum Mund des Gastgebers.

Währenddessen schlitterte das Brötchengeschoss übers Parkett wie eine Ente, die ungeschickt auf einem zugefrorenen See landet, und auf beiden Seiten des Tischs war mühsam unterdrücktes Kichern zu vernehmen.

»Joshua, bitte. Lydia, stachle ihn nicht auch noch auf«, sagte Sally Biddle zu ihren Kindern, was den Lachreiz der beiden Jugendlichen nur noch verstärkte. Sally sah hilfesuchend ihren Mann Chris an.

»Man kann die beiden wirklich *nirgendwohin* mitnehmen«, sagte der daraufhin lächelnd und erhob sich, um das Brötchen aufzuheben. Jetzt konnte Audrey ihre Entrüstung nicht mehr verbergen. Chris Biddle war groß und schlaksig wie ein Marathonläufer, die blonden Locken reichten ihm fast bis zu den knochigen Schultern. Sein Alter ließ sich kaum schätzen, angesichts von Kleidung und Auftreten hätte man ihn für einen Grundschullehrer in einem Londoner Trendviertel halten können.

»Lassen Sie das liegen«, sagte Lord de Floures barsch. »Wenn die Haushälterin es nicht entfernt, erledigen das die Mäuse.«

»Na, Sie haben es gut!«, bemerkte Chris und blickte in die Runde, als erwarte er beifällige Blicke oder zumindest ein nachsichtiges Lächeln. »Eine Haushälterin!«

Der Lord blinzelte lediglich und widmete sich wieder dem Wildbret, dessen Säfte nun auf die Regimentskrawatte des Hausherrn tropften, ein reichlich betagtes und etwas ausgefranstes Exemplar.

Daniel Clement, Gemeindepfarrer von Champton, Audreys Sohn und Bewohner des malerischen Pfarrhauses im Queen-Anne-Stil am Rande des Parks, hüstelte dezent und bemühte sich um einen Themenwechsel.

»Das Wild ist ganz vorzüglich, lieber Bernard.«

»Aber ein wenig zäh, finden Sie nicht?«, erwiderte der Lord. »Weiß nicht, ob das an der Köchin oder am Wildhüter liegt.«

»Ich erinnere mich lebhaft«, meldete Audrey sich jetzt zu Wort, »wie ich einmal mit deinem Vater, Daniel, sonntags in einem Restaurant speiste … in Norfolk, glaube ich, ja genau, in Brancaster … Es war spärlich besucht und recht still dort, bis plötzlich eine Dame zu würgen anfing. Die wenigen Gäste erstarrten entsetzt, aber ich sprang auf, umfasste von hinten die rundliche Taille der Dame und drückte und presste, bis das Stück Rindfleisch aus ihrem Mund flog und an die Wand gegenüber prallte wie ein Squashball. *Dieses Fleisch* war zäh. Dagegen ist das Wild hier butterzart.« Sie wandte sich zu Joshua Biddle, dem Brötchenwerfer. »Unter ballistischen Gesichtspunkten hättest *du* an diesem Rindfleisch gewiss deine helle Freude gehabt, junger Mann.«

Joshua wusste offenbar nicht, was er mit dieser Bemerkung anfangen sollte, und starrte Audrey verständnislos an.

Dann sagte seine Schwester: »Tut mir leid, aber ich muss ständig an Bambi denken«, und schob ihren Teller von sich.

»Wir sind eigentlich Vegetarier«, ergänzte ihr Bruder.

Bernard runzelte erneut missbilligend die Stirn, zuckte dann mit den Schultern und aß schweigend weiter.

Daniel wechselte einen Blick mit seiner Mutter. Das lief alles überhaupt nicht wünschenswert. Der neue Pfarrer, mit dem Daniel gezwungenermaßen auskommen musste, seit der Bischof die Pfarrgemeinden von Lower und Upper Badsaddle mit Champton St Mary's zusammengelegt hatte, hatte den Sonntagsmahltest nicht bestanden. Seine Kinder benahmen sich schlecht, das Fleisch des Hausherrn wurde verschmäht, seine Willkommenseinladung nicht gewürdigt.

An den Wänden des Rudnam Room, in dem kleinere Mahlzeiten in Champton House serviert wurden, hingen etliche Gemälde von prächtigen Shorthorn-Rindern, die mit echten Tieren so wenig Ähnlichkeit hatten wie die geschönten Apostel von Künstlern des Manierismus mit lebendigen Menschen. Die Rinder waren derartig übertrieben muskulös und wuchtig dargestellt, dass sie im Park, mit dem Herrenhaus im Hintergrund, wie der legendäre Minotaurus wirkten.

»Gibt es das Rotwild hier auf dem Anwesen … schon lange?«, fragte Sally Biddle jetzt unvermittelt.

»Lange?« Bernard überlegte. »Der Wildpark existiert seit Jahrhunderten, wahrscheinlich schon, seit sich meine normannischen Vorfahren hier niedergelassen hatten. Aber der Bestand, den Sie jetzt hier sehen«, er wies mit der gerade nicht beladenen Gabel Richtung Fenster, »stammt von Tieren ab, die der Duke of Bedford meinem Urgroßvater geschenkt hat. Ich glaube, wir bekamen je ein Paar Sikahirsche, Muntjaks und Davidhirsche, nachdem wir der Familie einige unserer Mädchen überlassen hatten.«

»Hirschkühe, meinen Sie?«

»Nein, Töchter. Für deren Söhne zum Heiraten.«

»Dann geht es hier hauptsächlich um Erhaltung des Stammbaums?«, bemerkte Chris Biddle in einem Tonfall, in dem Audrey unterschwellige Kritik witterte.

»Ja, in gewisser Weise schon«, antwortete Bernard. »Darauf wird großen Wert gelegt. Damit man weiß, was man kriegt.«

Ein unbehagliches Schweigen trat ein.

»Klingt in meinen Ohren etwas feudalistisch«, bemerkte Chris dann.

»Das ist zutreffend«, erwiderte der Lord.

Audrey hielt einen weiteren Themawechsel für angebracht. »Mrs Biddle … oder soll ich Sie …«

»Sally, bitte.«

»… oder soll ich Sie Frau Pfarrerin nennen?«

»Ich bin Diakon.«

»Diakonin?«

»Es heißt ›Diakon‹, Audrey«, antwortete Sally Biddle. »Und ich bin nicht offiziell bestellt wie Chris, sondern ehrenamtlich tätig.«

»Also dann fast zwei zum Preis von einem?«, warf Bernard ein, dessen Interesse durch etwaige wirtschaftliche Vorteile geweckt worden war.

»Ich helfe natürlich immer gerne aus«, antwortete Sally, »aber da ich keine Pfarrerin bin, kann ich nur bestimmte Aufgaben übernehmen.«

»Bis jetzt«, sagte Audrey. »Glauben Sie nicht, dass sich das ändern kann?«

»Schon möglich ...« Sally schien unwohl zumute bei diesem Gespräch, und Daniel fragte sich, ob es vielleicht an ein heikles Thema zwischen den Eheleuten rührte.

Audrey sinnierte laut: »Ich finde es eben nur absonderlich, dass Frauen noch immer nicht Pfarrerin werden können, obwohl wir inzwischen sogar einen weiblichen Premierminister haben.«

»Priesterinnen, Mum«, korrigierte Daniel. »Frauen können – noch nicht – zur Priesterin ordiniert werden.«

»Auf mich wirken Sie aber wie ein Pfarrer, Mrs Biddles«, sagte Bernard entschieden. »Mehr als einige Männer heutzutage.«

Sally – offenbar besonders bemüht, für das Essen in Champton House passend gekleidet zu sein – trug ein Laura-Ashley-Kleid.

»Thatcher ist doch ein Mann«, meldete sich jetzt Lydia Biddle zu Wort. »Ein Mann in Frauenkleidung.«

Audrey verzog das Gesicht. »Das würde ich so nicht sehen, meine Liebe. Ich gebe zu, dass sie manchmal wie ein Damendarsteller wirkt, aber sie hat es ganz nach oben geschafft – als Frau in einer Männerwelt.«

»Sie ist bestimmt keine Feministin«, entgegnete Lydia.

»Pfarrerinnen«, murmelte Bernard. »Wird gewiss nicht mehr lange dauern. Bald stehen Sie bestimmt auch am Altar, Mrs Biddle, wedeln mit den Händen und veranstalten diesen ganzen Hokuspokus ...«

»Ich bin gerne Diakon«, betonte Sally. »Es ist ein wichtiges und wertvolles Amt, finde ich.«

Audrey zog erneut eine Augenbraue hoch. »Aber Sie können keine leitenden Aufgaben in der Gemeinde übernehmen, nicht wahr?«

»Wie war das denn bei Ihnen, Audrey?«, warf Chris ein. »Waren Sie berufstätig?«

»Ach, ich hatte eine kleine Tätigkeit, bevor ich Daniels Vater kennengelernt habe.«

»Und in welchem Bereich?«, erkundigte sich Chris.

»Ich war Krankenschwester. Im berühmten St Thomas Hospital in London. Während der Luftangriffe.« Audrey lächelte erhaben.

Jetzt betrat Mrs Shorely, die Haushälterin von Champton, den Raum. Sie war Mitte sechzig, schmal und zierlich, und regierte den Haushalt mit eiserner Hand. »Sind Sie fertig, Mylord?«, fragte sie in ihrem üblichen Tonfall (ausdruckslos, aber mit leicht gereiztem Unterton) und begann, den Tisch abzuräumen, ohne die Antwort abzuwarten. Als sie das Brötchen auf dem Parkettboden liegen sah, schnalzte sie verärgert mit der Zunge und marschierte darauf zu, woraufhin Joshua und Lydia erneut in Gekicher ausbrachen.

Der Rudnam Room, benannt nach dem Anwesen der de Floures in Norfolk, war zwar bei weitem nicht der größte und prächtigste Raum im Haus, aber immer noch groß genug für ein Echo. Jedes Geräusch verdoppelte sich mit kurzer Verzögerung – ein Lachen holte sich selbst ein, eine Gabel, die zu Boden fiel, klirrte zweimal, und eine Bemerkung wirkte doppelt bedeutsam. Daniel fragte sich manchmal, ob die politischen Salons des 18. Jahrhunderts wohl nicht nur aufgrund ihrer gelehrten Teilnehmer so viele kluge Gedanken und Aphorismen hervorgebracht hatten, sondern auch wegen der Akustik der Räume, in denen sie abgehalten wurden. Wer an solche Umstände gewöhnt ist, passt seine Äußerungen entsprechend an – und wer nicht damit umgehen kann, wird häufig von unerwarteten Momenten plötzlicher Stille auf dem falschen Fuß erwischt.

Das Kichern der zwei Jugendlichen hing noch in der Stille wie eine Rauchwolke, während Mrs Shorely sich bückte und das Geschoss aufhob.

»Soll ich das Dessert jetzt gleich servieren, Mylord, oder möchten Sie noch warten?«, fragte sie dann.

»Gerne gleich, Mrs Shorely, danke. Den Kaffee dann in der Bibliothek.«

»Sehr wohl, Mylord.«

Mrs Shorely entfernte sich, jedoch nicht, ohne vorher den Biddle-Kindern einen gnadenlos strafenden Blick zuzuwerfen.

»Haben Sie sich schon eingewöhnt, Mrs Biddle?«, fragte Bernard. »Entspricht das Pfarrhaus Ihren Wünschen?«

»Oh, es ist viel zu groß für uns. Weiß der Himmel, wie wir es in Schuss halten sollen. Oder beheizen!«

Diese Äußerung fand Daniel bestürzend, denn das Pfarrhaus von Lower Badsaddle war eines der ansehnlichsten der gesamten Diözese Stowe, ein georgianisches Gebäude von schlichter Schönheit, 1730 von einem berühmten Architekten erbaut.

»Ist es nicht in gutem Zustand?«, erkundigte er sich.

»Ein wenig vernachlässigt, würde ich sagen«, antwortete Chris. »Die Fenster müssten erneuert werden, aber ich bezweifle, dass die Diözese uns Doppelfenster einbaut.«

»Das ist gar nicht möglich«, schaltete Audrey sich ein, »das Haus steht unter Denkmalschutz. Aber ich kann Ihren Wunsch nachempfinden, bei uns im Wohnzimmer zieht es auch fürchterlich, wenn der Wind von den Fens herüberpfeift. Doch wozu gibt es Wollkleidung, nicht wahr …«

Daniel musste an seinen Vorgänger denken, Pfarrer Dolben, der im Ruhestand die Zentralheizung aus seinem Cottage hatte entfernen lassen, weil er sich nach dreißig Jahren im Pfarrhaus von Champton nicht fühlen wollte wie »eine Orchidee in einem Treibhaus«.

»… und außerdem«, fügte Audrey hinzu, »schickt die Gemeinde Ihnen gerne jemanden zum Streichen oder für kleine Reparaturen, wenn es nötig ist.«

»Ach ja?«, sagte Chris. »An wen muss ich mich da wenden?«

»An die Kirchenbehörde, fürchte ich«, warf Bernard rasch ein.

»Oh«, sagte Chris enttäuscht, »aber Sie sind doch der Patron von Champton St Mary's …«

»Und auch *nur* von Champton St Mary's. Sehen Sie, die Badsaddles wurden aufgrund von Sparmaßnahmen der Gemeinde hinzugefügt – um nicht zu sagen ›aufgezwungen‹. Doch natürlich ist der Bischof nicht der Einzige, der Kosten einsparen muss.« Das alles äußerte Bernard, ohne den Blick von seinem Tischset zu heben, auf dem eine schlichte Gravur des Herrenhauses abgebildet war.

Die nahenden Schritte der Haushälterin übertönten das entstandene Schweigen.

»Stellen Sie ihn einfach auf den Tisch, Mrs Shorely«, sagte Bernard, woraufhin der Apfel-Brombeer-Crumble, frisch aus dem Ofen, nebst einem Krug Vanillesoße vor dem Hausherrn platziert wurde. Als er die Portionen verteilte, erklärte er: »Unsere eigenen Äpfel übrigens.«

Während Audrey die Schalen weiterreichte, nahm Daniel auf Bernards Bitte hin die Flasche Sauternes Premier Cru von der Anrichte und schenkte seiner Mutter ein.

»Mrs Biddle?«, fragte er.

»Nein, danke, wir trinken keinen Wein.«

Bernard zog eine Augenbraue hoch.
»Sie schonen Ihre Leber?«, fragte Audrey.
»Ich mag den Geschmack von Alkohol nicht«, erklärte Chris. »Das war schon immer so.«
Bernard schwenkte die goldgelbe Flüssigkeit in seinem Glas und betrachtete sie wohlgefällig. »Ich dagegen könnte ohne Wein nicht leben, glaube ich.« Er trank genüsslich einen Schluck und lehnte sich zurück.
»Ah, da ist ja Honoria!«, rief Audrey munter und zeigte aus dem Fenster.
Die Tochter des Hauses, Honoria de Floures, machte einen Ausritt im Park.
»Sieht sie nicht wunderbar aus!«, fügte Audrey hinzu. »Ich könnte nie so lässig im Sattel sitzen. Und dann dieses Auf und Ab, wie bei einem Jo-Jo – niemals …«
»Ja, bei Honoria wirkt alles mühelos«, pflichtete Daniel seiner Mutter bewundernd bei, und sie fragte sich, ob er gleich schwärmerisch seufzen würde wie ein Verehrer.
»Honoria wird ja immer mehr zur Landfrau«, bemerkte Audrey. »War sie nicht letzte Woche erst hier?«
»Sie kommt im Moment recht häufig her«, antwortete Bernard. »Wenn sie nicht arbeitet. Meine Tochter«, fügte er dann, an die Biddles gewandt, hinzu. »Sie lebt in London. Hat dort eine Stelle.«
»Was macht sie denn?«, erkundigte sich Sally.
Bernard überlegte einen Moment und antwortete dann: »Ich weiß es nicht genau. Es hat irgendetwas mit einem Hotel zu tun.«
»Sie organisiert Veranstaltungen«, erklärte Audrey. »So etwas wie große Hochzeiten oder Geschäftsessen … Und deshalb ist Daniel auch hier.«
»Wieso?«, fragte Chris.

»Ich war Pfarrer von St Martin's in London, bevor ich hierherkam«, antwortete Daniel, »und Honoria arbeitet im Motcombe Hotel nebenan. Wir haben oft gemeinsam die eigentümlichen Wünsche der Brautpaare von Belgravia erörtern müssen.«

»Was für Wünsche zum Beispiel?«, erkundigte sich Chris sichtlich interessiert.

»Ach, es ging immer um den Empfang. Die Kirche sollte lediglich als malerisches Element dienen, wie die Blumengestecke und die Kanapees. Wenn wir dann auf den notwendigen rechtlichen oder klerikalen Ablauf verwiesen, erlebten wir häufig starkes Befremden.«

»Ein großer Sprengel kann das ja nicht gewesen sein …«

»Winzig, kaum größer als eine Briefmarke.«

»Aber weshalb gab es dann so viele Hochzeiten dort?«

»Schöne Kirche, das Edelviertel Belgravia, die Nähe zu Luxushotels.«

»Aber wieso konnten sich so viele Paare dort zum Heiraten registrieren?«, bohrte Chris weiter.

Laut Gesetz durften Brautpaare – bis auf seltene Ausnahmen – nur in der Kirche des Viertels heiraten, in dem sie auch lebten.

»Wir haben bei den Qualifizierungskriterien einen … freidenkerischen Ansatz verfolgt.« Als ein abwartendes Schweigen eintrat, spürte Daniel, wie seine Wangen sich röteten. »Das hatten meine Vorgänger so etabliert.«

»Aha«, bemerkte Chris.

»Ja«, ergänzte Audrey, »die Hälfte der Paare gab die Adresse des Pfarrhauses als Wohnort an. Da muss es zugegangen sein wie in einer Sardinenbüchse.«

»Etwas komplexer war es schon, Mum«, sagte Daniel. »Die Paare stammten oft aus Familien, die Häuser innerhalb des

Sprengels hatten – oder früher gehabt hatten –, es gab also immer eine Verbindung …«

»Ich meine mich aber zu erinnern, dass du gesagt hast, die einzige Verbindung seien ihre Überweisungen an St Martin's. Ein schwunghafter Handel also!«

Daniel warf einen raschen Blick auf Chris, der schwieg, sich aber eine Bemerkung zu verkneifen schien.

Statt seiner meldete sich Lydia zu Wort. »Typisch Church of England – Regeln umgehen für die Reichen und Privilegierten.«

»Dabei ging es um Hochzeiten, nicht um die Unterdrückung der Armen«, konterte Audrey. »Würdest du dir für einen solchen Anlass nicht auch etwas Flexibilität wünschen?«

»Es handelt sich aber um Gesetze«, wandte Chris ein, »und ein solches Vorgehen ist ein Verstoß dagegen.«

Erneut entstand ein unbehagliches Schweigen, bis Daniel sagte: »Wir haben uns nur an die Umstände angepasst. Wie Missionspriester, nur in Belgravia statt in Afrika.«

»Wollen Sie etwa Belgravia mit Äthiopien gleichsetzen?«, warf Joshua entrüstet ein.

»Nein, natürlich nicht. Aber ich war nun einmal in Belgravia und nicht in Äthiopien.«

Jetzt verkündete Audrey vergnügt: »Nun, der Herr Jesus sagte doch, weidet meine Schafe. Und diese Herde hier könnte jetzt gut einen Kaffee gebrauchen. In der Bibliothek, nicht wahr?«

Bernard erhob sich und führte seine Gäste vom reich gedeckten Tisch zur Eingangshalle, wo die Biddles stehen blieben und sich staunend umsahen, sichtlich eingeschüchtert angesichts der Größe und Pracht.

Die Familie Biddle hatte das Pfarrhaus in Lower Badsaddle vor kaum zwei Wochen bezogen. Sie war an Michaeli Ende September eingetroffen, in einer Phase der Übergänge, einer Zeit des Jahres, in der Sommer zu Herbst wird, die Blätter sich rot und gelb färben und morgens schon eine Vorahnung von Winter in der Luft liegt. Die Brombeeren sind reif, Kastanien fallen von den Bäumen, das neue Schuljahr beginnt, die Menschen kehren aus den Ferien zurück. Im Kirchenkalender markiert dieser Tag den Kampf des Erzengels Michael mit dem Teufel, ein episches Gefecht, in dem die himmlischen Heerscharen Satan besiegen und ihn mit dem feurigen Schwert der Wahrheit und Gerechtigkeit in die Hölle verbannen.

Audrey Clement liebte diese Zeit des Jahres am meisten. Sie erinnerte sich lebhaft daran, wie entzückt sie als Mädchen jedes Jahr von ihrem neuen Federmäppchen und den neuen Schuhen gewesen war, wenn sie mit ihrem Koffer in Grantham auf den Zug wartete, der sie wieder ins Internat in Schottland bringen würde. Die Mutter hatte ihr als Proviant Sandwiches, Kuchen und – offenbar war ihr nie aufgefallen, dass das für Zwölfjährige eher unüblich war – eine kleine Flasche Sherry eingepackt. Wie ihre Klassenkameradinnen warf Audrey dann einen Penny aus dem Fenster, wenn der Zug über die große Brücke am Firth of Forth fuhr. Dieser abergläubische Brauch gehörte sich natürlich nicht für Schülerinnen eines presbyterianischen Internats in den Zwanzigerjahren, aber sie wollten nun einmal unbedingt den Göttern ein Opfer bringen, um sie gewogen zu stimmen und sich ihre Unterstützung für die Tücken und Mühen des kommenden Schuljahrs zu sichern.

Auch das Thema des Kampfes mit den Mächten der Dunkelheit mochte Audrey sehr, und damit war sie in Gedanken beschäftigt, während sie mit ihrem Sohn nach dem reichlich missglückten Mittagsmahl in Champton House durch den Park zum Pfarrhaus zurückspazierte. Es war ein strahlender

Tag, und die vom Wind gezausten Blätter leuchteten rot und golden an den Bäumen. Eine kühle Frische lag in der Luft, und die Schatten wurden schon länger.

»Na, dieser Chris Biddle ist ja spaßig«, sagte Audrey nach einer Weile. »Und was für eine Frechheit, dich zu rüffeln, weil du Menschen *verheiratet* hast!«

»Na ja, er hat nicht ganz Unrecht, Mum. Es war durchaus ein bisschen ungehörig von mir.«

»Ungehörig? Pah!«

»Mit solchem Benehmen kommt diese Art Mensch nicht gut zurecht«, gab Daniel zu bedenken.

»Welche Art Mensch?«, fragte Audrey.

»Evangelikale.«

»Aber wir sind doch alle keine Heiligen, Daniel«, wandte seine Mutter ein. »Benehmen wir uns nicht alle mal ungehörig? Gibt es nicht genau aus diesem Grund deinen Berufsstand? Damit wir lernen, brav zu sein?«

»Doch, durchaus. Aber meine Ziele sind andere«, antwortete Daniel. »*Ich* glaube, dass wir Menschen konstant in Entwicklung sind und vom alten Adam in uns zu ebenso alten Verhaltensweisen verführt werden. Sünde, Selbstsucht und so weiter.« Er atmete tief durch und fuhr fort in dem schwermütigen Tonfall, den er für andere Glaubensrichtungen reserviert hatte. »Chris dagegen würde wohl stark unterscheiden zwischen einer Person vor und nach *der Begegnung mit dem lebenden Jesus.* Das sind Wiedergeborene, weißt du.«

»Ich habe noch nie verstanden, was das zu bedeuten hat.«

»Die erste Geburt erfolgt aufgrund des Ungehorsams von Adam und Eva ins sündige Leben, die zweite Geburt ins Leben von Jesus Christus, und die gilt dann für immer. Nicht nur in diesem Leben, sondern bis in alle Ewigkeit.«

»Aber glaubst du das denn nicht auch?«, wollte Audrey wissen.

»Ich glaube, dass wir permanent auf der Suche sind und unser Leben ein großer Tanz ist, bis wir schließlich im Himmel Walzer tanzen – und das weit über unser irdisches Dasein hinaus. Wir beten für die Verstorbenen, um ihnen den Weg in den Himmel zu erleichtern. *Das* würde Chris garantiert als ungeheuerlich ungehörig betrachten.«

»Aber wieso denn? Was kann man dagegen einzuwenden haben?«

»Dass der Tod Gottes Angelegenheit ist und der Mensch sich dabei nicht einzumischen hat«, erklärte Daniel. »Wenn du stirbst, bist du erledigt. Und wenn du nicht ›den Herrn Jesus in deinem Herzen empfangen hast‹, bist du verdammt bis in alle Ewigkeit und landest in der Hölle.«

»Ach, du liebe Zeit, wie kleinlich!«, bemerkte Audrey. »Er hat gar nicht so einen strengen Eindruck auf mich gemacht.«

»Es kommt nicht selten vor, dass lässig wirkende Personen extrem engstirnige Meinungen vertreten«, erwiderte Daniel.

Sie näherten sich dem Pfarrhaus. Es befand sich an der östlichen Seite der Kirche St Mary's, die ursprünglich normannisch gewesen und 350 Jahre später im Perpendikular-Stil umgebaut worden war. Das Pfarrhaus war dann während der Regierungszeit von Queen Anne entstanden, ein prächtiges Exemplar des damaligen Baustils, errichtet für den dritten Sohn des damaligen Kirchenpatrons de Floures, nachdem eine Erbkrankheit und der Krieg den ersten und den zweiten Sohn dahingerafft hatten. Daniel und seine Mutter fühlten sich manchmal bemüßigt, ihr Leben entsprechend den Traditionen der damaligen Zeit zu gestalten, was aber in den wirtschaftlich eingeschränkten Zeiten kaum gelang, da es schon Herausforderung genug war, im Winter in dem historischen Haus nicht zu erfrieren. Über ihnen bemerkte Daniel jetzt eine bedrohlich düstere Wolke, die vom Wind über den Himmel gejagt wurde.

»Wofür waren die eigentlich angezogen?«, fragte seine Mutter unvermittelt.

»Die Kinder der Biddles?«

»Ja. Die sahen doch aus, als seien sie einen Monat zu früh dran für Halloween.«

»Ich glaube, das sind Goths«, sagte Daniel.

»Bitte was?«

»Goths. Das ist eine Art … Subkultur. Stammt aus dem Punk, soweit ich weiß, aber die Anhänger sind aufgemacht wie Vampire. Das ist als Kritik an … na ja, der Gesellschaft gemeint.«

»Die sehen beide unterernährt aus«, konstatierte Audrey. »Was kein Wunder ist, wenn sie kein Fleisch essen und Lebensmittel durch die Gegend schmeißen.«

»Das war ein starkes Stück, wie?«

»Allerdings. Bernard ist ja förmlich zur Salzsäule erstarrt, als das Brötchen durch die Luft flog. Was für entsetzliche Manieren!«, entrüstete sich Audrey. »Und die *Eltern*? Nicht *ein* mahnendes Wort! Hättest du so etwas früher gemacht, hätte ich dir aber heimgeleuchtet!«

»Das hätte ich nie gewagt«, sagte Daniel. Wie viele Menschen, die zu starker Angepasstheit neigen, empfand er manchmal einen Anflug von heimlicher Bewunderung für rebellisches Verhalten. »Ich vermute, das ist der laxe Erziehungsstil der Eltern – der eben vielleicht auch *gar keine* Erziehung ist. Ist dir aufgefallen, dass der Vater ein Armband trägt?« Daniel hatte den Perlenschmuck an Chris' Handgelenk möglichst unauffällig beäugt. »Da waren Buchstaben drauf – nicht sein Name, sondern

WWJT, glaube ich. Könnte heißen: Was würde Jesus tun, oder nicht?«

»Na, er würde jedenfalls bestimmt nicht tun, was *die* glauben«, erwiderte Audrey im Brustton der Überzeugung.

»Das wissen wir alle nicht«, murmelte Daniel, der Erwägungen, was Jesus wohl von den Irrungen und Wirrungen des menschlichen Geistes, geschweige denn des menschlichen Herzens hielt, nahezu aufgegeben hatte.

»Er wirkt so gar nicht … pfarrerlich«, bemerkte Audrey. »So ganz anders als *du*.«

»Er muss auch nicht so sein wie ich, Mum. Viele Wege führen zum Ziel. Bestimmt ist er ein guter Seelsorger und …«

»Mit Perlenarmband und Ringelpiez beim Abendmahl? In den Badsaddles?«, wandte Audrey ein. »Ich kann mir nicht vorstellen, dass Mrs Hawkins ihn ins Herz schließt, du vielleicht?«

»Nicht unbedingt«, räumte Daniel ein, »aber es geht ja um die gesamte Gemeinde. Er wird mit seiner Art Zugang zu Menschen finden, die ich nicht erreichen kann. Und er hat Kinder.«

»Aber was für welche«, erwiderte Audrey. »Die müssen erst mal gefüttert und zur Vernunft gebracht werden. Möhren und Strenge. Werden sie bei *der* Mutter beides nicht bekommen.«

»Ich mochte sie eigentlich«, sagte Daniel. »Sie ist doch recht entschieden aufgetreten.«

»Aber ist dir aufgefallen, dass sie sich auf die Lippe gebissen hat, als die Rede auf Frauen im Pfarramt kam?«, widersprach seine Mutter.

»Wahrscheinlich wollte sie Bernard nicht verärgern«, mutmaßte Daniel.

»Glaubst du wirklich?«

»Stell dir doch nur vor, wie schwierig das für sie ist … neu in der Gemeinde, alles hier ist fremd …«

»Aber was hatten die denn erwartet?«, erwiderte Audrey. »Eine Hippie-Kommune? *Jesus Christ Superstar*, oder was?«

Ein heftiger Windstoß fuhr in die Bäume, und ein gewaltiges Rauschen erhob sich wie eine düstere Vorahnung, während Audrey den Titelsong aus dem Musical schmetterte.

Indessen fuhren die Biddles in ihrem quietschenden, ratternden Wohnmobil zurück nach Lower Badsaddle. Die bunte Bemalung des Gefährts, vor einer Weile anlässlich eines christlichen Musikfestivals angefertigt, suggerierte eine Fröhlichkeit, von der im Inneren des Wagens nicht das Geringste zu spüren war.

Sohn und Tochter saßen auf der Rückbank und starrten schweigend links und rechts aus dem Fenster. Sally auf dem Beifahrersitz blickte wortlos durch die Windschutzscheibe. Seit sie etwas überstürzt bei Lord de Floures aufgebrochen waren – weil er plötzlich verkündet hatte: »Ich muss Sie jetzt leider verlassen, schön, dass Sie kommen konnten. Der Herr Pfarrer geleitet Sie hinaus« –, hatte keiner aus der Familie ein Wort gesprochen.

Jetzt brach Chris das Schweigen. »Das war eine interessante Erfahrung.«

»*Interessant?*«, wiederholte Sally. »Es war *unerträglich*!«

»Was hätten wir denn tun sollen?«, wandte ihr Mann ein. »Eine christliche Vorzeigefamilie mimen?«

»Auf jeden Fall verhindern, dass die Kinder ein Brötchen über den Esstisch des Adligen feuern, der zufällig der Kirchenpatron ist, dem du dein Einkommen verdankst.«

»Er ist gar nicht *unser* Patron, das hat er doch deutlich gesagt.«

»Aber wir sind trotzdem finanziell von ihm abhängig«, erwiderte Sally.

»Der ist doch nur ein Nachbar …«, meldete sich Lydia von hinten zu Wort.

»Es spielt keine Rolle, wer er ist – ihr habt euch zu benehmen, wenn wir bei anderen Leuten zu Gast sind, verflixt noch mal!«, sagte Sally verärgert.

»Ich werde nicht das brave christliche Mädchen spielen, das ihr euch wünscht«, lautete die Erwiderung. »Ich hab mir das alles nicht ausgesucht.«

»Augenblick mal, Lydia, du bist sechzehn Jahre alt«, sagte Chris, »genau wie dein Zwillingsbruder, und ihr werdet beide tun, was man euch sagt …«

»Jaja, und christliche Kinder sollen so gehorsam und gütig und mildtätig sein wie Er selbst«, zitierte Joshua spöttisch den Text eines Weihnachtslieds.

Woraufhin Chris abrupt auf die Bremse trat und sein Sohn verstummte.

»*Es reicht jetzt!* Oder es gibt richtig Ärger!«, sagte Chris scharf.

Sally fügte hinzu: »Wenn wir zu Hause sind, schreibt ihr beide an Lord de Floures, dass es euch leidtut.«

»Es tut mir aber nicht leid«, sagte Joshua.

»Dann bemüh dich darum.«

»Du sollst nicht falsch Zeugnis reden wider deinen Nächsten«, versetzte Joshua.

Chris drehte sich um und starrte seinen Sohn aufgebracht an. »Wie wär's stattdessen mal mit dem zweiten Buch Mose, Kapitel zwanzig, Vers zwölf? Dem vierten Gebot? Du sollst Vater und Mutter ehren?«

Er startete den Motor wieder, und der Wagen setzte sich schwerfällig und keuchend in Bewegung. Während der restlichen Fahrt wurde kein weiteres Wort gewechselt.

2

In einer der typischen Launen dieser Jahreszeit begann der nächste Tag in jeder Hinsicht sommerlich. Es war nicht nur sonnig, sondern auch warm und windstill, und Audreys Lieblingsrose erblühte in voller Pracht, zum dritten Mal in diesem Jahr. Die Sorte hieß »Sexy Rexy«, was Audrey so anzüglich zu betonen pflegte, dass Daniel selbst rosa anlief. Er bevorzugte für den Pfarrgarten weiße oder zartgelbe Rosen, die nach Figuren aus den Canterbury-Erzählungen oder Enkelinnen von Queen Victoria benannt waren. Aber dass die prächtige Rose vor dem Frost noch einmal auftrumpfen wollte, fand er verständlich.

Es war kurz nach sieben Uhr morgens, und Daniel stand mit einem Becher Kaffee in dem von einer Mauer umgebenen Garten hinter dem Haus, während seine beiden Dackel, Cosmo und Hilda, ihre Morgeninspektion des Geländes vornahmen. Dachse hatten sich Zutritt verschafft und benutzten den Garten als Schleichweg. Die scheuen nachtaktiven Tiere bekam man normalerweise nicht zu Gesicht, aber wenn Daniel vom Abendgebet zurückkam, begegnete er manchmal einem alten Dachs, der ihn ausgesprochen feindselig anstarrte. Audrey hatte ihn Tyson genannt, nach dem Boxer, und Daniel befürchtete seither, dass sich Cosmo und Hilda – die schließlich Dachshunde waren, ursprünglich zur Jagd im Dachsbau gezüchtet – in einem Kräftemessen mit Tyson zu viel zutrauen könnten.

Beim Gedanken an den bevorstehenden Tag fluchte Daniel

zwar nicht, seufzte aber tief. Sein neuer Kollege hatte für acht Uhr ein Frühstückstreffen im Pfarrhaus von Lower Badsaddle anberaumt, um »die religiöse Gemeinschaft zu pflegen, zu beten und zusammen das Brot zu brechen«.

»Warum?«, hatte Daniel zu seiner Mutter gesagt. »Wieso um alles in der Welt ein gutes Frühstück vermasseln, um den Dienstplan zu erörtern?« Aber Chris Biddle war eben voller Eifer – Menschen zu bekehren und tagtäglich Gottes Segen zu erlangen.

Dennoch konnte Daniel die Unterstützung des neuen Kollegen gut gebrauchen und bemühte sich, dessen eifernde Frömmelei durch sein ausgleichendes Gemüt an sich abprallen lassen. Chris Biddle war allerdings in der Tat ein Eiferer, und Daniel fühlte sich in den Unterhaltungen mit ihm nicht selten regelrecht verbal drangsaliert. Er seufzte erneut und rief nach den Hunden, die widerwillig angetrottet kamen. Normalerweise hätte Daniel jetzt in der Kirche die Morgenandacht gesprochen, korrekt gekleidet für seine wenig enthusiastische Gemeinde, bestehend aus Cosmo und Hilda, die das Ritual regelmäßig zu verschlafen pflegten. Heute jedoch war der übliche Ablauf gestört, da Chris auf religiösen Handlungen vor dem Frühstück bestand. Und obwohl Daniel selbstredend bemüht war, ein gottgefälliges Leben zu führen, hielt er doch eine Doppelportion des Te Deum weder für nötig noch für ratsam.

Gefolgt von den Hunden, kehrte er ins Haus zurück. Wie üblich war das schnelle Klackern ihrer Krallen auf dem gefliesten Küchenboden zu hören, bevor die beiden in ihren Korb an dem gusseisernen Herd hechteten.

»Ihr braucht es euch gar nicht erst gemütlich zu machen«, verkündete Daniel, »ihr kommt nämlich mit.« Als er ihre Leinen von dem Haken an der Tür nahm, begann Cosmo aufgeregt zu bellen. Die beiden rannten voraus, offenbar einig in ihrer Begeisterung über diese erfreuliche Überraschung – ein Ausflug zu ungewohnter Zeit.

Der Land Rover, ein widerspenstiges altes Ungeheuer, stand auf der Zufahrt, und Daniel hob die Hunde auf den Beifahrersitz, wo sie sich auf den Seiten des *Telegraph* niederließen, die Audrey auszubreiten pflegte, bevor sie im Wagen Platz nahm. Daniels Blick fiel auf einen Bericht über Druiden, die in Stonehenge verhaftet worden waren, weil sie dort zur Sommersonnenwende Rituale abgehalten und ausgelassen gefeiert hatten. Um bei Gottesdiensten der Church of England verhaftet zu werden, sinnierte Daniel, mangelte es den Gläubigen wohl eher an der Neigung zu Ausschweifungen. Er stieg ein, steckte den absurd winzigen Schlüssel ins Zündschloss, und der betagte Land Rover erwachte stotternd und ächzend zum Leben.

Man hätte vermuten können, dass neun Jahre Erfahrung im Umgang mit diesem Gefährt, das Bernard ihm in einem Anfall von Großzügigkeit überlassen hatte, Daniels Fahrkünste verbessert hätten, doch dem war leider nicht so. Er fühlte sich beim Fahren nach wie vor wie ein Kind, das neugierig an einer Schrotflinte herumspielt und sich über die Funktionen der diversen Hebel und Schalter nicht im Klaren ist. Und obwohl Daniel sich angestrengt bemühte, die Technik zu meistern, hatte sein Fahrstil sich nicht verbessert; er war tatsächlich eher noch schlimmer geworden, seit sein neuer Freund Neil Vanloo, Detective Sergeant bei der Kriminalpolizei von Braunstonbury, ihm Nachhilfe gegeben hatte.

An einem Sonntag nach dem Gottesdienst hatten sie auf dem stillgelegten Flugplatz nördlich von Champton House geübt, wo Daniel mit seinen Manövern keinen Schaden anrichten konnte. Geduldig hatte Neil ihm zunächst erklärt, wie die Pedale, Knöpfe und Hebel mit Gängen, Kolben und Bremsen verbunden waren, in der Hoffnung, dass Verständnis der Funktionsweise bei der Bedienung hilfreich sein könnte. Doch diese Erkenntnisse hatten Daniel eher noch mehr verunsichert, und seine Bemühungen führten zu bizarren Zickzackkurven, die nicht nur lächerlich wirkten, sondern im Straßenverkehr auch gefährlich waren. So übernahm Neil schließlich das Fahren bei ihren gemeinsamen Ausflügen zu all den malerischen Kirchen und Landsitzen, die Daniel seinem neuen Freund zeigen wollte, und auch zu den Rugby-Spielen, zu denen Neil Daniel einlud. Die Mysterien dieser Sportart begannen Daniel zusehends zu faszinieren.

Obwohl der Morgen eine sommerliche Note hatte, war doch der nahende Herbst schon spürbar, den Daniel seit jeher ebenso schätzte wie seine Mutter. Was hatte er früher die Rückkehr zur Schule geliebt, ausgestattet mit einem neuen Federmäppchen, das angespitzte Bleistifte, Füller und Tintenpatronen enthielt.

Er schwelgte eine Weile in seinen Erinnerungen, doch als das Pfarrhaus von Lower Badsaddle näher kam, überfiel ihn eine gewisse Beklommenheit. Die Hecke vor dem Haus wirkte verwahrlost, der Rasen war nicht gemäht, und das Wohnmobil mit der bunten Bemalung wirkte in diesem Ambiente noch verfehlter als der Land Rover vor dem Pfarrhaus in Champton.

Daniel ließ die Hunde aus dem Wagen, und sie verschwanden sofort tobend im hohen Gras, wobei sie mit fliegenden Ohren immer wieder hochhopsten, um sich zu orientieren.

Inzwischen erschien Chris Biddle in der Haustür und winkte Daniel zu.

»Kommen Sie herein!«, rief er. »Wunderschöner Morgen, nicht wahr?« Dabei hob er theatralisch die Arme, was Daniel unwillkürlich an die verhafteten Druiden in Stonehenge erinnerte.

Bei seiner Kleidung hatte er an diesem Morgen besonders auf

Lässigkeit geachtet, um sich ein wenig dem Stil von Chris anzupassen. Daniel trug das Sportsakko, das seine Mutter ihm seinerzeit für die – letztlich gescheiterte – Aufnahmeprüfung an der University of Oxford gekauft hatte. Es hatte Lederflicken an den Ellbogen, und die ebenfalls mit Leder gesäumten Ärmel waren etwas kurz, weil er später noch einen unerwarteten Wachstumsschub bekommen hatte. Dazu hatte Daniel eine leicht verwaschene schiefergraue Hose mit Aufschlag gewählt, die er als zum Sakko passend empfand, sowie braune Lederschuhe. Er kam sich in dieser Aufmachung ein wenig vor wie ein Student, der sich bemüht, wie ein Schriftsteller zu wirken.

Chris dagegen trug eine erbsengrüne Latzhose. Ein Träger hing herunter und gab den Ausblick frei auf ein knallrotes T-Shirt, das Daniel an den Kleidungsstil von Bernards Künstlersohn Alex de Floures erinnerte. Auf Chris' T-Shirt stand »100 %«, was Daniel rätselhaft fand – 100 % wovon?

»Daniel. Dan«, sagte Chris jetzt. »Schön, dass Sie da sind. Kommen Sie rein, kommen Sie rein. Sie haben Ihre Hunde mitgebracht?«

»Ja, ist das in Ordnung?«

»Natürlich, nur herein alle miteinander.«

Auf Daniels Ruf pflügten sich Cosmo und Hilda eine Gasse durch das wogende Gras.

»Wie in *Kinder des Zorns*«, bemerkte Chris.

»Wie bitte?«

»Der Film, kennen Sie ihn nicht? Nach einem Roman von Stephen King über einen Dämon, der in einem Maisfeld wohnt – also dieser hohe amerikanische Mais, wissen Sie? Der Dämon ergreift Macht über die Kinder des Ortes und verlangt Menschenopfer, und jedes Mal, wenn sie jemanden holen, wogt der Mais so wie hier gerade – sehr gruselig!«

Jetzt platzten die Hunde aus dem Gras heraus auf die Schotterzufahrt und schossen, ohne eine Sekunde zu zögern, an den beiden Männern vorbei ins Haus.

»Cosmo! Hilda!«, rief Daniel und entschuldigte sich bei Chris.

»Macht gar nichts, wir mögen Hunde«, erwiderte der.

Sie folgten den Dackeln in den Vorraum, der kleiner, aber gediegener war als in Daniels Haus. Der traditionelle Charakter wurde allerdings beeinträchtigt durch die Tatsache, dass an der Wandtäfelung Fahrräder lehnten und die Kleiderhaken an der Wand so überladen waren, dass man fürchten musste, das Holz könnte bersten. Auf dem schwarz-weiß gekachelten Boden lagen Gummistiefel, Schläger und Bälle verstreut. Neben einer Gitarre lehnte ein Skateboard so wackelig an der Wand, als würde es gleich von alleine losrasen und Passanten zu Fall bringen. Hinter einer Tür ertönte jetzt ein Schrei, und als Nächstes kamen die Dackel herausgepest und legten vor Chris eine Vollbremsung hin. Er bückte sich und streichelte die beiden, bis Cosmo bellend zurückwich und Hilda eine komplette Drehung auf ihrem Rücken vollführte, sich dann hinsetzte und Chris so auffordernd anstarrte, als frage sie sich, was von ihm zu erwarten war.

»Oh, sie können Tricks«, sagte Chris. »Wie pfiffig.«

»So etwas habe ich noch nie bei ihr gesehen«, gestand Daniel verblüfft.

»Na, dann fühle ich mich geehrt. Braves Mädchen ... Hilda, sagten Sie?«

»Ja. Weil ich sie an deren Gedenktag bekommen habe, ist sie nach der Heiligen Hilda von Whitby benannt. Und weshalb Cosmo so heißt, können Sie sich ja sicher denken.«

»Wegen Cosmo Smallpiece?«

»Wem?«

»Na, diesem Komiker aus der Fernsehserie. Der immer solche Grimassen schnitt.« Chris kniff das Gesicht zusammen, als habe er gerade in eine Zitrone gebissen.

»Aber nein. Nach Cosmo Gordon Lang«, stellte Daniel klar. »Dem Erzbischof von Canterbury.«

»Ach so.«

»Der möglicherweise die erzwungene Abdankung von Edward III vorangetrieben hat«, ergänzte Daniel, um seinem Gegenüber auf die Sprünge zu helfen.

Sally Biddle, die den Schrei ausgestoßen hatte, streckte jetzt den Kopf durch die Tür.

»Daniel, hallo! Ich dachte mir, dass Sie es sind. Sie haben die Hunde dabei!«

Daniel meinte, eine leichte Ungehaltenheit herauszuhören, und bot deshalb an, die ungeladenen vierbeinigen Gäste im Land Rover einzusperren.

»Nein, nein.« Sally winkte mit mehlbestäubter Hand ab. »Kein Problem, ich war nur ein bisschen überrascht. Sie sind so … stürmisch. Die Katze hat sich auch erschrocken.«

»Mum!«, war jetzt Lydias Stimme von oben zu hören. »Bat ist wieder auf den Baum geklettert!«

»Kommen Sie rein, Daniel«, sagte Sally. »Wir sind in der Küche.«

Dort herrschte ein Tohuwabohu aus Büchern, Papieren, Geschirr, Taschen, Kleidungsstücken, Stiefeln. Die Stühle waren uneinheitlich, und eine Vielfalt an mehr oder weniger angenehmen Gerüchen lag in der Luft: überreife Früchte auf einer Schale, Kochtöpfe auf dem gusseisernen Herd, Lebensmittel in einer offen stehenden Speisekammer, schmutziges Geschirr in der Spüle und ein Katzenklo, von dem Daniel den Eindruck hatte, dass es längere Zeit nicht geleert worden war. Auf einer

Hälfte des langen Esstischs standen zwei Teller, und die Arbeitsfläche war mit Mehl bestäubt. Hier begann Sally jetzt, einen großen Klumpen Teig zu kneten.

»Sie backen Ihr Brot selbst«, bemerkte Daniel. »Das ist ja großartig.«

»Sally bäckt unser ganzes Brot«, sagte Chris. »Sie ist berühmt für ihr fantastisches Krustenbrot und gibt sogar Kurse bei Festivals.«

»Sie können eines mitnehmen, Daniel«, bot Sally an. »Fürs Abendmahl. Brot aus der Gemeinde für die Gemeinde.«

Daniel runzelte die Stirn. »Das ist sehr nett von Ihnen, Sally, ist jedoch nicht möglich. Ich würde aber gerne eines fürs Pfarrhaus nehmen.«

»Und warum nicht fürs Abendmahl?«

»Ähm«, sagte Daniel verlegen, »wegen ... der *Krümel.*«

»Haben Sie Angst vor Mäusen?«, witzelte Chris.

»Nein. Also, das ist zumindest nicht der Grund. Aber wir benutzen Hostien – ungesäuertes Brot, wie es die Liturgie vorschreibt. Es wäre unpassend, wenn Krümel Unseres Herrn ... in Gestalt eines Krustenbrots ... herumliegen würden.«

Ein Schweigen entstand.

Schließlich sagte Sally: »Das verstehe ich nicht.«

»Transsubstantiation«, war von der Tür zu vernehmen, wo Joshua aufgetaucht war, in der Uniform der Bishop-Oakley-Oberschule in Braunstonbury. Für die Schule war er deutlich weniger geschminkt als beim Mittagessen am Sonntag, bemerkte Daniel.

Joshua deutete auf das Schulwappen auf der Brusttasche seines Blazers – eine Hostie und ein Kelch mit Hostienteller. Die Oblate schwebte wie ein Heiligenschein über dem Weinkelch für die Eucharistie. »Die Lehre, dass ein Geistlicher bei der

Messe Brot und Wein in den Leib und das Blut von Jesus verwandelt. Haben wir im Religionsunterricht durchgenommen. Ich dachte aber, das gäbe es nur bei den Katholiken.«

»Ja, das vermuten die meisten Leute«, bestätigte Daniel. »Aber es kommt tatsächlich auch in der anglikanischen Kirche vor – zumindest ein ähnlicher Ritus. Bischof Oakley, nach dem deine Schule benannt wurde, hat die Eucharistie sehr befürwortet, zu einer Zeit, als sie noch mit Misstrauen betrachtet wurde.«

»Warum?«, fragte Joshua.

»Das Misstrauen? Nun, viele hielten sie für ›Papismus‹.«

»Ist ja auch quasi Voodoo.«

»Joshua!«, wies Chris seinen Sohn zurecht.

»Wieso, stimmt doch. Zauberei, aus Brot und Wein werden Fleisch und Blut. Voll cool.«

Daniel sagte etwas irritiert: »Also, Voodoo würde ich dazu nicht sagen, ist das nicht schwarze Magie?«

»Und genau diese Art von Magie mag ich«, erklärte Joshua. »Magisches *Blut* trinken und in Fleisch beißen …«

Sally seufzte und deckte ihren Teig mit einem Küchentuch ab. »Bisschen früh am Tage für Vampirismus, Joshua. Ich muss euch jetzt zur Schule fahren. Wo ist deine Schwester?«

»Versucht, die Katze vom Baum zu holen.«

»Ich sollte die Hunde wohl doch ins Auto sperren«, sagte Daniel betreten.

»Das würde es vielleicht wirklich etwas einfacher machen, die Katze vom Baum herunter zu locken …«, erwiderte Sally.

Daniel klemmte sich je einen der empört zappelnden Dackel unter den Arm und schloss sie im Land Rover ein, von wo aus sie ihm anklagend nachsahen.

Sally und die Zwillinge standen jetzt vor dem Haus, bereit zum Aufbruch.

»Oh, die Hunde, wie süß!«, rief Lydia entzückt aus, als sie die kleinen braunen Gesichter hinter der Fensterscheibe entdeckte. Alle mürrische Bockigkeit war plötzlich wie weggeblasen, das Mädchen wirkte lebhaft und fröhlich.

Ihr Bruder verzog das Gesicht. »Lyds, wir müssen los. Lass den Klerus seine Aufgaben erledigen.«

Als hätte er nichts gesagt, rannte Lydia zum Land Rover und machte Kussgeräusche, woraufhin die Hunde natürlich zu toben anfingen.

»Lydia! Ins Auto! Sofort!«, rief Sally erbost.

Das Mädchen warf den Hunden noch ein Kusshändchen zu, lief dann zu Daniel zurück und fragte drängend: »Kann ich sie mal besuchen kommen?«

»Aber sicher«, antwortete er. »Wir können sie auch gemeinsam ausführen, wenn du möchtest. Wenn deine Eltern einverstanden sind …«

»Au ja! Wann?«

»Nach der Schule vielleicht?« Daniel sah fragend Sally an.

»Wenn Ihnen das recht ist … Ich könnte Lydia etwa um vier bei Ihnen absetzen. Aber passt Ihnen das wirklich?«

»Selbstverständlich. Ich bringe sie dann wieder nach Hause. Um halb sechs? Möchtest du auch mitkommen, Joshua?«

»Kann nicht. Hab nach der Schule Bandprobe.« Er hielt den Basskoffer in seiner Hand hoch, als müsse diese Aussage bewiesen werden.

»Das ist sehr nett von Ihnen, Daniel, danke«, sagte Sally. »Bis später dann.«

Daniel winkte zum Abschied und ging ins Haus zurück, begleitet vom erbosten Gebell der Hunde. Chris war inzwischen in der Küche damit beschäftigt, etwas in zwei Schalen zu verteilen, das für Daniel verdächtig nach Vogelfutter aussah. Eine der

Schalen wurde vor ihm platziert, nachdem er sich am Tisch niedergelassen hatte.

»Müsli«, erklärte Chris. »Selbst gemacht, von mir.«

»Ah, interessant. Was enthält es?«, erkundigte sich Daniel.

»Haferflocken, Weizenkeime, Sultaninen, Nüsse«, zählte Chris auf. »Kokosraspeln, braunen Zucker. Gut für Leib und Seele.«

Als Daniel nach dem Milchkrug greifen wollte, hielt Chris die Hand hoch.

»Sollten wir nicht zuerst ein Dankesgebet sprechen?«

»Oh ja, sicher«, sagte Daniel etwas beschämt und schloss in Erwartung des Gebets die Augen.

»Gott, unser Vater, wir danken dir für diese Gaben und deine Liebe und Zuwendung … für Speis und Trank und Gemeinschaft und deine Verbundenheit in *deinem Evangelium* …«

»Ame…«

»… und ich möchte dir danken für meine Familie und für Daniel und seine Familie und dich bitten, unsere Heime zu segnen und die vereinten Pfarrgemeinden von Champton und den Badsaddles …«

»Ame…«

»… und Gott, unser Vater, gnädiger Gott, wir danken dir auch dafür, dass wir an diesen Orten dein Wort verbreiten dürfen, damit *allen* Menschen deine liebevolle Obhut und Fürsorge zuteilwird …«

»…«

»… liebender Gottvater, wir bitten um Kraft, um dir zu dienen … und sollte unser Eifer erlahmen … wenn unser Salz den Geschmack einbüßt … wenn der Weg zu schmal und steinig ist … bitten wir dich, dass du uns weiterhin mit deinen Gaben segnest, damit wir nicht stolpern oder von *deinem* Wege abkommen … und du mögest wissen, dass dir zu dienen niemals eine Bürde ist … sondern stets ein *Geschenk* …«

Daniel war endgültig verstummt, und Chris öffnete ein Auge. »Möchten Sie auch ein Gebet sprechen?«

»Oh. Ja. Allmächtiger und ewiger Gott, der du uns alle guten Gaben bescherst – sende unseren Bischöfen und Geistlichen und deren Gemeinden deinen heilenden Geist und deine Gnade, und damit sie dir wahrhaft ein Wohlgefallen sind, gewähre ihnen den stetigen Tau deines Segens. Beschere uns dies, oh Herr, zu Ehren deines Fürsprechers und Vermittlers, Jesus Christus …«

Chris schwieg.

»Amen«, endete Daniel.

Nicht nur das Müsli war nahezu ungenießbar gewesen, dachte er später, während der Land Rover geräuschvoll nach Champton zurückschnaufte. Das Frühstück hatte geringfügig an Qualität gewonnen, als Chris eine von Sally selbst gemachte Marmelade auftischte, die einigermaßen schmackhaft war. Doch so dick Daniel auch seinen Toast damit bestrich – Genuss wollte nicht aufkommen, nur der Eindruck tugendhafter Genügsamkeit. Und sogar der zweite Becher Instantkaffee, der nur sehr entfernt an den Geschmack von Kaffee aus der Presskanne erinnerte, erfolgte mit einer moralischen Auflage. Für diesen Instantkaffee wurden nämlich Arbeiter in Mexiko ausgebeutet, weshalb Chris in der Gemeinde einen Aufruf starten wollte, nur Kaffee zu kaufen, der unter nachhaltigen Bedingungen produziert wurde. Was Daniel ungemein ehrenwert fand, er ertappte sich jedoch dabei, sehnsüchtig an sein Lieblingsfrühstück zu denken, geräuchertes Schellfischfilet – was es allerdings nur als ganz besonderen Leckerbissen an seinem Geburtstag gab.

Die Kaffeeinitiative war, wie sich dann herausstellte, nur die Ouvertüre gewesen für eine Unmenge an Verpflichtungen und Anforderungen, die zu besprechen waren, als Chris einen Filofax-Planer auf den Tisch legte, der so mit Papieren vollgestopft war, dass er fast aus den Nähten platzte. Daniel holte seinen eigenen Planer aus der Tasche, der speziell für Geistliche verlegt wurde. Er enthielt Informationen wie die Zeiten für die Tagesgebete, die Leseordnung für die biblischen Textstellen im Gottesdienst, Adressen von Fachgeschäften für Kirchenbedarf und von bischöflichen Ordinariaten der Diözesen. Der Terminkalenderteil war im Vergleich mit dem von Chris nur sehr spärlich gefüllt, und als Daniel eine Woche aufschlug, in der lediglich ein Termin bei der Tierärztin in Braunstonbury vermerkt war, die Cosmo und Hilda die Krallen schneiden sollte, hatte er den Planer verdeckt, um nicht abgeurteilt zu werden.

Doch jetzt enthielt der Kalender keine einzige leere Seite mehr bis zum Stefanitag, dem 26. Dezember. Es gab Termine zur Vorbereitung von Weihnachtsgottesdiensten und Krippenspielen und sogenannten Christingle-Gottesdiensten. Daniel hatte keine Ahnung, was das war, aber es klang zumindest freundlich. Ferner waren Strategiesitzungen für die Organisation von Laiendiensten und angestrebten Partnerschaften mit Schulen anberaumt. Das Schlimmste war allerdings, dass Daniel ein wöchentliches Frühstückstreffen am Dienstagmorgen um halb acht nicht hatte abwenden können, abwechselnd im Pfarrhaus von Champton und Lower Badsaddle. Er hatte bereits angekündigt, dass seine Mutter sich für Müsli gewiss nicht erwärmen könne, woraufhin Chris erklärt hatte, er werde genug für sie beide mitbringen. Bei dieser Vorstellung sank Daniels Stimmung auf einen höchst unerquicklichen Tiefpunkt.

Er hatte für den Rückweg eine andere Route gewählt, weil

er grundsätzlich versuchte, bei einem Ausflug niemals dieselbe Strecke zu benutzen – eine Marotte, die sein Freund Neil mit den Worten kommentiert hatte, Kriminelle und Spione würden das genauso machen. Jetzt fuhr Daniel die etwas großspurig benannte »Main Street« von Champton entlang, vorbei am prachtvollen östlichen Tor des Herrenhauses mit dem Pförtnerhäuschen, von dem aus man auf die wenigen Geschäfte blickte, die von Bernard nicht weniger großspurig als »Einkaufsmeile« bezeichnet wurden. Im Pförtnerhaus schien sich jemand aufzuhalten, und Daniel hoffte, dass es sich um Bernards Sohn Alex de Floures handelte und nicht etwa um Einbrecher. War Alex denn derzeit in Champton? Er hatte ihn lange nicht gesehen und überlegte, ihm am Nachmittag mal einen Besuch abzustatten.

Abgelenkt durch den Blick zum Tor bemerkte Daniel die Frau auf dem Zebrastreifen zu spät. Im letzten Moment trat er auf die Bremse, und der Land Rover kam knapp einen Meter vor der Frau zum Halten, die so erschrocken war, dass sie ihre Tasche fallen ließ.

»Sie … VOLLIDIOT!«, brüllte sie und hob die Hand, um irgendeine vermutlich unanständige Geste zu machen, überlegte es sich jedoch offenbar anders, als sie Daniel aufgrund seines Kollarhemds als Geistlichen identifizierte.

Er stieg hastig aus. »Es tut mir schrecklich leid, entschuldigen Sie bitte meine Unachtsamkeit. Darf ich Ihnen helfen?«

Die Frau schien ihren Zorn zu beherrschen, vermutlich, um sich nicht mit einem Mann Gottes anzulegen. »Alles in Ordnung, nichts passiert. Bemühen Sie sich nicht.« Sie wedelte hektisch mit den Händen, und Daniel fiel auf, dass sie dunkelblaue Lederhandschuhe trug, wie seine Mutter es zu tun pflegte, wenn sie der Bibliothek von Braunstonbury einen Besuch abstattete.

»Aber Ihre Milch«, sagte Daniel, als er sah, wie aus der Einkaufstasche eine weiße Flüssigkeit herausquoll. »Ich möchte sie Ihnen unter allen Umständen ersetzen. Und darf ich Sie nach Hause bringen? Ich fürchte, ich habe Ihnen einen regelrechten Schock versetzt.«

»Es geht mir wirklich gut, Herr Pfarrer, danke. Ich muss nur auf die andere Straßenseite. Und wir trinken unseren Kaffee einfach schwarz, das … macht schlank.« Sie strich ihren Mantel glatt, und erst jetzt bemerkte Daniel, dass die Frau höchstens dreißig sein konnte, obwohl sie so altmodisch gekleidet war wie eine Gouvernante.

»Aber Sie …«

Die Frau lächelte angespannt, ergriff ihre Tasche und entfernte sich, ohne die weiße Milchspur am Boden zu beachten.

Auf der anderen Straßenseite erschien jetzt ein Gesicht im Schaufenster von Stella Harpers Modeboutique. Daniel meinte, Anne Dollinger zu erkennen, die sowohl in der Boutique als auch in der Blumengilde Stellas Assistentin gewesen war. Doch dann war Stella Harper letztes Jahr zu Tode gekommen, und seither stand der Laden leer. Was hatte Anne jetzt dort zu suchen?

Hundegebell erinnerte Daniel daran, dass er den Zebrastreifen blockierte. Cosmo hatte die Pfoten aufs Armaturenbrett gestützt und veranstaltete einen Riesenradau – allerdings solo. Als Daniel einstieg, sah er, dass Hilda – die für gewöhnlich sofort in den Chorus einstimmte – schlafend auf dem Rücksitz lag.

»Ist alles in Ordnung mit dir, mein liebes Hündchen?«, murmelte er, während er sie streichelte.

Aber Hilda rührte sich kaum, leckte ihm nur kurz die Hand ab, was ihr gar nicht ähnlich sah.

Als die Dackel am Pfarrhaus aus dem Wagen gelassen wurden, fegte Hilda wie gewohnt sofort mit Cosmo zur Hintertür, was Daniel wieder beruhigte. Audrey steckte in der Küche Rindfleischstücke in den Aluminiumfleischwolf, den sie immer so gnadenlos am Tisch festschraubte, dass dort im Laufe der Zeit eine Kerbe entstanden war.

»Ich hätte auf dem Zebrastreifen am Dorfeingang gerade fast eine Frau angefahren«, berichtete Daniel, noch immer etwas verstört. »Sie hat vor Schreck ihre Tasche fallen lassen.«

»Wie unachtsam von dir«, bemerkte seine Mutter. »Und wer war die Frau?«

»Weiß nicht, ich kannte sie nicht. Sah ziemlich außergewöhnlich aus. Gekleidet wie in den Fünfzigerjahren, obwohl sie bestimmt noch keine dreißig war.«

»Groß, dünn, sauertöpfisch?«

»Ja, das kommt hin.«

»Das ist Miss March. Sie hat Stellas Laden übernommen, hat Mrs Braines mir erzählt.«

»Aber wie will sie denn mit diesem Kleidungsstil die Boutique führen?«

»Ach, so altmodisch ist sie nicht«, widersprach Audrey. »Hat sich eher auf einen klassischen Stil verlegt, der bei den Damen von Champton durchaus gut ankommt.«

»Kann ich dir eine Flasche Milch entführen, Mum?«

»Ja, ist genug da. Was willst du damit?«

»Nur rasch bei der Boutique vorbeigehen und Miss March ihren Verlust ersetzen. Ihre Milchflasche ist kaputtgegangen, als sie die Tasche hat fallen lassen.«

»Gut, aber keine von denen mit Golddeckel«, instruierte ihn seine Mutter.

Daniel nahm sich eine der alten Flaschen, die Mr Farmer,

der Milchmann, noch immer auslieferte. Die alten waren größer und schlanker als die neue Variante und erinnerten Daniel an die Frau, der er die Milch übergeben wollte. »Modigliani«, murmelte er vor sich hin. »Sie sieht aus wie eine Figur von Modigliani.«

»Es gibt Hackfleisch mit Erbsen und Kartoffeln. Herzhafte Kost«, verkündete Audrey, ohne auf Daniels kunsthistorische Überlegungen einzugehen. »Um eins. Und wir haben Gäste.«

»Ach so? Wen denn?«

»Deinen Bruder und deinen Polizisten.«

»Theo und Neil?«

»Jawohl. Theo macht Zwischenstopp auf dem Weg nach York, wenn ich mich recht entsinne. Und Neil wollte irgendetwas mit dir besprechen, deshalb habe ich ihn kurzerhand zum Essen eingeladen. Es ist dir doch hoffentlich recht?«

»Ja, selbstverständlich.«

Aber so ganz aufrichtig war diese Antwort nicht. Die Begegnung mit seinem Bruder war für Daniel immer wieder eine Herausforderung. Theo übte als Schauspieler nicht nur eine vollkommen andere Tätigkeit aus, sondern die beiden Brüder verkörperten auch charakterliche Gegensätze. Daniel war beherrscht, vorsichtig und zurückhaltend, Theo dagegen impulsiv, verwegen und temperamentvoll. Und seit ihrer Kindheit musste Daniel immer wieder die Schlamassel beseitigen, in die Theo regelmäßig geriet. Das war über die Jahre zu einer Art Familienscherz geworden, aber mit Familienscherzen werden nicht umsonst häufig unbequeme Wahrheiten übertüncht. Theo lebte in vollen Zügen – chaotisch und manchmal auch zu seinem Schaden, aber es war ein pralles, erfülltes Leben. Und genau das mochte Daniel zwar predigen, versagte es sich jedoch selbst. Angesichts des Übermuts und der Hemmungslosigkeit seines Bruders fühlte Daniel sich seit jeher wie ein Wildhüter, der Wilderer im Zaum halten muss. Und er konnte sich zwar selbst nicht erklären, warum, aber er wollte den Wilderer Theo von Neil und der neuen Freundschaft mit ihm fernhalten. Vielleicht, sagte sich Daniel, weil Schauspieler immer auch sehr aufmerksame Beobachter waren.

»Sei um Punkt eins zurück«, fügte Audrey hinzu. »Ich möchte nicht mit deinem Bruder und deinem Polizisten Konversation machen müssen. Nicht nach dem letzten Mal.«

Theo und Neil waren im Zuge der Mordermittlungen im Vorjahr aneinandergeraten, als der Polizist Daniel zum Verhör aufs Revier mitnehmen wollte. Diese Erinnerung sorgte dafür, dass Daniel jetzt noch unbehaglicher zumute war bei der Vorstellung, dass die beiden sich erneut begegnen würden.

»Ich bin pünktlich, keine Sorge«, versprach er seiner Mutter.

An der Boutique hing das GESCHLOSSEN-Schild in der Tür, weshalb Daniel erst vorsichtig, dann etwas vernehmbarer klopfte. Im Laden bewegte sich etwas, und schließlich öffnete Anne Dollinger. Sie hatte ein Maßband um den Hals hängen und trug eine Schürze über dem Kleid.

»Hallo, Daniel. Was kann ich für Sie tun?«

»Guten Morgen, Anne. Ich wollte Miss March besuchen.«

»Ach so?«

»Ja.«

»Miss March, meinen Sie?«

»Ja. Ist sie da?« Daniel hörte, wie jemand im Laden Möbel verschob.

»Ich sehe mal nach«, erklärte Anne in dem hochtrabenden Tonfall, in dem sie in der Kirche aus der Bibel vorlas. »Würden Sie bitte hier warten?«

Dieses Benehmen empfand Daniel als sonderbar förmlich, machte sich dann aber klar, dass Anne mit Stellas Tod nicht nur eine Vertraute, sondern auch ihre Arbeitsstelle verloren hatte. Wenn Miss March nun Stellas Platz einnahm, wollte Anne vielleicht besonders diensteifrig sein und nicht ohne Erlaubnis unangekündigte Besucher einlassen – auch wenn der Pfarrer es gewohnt war, in sämtlichen Haushalten von Champton ungehindert ein und aus zu gehen.

»Miss March wird Sie jetzt empfangen«, verkündete Anne, als sie zurückkam, und trat beiseite. Daniel erwartete beinahe, dass sie einen Knicks machen würde, als er an ihr vorbeiging.

Der Laden war nahezu leer geräumt, keine Kleider an den Ständern, keine Schuhe und Handtaschen in den Regalen. Er wirkte so geisterhaft wie Miss March selbst. Sie stand an der Verkaufstheke, eine Hand aufgestützt, einen Fuß nach außen gedreht, eine Symphonie in Grau: graue Jacke, grauer Rock, graue Augen. Und sogar ihr Haar wirkte so viel grauer, als es in ihrem Alter möglich war, dass Daniel wahrhaftig überlegte, ob sie es wohl gefärbt hatte, um älter zu erscheinen. Sie streckte ihm die freie Hand hin.

»Hochwürden«, sagte sie, passend zu ihrem altmodischen Gebaren.

»Miss March.« Als Daniel ihre Hand ergriff, verbeugte er sich unwillkürlich, als würde ihr förmliches Benehmen ihn anstecken. »Ich hoffe, Sie gestatten mir, Ihnen die Milchflasche zu ersetzen, die durch mein Verschulden zu Bruch ging.« Er hielt ihr die Flasche hin.

»Das wäre wirklich nicht nötig gewesen. Aber vielen Dank.« Miss March reichte die Flasche an Anne weiter. »Dann kann ich Ihnen ja jetzt auch einen Kaffee anbieten. Oder lieber Tee?«

»Danke, gerne Kaffee, wenn Sie welchen haben.«

»Sonst hätte ich keinen angeboten. Anne, wären Sie so freundlich?«

»Gewiss, Miss March.« Anne eilte in die Küche im hinteren Bereich des Ladens.

»Ich fürchte nur«, sagte Miss March, »dass ich Ihnen keine Sitzgelegenheit anbieten kann. Wie Sie sehen, habe ich noch keine Möbel.«

»Haben Sie das Geschäft mal gesehen, als es noch von Stella geführt wurde?«

»Nein, aber ich kann mir denken, wie es hier aussah.« Daniel hörte einen Hauch von Missbilligung in ihrer Stimme.

»Nicht nur Stella wird sehr vermisst, sondern auch ihre Boutique«, fuhr Daniel fort. »Meine Mutter war Stammkundin – wie die meisten Damen in Champton. Und natürlich reichte Stellas Ruf über das Dorf hinaus.«

»Daran möchte ich durchaus nicht rütteln. Aber wir müssen uns alle anpassen, nicht wahr?«

Daniel fiel wieder ein, dass er während der Kontroverse wegen des Toiletteneinbaus in der Kirche etwas ganz Ähnliches zu Dora Sharman gesagt hatte.

»Ja, das müssen wir, so gut es geht«, pflichtete er Miss March bei. »Haben Sie schon einmal ein Bekleidungsgeschäft geführt?«

»Schuhe«, antwortete Miss March. »Ich hatte das Schuhgeschäft in Stowe. Das müssten Sie eigentlich kennen – es war um die Ecke vom Dom.«

»Ach ja, richtig, March's. Ein charmanter Laden. Was ist daraus geworden?«

»Billige Importe und austauschbare Treter. Mein Vater hat durchgehalten und ich nach seinem Tod auch noch eine Weile. Aber nicht mehr lange. Warum soll man wertlosen Plunder verhökern, wenn man jahrelang nur Qualitätsware angeboten hat?

Ich habe den Laden abgestoßen. Jetzt werden dort schottische Wollwaren verkauft, aber die kommen wahrscheinlich aus Pakistan.«

»Tut mir leid, das zu hören.«

»Deshalb also ein Neuanfang. Und Sie? Seit wann leben Sie in Champton?«

»Seit fast zehn Jahren«, antwortete Daniel. »Vorher war ich in London. In Belgravia.«

»Vornehmes Viertel.«

»Ja, aber Menschen sind überall Menschen.«

»Richtig. Ah, hier kommt der Kaffee.«

Anne erschien mit einem Tablett, auf dem Tassen, ein Teller mit Keksen, Zuckerdose, Kaffeekanne und Milchkrug mit Sonnenblumenmotiv standen. »Wo soll ich es hinstellen, Miss March?«

»Auf die Theke, Anne. Danke schön.« Letzteres wurde so betont, dass es eine Aufforderung zum Verschwinden war.

»Ich … räume dann inzwischen die Küche auf«, sagte Anne.

»Gott segne Sie. Ach, das ist ja Ihre Aufgabe, nicht meine, Hochwürden, verzeihen Sie.«

Miss March lächelte schmallippig und goss Kaffee ein. Der roch jedoch bedrohlich nach Zichorien, und einen Moment lang sah Daniel die Dose mit dem Kaffee-Ersatz vor sich, den seine Mutter in den Siebzigern benutzt hatte, als der Preis für Bohnenkaffee so exorbitant gestiegen war. Daniel fragte sich, ob Miss March aus Sparsamkeit oder aufgrund ihrer Neigung zur Antiquiertheit dieses unbefriedigende Ersatzgetränk angeschafft hatte.

»Beabsichtigen Sie, nach Champton zu ziehen, Miss March?«, fragte er. »Oder wohnen Sie schon hier?«

»Ich werde vorerst die winzige Wohnung über dem Laden beziehen, sobald sie renoviert ist. Und wer weiß, vielleicht langfristig auch dauerhaft hier wohnen, wenn es mir gefällt. Ich habe das Haus in Stowe noch … ich wollte es zunächst ebenso wenig verkaufen wie den Laden, aufgrund des Gedenkens an meinen Vater. Aber wie gesagt: Man muss sich anpassen. Das sollte mein Lebensmotto werden. Bandit?«

»Wie bitte?«

»Ob Sie einen Keks möchten«, erklärte Miss March. »Die heißen so. Ich habe sie zusammen mit der Milch im Postamt gekauft, und sie haben den Transport glücklicherweise überlebt.«

»Gern, danke. Und ich möchte mich noch einmal dafür entschuldigen, dass ich Ihnen so einen Schrecken eingejagt habe.«

»Schon vergessen. Sagen Sie, falls ich wirklich erwägen sollte, nach Champton zu ziehen … hier stehen wohl nicht so häufig Häuser zum Verkauf, oder?«

»Nun, soweit ich weiß, steht Stellas Haus noch leer«, antwortete Daniel. »Kennen Sie es? Das ist dieser moderne Bau im Chalet-Stil, etwas zurückgesetzt von der Straße. Ich glaube nicht, dass es bereits verkauft ist.«

»Das Haus, in dem sie ermordet wurde?«

»Nun … ja.« Daniel entsann sich, dass ein Makler ihm einmal gesagt hatte, drei Faktoren machten ein Haus unverkäuflich: Hundegeruch, Zigarettenrauch und ein Mord.

»Das würde mir nicht so viel ausmachen, aber Chalet-Stil? Eher nicht«, sagte Miss March. »Wir sind ja hier nicht in den Alpen. Ich dachte an etwas Historisches. Gehören die alten Cottages hier immer noch der Adelsfamilie?«

»Nicht alle, aber die meisten. Manche werden vermietet. Das Factor's House ist sehr schön, wurde erst vor einigen Jahren renoviert und steht leer.«

»Und das ist kein Tatort?«

»Nein, aber … Anthony Bowness lebte dort, und er wurde leider … wie Sie ja vielleicht gehört haben …«

»In Ihrer Kirche ermordet, nicht wahr?«

»Ähm … ja.« Daniel musste wieder daran denken, wie Cosmo und Hilda damals mit blutigen Pfoten zu ihm gerannt kamen. Davon hatte er mehrmals geträumt.

»Tut mir leid«, sagte Miss March. »Das muss furchtbar gewesen sein.«

»Ja, einige Menschen in der Gemeinde sind immer noch sehr betroffen.«

»Aber wir müssen nach vorne schauen und weitermachen, meinen Sie nicht auch?«

»Das ist genau die richtige Haltung, Miss March.«

Sie trank einen Schluck Kaffee und biss manierlich ein kleines Stück von ihrem Keks ab. »An wen müsste ich mich wenden wegen diesem Haus?«

»Rufen Sie am besten im Büro von Champton House an. Soweit ich weiß, ist Mr Meldrum für die Vermietungen zuständig. Nicholas Meldrum, der Verwalter.«

»Gut. Vielen Dank.«

Daniel hatte den Eindruck, dass das Gespräch damit abgeschlossen war. »Dann mache ich mich mal wieder auf den Weg, Miss March.«

»Selbstverständlich, Hochwürden.«

»Und nennen Sie mich gerne Daniel, das ist hier im Dorf so üblich.«

»Lieber nicht. Ich habe ein schreckliches Namensgedächtnis.«

»Wie Sie wünschen, Miss March.« Er streckte ihr die Hand hin, die sie nur flüchtig schüttelte. Daniel sah förmlich vor sich, wie Anne ihm den – nicht vorhandenen – Hut bringen würde, um ihn hinauszubegleiten.

»Miss March ist wirklich eigenartig«, sagte er später. »Wie eine Figur aus einem Fünfzigerjahre-Roman.«

»Ich erinnere mich noch an sie aus dem Schuhgeschäft in Stowe«, erwiderte Audrey. »Wir nannten sie ›Die graue Frau‹, weil sie wie ein Gespenst wirkte, und auch immer irgendwie missbilligend. Aber mit Schuhen kannte sie sich hervorragend aus.«

Daniel saß mit seiner Mutter, seinem Bruder und Neil Vanloo im Speisezimmer des Pfarrhauses. Der Raum wurde nicht häufig genutzt und hatte deshalb ein wenig die Atmosphäre eines Möbelhauses.

»Anhand von Schuhen kann man eine Menge über eine Person erfahren«, bemerkte Neil, der bereits die zweite Portion Auflauf verspeiste, obwohl das Hackfleisch trotz des verlässlichen alten Ofens noch zu viel Biss hatte. Das schien Neil allerdings nicht zu stören. Er war stämmig und robust, und unter seinem schlecht sitzenden Anzug zeichneten sich kräftige Muskeln ab. Audrey fand, dass Neil immer aussah, als fühle er sich in dieser Kleidung ausgesprochen unwohl.

»Ja«, pflichtete Daniel ihm bei. »Ich achte auch auf die Schuhe von Leuten.«

»Ich kenne eine Schauspielerin, die ihre Figur immer von den Schuhen ausgehend entwickelt hat«, warf Theo ein. »Wenn die passend waren, kam der Rest von alleine.«

»Und welches Schuhwerk trug Miss March, Dan?«, erkundigte sich Neil.

»Schlichte Penny Loafers, aber sehr hochwertig und tadellos gepflegt. Etwas modischer und eleganter, als ich anhand ihrer Kleidung vermutet hätte.«

»Penny Loafers sind sogar sehr *à la mode*«, sagte Audrey. »Passen aber eher zu Honoria als zu mir. Seltsamer Name für einen Schuh, finde ich.«

»Ich weiß, wo der herkommt. In den Dreißigerjahren brauchte man Pennys für die Münzfernsprecher«, erklärte Daniel. »Und in dem Querband auf dem Schuh befand sich eine kleine Öffnung, in die genau eine Münze hineinpasste. So hatte man immer eine Geldreserve dabei, wenn man nach einer Partynacht irgendwo abgeholt werden musste.«

»Ach, wirklich?«, sagte Audrey erstaunt.

»Ja, das habe ich mal irgendwo gelesen.«

»Hört sich aber nicht so an, als sei Miss March der Typ für lange Partynächte«, bemerkte Theo.

»Sie hat eine sonderbare Ausstrahlung«, sinnierte Daniel. »Ich hatte das Gefühl, dass sie eine Rolle spielt. Und daran jede Menge Spaß hat. Versteht ihr, was ich meine?«

»Apropos mysteriöse Damen«, warf Theo ein. »Ist Honoria zurzeit hier?«

»Ja«, antwortete Daniel zögernd, denn es war ihm nicht geheuer, dass Theo in London in den gleichen berüchtigten Kreisen verkehrte wie Honoria und Alex. »Warum fragst du?«

»Na ja«, antwortete Theo gedehnt, »Liebesheirat, Familiendramen, Erbnachfolge und so weiter, die üblichen Themen in Adelsfamilien. Bernard muss darauf vorbereitet werden.«

»Was, Honoria heiratet?«, rief Audrey aus. »Sie kam mir doch gleich so strahlend vor!«

»Nein, Mum«, sagte Daniel. »Es geht um die Hochzeit von Hugh mit dieser Kanadierin, das weißt du doch.«

Daniel würde die Vermählung von Hugh de Floures, Bernards ältestem Sohn und dem Erben von Champton House, vollziehen, und in Bälde stand der erste Besuch von Hugh mit seiner künftigen Gattin und späteren Herrin des Anwesens bevor. Die beiden reisten aus Kanada an, und alle waren etwas nervös, weil noch niemand Hughs Braut kannte.

»Das hatte Bernard sich bestimmt anders gewünscht«, mutmaßte Theo. »Aber Enttäuschung über Liebesheiraten der Erben gehört bei Aristokraten wohl zum Berufsrisiko.«

»Er kann es dennoch nicht verbieten, oder?«, sagte Neil. »Wir leben ja schließlich nicht mehr im Mittelalter.«

»Nein«, antwortete Daniel. »Aber so ein Erbe anzutreten, ist mit Erwartungen und Verpflichtungen verknüpft, selbst wenn das Anwesen nicht mehr im alten Glanz erstrahlt.«

»Und Bernards Segen ist schon unabdingbar«, gab Audrey zu bedenken. »Vater und Mutter müssen schließlich geehrt werden. Na ja, hauptsächlich der Vater in diesem Fall – ich glaube nicht, dass Hughs Mutter an alldem sehr beteiligt ist.«

»In jüngster Zeit hat Bernard de Floures ja nicht gerade viel Ehre abgekriegt«, bemerkte Neil.

»Genau. Da findet er sich bestimmt lieber noch mit einer Kanadierin ab als mit einem jungen Mann aus zweifelhaften Verhältnissen an der Seite seines Jüngsten.«

Im letzten Jahr hatte Alex de Floures alle überrascht, indem er seine Liebesbeziehung mit Nathan, dem Enkel von Edgy Liversedge, kundgetan hatte. Edgy, ein ehemaliger Preisboxer mit zwielichtiger Vergangenheit, hatte seit Jahren als inoffizieller Wildhüter des Anwesens am Rande des Parks von Champton House gelebt, war dann aber nach den Morden im letzten Jahr mitsamt seinem Enkel aus Champton verschwunden.

»Jammerschade aber, dass Nathan weg ist«, fügte Audrey hinzu. »War praktisch, ihn in der Nähe zu haben, er hat immer so viel erledigt.«

»Tja, wer weiß, was dem Hause de Floures nun bevorsteht«, sagte Theo in unheilschwangerem Tonfall.

»Na, jedenfalls die Hochzeit des Erstgeborenen. Großes Ereignis im großen Haus«, bemerkte Neil trocken.

»Ja, und ein heikles«, sagte Daniel. »Ich habe die Familie noch nie so nervös erlebt. Daran merkt man, dass man es mit Adligen zu tun hat. Da spielt die Nachfolge eine große Rolle.«

»Das war *mir* aber schon immer klar«, sagte Audrey spitz. »Es geht ja um die Zukunft der Dynastie, da muss die Schwiegertochter schließlich passend sein.«

»Aber ich dachte, er kennt sie noch gar nicht?« Neil stocherte zunehmend zögerlich in seiner zweiten Auflaufportion.

»Nein, aber ich denke, dass Bernard bestimmt Nachforschungen angestellt hat«, sagte Daniel. »Es gibt immerhin Adelsverzeichnisse.«

»Neil, Sie müssen das nicht aufessen«, warf Audrey jetzt ein. »Es gibt gleich noch Nachtisch.« Sie stand auf und begann etwas eiliger als sonst, das Geschirr abzuräumen. Theo assistierte ihr.

»Ich hoffe, ich habe deine Mutter nicht gekränkt«, raunte Neil, als die beiden draußen waren.

»Es hat wirklich nicht geschmeckt«, erwiderte Daniel. »Warum hast du dir überhaupt Nachschlag geben lassen?«

»Ich wollte höflich sein …«

»Selbst der liebenswürdigste Gast würde wohl nicht noch mehr von Schlachter Dennis' Sonderangeboten essen wollen. Wir haben magere, keine fetten Jahre im Pfarramt. Mein Salär und die Rente meiner Mutter reichen nicht mehr so weit wie früher. Aber du wolltest mich sprechen?«

»Ja. Nicht nur die de Floures haben gerade Sorgen wegen ihrer Nachfolge. Kennst du Mrs Hawkins von Manor House in Upper Badsaddle?«

»Aber sicher.«

»Es geht ihr nicht gut. Gar nicht gut sogar.«

»Tut mir leid, das zu hören«, sagte Daniel. »Was kann ich tun?«

»Mir sind Bedenken zu Ohren gekommen, dass sie hilflos und angreifbar sei.«

»Das erstaunt mich. Ich kenne Mrs Hawkins als in etwa so willensstark wie meine Mutter«, wandte Daniel ein.

»Nicht mehr, sie baut sehr ab. Und sie ist reich, aber alleine, hat keine Verwandtschaft. Die Geier beginnen zu kreisen.«

»Haben die auch Namen?«

»Die Tailbys.«

Jean und Roy Tailby hatte Daniel kennengelernt, als er seine Stelle in Champton gerade angetreten hatte. Damals hatte er die Trauerfeier für eine Frau abgehalten, die allein lebte; der Mann war bereits verstorben, sie hatte keine Kinder und keine nahen Verwandten. Nachbarn kümmerten sich um sie, waren hilfreich und ständig präsent – die Tailbys. Daniel hatte das Paar im kleinen Haus der Verstorbenen getroffen, wo sie ihm von ihrem Leben berichteten. »Es gab einen Neffen und eine Nichte, aber sie hatten keinen Kontakt zu ihr … irgendeine traurige Familiengeschichte. Sie hat uns davon erzählt, aber im Verschwiegenen, verstehen Sie? Und so hatte sie am Ende dann nur noch uns …« Das Ehepaar suchte damals die Bibelstellen und Lieder für die Trauerfeier aus und erbte später die Ersparnisse und das Haus der alten Frau.

Ein halbes Jahr später wurde Daniel von einem Bestattungsunternehmen angerufen, und als er in das Haus der Verstorbenen kam, fand er dort erneut Jean und Roy Tailby vor. Sie hatten sich mit der allein lebenden Witwe angefreundet, die ihnen ihr gesamtes Vermögen hinterlassen hatte – sehr zur Überraschung und Enttäuschung des Kinderschutzbundes, dem von der Frau wohl eine großzügige Summe versprochen worden war.

»Ich kann mir nicht vorstellen, dass die Tailbys sich an

Mrs Hawkins heranwagen«, bemerkte Daniel jetzt. »Die sind doch auf leichtere Beute aus.«

»Nun, sie ist alt, allein, schwerreich und wird bald sterben«, erwiderte Neil. »Und ich habe gehört, dass Jean Tailby sich ihr als Köchin und Haushälterin angeboten hat, nachdem Mrs Hawkins die letzte gefeuert hat.«

»Verstehe. Gut, dann werde ich meinen neuen Kollegen bitten, sich um sein Gemeindemitglied zu kümmern.«

»Danke, Dan. Und hättest du Lust, am Samstag mit zu einem Spiel zu kommen?«

»Rugby?«

»Nein, das Ballspiel, bei dem man die Hände nicht benutzen darf«, antwortete Neil schmunzelnd. »Fußball.«

»Wer spielt?«

»Stowe gegen Stratton, seit Jahren erbitterte Gegner. Wird auf jeden Fall … spannend.«

»Ich komme gerne mit …« Daniel wurde plötzlich von Erinnerungen an die Fußballspiele in seiner Schulzeit heimgesucht. »Nein, DU nicht, Clement«; gedemütigt im eiskalten Regen; die Peinlichkeit des Umkleidens in der Kabine; ein Rüpel aus seiner Klasse, der seine schlammverklebten Schuhe so hart an die Wand schlug, dass Daniel Erdklumpen ins Gesicht flogen. »Was kostet die Eintrittskarte?«

»Nichts. Habe übers Revier Freikarten bekommen. Ich hole dich dann um zwölf ab, ja?«

»Aber ich kann dich doch auch abholen, dann musst du nicht immer fahren.«

»Nein, ich mach das schon. Und trag nicht dein schwarzes Hundehalsband«, sagte Neil.

»Warum nicht?«

»Lass es einfach.«

»Und ich soll bestimmt nicht fahren?«, hakte Daniel nach.

»Nee, danke«, antwortete Neil trocken. »Der Tag wird schon so aufregend genug.«

Audrey und Theo kehrten zurück, und eine Schale mit Äpfeln wurde auf dem Tisch platziert, die vom Braten im Ofen so bräunlich gefleckt aussahen, als seien sie faulig.

»Du Zeit der Nebel und der reifen Fruchtbarkeit!«, deklamierte Audrey ein Gedicht von John Keats, während sie schwungvoll einen Bratapfel in Neils Dessertschale beförderte.

»Ihr seht aus, als hättet ihr etwas ausgeheckt«, bemerkte Theo, während er Vanillesoße auf seinen Apfel träufelte. »Was habe ich verpasst?«

»Dir entgeht wohl nicht viel, Theo, wie?«, erwiderte Neil. »Wir gehen zu einem Fußballspiel. Ist das eine Premiere für Dan?«

»Da würde ich Schlammcatchen am Nil noch für wahrscheinlicher halten«, sagte Audrey. »Habt ihr das auch geplant?«

Neil und Daniel wechselten einen verstohlenen Blick.

»*Fußball*, Dan?«, sagte Theo. »Ganz im Ernst?«

»Ja. Denn siehe, ich will ein Neues schaffen, jetzt wächst es auf, erkennt ihr's denn nicht?«, zitierte Daniel die Heilige Schrift.

»Ein Neues ist das wahrlich«, sagte sein Bruder grinsend. »Kann mich nicht erinnern, dass du in unserer Schulzeit viel für diese Sportart übriggehabt hättest.«

»Diese schrecklichen Shorts«, warf Audrey ein. »Dicker dunkelblauer Stoff mit Gummizug. Habe Stunden damit zugebracht, Namensschilder reinzunähen. Ihr habt darin ausgesehen wie Kinder aus einer Erziehungsanstalt.«

»Tja, und dann war die ganze Mühe quasi umsonst.« Theo grinste Daniel an. »Du hast doch fast nur auf der Bank gesessen.

Und ich erinnere mich auch noch lebhaft an deinen Cricket-Protest.«

»Was für ein Cricket-Protest?«, wollte Neil wissen.

»Dan hat Cricket gehasst«, erklärte Theo. »Und als er einmal gezwungen wurde, für einen erkrankten Spieler einzuspringen, marschierte er aufs Feld, haute mit seinem Schläger die Wickets um und trabte schnurstracks zurück zum Pavillon.«

»Und was passierte dann?«

»Gab natürlich Protestgebrüll.«

»Das war nicht gerade meine Sternstunde«, gab Daniel zu. »Aber ich wollte einfach nicht Cricket spielen. Ich konnte damit nichts anfangen. Und als ich gezwungen wurde, habe ich mich eben so gerettet.«

»Ach, war vielleicht schon eine Sternstunde«, sagte Theo. »Wer weiß, was für ein Massaker du auf dem Feld angerichtet hättest.«

Neben der Haustür des Pfarrhauses hatte ein Vorgänger im 19. Jahrhundert ein Messingschild mit der Aufschrift DER PFARRER IST NACHMITTAGS UNABKÖMMLICH angebracht. Und obwohl die Zeiten vorbei waren, in denen Geistliche sich am Nachmittag mit ihrer Schmetterlingssammlung, Archäologie oder Croquet-Spielen befassten, hütete Daniel sorgsam die Stunden zwischen Mittagessen und Tee. Mit etwas Glück waren ihm zwei Stunden vergönnt, in denen er sich seinen »Studien« widmen konnte, die gegenwärtig darin bestanden, eine neu durchgesehene Ausgabe von H.P. Lovecrafts *Das Grauen im Museum* zu lesen und sich selbst das Akkordeonspiel beizubringen. Ein Mann aus der Kirchengemeinde, der in einer Folkband gespielt und gewusst hatte, dass der Pfarrer die Klänge des Instruments schätzte, hatte es ihm vermacht. Vielleicht fand er solchen Gefallen daran, weil es durch die mechanische Präzision, bei der man mit der rechten Hand die Melodie spielte, mit der linken die Bässe und Akkorde, eine gewisse Ähnlichkeit mit der Orgel aufwies. Daniel hatte jedenfalls großes Vergnügen daran, der schimmernden Gerätschaft muntere Tanzlieder zu entlocken, wenn auch Audrey ungnädig kommentierte, das höre sich an wie ein »Gemetzel bei einer albanischen Hochzeit«.

Was gar nicht so weit gefehlt war, denn der einstige Besitzer stammte aus Litauen und hatte Daniel auch ein Notenbuch mit baltischen Hochzeitstänzen überlassen, in denen der Mond, eine alte Windmühle oder ein rauschender Fluss vorkamen. Die Stücke hatten bisweilen eine geradezu gnadenlose clowneske Fröhlichkeit.

Daniel war gerade im zweiten Drittel eines heiteren Frühlingslieds aus Lettland angelangt, als er sah, dass sich auf der Zufahrt das Wohnmobil der Biddles näherte. Durch die ganze Aufregung wegen des Zwischenfalls mit Miss March und dem überraschenden Mittagsmahl mit Neil und Theo war Daniel komplett entfallen, dass er versprochen hatte, nach Schulschluss mit Lydia und den Hunden spazieren zu gehen. Was natürlich einzig und allein sein Fehler war, aber da seine Pläne nun durchkreuzt wurden, musste er sich eine gewisse Gereiztheit verkneifen, als er die Haustür öffnete. Er überspielte das in typisch pastoraler Weise mit übertriebener Freundlichkeit, was Sally aber durchschaute, da sie dergleichen vermutlich von ihrem Mann kannte.

»Sie haben es doch nicht vergessen, oder, Daniel? Dass Sie mit Lydia die Dackel ausführen wollten?«

»Im Gegenteil, ich freue mich! Haben Sie Zeit für ein Tässchen Tee, Sally?«, fragte er mit ebenso geheuchelter Überschwänglichkeit, auf die Sally eher ungeduldig und kurz angebunden reagierte.

»Nein. Und Sie bringen Lydia dann nach Hause?«

»Selbstverständlich. Direkt ins Pfarrhaus?«

»Ja, bitte.«

Daniel hörte, wie hinter ihm eine Tür aufging, dann war das schnelle Klacken der Dackelkrallen auf dem Kachelboden im Flur zu vernehmen. Kurz darauf kam Cosmo herausgeschossen, machte seine übliche Vollbremsung und begann, die Eindringlinge vehement zu verbellen.

Lydia sank sofort auf die Knie und streckte die Hand aus. »Oh, bist du süß, so ein schöner Hund«, säuselte sie.

Zuerst wich Cosmo zurück, aber da er Streicheleinheiten immer zu schätzen wusste, stand er kurz darauf wild schwanzwedelnd vor Lydias Füßen. Daniel fragte sich, wo Hilda blieb, die normalerweise bei Besuchern die Vorhut bildete. Wie sich dann zeigte, näherte sie sich gerade im Gefolge seiner Mutter.

»Ach, Mrs Biddle!«, rief Audrey aus. »Und die junge Miss Biddle … Wie schön, Sie zu sehen! Und so überraschend …«

»Hallo, Audrey – nennen Sie mich bitte Sally. Ihr Sohn hat angeboten, mit Lydia die Hunde auszuführen.«

»Aber natürlich. Daniel hat vergessen, mir das mitzuteilen, aber wir freuen uns sehr, Sie zu sehen.«

Jetzt wagte sich Hilda etwas unsicher hervor, nahm neben Cosmo Platz und blickte zu den Besucherinnen auf.

Lydia rief aus: »Und DU bist ja auch sooo hübsch!«, und kraulte Hilda den Kopf. Der Postbote hatte einen solchen Vorstoß schon ebenso bitter bereut wie der Fensterputzer und ein Spendensammler, denn Hilda war eine typische Vertreterin ihrer Rasse: beschützend, angriffslustig und furchtlos, und wer sich ihr ohne Vorwarnung oder Erlaubnis näherte, wurde ausnahmslos gezwickt. Einmal hatte sie das sogar bei Daniel gemacht, weil er ihr zu nahe kam, als sie einen bei Cosmo beschlagnahmten

Knochen abnagte. Jetzt jedoch ließ Hilda sich widerstandslos von Lydia an Kopf und Ohren und sogar unter dem Kinn kraulen. Und rollte sich dann überdies so unterwürfig auf den Rücken, als sei sie ein niedriger Vasall, der seinem mächtigen Herrscher Demut bezeugen wollte.

»Ooh, bist du zuckersüß, so zuckersüß«, schwärmte Lydia, was sich für Audrey aus dem Mund einer Person mit einer rabenschwarz gefärbten Mähne, die an zottiges Bärenfell erinnerte, so anhörte, als solle Hilda womöglich gleich verspeist werden. Dann fiel auch Audrey auf, dass Hildas Verhalten außergewöhnlich war, und ihr kam ein Gedanke.

»Haben Sie Zeit für eine Tasse Tee, Mrs Bid… Sally?«, fragte sie höflich.

»Danke, nein, ich habe … etwas im Ofen. Ein andermal?«

»Sehr gerne, jederzeit.«

»Wir haben heute Abend einen Hauskreis, Daniel, deshalb essen wir bereits um sechs«, erklärte Sally.

»Gut, dann bringe ich Lydia rechtzeitig zurück. Ich begleite Sie noch zum Wagen.«

Als sie zu dem Wohnmobil traten, bemerkte Daniel in einem weiteren Anflug pastoralen Wortgeklingels, mit dem sich Wahrheiten übertünchen ließen: »Was für ein extravagantes Gefährt.«

»Ach, das ist eine klapprige alte Rostlaube«, erwiderte Sally. »Wir haben es für die christlichen Festivals und Friedenscamps angeschafft, als die Kinder klein waren. Lange bevor wir ein Pfarrhaus bezogen haben und im Herrenhaus zum Essen geladen wurden.«

»Verstehe. War das sehr anstrengend für Sie?«

»Wir leben … so eben nicht«, antwortete Sally.

»Nun, Sie werden langfristig wohl versuchen müssen, sich an diese Verhältnisse anzupassen«, erwiderte Daniel.

»Wollen Sie uns empfehlen, Benimmkurse zu absolvieren?«

»Nein, selbstverständlich nicht.«

»Wir wissen uns zu benehmen, Daniel. Aber es gibt Wichtigeres als gute Manieren.«

»Was zum Beispiel?«

»Frömmigkeit.«

»Ja, gewiss. Fromm sollten wir immer sein.«

»Womit ich sagen will, dass sich Jesus Christus unserer Ansicht nach nicht gut bei einem Aperitif in der Bibliothek huldigen lässt.«

»Was hatten Sie denn erwartet?«, erkundigte sich Daniel.

»Das jedenfalls nicht.«

»Ah, das ist gut«, äußerte er.

Sally runzelte die Stirn. »Wie meinen Sie das?«

»Nun, wenn wir immer bekämen, was wir erwarten, wäre es der Mühe nicht wert«, antwortete Daniel.

»Ah, das ist wohl eines Ihrer Rätsel«, erwiderte Sally. »Chris hat mir bereits erzählt, dass Sie eine Schwäche für Rätsel haben.«

Sie stieg in das Wohnmobil und versuchte, es zum Leben zu erwecken.

»Danke, dass Sie sich die Mühe mit Lydia machen«, sagte sie durchs Fenster. »Das ist nett von Ihnen.«

Daniel hob die Hand zum Gruß und beobachtete mit einer gewissen Befriedigung, dass Sally den Wagen ebenso ungeschickt von der Zufahrt manövrierte, wie er selbst es getan hätte.

Als er ins Haus zurückkam, hatte Lydia sich mit den Hunden ins Studierzimmer verzogen, und Audrey erwartete ihn im Flur. »Sally ist ja wohl ziemlich scharfzüngig, wie?«

»Ich habe sie heute als nervös und angespannt empfunden«, antwortete Daniel. »Meinst du, sie mag Hunde vielleicht nicht?«

»Das wäre ja was!«

»Vielleicht will sie auch deutlich machen, dass sie und ihre Familie ganz anders sind als wir«, sinnierte Daniel.

»Ich könnte mir vorstellen, dass sie etwas verbittert ist.«

»Wieso denn?«

»Nun, weil sie keine Pfarrerin werden darf. Kannst du dir nicht vorstellen, dass sie die frömmlerischen Litaneien ihres Gemahls satthat und selbst das große Wort führen möchte?«

»Keine Ahnung. Aber ihr ist sicher klar, dass Chris weibliche Geistliche nicht befürworten würde.«

»Meinst du?«, fragte Audrey.

»Ich bin mir ziemlich sicher, ja. Seine Fraktion ist absolut dagegen.«

»Aber ich dachte, die seien so modern?«

»In dieser Hinsicht überhaupt nicht«, sagte Daniel. »Weil in der Bibel steht, dass Frauen keine Führungsrollen übernehmen sollen. Das ist den Männern vorbehalten.«

»Wie kurios!« Audrey gab ein schrilles Lachen von sich, woraufhin Hilda aus dem Studierzimmer gelaufen kam.

»In der Tat. Aber jetzt sollten wir uns mit den Hunden auf den Weg machen.«

»Wo wollt ihr hingehen?«, erkundigte sich Audrey.

»Zum alten Flugplatz, da haben sie schön Auslauf. Vielleicht lerne ich Lydia dabei ein bisschen kennen. Das könnte eine Hilfe sein im Umgang mit ihren Eltern.«

»Irgendetwas stimmt nicht mit ihr …«

»Mum, sie ist sechzehn, färbt sich die Haare schwarz und ist ein Goth und Feministin, das ist doch …«

»Nicht mit Lydia, du Dummerchen, mit *ihr*.« Audrey zeigte auf Hilda, die lammfromm und still dasaß, anstatt wie üblich in Erwartung eines Ausflugs ein Riesentheater zu veranstalten.

Daniel fuhr mit Lydia und den Hunden zu dem verlassenen Flugplatz, auf dem Neil ihm Fahrstunden gegeben hatte. Der Flugplatz, 1941 angelegt für die Bomber der amerikanischen Streitkräfte, befand sich nordwestlich des Herrenhauses auf dem Grundstück der de Floures, gehörte aber zum Sprengel der Badsaddles. Die Piloten hatten Kaugummi, Lucky-Strike-Zigaretten, Nylonstrümpfe und vage Versprechungen eines besseren Lebens im Gepäck gehabt, und in der Tat hatten sich einige Damen aus Champton, den Badsaddles und Braunstonbury damals in einen »Yankee« verguckt und lebten nun in Florida, North Dakota oder New Mexico. Andere, für die sich jene Versprechungen nicht erfüllt hatten, bewahrten heutzutage unter ihrem Ehebett Luftpostbriefe in Kartons auf.

Zurückgeblieben waren aus jener Zeit auch Gebäude – halb verfallene Betonbaracken, in denen Waffen, Treibstoffe und Vorräte gelagert worden waren –, eine Art Geisterstadt mit Straßen und Landebahnen, die jetzt von Dornengestrüpp und Brennnesseln gesäumt waren.

Nicht gerade der idyllischste Ort in Champton, um die Hunde auszuführen, aber auf den großen Flächen hatten sie freien Auslauf, und Daniel konnte sie gleichzeitig im Blick behalten. Außerdem war hier die Wahrscheinlichkeit geringer, dass die Dackel Fasanen oder Hasen jagten – solche Exkursionen führten nämlich nicht selten dazu, dass die beiden stundenlang verschwunden waren und Daniel hilflos ihre Namen in den finsteren Wald hineinschreien musste. Und heute wollte er Hilda nicht aus den Augen lassen, deren absonderliches Benehmen ihm Sorgen machte.

»Ich hoffe, der Ort ist dir recht, Lydia«, begann Daniel das Gespräch mit dem Mädchen. »Du hattest dir vielleicht etwas anderes vorgestellt, aber die Hunde fühlen sich hier wohl, und ich selbst finde den alten Flugplatz auch interessant.«

Lydia sah sich um, als fiele ihr erst jetzt auf, dass sie sich auf einem verlassenen Flugplatz befanden.

»Warum fühlen die Hunde sich hier wohl?«, fragte sie.

»Weil sie ohne Leine laufen dürfen. Und es gibt jede Menge Gerüche. Dachshunde sind sehr neugierig und schnüffeln gerne überall herum.«

Lydia lächelte. »Die richtige Nase dafür haben sie ja.«

»Genau. Du kannst sie jetzt losmachen, wenn du möchtest.«

Cosmo und Hilda zerrten bereits so ungeduldig an ihren Leinen, dass es Lydia schwerfiel, die Karabinerhaken zu öffnen. Als sie freigelassen wurden, rasten die Hunde sofort los und begannen, das Gelände zu erkunden.

»Wieso heißen sie Dachshunde?«, erkundigte sich Lydia.

»Weil sie ursprünglich für die Jagd auf Dachse und Füchse gezüchtet wurden. Ich hatte immer schon Dackel, seit meiner Kindheit.«

»Erinnern Sie sich noch an den ersten?«

»Ja, das war Caspar, ein roter Rauhaardackel«, antwortete Daniel. »Den ich aber leider nicht lange hatte, weil er schon als Junghund überfahren wurde.«

»Oh nein!«, rief Lydia aus, und Tränen traten ihr in die Augen.

»Das war schlimm, ja. Aber danach kamen zum Glück noch weitere. Cosmo und Hilda sind Nummer fünf und sechs.«

»Wie hießen die anderen?«, wollte Lydia wissen.

»Nach Caspar hatten wir Gusty – eigentlich Augustus, aber mein Bruder konnte den Namen nicht richtig aussprechen, deshalb wurde Gusty daraus. Während meines Theologiestudiums hatte ich Isolde, die sich gerne unter meiner Soutane versteckte. Und später kam dann dazu passend noch Tristan dazu.«

»Wieso passend?«

»Wegen Tristan und Isolde. Nach der Oper von Richard Wagner«, antwortete Daniel.

»Hat das auch was mit *Tristan und Iseult* zu tun?«, fragte Lydia.

»Hat den gleichen Ursprung, ja. Hast du das Buch gelesen?«

»Rosemary Sutcliff ist meine Lieblingsschriftstellerin.«

»Ich habe *Der Adler der Neunten Legion* als Kind gelesen …«

»Sie ist mit meinem Vater verwandt«, erklärte Lydia. »Ich glaube, ihr Vater und Dads Großvater waren Cousins. Und zusammen bei der Marine.«

»Das ist ja interessant«, sagte Daniel. »Jedenfalls: Cosmo und Hilda sind bei mir, seit meine Mutter ins Pfarrhaus eingezogen ist. Sie dachte sich, es wäre schön, wieder Hunde zu haben. Und die beiden sind auch wirklich angenehme Zeitgenossen.«

»Ich glaube, Ihre Mum mag uns nicht so«, murmelte Lydia.

»Wie kommst du darauf?«, fragte Daniel.

»Weil Joshua bei diesen eingebildeten Leuten das Brötchen durch die Gegend geschmissen hat.«

Daniel sah, dass Hilda in einiger Entfernung stehen blieb und erstarrte. Diese Haltung war ihm nur allzu vertraut.

»Hilda! Nein!«, schrie Daniel, aber es war bereits zu spät. Sie rollte sich auf den Rücken und wälzte sich genüsslich und ausgiebig in irgendetwas, das zweifellos abscheulich stank und sich nun hartnäckig in ihrem Fell festsetzen würde. Das hatte sie auch einmal fertiggebracht, bevor Audrey und er nach einem Besuch bei ihren schottischen Verwandten die lange Heimfahrt von Kyle of Lochalsh antraten. Neun Stunden lang wurden sie förmlich im Gestank von Fuchskot geräuchert; es war so schlimm gewesen, dass Audrey Daniel verboten hatte, zum Pinkeln eine Raststätte aufzusuchen, weshalb er dann gezwungen gewesen war, sich an einer Parkbucht zu erleichtern.

»Ach, Hilda«, stöhnte Daniel.

»Seien Sie nicht böse mit ihr«, sagte Lydia. »Sie tut das doch nur, weil es in ihrer Natur liegt.«

»Auf der Rückfahrt bist du bestimmt anderer Meinung.«

»Sie hat sich einfach benommen wie ein Hund«, wandte Lydia ein. »So, wie sie von Gott geschaffen wurde. Ich finde das wunderbar.«

»Aber in der Zivilisation geht es darum, Instinkte beherrschen zu lernen«, gab Daniel zu bedenken. »Deshalb hat meine Mutter auch ... die Augenbraue hochgezogen, als beim Sonntagsmahl mit Brötchen geworfen wurde.«

»Ja, tut mir leid, das war echt blöd von Josh. So was passiert öfter, wenn er gezwungen wird, sich manierlich zu benehmen. Sie können sich ja bestimmt vorstellen, wie es ist, in einem Pfarrhaus aufzuwachsen.«

»Seid ihr deshalb Goths?«

Lydia seufzte. »Wir sind nur Halb-Goths. Weil die Schulregeln uns das Make-up und die Kleidung nicht erlauben.«

»Was für ein Make-up wäre das denn?«, fragte Daniel.

»Na ja, schwarzer Lippenstift, Eyeliner, weißer Puder ... und Josh mag das eben.«

»Spielt er nicht in einer Band?«

»Ja, Castle of Otranto.«

»Ah, nach dem Roman von Horace Walpole.«

Lydia nickte. »Wir lieben dieses Buch.«

»Ich zeige dir mal was«, verkündete Daniel kurz entschlossen und rief die Hunde herbei. Sie kamen angesaust, Hilda – wie zu erwarten – in übel riechendem Zustand. Daniel ging eine der Straßen entlang, bog dann auf einen verwilderten Pfad ab, der zu einer Reihe halbverfallener Gebäude führte – diversen Nissenhütten, einer ehemaligen Kantine und einem eigenartigen kleinen Bau mit einem Kuppeldach. Daniel ging voraus, und ein modriger Geruch schlug ihnen entgegen, als sie die Treppe hinunterstiegen.

»Das war die Kapelle«, erklärte Daniel, als sie den düsteren Raum betraten, nur beleuchtet von dem Streifen Tageslicht, der oben durch die Tür fiel. »Die kam mir gerade in den Sinn, als wir über *Das Schloss von Otranto* gesprochen haben. Da gibt es doch diese Szene mit Manfred und Matilda in den Gängen unter der Kirche, weißt du noch?«

»Wow«, sagte Lydia beeindruckt.

»Diese Kapelle wurde von den Männern erbaut, die von hier aus in den Krieg flogen. Weil sie einen Ort haben wollten, an dem sie beten und an einem Gottesdienst teilnehmen konnten. Sie diente für alle Glaubensrichtungen – ich habe vor gar nicht allzu langer Zeit einen Amerikaner im Dorf getroffen, der früher hier Pater war.«

»Wurden die Waffen und Bomben auch gesegnet?«, fragte Lydia.

»Das weiß ich nicht. Aber wir können eben auch nicht ahnen, wie es sich angefühlt hat, in einen Krieg zu fliegen, ohne zu wissen, ob man lebend zurückkommt. Ich denke, da war alles wichtig, was irgendeinen Halt gab.«

Daniel erinnerte sich, wie der alte Pater ihm erzählt hatte, es habe auch Tanzfeste gegeben, an denen in diesen Zeiten der Not gerne Damen aus dem Dorf teilnahmen. Und für alles, was danach in beiderseitigem Einverständnis stattfand, war kein priesterlicher Segen nötig.

»Würden Sie Waffen und Bomben segnen?«, fragte Lydia.

»Nein. Das würde ich nicht tun«, antwortete Daniel entschieden. Eine der schwierigsten Situationen nach seinem Eintreffen in Champton war die Bitte gewesen, die Hunde einer traditionellen Jagdgesellschaft am Hubertustag zu segnen. Dieser alte Brauch war eigentlich abgeschafft gewesen, aber eine Zeit lang war das Interesse an antiquierten religiösen Traditionen erneut aufgelebt, wie zum Beispiel an Christi Himmelfahrt das Brunnenverkleiden bei einer Prozession rund um die Gemeinde oder die morgendlichen Gesänge auf dem Kirchturm. Daniel konnte diese Bitte nicht guten Gewissens erfüllen, wollte aber auch die Jagdgesellschaft nicht brüskieren und befand sich in einem Dilemma, bis er auf die Idee kam, seinen Vorgänger, Pfarrer Dolben, um Rat zu fragen.

Der war nicht nur gerne bereit dazu, sondern auch einigermaßen konsterniert, nicht als Erster gefragt worden zu sein, da er – wie er sagte – hohes Ansehen in der Hubertusbruderschaft genoss. Nachdem Daniel das dem Jagdleiter ausgerichtet hatte, wurde der tödlich beschämt sofort bei Pfarrer Dolben vorstellig und bot ihm den Vorsitz in der Hubertusbruderschaft an. Die allerdings, wie Daniel später erfuhr, nur ein einziges Mitglied hatte – und das war Pfarrer Dolben selbst.

In dem modrigen Gewölbe der Kapelle war am Ende ein Tisch mit einem niedrigen Geländer davor zu erkennen. An den Wänden befanden sich abblätternde Fresken, die Daniel noch nie genauer betrachtet hatte. Jetzt fiel ihm auf, dass es sich um die Stationen des Kreuzwegs handelte, und er schauderte unwillkürlich.

»Alles in Ordnung?«, fragte Lydia.

»Ja. Ich musste nur gerade an die Männer denken, die hier gebetet haben und vielleicht bald darauf starben. Wollen wir?«

Als sie wieder ins Licht hinaustraten, sagte Daniel: »Die Zeit vergeht, ich sollte dich jetzt besser nach Hause fahren.«

Schweigend gingen sie weiter, die Hunde blieben dicht vor ihnen, wie Motorradfahrer vor einem Konvoi.

»Erinnern Sie sich an den Krieg?«, fragte Lydia unvermittelt.

»Kaum«, antwortete Daniel. »Ich war noch klein bei Kriegsende. Daran erinnere ich mich, glaube ich – aber vielleicht habe ich mir auch nur die Schilderungen von anderen eingeprägt. Überall in Braunstonbury wurde gefeiert, aber Nachbarn von uns hatten sämtliche Vorhänge zugezogen. Das Paar hatte einen Sohn in Burma verloren. An die Essensrationierung erinnere ich mich deutlich, auch an die Kältewelle im Winter 1947. Und du? Was ist deine erste Erinnerung?«

»In den Nachrichten, meinen Sie?«

»Ja.«

»Das Attentat auf John Lennon, glaube ich«, antwortete Lydia. »Mum hat geweint. Und im Radio lief wochenlang ›Imagine‹. Und danach das Friedenscamp von Greenham Common gegen Atomwaffen.«

Daniel nickte. »Darüber wurde ständig berichtet, ja.«

»Wir waren auch dabei. Mum ist mit uns hingefahren. Ich weiß noch, dass wir im Zelt gewohnt und im Schlamm getanzt haben. Und dass jenseits vom Zaun Polizisten standen, und wir haben versucht, die zum Lachen zu bringen.«

»Ist es euch gelungen?«

»Nee. Josh hat die Frauen im Camp zum Lachen gebracht, indem er den Polizisten die Zunge rausgestreckt und das Peace-Zeichen gemacht hat. Mum hat ihn dann aber davon abgehalten.«

»Ihr habt das also schon früh im Leben geübt«, konstatierte Daniel.

»Was meinen Sie?«

»Nun, euch der Autorität zu widersetzen.«

»Ja, stimmt schon. Aber dann haben wir an dem Zaun Onkel Will entdeckt.«

»Bei euch liegt der Protest wohl in der Familie?«

»Nein, Onkel Will war einer der Polizisten«, antwortete Lydia grinsend. »Eigentlich ist er Mums Cousin, nicht ihr Bruder, aber wir haben ihn immer schon Onkel genannt. Das war echt witzig: Gerade singen wir noch ›Give Peace a Chance‹, dann sehen wir plötzlich Onkel Will bei den Gegnern, und Mum lädt ihn zum Weihnachtsessen ein.«

Daniel lachte.

»Ich hab Sie zum Lachen gebracht«, stellte Lydia erstaunt fest.

»Ja, ich finde das lustig, weil es so typisch Pfarrershaushalt ist. Ausnahmslos zu allen Menschen gütig und großherzig sein.«

Die Fahrt nach Lower Badsaddle war zum Glück nur kurz. Hilda, in den Kofferraum verbannt, stank so infernalisch nach Fuchskot, dass Daniel trotz der offenen Fenster durch den Mund atmen musste, um nicht zu würgen. Sobald Lydia aus dem Land Rover stieg, rümpfte ihre Mutter angewidert die Nase. Und als das Mädchen Hilda zum Abschied streicheln wollte, hoben sowohl Sally als auch Daniel beschwörend die Hände.

»Tut mir leid, Sally, Hilda hat sich in Fuchskot gewälzt«, erklärte Daniel. »Dackel sind nun mal, wie sie sind.«

»Ich kann einfach nicht verstehen, warum Menschen Hunde mögen«, sagte Sally. »Sie sind so … schmutzig.«

Daniel spürte, dass sich etwas Kaltes in ihm ausbreitete wie Eis auf einer Pfütze beim ersten Frost.

»Ich dachte, Sie mögen Hunde?«

»Hat Chris Ihnen das erzählt? Nun, offiziell mögen wir Hunde, etwas anderes gehört sich nicht für Geistliche. Aber ich bin eher ein Katzenmensch. Katzen sind weniger bedürftig.«

»Das mag sein. Aber sie schleppen auch halb tote Vögel, Mäuse oder Eichhörnchen an.«

Sally lachte. »Stimmt.« Einen Moment lang sah sie verlegen aus. »Es wäre mir nur einfach lieb, wenn Lydia nicht ein weiteres Jahr lang betteln würde, dass sie einen Hund haben möchte. Jedenfalls – vielen Dank, dass Sie sie mitgenommen haben, Daniel. Ich sollte jetzt ...« Sie schaute zu ihrer Tochter, die bereits zur Haustür marschierte.

»Aber sicher«, sagte Daniel. »Bis bald!«

Als Daniel nach Hause kam, ging er mit den Hunden zur Hintertür und öffnete sie einen kleinen Spalt. Audrey rührte am Küchentisch in einer Teigschüssel.

»Mum«, rief Daniel, »Vorsicht, Hilda hat sich wieder in Fuchsdreck gewälzt ...«, aber Cosmo gelang es, sich durch den Spalt zu zwängen, gefolgt von Hilda. Und im nächsten Moment wurde der behagliche Duft von Audreys Gebäck von einem durchdringenden Gestank nach Ammoniak und Ziegenkäse überdeckt.

»Schaff dieses schmutzige Vieh hier raus, Daniel!«, rief Audrey empört.

Er versuchte, Hilda hinauszuscheuchen, was aber den gegenteiligen Effekt hatte, während Cosmo das Ganze für ein herrliches Spiel hielt und begeistert in der Küche im Kreis herumraste.

»Diesen Gestank dulde ich nicht auf meinem Biskuitkuchen!«, verkündete Audrey im Befehlston, woraufhin Cosmo abrupt stehen blieb und Hilda sie anstarrte. »Badezeit für DICH!« Naserümpfend packte Audrey die widerspenstige Hündin und schleppte sie nach draußen. Hinten im Garten gab es am Schuppen einen Wasserhahn und eine Blechwanne, in der die Hunde gewaschen wurden, wenn sie über die Maßen schmutzig oder übelriechend waren. Insgeheim mochte

Audrey diese Aufgabe, weil sie ihr Gelegenheit verschaffte, Zuneigung ohne Rührseligkeit zu zeigen, die ihr ein Graus war. Als ihre Söhne klein gewesen waren, pflegte sie ihnen so grob die Haare zu brüsten, dass Daniel das immer als Strafe empfand.

»Am Telefon liegt eine Nachricht für dich!«, rief Audrey beim Hinausgehen. Sie konnte Anrufbeantworter nicht ausstehen. Wenn sie Stimmen vom Band hören wolle, sagte Audrey immer, könne sie in eine Diskothek gehen. Deshalb unterrichtete eine handgeschriebene Notiz Daniel nun darüber, dass Mrs Hawkins von Manor House in Upper Badsaddle angerufen hatte und um schnellstmöglichen Rückruf bat – »schnellstmöglich« war dreimal unterstrichen.

Das Telefon – das Audreys Anweisung zufolge auf einem separaten Tisch im Flur platziert war, neben dem ein Stuhl stand – war ein dunkelbraunes Bakelit-Modell mit Silberknöpfen, einem ausziehbaren Fach darunter, in dem wichtige Nummern auf einem Block vermerkt waren, und einem gewundenen Kabel, das sich ständig zu gordischen Knoten verhedderte, auf denen die Hunde mit Vorliebe herumkauten. Daniel mochte das Telefon nicht – nicht dieses spezielle, sondern die Gerätschaft als solche. Er wollte die Person, mit der er sprach, sehen können, um ihre Mimik und Gesten zu deuten. Bei der folgenden Unterhaltung mit Mrs Hawkins war visuelle Ergänzung allerdings nicht nötig.

»Herr Pfarrer, wenn Sie bitte in Zukunft – von der für mich vermutlich nicht mehr viel übrig ist – so freundlich sein würden, sich selbst bei mir einzufinden, wenn Sie mich sprechen wollen, anstatt ... dieses Individuum zu schicken, das mir heute angeblich auf Ihr Geheiß einen Besuch abgestattet hat.«

»Oh. Meinen Sie Mr Biddle?«

»An seinen Namen erinnere ich mich nicht, aber seine Erscheinung werde ich ganz gewiss nicht vergessen«, antwortete Mrs Hawkins. »Ich erwarte von meinem Geistlichen nicht, dass er zum Besuch bei einem sterbenden Gemeindemitglied mit Zylinder erscheint. Aber Sandkastenkleidung empfinde ich als Affront.«

»Oje.«

»Wie wäre Ihnen wohl zumute, wenn Sie sich in Vorbereitung auf die Begegnung mit Ihrem Schöpfer tröstliche Worte von einem Mann anhören müssten, der eine grasgrüne Latzhose und rasselnde Perlenketten trägt?«

»Das kann ich nicht ermessen.«

»Was Sie auch nicht müssen, denn ich werde es Ihnen sagen. Ich bin konsterniert. Ganz ausgesprochen konsterniert, um es noch deutlicher auszudrücken.«

»Das tut mir sehr leid, Mrs Hawkins. Wenn Sie gestatten, würde ich Sie aufsuchen?«, schlug Daniel vor.

»Das gestatte ich nur zu gerne. Wann können Sie hier sein?«

»Ich kann mich gleich auf den Weg machen, wenn Ihnen das passt.«

»Bestens. Und ich wäre Ihnen sehr verbunden, wenn Sie ein Gebetbuch und eine Bibel mitbringen würden statt eines Hüpfballs oder Brummkreisels.«

»Selbstverständlich, Mrs Hawkins. Ich bin in Kürze bei Ihnen. Auf Wiedersehen.«

Nachdem Daniel aufgelegt hatte, rief er eilig bei seinem Kollegen an.

»Pfarrhaus Badsaddle.«

»Chris, hier ist Daniel.«

»Hallo, Daniel.«

»Ich hatte soeben eine Unterhaltung mit Mrs Hawkins.«

»Ja?«

»Sie hat mich gebeten, zu ihr zu kommen. Ich hoffe, es macht Ihnen nichts aus, aber könnten Sie mich vielleicht ins Bild setzen, was vorgefallen ist?«

»Das müssen Sie nicht übernehmen, Daniel, ich kann das erledigen.«

»Das bezweifle ich nicht, aber sie verlangt ausdrücklich nach mir.«

»Ach, zum ... ach, du liebe Zeit!«

»Ja?«, sagte Daniel abwartend.

»Also, ich habe Mrs Hawkins aufgesucht, wie Sie mich gebeten hatten, alles sehr kurzfristig, aber es war ja Ihr Wunsch. Und diese Dame war extrem grob und unhöflich. Damit nicht genug, wollte sie dann auch nicht mit mir beten.« Chris hielt kurz inne. »Als ich etwas insistiert habe, warf sie eine Kleenexschachtel nach mir und rief, ich solle verschwinden. Ich habe mich bemüht, aber es war sinnlos. Was hätte ich tun sollen?«

»Nun, vermutlich nichts – aber Sie hätten mich über den Vorfall informieren sollen«, sagte Daniel.

»Wieso denn? Soll ich Sie wegen jedes Zeitdiebes belästigen?«

»Zeitdieb?«

»Und wenn euch jemand nicht aufnehmen und eure Rede nicht hören wird, so geht heraus aus diesem Hause oder dieser Stadt und schüttelt den Staub von euren Füßen«, deklamierte Chris.

»Mrs Hawkins ist ein Gemeindemitglied, Chris«, erwiderte Daniel. »Sie liegt im Sterben und fürchtet sich.«

»Auf mich wirkte sie alles andere als ängstlich. Und sie ist Mitglied *meiner* Gemeinde, deshalb wüsste ich nicht, weshalb Sie sich damit befassen sollten.«

»Weil es auch meine Verantwortung ist, da ich der Dekan

bin«, entgegnete Daniel. »Weshalb wir gemeinsam die Seelsorge in beiden Gemeinden übernehmen.«

Daraufhin herrschte Schweigen am anderen Ende.

Schließlich sagte Chris: »Daniel, darf ich aufrichtig zu Ihnen sein?«

»Gewiss.«

»Ich bin alles andere als froh darüber, mich einer grantigen alten Frau anzudienen, die nicht zur Kirche geht und nicht einmal eine überzeugte Christin ist«, sagte Chris erbost, »wenn ich stattdessen dort sein könnte, wo Gott mich hinschickt, und das tun könnte, was Gott sich von mir wünscht.«

Jetzt war es an Daniel, tief einzuatmen. »Vergessen Sie nicht, Chris: Welch ein Schatz wurde euch anvertraut. Denn sie sind Christi Schäfchen, die er mit seinem Tod erworben hat und für die er sein Blut vergoss.«

»Dazu sage ich nur: Eure Perlen sollt ihr nicht vor die Säue werfen«, konterte Chris. »Und …«

»Ja?«

»Und entschuldigen Sie, aber ich kann nicht umhin zu denken … wenn es sich um eine mittellose alte Dame und nicht die Herrin eines Anwesens handeln würde – wären Sie dann auch so pflichteifrig?«

»Oh. Ich denke, dieses Gespräch sollten wir nicht am Telefon fortführen«, erwiderte Daniel. »Ich fahre jetzt zu Mrs Hawkins. Vielleicht könnte ich danach bei Ihnen vorbeischauen?«

»Das passt nicht so gut.«

»Für mich auch nicht, vor allem da ich gerade erst Lydia bei Ihnen abgesetzt habe. Aber es scheint mir doch wichtig. Es wird nicht lange dauern.«

Chris seufzte. »Nun gut, wenn Sie es für nötig halten …«

»Das tue ich«, sagte Daniel entschieden. »Dann bis später.«

Er legte auf, ohne eine weitere Erwiderung abzuwarten. Ein derart brüskes Benehmen war sonst gar nicht sein Stil, er fand es jedoch in diesem Fall unabdingbar, um Grenzen abzustecken.

Zwei anstrengende Besuche standen ihm bevor. Daniel warf einen Blick in den Spiegel. Es gab nichts auszusetzen an seinem Sakko und seiner Hose, aber er entschloss sich dennoch, als Zeichen der Achtung eine Soutane anzulegen – nicht nur für Mrs Hawkins, sondern auch für Chris, wenngleich der das vermutlich nicht verstehen würde. Eine einfache Soutane – nicht die allerbeste mit den scharlachroten Paspeln und Knöpfen – hing jederzeit einsatzbereit in Daniels Studierzimmer an einem Haken an der Tür, ebenso wie der knöchellange schwarze Umhang, der bei Beerdigungen zum Einsatz kam. Als Daniel ihn einmal an einem kalten Tag auf dem Weg vom Friedhof zur Kirche trug, beugte sich ein Mann aus einem Lieferwagen heraus und schrie: »Hey, Graf Dracula! Solltest du nicht in deinem Sarg liegen?«

Nachdem Daniel die Soutane angelegt hatte, nahm er sein Gebetbuch und das silberne Gefäß mit den dreierlei heiligen Ölen an sich und stahl sich möglichst lautlos zur Tür hinaus, um sowohl den Hunden als auch seiner Mutter unbemerkt zu entkommen, die vermutlich durch die Anstrengung der Hilda-Waschung gereizter Stimmung sein würde.

Die Fahrt zu den Badsaddles fand zurzeit unerfreulich häufig statt für einen Menschen wie Daniel, der nicht gerne auf denselben Routen unterwegs war. Aber immerhin konnte er diesmal an der Kreuzung die Straße nach Upper Badsaddle nehmen, was eine willkommene Abwechslung darstellte, und kurz darauf fuhr er zwischen den – mittlerweile torlosen – Pfosten an der Zufahrt zu Manor House hindurch.

Der Name klang hochherrschaftlich, aber in den 1930er-Jahren war das Herrenhaus aus der Tudorzeit abgebrannt und lediglich das kleinere Mitgifthaus aus dem 19. Jahrhundert übrig geblieben. Admiral Hawkins, der Schwiegervater der jetzigen Besitzerin, hatte jedoch den Namen unbekümmert auf das weitaus weniger prachtvolle Gebäude übertragen, das mittlerweile sehr heruntergekommen aussah. Die Zufahrt war unkrautüberwuchert, die Lorbeersträucher am Wegrand wirkten verkümmert, und im dritten Stock waren sämtliche Fensterläden geschlossen. Alles in allem strahlte das Anwesen etwas Graues und Trostloses aus, es schien nur noch ein Schatten seiner selbst zu sein.

Nachdem Daniel am Eingang geklingelt hatte, näherten sich gemäßigte Schritte, und Dora Sharman öffnete die Tür. Ihre Zwillingsschwester Kath hatte im Vorjahr in Champton drei Menschen ermordet und war dann in einem Brand umgekommen, den sie selbst gelegt hatte. Man hätte annehmen können, dass es für die Schwester einer Mörderin schwierig sein würde, sich weiterhin in der Nähe des Ortes aufzuhalten, an dem die schrecklichen Taten stattgefunden hatten. Doch nachdem die Wogen sich geglättet hatten, war in Champton wieder die gewohnte beschauliche Ruhe eingekehrt.

»Guten Tag, Herr Pfarrer.«

»Dora. Sie hatte ich hier nicht erwartet«, sagte Daniel erstaunt. Als Dora abwartend den Kopf schräg legte, fügte er hinzu: »Ich wollte Mrs Hawkins einen Besuch abstatten.«

»Sie werden erwartet. Kommen Sie herein.«

Dora ging voraus. Sie war klein und zierlich und trug eine Kittelschürze, die Daniel aus irgendeinem Grund an ein Leichentuch erinnerte. In der düsteren Eingangshalle hingen Porträts von Männern der Hawkins-Familie in Marineuniformen aus unterschiedlichen Epochen an den Wänden. Auch das wuchtige dunkelbraune Mobiliar stammte aus längst vergangener Zeit und hatte die Jahrhunderte scheinbar unbeschadet überdauert. Die Kartons mit Zeitungsausschnitten, die überall herumstanden, erzählten dagegen eher eine Geschichte von Vergänglichkeit.

»Ich helfe Mrs R«, sagte Dora. »Nur falls Sie sich fragen, was ich hier zu suchen habe.«

»Mrs R?«

»Mrs Reginald Hawkins. Nur ihre Schwiegermutter wurde Mrs Hawkins genannt.«

»Und wie geht es … Mrs R?«

»Sie liegt im Sterben. Ist aber immer noch ziemlich willensstark.«

»Und was werden Sie tun?«, fragte Daniel.

»Wie meinen Sie das?«

»Nun, wenn sie verstorben ist.«

»Wieder nach Hause zurückkehren«, antwortete Dora. »Aber das mache ich ohnehin täglich. Ich bin hier nur für Kleinkram zuständig, Sachen einpacken und so weiter. Sie hat eine dauerhafte Hilfe. Soll ich dann mal schauen, ob Mrs R bereit ist, Sie zu empfangen?«

»Das wäre sehr freundlich.«

Dora stieg die Treppe hinauf, die sogar unter ihrem Fliegengewicht laut knarrte. Daniel schob einen Karton auf einer Bank beiseite und ließ sich nieder. Dabei fiel ihm auf, dass sich seine Soutane durchaus nicht in wünschenswertem Zustand befand. Sie war an mehreren Stellen abgewetzt, und einige Knöpfe hatten sich gelockert – es sollten gemäß der Artikelanzahl des anglikanischen Glaubensbekenntnisses 39 sein. Auch das war nicht der Fall, aber Daniel ging nicht davon aus, dass seine Schäfchen Knöpfe zählen würden, weshalb er diesen Makel auf die leichte Schulter nahm.

Jetzt hörte er von oben Doras Stimme. »Daniel? Also, ich meine: Herr Pfarrer?«

»Ja?«

»Sie können hochkommen.«

Er begab sich auf die mit Kartons vollgestellte Treppe. Als er oben ankam, stieg ihm bereits der typische stickige Krankenzimmergeruch nach Salben und Bettpfannen in die Nase.

»Hier herein.« Dora stand in einer offenen Tür.

Im Zimmer war es noch schummriger als in der Eingangshalle. Die Vorhänge waren zugezogen, das einzige Licht stammte von einer Lampe auf dem Nachttisch. Mrs Hawkins lag etwas erhöht, auf mehrere Kissen gebettet. Ihr Haar war inzwischen schlohweiß, und sie sah abgemagert aus, doch ihr Blick wirkte nicht minder energisch als früher. In einem Sessel am Bett saß Jean Tailby, mit einer Häkelarbeit beschäftigt.

»Ah, Pfarrer Clement!«, sagte sie. »Ich bin hocherfreut, dass Sie es sind!«

»Ich hatte mich auch schon gefragt, ob wir uns wohl noch einmal wiedersehen würden, Mrs Tailby«, erwiderte Daniel.

»Aber Sie sind hier, um *mich* zu besuchen«, unterbrach Mrs Hawkins unwirsch die Unterhaltung.

»Mrs Hawkins«, sagte Daniel. »Sie wirken erfreulich lebhaft auf mich.«

»Ach was, ich sterbe, aber es ist schummrig hier drin, und Mrs Tailby hat mir die Haare gekämmt und mir etwas Lippenstift aufgelegt. Und ich freue mich, Sie zu sehen. Möchten Sie Tee? Oder etwas Stärkeres? Ich nehme jedenfalls einen Sherry.«

Lächelnd sagte Mrs Tailby: »Dora? Sherry für Mrs R und den Herrn Vikar?«

»Können Sie selbst holen, Jean, Sie wissen, wo der Sherry

steht«, versetzte Dora schroff. »Und er ist schon lange nicht mehr Vikar, sondern Pfarrer.« Damit marschierte sie hinaus.

Mrs Tailby lächelte milde, legte ihr Häkelzeug beiseite und bemühte sich aufzustehen. Sie war klein und rundlich, trug einen weißen Wollpullover, der an der Brust spannte, und eine braune Hose. Ihre Füße wirkten seltsam zierlich, fast wie die eines Kindes. Da es ihr sichtlich schwerfiel, hochzukommen, bot Daniel ihr den Arm.

»Vielen Dank, Herr Pfarrer! Ich bin so schwerfällig wie eine Schildkröte!« Als Mrs Tailby sich schließlich in der Vertikalen befand, zupfte sie ihre Kleidung zurecht und lächelte dann breit. »Sherry für Sie beide … dauert nicht lange!« Damit tippelte sie hinaus.

»Ich wusste gar nicht, dass Sie mit den Tailbys bekannt sind«, sagte Daniel.

»Kennen Sie auch ihren Mann?«, fragte Mrs Hawkins.

»Ja. Roy, oder?«

»Er macht sich hier sehr nützlich. Erledigt Fahrdienste, räumt auf, kauft ein.«

»Ah ja. Wie … haben Sie die beiden gefunden?«

»Sie haben *mich* gefunden. Mein Zustand hat sich herumgesprochen, wie es nun mal so ist, und da haben die Tailbys sich bei mir gemeldet. Dora ist zwar ein netter Mensch, reißt sich aber nicht gerade ein Bein aus, was Arbeit angeht. Und ich muss meine Sachen in Ordnung haben, bevor ich abtrete, Herr Pfarrer.«

»Welche Sachen denn?«, erkundigte sich Daniel.

»Nun, sämtliche geschäftlichen Angelegenheiten, auch was das Haus betrifft und so weiter. Deshalb wollte ich Sie auch sprechen.«

»Ach so, ich dachte wegen Mr Biddle …«

»Diesem fürchterlichen Hilfspfarrer? Nein, nein.«

»Er ist kein Hilfspfarrer, Mrs Hawkins«, stellte Daniel klar. »Sondern der für die Badsaddles zuständige Geistliche.«

»Ich bitte Sie. Der macht doch einen Eindruck wie aus dem Kinderfernsehen!«

»Nun, er … gehört einer neuen Generation an.«

»Ich will aber keine neue Generation«, erklärte Mrs Hawkins kategorisch. »Sondern die alte. Mein Pfarrer soll aussehen wie ein Pfarrer und sich auch so ausdrücken – wie Sie eben.«

»Aber ich versichere Ihnen, dass Mr Biddle Ihnen alles anbieten kann, was ich anzubieten habe«, wandte Daniel ein.

»Meinen Sie? Wissen Sie, was er mir angeboten hat?«

»Nein«, sagte Daniel betreten.

»Bei mir Hand anzulegen«, verkündete Mrs Hawkins empört.

Daniel blieb stumm.

»Jawohl«, fuhr Mrs Hawkins fort. »Das ist doch wohl die Höhe!«

Daniel hüstelte. »Mrs Hawkins, ich glaube nicht, dass das ein anzüglicher Vorschlag war. Mr Biddle wollte Ihnen die Hand auflegen.«

»Sage ich doch.«

»Das Handauflegen ist eine Tätigkeit, die als heilkräftig gilt, Mrs Hawkins. Es soll die Heilung fördern.«

»Herr Pfarrer, im Ernst – muss ich mich in fortgeschrittenem Alter begrapschen lassen, weil so ein fehlgeleiteter Schwachkopf meint, es ginge mir danach besser?«

»Ich bin sicher, dass Mr Biddle nichts tun würde, was Sie nicht wünschen.«

»Ach ja? Danach hat er versucht, für mich zu beten«, berichtete Mrs Hawkins entrüstet.

Daniel runzelte die Stirn. »Aber das würde man von einem Geistlichen wohl erwarten, nicht wahr?«

»Ich will Worte des *Trostes*, Daniel, nicht irgendwelchen *Humbug*, bei dem Gott gebeten wird, meinen Krebs verschwinden zu lassen. Das haben die besten Ärzte und die Chemotherapie nicht geschafft, wieso soll es dann so einem albernen Hampelmann mit Zottelmähne gelingen? Aber der hat einfach nicht auf mich gehört.« Mrs Hawkins stützte sich auf die Ellbogen. »Ich möchte, dass Sie mir etwas versprechen, Daniel.«

Daniel beschlich eine ungute Vorahnung, aber er sagte: »Sofern es in meinen Kräften steht ...«

»Dieser Kerl soll sich nicht mal in der *Nähe* meiner Bestattung aufhalten.«

»Er ist Ihr zuständiger Geistlicher, Mrs Hawkins«, gab Daniel zu bedenken.

»Aber das sind doch Sie! Auch wenn die Gemeinden vereint worden sind, oder nicht?«

»Eigentlich nein«, antwortete Daniel. »Mr Biddle ist für die Badsaddles zuständig, und ich habe eine ... Ich glaube, der Bischof hat es als ›übergeordnete Rolle‹ bezeichnet. Offen gestanden, bin ich mir selbst nicht ganz über die Tragweite im Klaren ... aber es wäre sicher nicht angemessen, wenn ich mich in den Aufgabenbereich eines anderen Pfarrers einmische.« Daniel hielt einen Moment inne und fügte dann hinzu: »Und ich möchte Ihnen noch einmal versichern, Mrs Hawkins, dass Mr Biddle bei seinem Besuch hier nichts als Ihr Wohlbefinden im Sinn hatte.«

Mrs Hawkins schlug energisch mit beiden Händen auf die Bettdecke. »Es ist mir vollkommen gleichgültig, was der im Sinn hat! Das ist mir auch beim Klempner oder beim Gärtner egal! Der eine soll dafür sorgen, dass der Wasserhahn nicht tropft, der andere soll die Schnecken von meinen Lilien fernhalten.« Jetzt klang ihre Stimme brüchiger, und Daniel bemerkte ein Glitzern in ihren Augen.

Er ließ sich in dem Sessel nieder, in dem Jean Tailby zuvor gesessen hatte. »Es tut mir leid, Mrs Hawkins. Die Situation ist gewiss sehr schwierig für Sie. Was kann ich für Sie tun?«

»So unhöflich war der! Ungeheuerlich unhöflich! Keine Entschuldigung, barscher Abschied. Und ich *sterbe* …«

»Haben Sie Angst, Mrs Hawkins?«

»Natürlich habe ich Angst! Wollen Sie mir etwa einreden, ich soll keine haben?«

»Nein. Ich möchte Ihnen sagen, dass Sie nicht alleine sind.«

Als Mrs Hawkins jetzt zu weinen begann, ergriff Daniel behutsam ihre knochige Hand und sprach ein Sterbegebet. Danach nahm er seinen Ölbehälter heraus, drückte den Daumen auf das Schwämmchen am für die letzte Salbung bestimmten Öl und zeichnete damit ein Kreuz auf Mrs Hawkins' Stirn.

»Muriel«, sprach er, »ich salbe dich mit Öl im Namen unseres Herrn Jesus Christus. Unser himmlischer Vater mache dich heil an Leib und Seele und schenke dir die innere Salbung mit deinem Heiligen Geist, dem Geist der Kraft, der Freude und des Friedens. Amen.«

»Amen«, murmelte Mrs Hawkins, und ihr Schluchzen ebbte langsam ab.

Daniel ergriff erneut ihre Hand.

»Ooh«, hörte er jetzt eine Stimme hinter sich, »Sie heißen Muriel mit Vornamen?«

»Nicht für Sie, Mrs Tailby«, sagte Mrs Hawkins streng.

»Nein, selbstverständlich nicht. Hier ist Ihr Sherry.«

Mrs Tailby trat in den Lichtkegel der Nachttischlampe, mit einem Tablett in den Händen, auf dem zwei mit granatroter

Flüssigkeit gefüllte Gläser standen. Daniel entging nicht, dass Jean Tailby Süßweingläser ausgesucht hatte.

»Wo soll ich es hinstellen, Mrs R?«

»Mein Glas auf den Nachttisch. Bedienen Sie sich bitte, Daniel.«

»Das tue ich. Vielen Dank, Mrs Tailby. Sagen Sie … waren Sie schon länger da?«

»Wo?«

»Hier im Zimmer. Haben Sie … waren Sie zufällig Zeugin unseres Gesprächs?«, fragte Daniel.

»Nein, nein.«

»Aber Sie haben ›Muriel‹ gehört!«, fauchte Mrs Hawkins.

»Ach, nur den Namen. Er ist wirklich hübsch.« Mrs Tailby lächelte strahlend.

»Vielleicht könnten Sie uns jetzt alleine lassen, Mrs Tailby«, sagte Daniel.

»Aber natürlich. Ich bin in der Küche, falls Sie etwas brauchen, Mrs R. Ach, und Roy hat Ihr Medikament besorgt.« Mrs Tailby bewegte sich rückwärts hinaus, noch immer grinsend wie ein Honigkuchenpferd.

Daniel genehmigte sich einen Schluck. »Oh, der ist aber süß!«

»Sie müssen Ihn nicht trinken. So, und nun möchte ich noch etwas anderes klären«, verkündete Mrs Hawkins.

»Ja?«

»Ich habe keinerlei Verwandtschaft mehr und will sichergehen, dass die Verwaltung meiner Angelegenheiten in guten Händen ist. Deshalb möchte ich Sie zu meinem Testamentsvollstrecker ernennen, Herr Pfarrer.«

»Oh.« Daniel fragte sich, ob er diese Aufgabe überhaupt übernehmen durfte. Darum hatte ihn noch nie jemand gebeten.

»Ja. Sie sind doch die ideale Person dafür. Und Ihre Mutter

könnte Sie dabei unterstützen. So bliebe alles unter einem Dach.«

»Ich weiß gar nicht, ob ich diese Verantwortung übernehmen darf, Mrs Hawkins«, sagte Daniel. »Das wäre unseriös. Vor allem, falls … wie soll ich sagen … die Kirche von Ihrer Großzügigkeit profitieren würde …«

»Die Kirche? Nein, mein Vermögen geht an die Armenstiftung. Sie werden mir doch gewiss beipflichten, dass es dort am meisten benötigt wird.«

Daniel schluckte. »Selbstverständlich eine sinnvolle Tat, und wie ungemein großherzig von Ihnen. Dann gibt es auch keine Verwicklungen mit finanziellen Zuwendungen an meine Kirche.«

»So ist es. Kann ich mich auf Sie verlassen?«

»Ich müsste zunächst klären, ob mir das Übernehmen einer solchen Aufgabe gestattet ist. Sind Sie ganz sicher, dass keine andere Person infrage kommt?«

Mrs Hawkins schaute zur Decke hoch. »Nun, die Tailbys gäbe es wohl auch noch.«

»Dazu möchte ich Ihnen nicht raten, Mrs Hawkins.«

»Wieso nicht?«

»Sie kennen die beiden noch nicht lange und konnten sich noch kein umfassendes Bild von ihrer Vertrauenswürdigkeit machen, denke ich.«

»Was schlagen Sie dann vor, Herr Pfarrer?«

Daniel spürte, dass er errötete. »Nichts Konkretes, Mrs Hawkins. Ich würde nur im Zusammenhang mit finanziellen Angelegenheiten immer zu größter Umsicht raten.«

Mrs Hawkins lachte. »Haben Sie den Eindruck, dass ich von vorgestern bin? Ich würde eher sterben, als Jean Tailby auch nur einen Fünfer zu vermachen.«

Als er nach unten ging, war Dora in der Eingangshalle damit beschäftigt, Teller von einem Porzellanservice in Zeitungspapier zu verpacken und in Kartons zu verstauen.

»Kann ich Sie nach Hause fahren, Dora?«, erbot sich Daniel.

»Ich habe mein Fahrrad hier, Herr Pfarrer. Aber ich geleite Sie noch nach draußen.«

Daniel wunderte sich über die zuvorkommende Geste, doch als sie außer Hörweite des Hauses waren, sagte Dora: »Ich vermute, Sie haben bereits früher Bekanntschaft mit den Tailbys gemacht?«

»Ja, ich bin ihnen ein-, zweimal begegnet.«

»Verstehe.« Fröstelnd schlang Dora die Arme um sich. »Ich kann auch noch länger bei Mrs R bleiben, wenn Sie möchten.«

»Das ist wirklich sehr freundlich von Ihnen, Dora, danke.«

»Keine Ursache. Sie waren ja auch sehr gütig zu mir, als ich es dringend brauchte. So etwas vergesse ich nicht.«

»Und würden Sie mich bitte auch informieren, wenn Sie um Mrs Hawkins besorgt sind? Ich kann ihr jederzeit wieder einen Besuch abstatten.«

»Der gute Hirte«, bemerkte Dora.

»Ich bemühe mich.«

»Es heißt ja auch: Seht euch vor jenen vor, die in Schafskleidern zu euch kommen, inwendig sind sie reißende Wölfe.«

Daniel nickte. »Äußerst treffend, liebe Dora.«

»Sind Sie hier, um Chris eine Standpauke zu halten?«, fragte Sally, als Daniel zum zweiten Mal an diesem Tag bei ihr vor der Tür stand.

»Guten Abend, Sally. Nein, aber ich würde gerne mit ihm sprechen.«

»Er erwartet Sie in seinem Arbeitszimmer. Aber es darf nicht zu lange dauern, wir haben später den Hauskreis hier. Vielleicht möchten Sie auch teilnehmen?«

»Ähm …«

»Das war ein Scherz, Daniel. Kommen Sie rein. Das Arbeitszimmer ist gleich hier drüben.«

Die Tür war angelehnt, und Daniel sagte laut: »Kann ich eintreten, Chris?«

»Daniel!« Chris erschien in der Tür. »Natürlich, nur herein …« Er wies auf ein sofaähnliches Gebilde, das mit einem hellgrauen fleckigen Stoff bedeckt war und den Eindruck machte, als bestünde es aus Strohballen. »Es tut mir leid, was ich am Telefon gesagt habe, Daniel. Das war falsch von mir, aber ich habe mich wirklich sehr geärgert. Ich bitte um Verzeihung.«

»Sie müssen sich nicht entschuldigen, Chris. Deshalb bin ich nicht hier.«

»Okay. Danke.«

Eine schwarze Katze kam hereingehuscht und näherte sich Daniel. Er bückte sich gedankenverloren, um sie zu streicheln, aber das Tier wich plötzlich zurück und kletterte auf die Lehne eines Sessels. Von dort aus starrte es Daniel mit leuchtend grünen Augen vorwurfsvoll an.

»Das ist dann wohl … Lydia nannte sie ›Bat‹, oder?«, fragte Daniel.

»Ja, Bat. Aber Vorsicht, sie ist nicht sehr nett zu Fremden.«

»Warum heißt sie Bat?« Jetzt spitzte die Katze die Ohren.

»Lydia hat sie so genannt, nach einem Fantasyroman, den die Kinder gut finden. Wie war der Spaziergang mit ihr heute?«, erkundigte sich Chris.

»Es hat mir Freude gemacht, Lydia ein wenig kennenzulernen. Sie kann sehr gut mit Tieren umgehen.«

»Ja, das finde ich auch. Ihre Tierliebe hat sich auch während der … ähm … Turbulenzen der Pubertät und dieser Goth-Sache gehalten. Aber ihren Zwillingsbruder erkenne ich zurzeit manchmal kaum noch wieder. Nun ja, so ist das, in diesem Alter suchen die jungen Menschen nach ihrem Weg, nicht wahr? Und für Kinder von Geistlichen kann das ganz besonders schwierig sein. War Ihr Vater auch ein Mann der Kirche?«

»Nein, Geschäftsmann«, antwortete Daniel.

»Bei mir waren Vater und Großvater Männer Gottes«, erklärte Chris. »Und ich wollte nie etwas anderes werden. Während meines Studiums habe ich einmal einen Vortrag gehört, in dem es darum ging, ob Gattinnen und Kinder von Geistlichen sich gleichermaßen zu Gott berufen fühlen. Ich fand das ganz normal, aber meine Frau und meine Kinder sehen das gar nicht so.«

Daniel legte eine kurze Sprechpause ein, bevor er sagte: »Mrs Hawkins.«

»Die *liebenswürdige* Mrs Hawkins.«

»Sie müssen sie nicht mögen, Chris. Aber Sie müssen sie lieben.«

Chris öffnete den Mund, um etwas zu erwidern, schloss ihn aber wieder, um nachzudenken. (*Gute Idee*, dachte Daniel bei sich.) »Wie meinen Sie das?«, fragte Chris schließlich.

»Sie so zu lieben wie Christus.«

»Und was soll das heißen?«

»Dass Sie unter allen Umständen ihre Seele für die Erlösung retten müssen.«

»Das hört sich an, als sei es ganz einfach.«

»Einfach und schwierig zugleich.«

Chris seufzte genervt. »Sie können wirklich … also, Ihresgleichen … Sie können so anstrengend sein.«

»Das höre ich nicht zum ersten Mal. Aber was meinen Sie damit?«

»Dass Sie sich immer weigern, den einfachen Weg zu gehen«, antwortete Chris. »Bei Ihnen muss alles unbedingt mühsam sein. Und Sie beherrschen das auch gut – die Widersprüchlichkeiten, die Poesie. Manchmal ist unser Amt ganz schlichte Prosa, Daniel – aber Sie bestehen auf der Poesie. Und das … schadet Ihrer Vision. Und *ich* meine, dass es auch unserer *Mission* schadet.«

»Oh, meine Güte.«

»Da haben wir's wieder! Sie kämpfen nicht! Wo bleiben Ihre Bibelzitate, Ihr Eifer? Sie sind so … anglikanisch.«

»Das bin ich allerdings. Und Sie?«

»Ich bin Bibelchrist, Daniel.«

»Wir könnten ewig darüber debattieren, was darunter zu verstehen ist, Chris. Aber jetzt sollten wir uns erst einmal mit dem Zustand der unsterblichen Seele von Muriel Hawkins befassen. Sie dürfen sie nicht im Stich lassen.«

»Aber sie hat mich rausgeworfen.«

»Weil Sie sich auf einen Streit mit ihr eingelassen haben. Sie hatte es darauf angelegt, weil sie wütend ist, und Sie haben sich hineinziehen lassen. Das sollten Sie unbedingt vermeiden, denn sie braucht, was wir ihr bieten können, und wir müssen ihr zur Verfügung stehen.«

»Sie meinen also«, erwiderte Chris, »dass wir ihr Benehmen ertragen und sie besänftigen müssen, damit wir ihr eine Hostie verabreichen können – und damit ist unsere Aufgabe erledigt? Glauben Sie das wirklich?«

»Ja, das tue ich«, antwortete Daniel fest. »Wir können unterschiedlicher Meinung sein, dürfen aber unsere Pflicht nicht vergessen: die Menschen zu lieben und ihnen zu dienen, zu sorgen für die Jungen und die Alten, die Starken und die Schwachen, die Reichen und die Armen. Zu predigen, reuigen Sündern Gottes Vergebung zu vermitteln und seinen Segen zu erteilen. Daran erinnern Sie sich doch gewiss?«

»Ich erinnere mich auch an die Pflicht, zu ermahnen. Wann haben Sie zum letzten Mal jemanden ermahnt, Daniel?«

»Was glauben Sie wohl, warum ich hier bin?«, gab Daniel zurück.

Ein Schweigen entstand. Schließlich sagte Chris: »Was erwarten Sie von mir?«

»Dass Sie für Mrs Hawkins beten.«

»Also soll ich zu Kreuze kriechen?«

»Ich denke, das würde nichts verbessern«, antwortete Daniel. »Sie können Mrs Hawkins mir überlassen, es hat keinen Sinn, die Lage noch zu verschlimmern. Aber da wäre noch etwas.«

»Und zwar?«

»Was halten Sie von ihrer Begleiterin?«

Chris überlegte einen Moment. »Der dünnen oder der dicken?«

»Der … ähm … fülligeren, Mrs Tailby.«

»Die finde ich etwas unheimlich. Und ihr Gatte ist mir auch nicht geheuer.«

»Inwiefern?«

»Er wirkt unaufrichtig. Und zu versessen darauf, sich um Mrs Hawkins zu kümmern – dabei kennt er sie doch kaum.«

»Könnten Sie vielleicht die Ohren offen halten? Dorfklatsch kann hilfreich sein.«

»Ja. Soll ich auf etwas Bestimmtes achten?«

»Es gibt keinen konkreten Anlass zur Beunruhigung, und ich vertraue auf Mrs Hawkins' Fähigkeit, auf sich selbst achtzugeben. Aber sie ist reich, liegt im Sterben und ist allein – das ruft immer die Aasgeier auf den Plan. Doch jetzt will ich Sie nicht länger aufhalten. Vielen Dank für das Gespräch.«

Daniel erhob sich, woraufhin Bat von der Lehne sprang und sich hinter dem Sessel verkroch.

»Ein gemeinsames Gebet, Daniel?«, fragte Chris.

»Sprechen wir ein Gnadengebet zusammen.«

»Die Gnade unseres Herrn Jesus Christus und die Liebe Gottes und die Gemeinschaft des Heiligen Geistes sei mit euch allen. Amen.«

Sie sprachen die Worte synchron, aber mit unterschiedlicher Haltung. Daniel hatte anfänglich die Augen geschlossen und bekreuzigte sich am Ende. Chris dagegen sah sich um, als vermisse er ein Publikum, das seine Heiligkeit bezeugen könne.

Welkes Laub wehte durch die Luft, und Daniel kam es erstaunlich dunkel vor, als er sich in Champton dem Pfarrhaus näherte; der Herbstbeginn, obwohl nun wahrlich vorhersehbar, pflegte ihn doch wieder jedes Jahr aufs Neue zu überraschen.

Audrey wartete in der Küche auf ihn; ihr Noilly Prat, der Wermut, den sie für gewöhnlich im Wohnzimmer trank, stand auf dem Tisch.

»Wo warst du?«, fragte sie etwas drängend.

»Ich musste zu Mrs Hawkins in Upper Badsaddle«, antwortete Daniel. »Sie hat nicht mehr lange zu leben, fürchte ich.«

»Mitten im Leben sind wir vom Tod umfangen«, bemerkte seine Mutter, für ihre Verhältnisse erstaunlich philosophisch.

»Das ist wahr.«

»Ein passendes Zitat zum Herbst.«

»Dachte ich auch gerade«, sagte Daniel.

»Aber das Gegenteil ist ebenso wahr – mitten im Tod sind wir auch vom Leben umfangen.«

»Gewiss, gewiss«, erwiderte Daniel mit dem erhabenen Predigertonfall, den er anzuwenden pflegte, wenn Audrey sich zu sehr in seinen Beruf einmischte.

Seine Mutter schwieg einen Moment. Dann sagte sie: »Ich habe herausgefunden, was mit Hilda nicht stimmt.«

»Was denn?«, fragte Daniel beunruhigt.

»Sie ist trächtig.«

3

Daniel hatte nie verstanden, warum es so schwierig war, Männer in der Kirche zum Singen zu motivieren. Hätten sie Lieder aus ihrer Jugend oder Militärzeit zum Besten geben dürfen, hätten sie vermutlich mit sonoren Bärenstimmen drauflosgeschmettert, was das Zeug hielt. Doch sobald höhere Tonlagen gefragt waren, verstummten sie nach und nach, als fürchteten sie, Schaden an ihrer Männlichkeit zu nehmen. Auch der Ratsherr Staveley, der eine wohltönende Bassstimme hatte, wurde in jedem Gottesdienst nach und nach leiser und fiel schließlich komplett aus, sobald er sich der Baritonlage auch nur nähern musste.

Hier jedoch, im altehrwürdigen Fußballstadion von Stowe an der Ellington Road, schienen derlei Hemmungen nicht zu existieren. Zehntausend Männer kreischten geradezu in einem ohrenbetäubenden Chor. Aber was sangen sie da? Es hörte sich für Daniel an wie:

SUMNERS KRIEGT DICH BEI DEN EIERN
BEI DEN EIERN
BEI DEN EIERN

Die letzten Töne wurden in einem schrillen Falsett intoniert, das einem durch Mark und Bein ging.

»Neil«, schrie Daniel über den Tumult hinweg, »was singen die?«

»Das willst du gar nicht wissen.«

»Doch, durchaus.«

»Ist aber ziemlich unanständig.«

»Das hatte ich vermutet. Aber was für eine stimmliche Wucht!«

»Siehst du den da vorne am Spielfeldrand, mit dem Gesicht zu uns?«, fragte Neil.

Neil zeigte auf einen Spieler, der trotz strömenden Regens in erhabener Starpose am Spielfeldrand stand, während der Rest der Mannschaft sich aufwärmte. Der Spieler trug das Trikot der gegnerischen Mannschaft, Stratton United, in Rot, Weiß und Blau, was Daniel deutlich eindrucksvoller fand als das etwas blass wirkende hellblau-weiße Trikot von Stowe City.

»Er sieht aus, als sei er ein Anführer oder so«, antwortete Daniel.

»Das ist Darren Sumner, der berühmte Mittelfeldspieler und Kapitän der Mannschaft. Zu Recht ein Star und ein toller Spielführer, aber auch bekannt für extrem unsportliches Verhalten.«

»Ach, du meine Güte.«

»Er packt seine Gegner gern … nun ja … bei den Hoden und drückt zu. Daher der Schlachtruf der Fans.«

»Verstehe.«

»Ich weiß ja, dass du kein Interesse an Popmusik hast«, sagte Neil, »aber es gibt dieses Jahr einen großen Hit, den sogar du bestimmt schon mal gehört hast, ›Something's Gotten Hold of My Heart‹. Marc Almond von Soft Cell im Duett mit Gene Pitney, der den Song geschrieben hat. War Nummer eins in den Charts.«

»Wie ist die Melodie?«

Neil beugte sich zu Daniel und sang ihm den Text ins Ohr, gefolgt von der Frage: »Erkennst du den Song?«

»Nein, ich glaube nicht.«

»Egal. Jedenfalls singen die Fans hier die Melodie, nur mit anderem Text. Das wird gerne gemacht in Fußballstadien.«

»Aha …«, sagte Daniel etwas ratlos. »Wie einfallsreich.«

Er war mit den Gepflogenheiten bei Fußballspielen ebenso wenig vertraut wie bei anderen Sportarten, in denen er sich in seiner Schulzeit samt und sonders als komplette Niete erwiesen hatte. Zum Glück hatte es an seinem Internat auch ein reichliches Musikangebot gegeben, und der Schulleiter hatte schließlich Erbarmen mit Daniel gehabt und ihn von sämtlichen Mannschaftssportarten befreit, mit der Begründung, dass dabei zu große Verletzungsgefahr bestünde für jemanden, der Klavier, Orgel und Geige spielte.

Doch nun hielt das Thema Sport durch die Freundschaft mit Neil Vanloo erneut Einzug in Daniels Leben. Neil übte mit Leidenschaft diverse Sportarten aus, und Daniel musste feststellen, dass er sich von der energetischen, kraftvollen Ausstrahlung des fünfzehn Jahre jüngeren Mannes extrem angezogen fühlte. Selbst in der zweiten Hälfte der Vierziger angelangt, fand Daniel diese Entwicklung beunruhigend, doch die Lebenserfahrung sagte ihm auch, dass sich in ihm offenbar etwas regte, dem er jahrelang so wenig Beachtung geschenkt hatte, dass es nahezu verkümmert war. Ein fast fremder Teil seiner Persönlichkeit schien auf sich aufmerksam machen zu wollen.

Neil dagegen hatte in Daniel einen kundigen Begleiter zu Mysterien der Welt gefunden, die ihm bislang verborgen geblieben waren – Musik, Kunst, Architektur –, und begann, sich durch die neue Freundschaft auch mit seiner Herkunft und seinem Verhältnis zur Religion zu beschäftigen. Seine Eltern hatten der pietistisch geprägten Herrnhuter Brüdergemeine angehört, und Neil nahm als Kind begeistert an allen kulturellen und sportlichen Angeboten teil, bis er als Jugendlicher gegen den

Glauben zu rebellieren begann und sich radikal davon abwandte. Doch meist schließen wir Türen nicht für immer, und nun, in seinen Dreißigern, begann Neil, seine Vergangenheit mit neuem Blick zu betrachten.

Die Freundschaft zwischen den beiden so unterschiedlichen Männern sorgte überall, wo sie bemerkt wurde, für Erstaunen. Audrey, der in ihrer Umgebung selten etwas entging, hatte unlängst geäußert: »Heute habe ich wieder deinen netten Polizisten gesehen. Der ist ja inzwischen so oft in Champton, als hätte er sein Revier hier und nicht in Braunstonbury.«

Nicht zuletzt Daniel selbst staunte über die neue Vertrautheit, im Zuge derer er Anteile von sich erkannte, die bislang im Verborgenen geblieben waren – und er vermutete, dass es sich bei Neil vielleicht ganz ähnlich verhielt.

Als der schrille Pfiff des Schiedsrichters ertönte, versuchte Daniel, sich auf das Spiel zu konzentrieren. Die Regeln hatte er noch nie verstanden, konnte sich jedoch durchaus an eleganten Spielzügen und der allgemeinen Dynamik auf dem Feld erfreuen. Was ihm aber nach wie vor komplett fremd blieb, war die leidenschaftliche Treue zu einer Mannschaft. Sich auf eine Seite zu schlagen, war ihm naturgemäß fremd. Neil dagegen war für Stowe City, weshalb sie in einem Teil des Stadions saßen, in dem sie von Fans dieser Mannschaft umgeben waren.

Als irgendwann in der zweiten Halbzeit ein wütender Aufschrei durch die Menge ging, blickte Daniel ebenso erschrocken wie verständnislos um sich und fragte Neil: »Was ist passiert?«

»Hand. Hast du's nicht gesehen?«

»Nein …«

»Na ja, ging sehr schnell, so was übersieht man leicht.«

Verunsichert nahm Daniel sich vor, etwas mehr Engagement an den Tag zu legen, um sich als zugehörig zu erweisen. Und als kurz darauf ein Tor fiel, sprang er auf, schrie »Bravo« und klatschte begeistert.

Dabei entging ihm vollkommen, dass er auf diesem Teil der Tribüne als Einziger jubelte, bis Neil ihn hastig am Arm packte und mit den Worten »Lass das mal, Daniel« zurück auf den Sitz zog. Doch ein Fan hinter ihnen schrie wütend: »›Bravo‹? Wir sind hier nicht in der Scheißoper! Verpiss dich!«

Daniel drehte sich um. Ein junger Mann, etwa Anfang zwanzig, starrte ihn finster und verächtlich an, und als Daniel indigniert sagte: »Ich habe eine Karte für dieses Spiel«, knurrte der Mann: »Wie gesagt: Hau ab. Du bist für die falsche Mannschaft. Hast hier nichts zu suchen.« Seine Nebensitzer johlten laut, verstummten aber schlagartig, als sich plötzlich ein uniformierter Polizist durch die Reihen drängte und auf Neil zusteuerte.

»DS Vanloo?«

Neil sprang auf und folgte dem Mann zum Gang, wo ein schnelles Gespräch stattfand. Dann kam er zurück und verkündete mit angespannter Miene: »Ich muss weg, Daniel.«

»Wieso? Was ist passiert?«

»Ähm … am besten, du machst dich nach dem Spiel auf den Weg nach Upper Badsaddle.«

»Neil …«

Doch der Polizist eilte bereits davon.

Als Daniel endlich den Parkplatz verlassen konnte, wurde es schon dunkel. Aus dem Stadion herauszukommen, war mühselig und extrem unangenehm gewesen. Ohne Neil hatte er sich plötzlich den aggressiven Typen aus der Reihe hinter ihnen schutzlos ausgesetzt gefühlt. Um nach dem Spiel unversehrt davonzukommen, hatte Daniel ihnen deshalb höflich den Vortritt angeboten.

Und weil Hunderte frustrierter Stowe-Fans nicht bereit waren, bei der Ausfahrt vom Parkplatz andere vorzulassen, steckte Daniel komplett fest, bis ihm zwei Ordner dazu rieten, abzuwarten, bis der Andrang nachließ.

»Das geht nicht, ich muss zu einem Notfall«, wandte Daniel ein.

»Nichts zu machen, mein Freund, da hilft nur Geduld«, erwiderte der Mann.

»Aber ich bin Geistlicher und muss zu einer dringenden Angelegenheit in meiner Pfarrgemeinde«, insistierte Daniel.

»Dann würde ich an Ihrer Stelle beten«, lautete die Erwiderung.

Was Daniel bereits getan hatte, denn er konnte mittlerweile an Neils Miene erkennen, wenn es mutmaßlich einen Mord gegeben hatte. Daniel betete für Muriel Hawkins in der Befürchtung, dass man sie um ihr natürliches Ableben betrogen hatte; und um Vergebung für sich selbst, weil er nicht früher verstanden hatte, dass Manor House ein lebensgefährlicher Ort geworden war.

Als der Parkplatz endlich hinter ihm lag, landete Daniel auf der Straße direkt im Stau. Der Land Rover bockte und ruckelte, und Daniel schnaufte ungeduldig, während es ihm vorkam, als bewege sich der Verkehr mit der Geschwindigkeit eines Eisbergs vorwärts. Nachdem der Stadtrand endlich erreicht war, stellte Daniel zu seiner Erleichterung fest, dass die Straße nach Braunstonbury frei aussah. Zum Glück hatte es aufgehört zu regnen, aber inzwischen war es – bis auf das orangerote Licht der Straßenlaternen – stockfinster. Während er so schnell, wie er es wagte, die Strecke nach Upper Badsaddle zurücklegte, versuchte er, sich innerlich zu wappnen für die Umstände, die ihn dort erwarten mochten.

Welche Szene würde er vorfinden? Er musste sich innerlich stets vorbereiten auf das Leid und die Trauer der Hinterbliebenen. Deshalb nahm er sich immer einen Moment Zeit, bevor er die Orte betrat – im Warteraum vor einer Intensivstation oder auf der Straße an einem Haus, vor dem zu viele Autos standen und in den Fenstern zu viele Blumensträuße zu sehen waren –, und betete für Gefasstheit und Klarheit. Wenn er dann das Haus oder Krankenzimmer betrat, sah er in den Mienen der Anwesenden immer die gleiche Verstörung und Fassungslosigkeit, weil ein geliebter Mensch aus dem Leben geschieden war, und hörte das Raunen: *Der Pfarrer ist hier …*

Als Daniel schließlich die Hauptstraße von Upper Badsaddle entlangfuhr, sah er schon aus der Ferne das flackernde Blaulicht von Streifenwagen. An der Zufahrt von Manor House fiel ihm ein seltsam schräg geparktes Auto auf, ein zweifarbig lackierter Kleinwagen. Eine Person saß am Steuer, die im Scheinwerferlicht des Land Rovers den Kopf abwandte – vielleicht, weil sie geblendet war, vielleicht aber auch, weil sie nicht erkannt werden wollte. Daniel fuhr absichtlich langsam an dem Wagen vorbei, um mehr zu erkennen, sah aber nur eine graue Silhouette.

Doch vor dem Herrenhaus stand zu Daniels Erstaunen nur ein einziges Auto – wo war die Polizei? Wieso gab es nirgendwo eine Absperrung? Als er ausstieg, wurde die Haustür geöffnet, und eine Person trat heraus, deren Gesicht Daniel nicht sehen konnte, weil sie nur von hinten beleuchtet war.

»Guten Abend, Reverend. Erinnern Sie sich noch an mich?«

Roy Tailby.

»Mr Tailby. Ja, gewiss.«

»Sie wissen schon Bescheid?«

»Sonst wäre ich ja wohl kaum hier«, antwortete Daniel.

Roy Tailby trat beiseite und wedelte auffordernd mit der Hand. »Kommen Sie herein, Reverend.«

Daniel zögerte. »Mr Tailby ... ich verstehe nicht ... wieso empfangen *Sie* mich? Wo ist die Polizei?«

»Am Tatort natürlich. Und wieso sollte nicht ich Sie empfangen?«

»Also hat ein Verbrechen stattgefunden?«

»Scheint so, ja.«

»Scheint so?«

»Wie bitte?«, fragte Tailby erstaunt.

Von oben war jetzt eine Stimme zu hören. »Roy, wer ist denn da?«

»Pfarrer Daniel.«

»Ich komme herunter.«

»Wollen Sie den Rest des Abends hier stehen bleiben, Reverend?«

Einen Moment lang fühlte Daniel sich wie gelähmt. Er wollte keinesfalls der Aufforderung von Roy Tailby folgen, dem damit in dieser Situation eine Autorität zugestanden wurde, über die er nicht verfügte. Statt zu reagieren, war Daniel mit seinen Wahrnehmungen beschäftigt: dem seifigen Geruch des Aftershaves Old Spice von Tailby; den fransigen Quasten auf seinen Slippern; der Strickjacke, die entfernt an einen flauschigen Teppich erinnerte.

Jetzt erschien Jean Tailby an der Seite ihres Mannes. »So eine furchtbare Nachricht, Reverend. Wir sind alle völlig schockiert. Kommen Sie herein.«

»Ich würde gerne mit der Person sprechen, die hier weisungsbefugt ist.«

»Mit Muriel?«

»Mrs Hawkins? Wohl kaum. Wo ist Detective Sergeant Vanloo?«

»Das weiß ich nicht«, antwortete Jean Tailby.

»Aber er ist doch direkt von Stowe hierher gefahren … und hatte mich angewiesen, ihm zu folgen.«

Jean Tailby sah verwundert aus. »Nun, er ist sicher beim alten Flugplatz.«

»Wieso das denn?«

»Dort hat es einen Mord gegeben, haben wir gehört. Aber das wird Mr Vanloo Ihnen sicher selbst erklären.«

»Wieso haben Sie sich denn hier mit ihm verabredet?«, erkundigte sich jetzt Roy Tailby.

Als Daniel das Missverständnis klar wurde, schaute er einen Moment zu Boden, sammelte sich und blickte dann wieder auf.

»Ich muss ihn falsch verstanden haben. Entschuldigen Sie. Wie geht es Mrs Hawkins?«

»Gut. Dora hat ihr gerade das Abendessen gebracht und ist jetzt bei ihr. Treu wie ein Schoßhündchen, diese Frau.«

»Aber wer … wer ist denn ermordet worden?«

»Das wissen wir nicht«, antwortete Roy. »Wir haben nur gehört, dass auf dem alten Flugplatz eine Leiche gefunden wurde. Das hat Dora von jemandem gehört, der die Person kennt, die diese Entdeckung gemacht hat. Über Einzelheiten sind wir nicht im Bilde. Aber ich verstehe noch immer nicht, weshalb Sie hierhergekommen sind. Es sei denn, Sie sind außergewöhnlich argwöhnisch …«

»Ich muss jetzt gehen.« Daniel wandte sich ab, den vorwurfsvollen Tonfall seines Gegenübers im Ohr. Wie unangenehm, dass er sich vor diesem Paar eine Blöße gegeben und sich seinen Verdacht hatte anmerken lassen. Weil er so besorgt um Mrs Hawkins gewesen war, hatte er bei einem Mordfall in Upper Badsaddle automatisch angenommen, dass es sich um die Herrin von Manor House handeln musste. Weshalb er nicht darauf geachtet hatte, dass das Blaulicht aus einer ganz anderen Richtung kam, war ihm schleierhaft.

Während er den Land Rover auf der Zufahrt wendete, stellte er sich noch ungeschickter an als sonst, weil er Roy Tailbys erbosten Blick im Nacken zu spüren glaubte, und musste mehrfach zurückstoßen. Das eigenartige kleine Auto stand noch immer an der Zufahrt, und erneut wandte die Person am Steuer das Gesicht ab.

Als Daniel auf die schmale Straße zum alten Flugplatz einbog, sah er bereits helles Licht und das gespenstisch flackernde Blaulicht eines Streifenwagens – der übliche Konvoi von Tragödien und Todesfällen. Zwei uniformierte Polizisten lehnten daran, und einer hob die Hand, als der Land Rover näher kam. Daniel hielt an, und der Polizist leuchtete mit einer Taschenlampe durch die Windschutzscheibe.

»Sie sind der Pfarrer, oder?«, fragte der Mann durchs Fenster.

»Ja. Daniel Clement, Pfarrer der Gemeinde Champton.«

»Ah, der Freund von Neil. Sie haben letztes Jahr bei der Aufklärung der Mordfälle geholfen, nicht wahr? Neil hat immer so ein Geheimnis aus Ihnen gemacht, dass wir dachten, er hätte vielleicht eine Freundin in Champton.«

»Ist er hier?«, fragte Daniel.

»Ja. Sie werden ihn finden. Da, wo am meisten Licht ist.«

Er winkte Daniel durch, der nervös an den beiden vorbeimanövrierte und auf der holprigen Zufahrtstraße weiterfuhr. Bei der einstigen Kapelle, die er Lydia Biddle bei dem Spaziergang mit den Hunden gezeigt hatte, wimmelte es von Autos und Transportern. Die Szenerie war von Flutlicht beleuchtet, Generatoren brummten. Vor dem Eingang zur Kapelle hing eine blaue Plane, hinter der Personen in den weißen Overalls der Spurensicherung auftauchten. Daniel spürte einen Anflug von

Grauen. Er parkte, atmete mehrmals tief ein und aus und sprach laut einige Worte aus der Bibel: »Leben wir, so leben wir dem Herrn; sterben wir, so sterben wir dem Herrn. Darum: wir leben oder sterben, so sind wir des Herrn.«

Dann stieg er aus und eilte zum Eingang der Kapelle, wo ein Polizist mit einem Klemmbrett Notizen machte, während Einsatzleute ein und aus gingen.

»Ist Detective Sergeant Vanloo hier?«, fragte Daniel.

»Da drin, Sir. Sind Sie der Pfarrer?«

»Ja.«

»Sie müssen warten, bis jemand reingeht und ihm Bescheid sagt. Da drüben bitte.« Der Mann deutete mit dem Kugelschreiber – dessen aufgesteckte Kappe abgekaut war, wie Daniel bemerkte – auf eine Stelle etwas abseits des Geschehens. Als zwei mit Koffern ausgestattete Männer von der Spurensicherung auftauchten, wies der Polizist mit dem Kopf auf Daniel. Sie drehten sich zu ihm um, und eine Sekunde lang hatte er das absurde Gefühl, von Michelin-Männchen gemustert zu werden. Nachdem die beiden Einlass erhalten hatten, erschien kurz darauf Neil aus der Kapelle, ebenso von Kopf bis Fuß in Weiß gewandet.

»Wir müssen dich zuerst einkleiden«, erklärte er, »wenn du den Tatort sehen willst. Und das solltest du, denke ich.«

»Wer ist es?«

Als Daniel keine Antwort bekam, drängte er: »Neil? Wer ist das Opfer?«

Es war Joshua Biddle. Daniel erkannte den Jungen nicht sofort, weil er zusammengesackt neben dem Tisch lag, der früher als Altar gedient hatte – und jetzt offenbar auch wieder, wie Daniel voller Grauen feststellte. An beiden Enden des Tischs war je eine

Kerze in einem Wachsklecks fixiert worden. Eine war heruntergebrannt, die andere war vorher gelöscht worden. Die Blutlache am Boden war durch eine klaffende Wunde am Hals entstanden, jemand hatte Joshua offensichtlich die Kehle durchgeschnitten.

»Kennst du ihn?«, fragte Neil.

»Ja. Das ist Joshua, der Sohn des Ehepaars Biddle. Sein Vater ist der neue Pfarrer von den Badsaddles, seine Mutter Diakonin. Er ist sechzehn.«

»Was für einen Grund könnte es für diese Tat geben?«

Daniel zuckte hilflos mit den Schultern. »Mir fällt absolut keine Erklärung dafür ein.«

»Aber wonach sieht das hier aus, was meinst du?«

Daniel betrachtete die Szenerie. »Es könnte sich möglicherweise um etwas Rituelles handeln, ein Opfer oder so etwas. Die Kehle durchgeschnitten wie beim Opferlamm im Tempel von Jerusalem. Oder wie ein Kinderopfer auf den aztekischen Pyramiden.«

»Was weißt du über den Jungen?«

»Er war ein sogenannter Goth. Damit kenne ich mich nicht aus, aber ich weiß, dass es bestimmte Bands gibt, die dazugehören, ein Kleidungsstil und eine bestimmte Aufmachung …«

»Ich weiß, was Goths sind, Dan.«

»… und er interessierte sich für Horrorgeschichten über Vampire, Rituale, Totenzeremonien und dergleichen. Aber ich glaube eigentlich, dass das eher oberflächlich war. Joshua wirkte auf mich zu zynisch, um irgendetwas ernst zu nehmen. Und auch zu jung – erst sechzehn. Seine Zwillingsschwester Lydia ist auch Goth, und … Neil, ich habe ihr diesen Ort vor ein paar Tagen gezeigt.«

»Was? Wieso das denn?«

»Sie liebt Hunde und hat gefragt, ob sie mit mir Cosmo und Hilda ausführen darf. Wir waren hier auf dem Flugplatz, und ich habe ihr die Kapelle gezeigt.«

»Wie hat sie darauf reagiert?«, fragte Neil.

»Hat nicht viel gesagt. Die Hunde fand sie offenbar interessanter«, antwortete Daniel.

»Meinst du, sie hat ihrem Bruder von der Kapelle erzählt?«

»Das weiß ich nicht, aber ich könnte es mir denken. Die beiden waren sich sehr nah. Und vielleicht haben sie auch nach Orten gesucht, wo sie ... was immer sie so machen wollten. Ein Hexenzirkel aus Braunstonbury hat sich zum Beispiel eine Zeit lang heimlich im Tom Tower getroffen. Weißt du, dieser Turm auf dem Beacon Hill? Jetzt kann man ihn nicht mehr betreten, zu gefährlich, aber damals haben sie ihre Rituale dort abgehalten.«

»Hast du die Hexen exorziert?«, erkundigte sich Neil.

»Nein, ich hatte nicht den Eindruck, dass es sich um etwas Besorgniserregendes handelte«, antwortete Daniel. »Außerdem haben sie den Turm nicht lange genutzt, weil es da kein Geländer an der Wendeltreppe gab, was einigen dieser sogenannten Hexen nicht zusagte. Aber einerlei ... Neil, darf ich Joshua berühren?«

»Nein, auf gar keinen Fall. Warum?«

»Ich möchte ihn segnen.«

»Geht das nicht auch aus der Entfernung?«

Daniel wandte sich Richtung Altar und sprach: »Der Herr ist in seinem heiligen Tempel und lebt doch unter uns. Bei der Taufe wurde Joshua zum Tempel des Herrn, und so segnen wir Joshuas Leib«, er machte das Kreuzzeichen in der Luft, »und legen unseren Bruder Joshua in deine Hände, auf dass er empfangen werde im Paradies, wo es kein Leid, keinen Schmerz, keinen Gram, sondern ewiges Leben gibt. Im Namen des Vaters, des Sohnes und des Heiligen Geistes. Amen.«

»Amen«, wiederholte Neil.

Einer der Pathologen blickte von der Blutlache auf, neben der er kniete, und starrte Daniel an, schüttelte dann verständnislos den Kopf.

Draußen schälte sich Daniel aus dem Overall und den Überschuhen.

»Wir müssen mit der Familie sprechen«, verkündete Neil.

»Ja, natürlich. Wann?«

»Zuerst müssen sie informiert werden.«

»Das ist noch nicht passiert?«

»Nein … noch nicht.«

Daniel wurde schlagartig klar, dass diese Aufgabe gerade ihm zufiel.

Später am Abend saß er mit Neil zu Hause im Pfarrhaus am Küchentisch. Audrey hatte ihnen beiden ein Glas Whisky aus der Flasche eingegossen, die Bernard de Floures an dem Abend vorbeigebracht hatte, an dem Daniel damals die Leiche von Anthony Bowness in der Kirche entdeckt hatte. Es war ein zwölf Jahre alter Macallan, ein edler Tropfen, doch für dessen Feinheiten hatten beide Männer gerade keinen Sinn.

Vom Flugplatz aus waren sie auf direktem Wege zum Pfarrhaus von Lower Badsaddle gefahren. Daniel fragte sich, was Sally wohl durch den Kopf ging, als sie um diese ungewöhnliche Uhrzeit vor der Tür standen, beide nicht in Berufskleidung, dafür aber mit Leichenbittermiene. Welche Hinweise sorgten dafür, dass aus Erstaunen eine schlimme Vorahnung und dann Angst und Grauen wurden?

Chris wurde aus seinem Arbeitszimmer geholt, wo er gerade an einer Predigt arbeitete.

Und Lydia hörte in ihrem Zimmer düstere Rockmusik und hatte ihre Anlage so laut aufgedreht, dass sie die Schreie ihrer Mutter zunächst für Backing Vocals hielt.

4

Die Sonntagsgottesdienste an diesem schrecklichen Wochenende gerieten kurz und schlicht. Daniel rief zunächst Bernard an, danach Bob Achurch, den Küster, und Jane Thwaite, die Organistin, und sagte allen ab. Dann gab er bekannt, dass der übliche Termin um halb elf in Champton ausfallen würde, weshalb jeder, der an diesem Tag in St Mary's das Sakrament erhalten wollte, am Gottesdienst um acht Uhr morgens teilnehmen musste. Das frustrierte diejenigen, die auf Ausschlafen gehofft hatten, und ebenso jene, die immer vormittags kamen, um die Leute zu meiden, die früh zur Kirche gingen. Um elf Uhr wollte Daniel einen gemeinsamen Gottesdienst für Upper und Lower Badsaddle abhalten, aus Rücksichtnahme auf die Angehörigen ohne Chor und Orgel. Ein Wortgottesdienst verlangte auch eine kurze Predigt, und Daniel wollte sich auf ein Gebet für die Verstorbenen und ein Gebet für die Trauernden beschränken.

Es war ein sonniger, aber sehr kühler Morgen, und die Gläubigen erschienen mit Mänteln und Mützen zum Acht-Uhr-Gottesdienst, der außergewöhnlich gut besucht war. Die Nachricht vom Mord an Joshua Biddle hatte sich verbreitet wie ein Lauffeuer. Deshalb war die Stimmung in der Kirche bereits angespannt und wurde noch deutlich gereizter, als die Stammteilnehmer des frühen Gottesdienstes ihre Stammplätze besetzt fanden. Die Belagerer wiederum sahen keinerlei Anlass, ihren

Sitzplatz aufzugeben, da sie schließlich gezwungen waren, ihren sonntäglichen Kirchgang zu ungewohnter Zeit abzuhalten. Deshalb gab es jede Menge finstere Blicke und beleidigte Mienen, und zur Verstimmung trug obendrein bei, dass Daniel die Predigt um acht Uhr traditioneller und die um halb elf moderner zu gestalten pflegte, so dass nun keine Gruppe bekam, was sie gewohnt war. Es oblag jetzt also ihm, den aufgeregten Gemütern mit unerschütterlicher Gefasstheit den erwarteten Seelenfrieden und Trost zu verschaffen.

Das hatte er auch im Vorjahr zwischen Ostern und Pfingsten tun müssen, als drei Mordfälle die beschauliche Ruhe von Champton zerstört hatten. Damals hatte Daniel in seiner Predigt gelobt, dass der Frieden wieder einkehren würde, und gehofft, dass es nach der Aufklärung der Verbrechen auch für immer so bleiben würde. Doch nun war dieser Frieden erneut erschüttert, und die Wiederholung eines solch grausamen Geschehens war beinahe noch verstörender als im Vorjahr. Es kursierten bereits wilde Gerüchte über einen grausamen Ritualmord, mit dem ein sakraler Ort entweiht worden war.

Daniel ließ kein Wort über die Umstände verlauten, sondern sprach stattdessen in seiner Predigt über den unerschütterlichen Glauben Israels in Angst und Mühsal. Bernard, ein höchst sporadischer Kirchgänger, hatte sich eingefunden, um »Gesicht zu zeigen«, und erbot sich, das erste Klagelied des Jeremia zu lesen. Das gehörte ohnehin für den einundzwanzigsten Sonntag nach Pfingsten zur Liturgie, war nun aber überdies höchst passend für den Anlass.

»Die Huld des Herrn ist nicht erschöpft, sein Erbarmen ist nicht zu Ende, neu ist es an jedem Morgen, groß ist deine Treue«, begann Bernard mit getragener Stimme.

Nach der Lesung des Evangeliums dehnte Daniel den Stillemoment länger aus als gewöhnlich. Als einige der unregelmäßigen Besucher offenbar glaubten, etwas sei schiefgelaufen, und unruhig wurden, begann er wieder zu sprechen und betete für jene Menschen, die durch Gewalt aus der Welt gerissen wurden, für die Trauernden, für jene, die unter den gnadenlosen Folgen zu leiden hatten, und für Gemeinschaften, die von Angst und Hilflosigkeit und Kummer betroffen waren.

Nach dem Gottesdienst hielt Daniel sich kürzer als gewöhnlich am Kircheneingang auf.

Als Erster kam wie üblich Bernard heraus.

»Kommen Sie zum Tee? Mit Ihrer Mutter?«, sagte er nur und verzog dabei etwas merkwürdig das Gesicht. Ob das Grimassieren der Notsituation geschuldet war, in der sich Champton nun erneut befand, oder der Befürchtung, dass Audrey sich voraussichtlich wieder über zahlreiche Mängel am Pfarrhaus beklagen würde, konnte Daniel nicht ermessen, als er dankend zusagte.

Anschließend fuhr er sofort nach Upper Badsaddle. Zwar war Daniel mit den Gemeindemitgliedern dort nicht so vertraut wie mit seinen eigenen, erkannte aber doch einige Gesichter in den Gruppen, die unterwegs waren zur Kirche St Thomas the Martyr. Sie stammte aus dem 12. Jahrhundert und hatte nicht wie St Mary's das Glück gehabt, von ihrem Patron gehegt und gepflegt zu werden. Ursprünglich hatte St Thomas mit Manor House und dem Pfarrhaus eine architektonische Einheit gebildet, aber Letzteres war von einem Geschäftsmann gekauft worden, der dort abgeschieden mit seiner wesentlich jüngeren Frau und einer Tochter im Teenageralter lebte. Er hatte im Pfarrgarten einen Swimmingpool einbauen lassen, in dem er Gerüchten zufolge unbekleidet zu schwimmen pflegte.

Wie Daniel erwartet hatte, war das Interesse am Gottesdienst heute groß, weshalb die zur Kirche gehörigen Parkplätze bereits alle besetzt waren. Er hatte keine andere Wahl, als mit dem Land Rover auf die Zufahrt von Manor House auszuweichen, wo lediglich der Kombi der Tailbys stand; vollgeladen mit Kartons, wie Daniel bemerkte. Weil er keine Erlaubnis hatte, auf dem Grundstück einfach seinen Wagen abzustellen, ohne einen Besuch abzustatten, winkte er beim Aussteigen sicherheitshalber höflich in Richtung von Mrs Hawkins' Schlafzimmer. Dann nahm er sein Chorhemd und seine Stola vom Beifahrersitz und ging zur Sakristei, wo er die Tür verschlossen vorfand. So blieb ihm nichts anderes übrig, als sich durch die Menschenmenge zu drängen, um zum Südeingang zu gelangen.

Und dabei sah er erneut das eigenartige kleine Auto, das ihm am Vorabend vor dem Herrenhaus aufgefallen war. Es handelte sich um einen Austin Allegro – Audrey hatte vor Jahren einmal so einen Wagen gefahren, der sich dann aber als notorisch unzuverlässig erwiesen hatte. Dieser hier war durch seine ungewöhnliche zweifarbige Lackierung, tabakbraun und cremeweiß, besonders auffällig. Er fuhr im Schritttempo die Straße entlang, und als er an Daniel vorüberkam, sah er, dass am Steuer Miss March saß, die grau gekleidete Dame, die Stellas Boutique übernommen hatte. Miss March war offensichtlich im Sonntagsstaat, mitsamt Hut und Handschuhen, und hielt so angestrengt nach einem Parkplatz Ausschau, dass sie Daniels Winken nicht bemerkte. Was führte sie wohl heute zum Gottesdienst in Upper Badsaddle?

Als Daniel die Kirche betrat, zuckte er unwillkürlich zusammen, weil sein Blick als Erstes auf das Buntglasfenster fiel, in dem in der Morgensonne übergroß die Gestalt des Namensgebers der Kirche leuchtete, Thomas Becket, Erzbischof von Canterbury. Er war in der Kathedrale von Rittern des Königs –

dem der Geistliche, der sich der weltlichen Macht nicht beugen wollte, ein Dorn im Auge war – am Altar brutal ermordet und später heiliggesprochen worden. Die blutigen Details wurden ausführlich geschildert in der Niederschrift eines Mönchs, der Zeuge des Mordes in den sakralen Räumen geworden war.

Als ihm die Parallelen zum Mord an Joshua Biddle auffielen, schauderte Daniel. Er hatte nachts kaum ein Auge zugetan, weil er verzweifelt zu begreifen versucht hatte, wie es zu dieser grausamen Tat hatte kommen können. Joshua war noch ein Schuljunge gewesen, gerade mal sechzehn Jahre alt. Er hatte zwar vielleicht eigenartige Leidenschaften gehabt, aber das war schließlich bei Jugendlichen nicht unüblich und konnte wohl kaum einen Mord erklären.

Oder hatte es damit zu tun, dass er der Gothic-Szene angehört hatte? Allerdings war der Mord so professionell ausgeführt worden, dass er kaum die Tat eines jungen Menschen sein konnte. Und selbst wenn es in ihren Gruppierungen Erwachsene gab – aus welchem Grund sollte man einen Jungen aus den eigenen Reihen umbringen?

Neil und sein Team würden natürlich sämtliche Kontakte von Joshua vernehmen, vielleicht würde sich dabei eine Spur ergeben. Doch vorher musste noch Joshuas Familie verhört werden, deren Leben gerade zerstört worden war – eine grauenhafte Aufgabe, weil die Trauernden als potenzielle Zeugen und womöglich sogar als Verdächtige betrachtet werden mussten.

»Guten Morgen, Reverend«, hörte Daniel plötzlich eine Stimme hinter sich. »Wir haben gesehen, dass Sie auf der Zufahrt geparkt haben – das ist natürlich gar kein Problem.«

Als er sich umdrehte, sah er sich den Tailbys gegenüber.

»Das ganze Dorf ist in Aufruhr und benötigt Ihre tröstenden Worte«, fügte Jean Tailby den Worten ihres Mannes hinzu.

Daniel dachte bei sich, dass er womöglich die Art von Trost, die dieses Paar erwartete, gar nicht spenden konnte. »Guten Morgen, Mrs Tailby, Mr Tailby«, sagte er höflich.

»Jean und Roy, bitte!«

»Wie geht es Mrs Hawkins?«

»Im Moment nicht so gut. Dora ist bei ihr. Es wird wohl bald zu Ende gehen«, antwortete Roy Tailby.

»Aber als ich sie besucht habe, wirkte sie doch sehr lebhaft«, sagte Daniel erstaunt.

»Ja, im Geiste wohl, aber sie baut körperlich sehr stark ab«, sagte Jean Tailby. »Der Krebs verzehrt sie, Zelle um Zelle. Beten Sie bitte für die Ärmste.« Sie machte ein trauriges Gesicht und legte eine Hand auf die Brust, als müsste sie eine Gefühlsaufwallung mäßigen. Dabei bemerkte Daniel, dass sie einen Ring mit Diamanten und Saphiren trug, der einer Witwe gehört hatte, bei der sich die Tailbys ebenfalls auf dem Sterbebett eingeschmeichelt hatten.

»Schau mal, wer da ist, Jean«, sagte Roy Tailby unvermittelt.

Beide blickten zu Miss March hinüber, die gerade am Eingang ein Gebetbuch und die Kirchennachrichten vom Kollektensammler entgegennahm und dann in den bereits stark besetzten Bänken nach einem Sitzplatz Ausschau hielt. Als sie Daniel mit den Tailbys entdeckte, zeichneten sich widersprüchliche Regungen auf ihrem Gesicht ab, eine Mischung aus Respekt für den Pfarrer und Argwohn gegenüber dem Ehepaar.

»Diese Miss March ist wirklich eine sonderbare Person«, bemerkte Jean.

Da sich die einzigen freien Sitzplätze hinter den dreien befanden, musste Miss March unweigerlich an ihnen vorbeigehen. »Guten Morgen, Herr Pfarrer«, sagte sie zu Daniel, und zu den Tailbys gewandt: »Auch Ihnen beiden einen guten Morgen«, doch es klang sehr gezwungen.

»So sieht man sich wieder, Miss March«, sagte Roy.

»Wenn auch aus traurigem Anlass«, fügte Jean hinzu.

»Ich muss mich jetzt vorbereiten«, sagte Daniel zu den Tailbys und steuerte Richtung Sakristei. Miss March ließ sich im Querschiff in einer Reihe nieder, die normalerweise nur genutzt wurde, wenn die Kirche bei Hochzeiten oder Trauerfeiern überfüllt war, denn von dort aus konnte man den Altar nicht sehen. Was umgekehrt bedeutete, dass auch Daniel die Boutique-Besitzerin vom Altar aus nicht im Blick hatte, und er nahm sich vor, sie nach dem Gottesdienst anzusprechen. Er wollte unbedingt in Erfahrung bringen, was sie heute hierher geführt hatte.

Er begann mit der gleichen Predigt wie zuvor in Champton, merkte aber, dass ihn die Veränderungen, die in der Kirche seit ihrer Übernahme durch die Biddles stattgefunden hatten, irritierten und ablenkten. Im Westteil waren Teppiche ausgelegt worden (was Daniel als etwa so erfreulich empfand wie Unkraut in einem gepflegten Rasen), und ein Schild verkündete »Kinderecke«. An Haken, an denen Gläubige früher ihre Wintermäntel aufgehängt hatten, baumelten bunte gestreifte Zugbeutel mit der Aufschrift »Spaßbeutel«. Daniel wusste, dass sie Spielzeug und Bücher enthielten, mit denen Kinder an die Bibel herangeführt werden sollten. Das alles fand statt im Zuge von Sally Biddles Kinderprojekt; die Diakonin war früher Grundschullehrerin gewesen und nutzte ihren beruflichen Hintergrund, um die Kleinen an den Glauben heranzuführen.

Daniel leuchtete der Nutzen von religiöser Früherziehung natürlich ein, er empfand es jedoch als störend, dass der Westflügel der Kirche jetzt aussah, als sei er zum Kindergarten umfunktioniert worden. Dann fiel ihm allerdings ein, was für einen Aufruhr er selbst in seiner Gemeinde verursacht hatte durch den

Plan, in St Mary's eine Toilette einbauen zu lassen, und er rief sich selbst zur Ordnung.

Jetzt bemerkte er zwei Männer, die hereinkamen, das Gebetbuch ablehnten und ganz hinten stehen blieben. Einer schrieb etwas auf einen Notizblock. Reporter, dachte Daniel. Die Presse hatte schon Wind von dem Mord bekommen.

Nach dem Gottesdienst warteten diese beiden Männer auch prompt am Eingang. »Reverend Clement?« Einer nannte seinen eigenen Namen und den der Zeitung, aber so schnell, dass Daniel ihn nicht richtig verstehen konnte. »Was sagen Sie dazu, dass es in Ihrer Gemeinde schon wieder einen Mordfall gibt?«

»Wir wissen noch nichts Genaues«, antwortete Daniel ausweichend, »und ich kann dazu nichts sagen, außer unserer Trauer über diesen schrecklichen Verlust Ausdruck zu geben. Und allen, die heute Trauer und Furcht erleben müssen, zu versichern, dass sie in unsere Gebete aufgenommen werden. Die Kirchen von Lower und Upper Badsaddle und von Champton werden den ganzen Tag geöffnet und den Gläubigen zugänglich sein. Danke.«

»Sie haben die letzten Mordfälle gelöst«, fragte der Reporter hartnäckig weiter. »Werden Sie jetzt Detective?«

»Die Kriminalpolizei von Braunstonbury hat die Verbrechen aufgeklärt, und ich bin zuversichtlich, dass es ihr auch diesmal gelingen wird.«

»Werden Sie die Polizei dabei unterstützen?«

»Ich bin nicht Sherlock Holmes, Mr …?«

»Dürfen wir fotografieren?«

Bevor Daniel antworten konnte, zückte der andere Mann eine Kamera und schoss blitzschnell ein Foto. Dann nickten die beiden und suchten das Weite.

Miss March kam als Nächste heraus. Sie musste sich eilig

durch die Menge gedrängt haben und wirkte etwas atemlos. »Reverend, hoffentlich haben Sie mich vorhin nicht als unhöflich empfunden. Aber ich wollte Ihre Unterhaltung nicht stören.«

»Nein, ganz und gar nicht«, erwiderte Daniel, »ich war nur überrascht, Sie hier zu sehen. Was führt Sie nach Upper Badsaddle?« Sofort wünschte er sich, die Frage nicht so direkt formuliert zu haben. So hörte es sich beinahe an, als wollte er ihr Neugierde vorwerfen.

»Ach, ich möchte einfach nur die Gegend besser kennenlernen«, antwortete Miss March, »diese Dörfer sind so charmant. Und erholsam, nach drei Wochen Braunstonbury.«

»Machen Sie denn Fortschritte mit Ihrem geplanten Hauskauf?«, erkundigte sich Daniel.

»Ein oder zwei kämen wohl infrage. Aber Verzeihung, Sie haben jetzt bestimmt andere Sorgen. Sicher eine schlimme Situation für Sie.«

»Ja, wir hatten uns gerade einigermaßen von den schrecklichen Ereignissen des letzten Jahres erholt, und nun …«

»Das tut mir sehr leid.« Miss March wandte sich zum Gehen, fügte dann jedoch hinzu: »Reverend … ob ich Sie vielleicht einmal zu einem Gespräch aufsuchen könnte?«

»Selbstverständlich. Geht es um etwas Bestimmtes?«

»Es ist sehr heikel.«

»Hat es etwas mit den Tailbys zu tun?«, fragte Daniel unumwunden.

»So heißen die beiden? Aber …« Miss March schaute plötzlich zu Boden und entfernte sich dann überstürzt.

Die Tailbys traten zu Daniel. Auch sie erweckten den Eindruck, als hätten sie sich besonders beeilt, zu ihm zu kommen.

»Kennen Sie sich?«, fragte Jean sofort und sah Miss March

nach, die jetzt auf dem von Eiben gesäumten Weg über den Kirchhof davonhastete.

»Wir sind uns schon einmal begegnet«, antwortete Daniel.

»Sie ist offenbar neu in der Gegend«, sagte Jean. »Wissen Sie mehr über Miss March?«

»Nein, gar nichts.«

»Irgendetwas stimmt nicht mit der«, bemerkte Roy.

Als Daniel im Pfarrhaus eintraf, war seine Mutter gerade mit der Zubereitung des Mittagessens beschäftigt. »Es gibt heute nichts Besonderes, Liebling, nur ein Ragout«, verkündete sie. »Ich kann es aufwärmen, falls du noch mal wegmusst.«

Audrey hatte nach dem Gottesdienst sicher die Ohren gespitzt, um den Klatsch und Tratsch von Champton aufzuschnappen. Einerseits war Daniel alles andere als versessen darauf, sich das anzuhören, weil ihm die Neugierde seiner Mutter eher Unbehagen bereitete. Andererseits jedoch konnte ihre Skrupellosigkeit auch nützlich sein, denn sie erfuhr oft interessante Details.

»Nein, ich esse mit dir«, sagte Daniel deshalb und erkundigte sich: »Wie war denn die Stimmung nach dem Gottesdienst?«

»Die Meinung der Mehrheit?«, legte seine Mutter los. »Dass der Junge in allerhand düsteres Zeug verstrickt war. Dieser Vampirclub, dem er angehört hat – oder wie das richtig heißt –, da werden Drogen genommen, und du weißt ja, dass er auch in einer Band gespielt hat. Also, die meisten glauben, irgendwas ist da aus dem Ruder gelaufen.« Sie rührte das Ragout um und setzte dann den Deckel auf den Topf. »Gibt aber auch andere Stimmen. Bob Achurch, der wegen seiner Militärausbildung weiß, wie man jemandem professionell die Kehle durchschneidet, sagt, er glaubt nicht, dass es Jugendliche waren. Aber Bernard hat gehört, wie Alex zu Honoria sagte, wegen der Drogen könnte es sein, dass die Jugendlichen an üble Leute geraten sind. Und Anne Dollinger hat das alles so aufgeregt, dass sie sich ins Bett legen musste, könntest du mal nach ihr schauen?«

Daniel drückte sich, indem er behauptete, noch Korrespondenz erledigen zu müssen, und verzog sich in sein Studierzimmer. Dort setzte er sich an den Schreibtisch und ließ den Blick über die sorgfältig angeordneten Gegenstände schweifen. Füller, Bleistifte, Locher, Verstärkungsringe, Büroklammern, die blaugoldene Blechschachtel mit den mathematischen Instrumenten – das alles waren für ihn Elemente einer geordneten Welt, mit denen er für gewöhnlich auch sein Gefühl stärken konnte, die kleineren Malaisen seiner Gemeinde beheben zu können. Doch jetzt war die Ordnung massiv gestört, und zwar nicht durch eine kleinere Malaise, sondern durch das Böse, das mit unberechenbarer Macht Champton erneut ins Chaos stürzte.

Daniel wusste gegenwärtig nicht, ob er über die Kräfte verfügte, dieses Böse aus der Welt zu schaffen. Er war es natürlich gewohnt, Menschen schlechte Nachrichten zu überbringen. Wenn ein Gemeindemitglied von Unglück ereilt wurde, war die Rolle des Pfarrers klar umrissen: vor Ort zu sein, ruhig und kompetent zu handeln (oder zumindest so zu tun), die notwendigen Schritte zu organisieren, die Zeremonien durchzuführen und das gemeinsame Gebet ebenso anzubieten wie das Zwiegespräch. Manchmal kam er sich dabei vor wie ein Seelenforscher. Einer seiner Amtsvorgänger im Champton des 18. Jahrhunderts war mit einem Wundarzt befreundet gewesen, im Archiv der de Floures hatte Daniel den lebhaften Briefwechsel zwischen den beiden entdeckt, in dem sie sich ebenso über die Pocken austauschten wie über seelische Störungen, die Schlaganfälle begünstigen konnten, und die mutmaßlichen Ursachen für menschlichen Wahnsinn. In seinem letzten Brief vermachte der

Pfarrer seine Leiche nach seinem Tod zu Untersuchungszwecken dem Arzt, damit er zum Nutzen kommender Generationen daraus lernen konnte.

Und nun war Daniel wieder gefordert, die Beschwerden seiner Gemeinde zu ergründen, weil das Böse erneut Einzug gehalten hatte in dem kleinen Ort. Bei den Morden im letzten Jahr war Daniel die Aufgabe zugefallen, die Vitalzeichen des Dorfs zu überprüfen und aus den Unstimmigkeiten zu folgern, was die Ursachen dafür sein könnten. Das war ihm gut gelungen, weil die Eigenschaften seines Berufs und seine Persönlichkeitsstruktur ihn dafür prädestinierten.

Doch als die Wahrheit dann ans Licht kam und die Ordnung wiederhergestellt war, wünschte sich Daniel sehnlichst, einfach wieder der gute Hirte von Schäfchen sein zu dürfen, die sich darüber zankten, ob der Rasen im Kirchhof gemäht werden müsste, welche Art von Weihnachtsgebäck es nach dem Adventssingen geben sollte und ob ein modernes Kirchenlied in der Gemeinde beliebt genug war, um ins Repertoire aufgenommen zu werden.

Tatsächlich hatte diese Rückkehr zur Normalität dann Schritt für Schritt stattgefunden, und nun stand nächste Woche das Erntedankfest an, bei dem alljährlich Kürbisse auf den Fensterbänken lagen, Körbe mit Blumenkohl und Möhren auf den Stufen zur Kanzel standen und am Altar ein verzierter Brotlaib vor Weizenbündeln ausgestellt wurde. Das Getreide hatte früher Stella Harper arrangiert, das Brot Kath Sherman gebacken, doch da beide nicht mehr unter den Lebenden weilten, musste Daniel mit viel Fingerspitzengefühl neue Freiwillige für deren Aufgaben finden. Seine Mutter zeigte sich begeistert bereit, Stellas Nachfolge anzutreten und das Arrangement der Weizenbündel zu übernehmen.

»Ich werde die Ernte einfahren, Liebling, wie dieses moabitische Mädchen auf den Feldern von Wie-hieß-er-doch-gleich!«, hatte sie enthusiastisch geträllert.

»Boas«, antwortete Daniel, »und sie hat die Ähren nur aufgelesen. Aber trotzdem danke.«

Sally hatte eigentlich das Brot backen wollen, was aber unter diesen Umständen natürlich nicht mehr von ihr verlangt werden konnte.

Bei all diesen Aufgaben wusste Daniel genau, was er zu tun hatte, und fühlte sich sicher. Er hatte ein feines Gespür dafür, was er sagen und wie er sich verhalten musste, wenn eine Familie oder eine Gemeinschaft von einer Katastrophe heimgesucht wurde. Und er ahnte, was Menschen nur zu brauchen glaubten und was sie tatsächlich brauchten.

Doch nun fühlte er sich zutiefst verunsichert im Umgang mit der trauernden Familie von Joshua Biddle. Im normalen Alltag waren die Differenzen mit Joshuas Vater über die Glaubenspraxis einigermaßen handhabbar gewesen. Aber wie sollte Daniel jetzt die notwendigen Handlungen vornehmen, wenn der Vater des Mordopfers eine ganz anders orientierte Trauerfeier erwarten würde, als Daniel sie mit seiner religiösen Auffassung abhalten konnte?

Etwas berührte seinen Fußknöchel, und als Daniel unter den Tisch blickte, sah er, dass Hilda sich dort verkrochen hatte. Sie war so still gewesen, dass er sie gar nicht bemerkt hatte, aber jetzt kam sie herausspaziert, plötzlich hellwach. Allmählich wurde sie sichtlich runder, tappte aber dennoch zügig zum Fenster und begann zu knurren. Daniel hörte Schritte an der Haustür, dann das Klappern vom Briefschlitz. Hilda begann lautstark zu bellen, und kurz darauf kam Audrey, ohne anzuklopfen, hereinmarschiert und verkündete: »Eine Nachricht für dich von Alex de Floures!«

Sie reichte ihm eine Postkarte, auf der Daniel von Alex und Honoria zu einem Drink im Pförtnerhaus nach der Abendandacht eingeladen wurde. Auf der Vorderseite war ein Mann abgebildet, der etwas trug, was wie eine Anglerhose ohne Gesäß aussah. Im Anus des Mannes steckte eine Bullenpeitsche.

»Oh!«, äußerte Daniel verblüfft.

»Allerdings«, kommentierte Audrey trocken.

»Mir ist nicht ganz klar, was das bedeuten soll«, murmelte Daniel und drehte die Karte wieder um. »Aha, es ist offenbar ein Selbstporträt des Fotografen, eines gewissen Mr Mapplethorpe.«

»Also, den lasse ich nicht mein Ausweisfoto machen«, bemerkte Audrey. »Aber demnach ist Alex wohl hier?«

»Ja, und Honoria scheinbar auch. Ich bin gespannt, worum es da wohl geht.«

»Vielleicht erwarten sie Informationen über die neueste Tragödie im Ort?«

»Ich hoffe nicht«, sagte Daniel. »Aber vermutlich reden ohnehin schon alle darüber.«

»Hast du mit Bernard gesprochen?«, fragte Audrey.

»Ja, heute früh nach dem Gottesdienst. Er verhielt sich … nun, wie Bernard eben.«

»Und gehst du heute zu den Biddles?«

»Ich denke schon. Um nach Chris und Sally zu schauen. Und ich hatte vor, Lydia zu fragen, ob sie mit mir und den Hunden einen Spaziergang machen möchte.«

»Hilda sollte in ihrem Zustand zurzeit lieber zu Hause sein«, gab seine Mutter zu bedenken. »Damit sie sich nicht überanstrengt. Aber du könntest den Biddles Essen mitnehmen. Ich habe einen Auflauf für sie gemacht und einen Kuchen gebacken. Und sag ihnen, dass wir freie Betten haben, falls sie jemanden unterbringen müssen.« Audreys Form von Fürsorge war patent und praktisch. Backen, beherbergen, bewirten. »Möchtest du jetzt essen? Die Sachen für die Biddles müssen ohnehin noch abkühlen, inzwischen können wir unser Ragout zu uns nehmen. Ist mit Fasan und Kaninchen von de Floures. Taube auch, glaube ich.«

»Danke, gern. Übrigens hat Bernard uns zum Tee nachher eingeladen. Möchtest du hingehen?«

»Ach, herrlich, wie in alten Zeiten!«, rief seine Mutter, die in Drangsal aller Art zu Hochform auflief.

Audrey hatte die in Geschirrhandtücher gewickelte Auflaufform und einen mit Alufolie abgedeckten Apfelkuchen in einem großen Korb verstaut. Der Land Rover war deshalb von köstlichen Düften erfüllt, bei denen Daniel das Wasser im Munde zusammenlief. Doch nicht nur ihm – Cosmo, der normalerweise die Vorderpfoten aufs Armaturenbrett stemmte, um hinausschauen zu können, bemühte sich jetzt, auf den Rücksitz zu kraxeln, wo die verlockenden Gerüche herkamen. Hildas Empörung, dass ihr dieser Ausflug verweigert wurde, war grenzenlos gewesen, und ihr erbostes Gebell hatte Daniel noch hören können, als der Motor schon lief.

Dem Pfarrhaus von Lower Badsaddle war die Trauer auf den ersten Blick anzusehen: Die Vorhänge waren zugezogen, vor der Haustür lagen Kondolenzkarten und Blumen, und ein riesiger Teddybär saß auf der Treppe. Neben dem bunten Wohnmobil der Familie, das jetzt etwas Verlorenes, Tristes ausstrahlte, war Neil Vanloos dunkelblauer Kombi geparkt.

Daniel ließ Cosmo im Wagen, ging mit dem Korb zum Haus und klopfte an die offene Tür. »Hallo!«, sagte er, wurde aber offenbar von niemandem gehört und betrat das Haus, weil er sich nicht lautstark bemerkbar machen wollte. Aus der Küche waren

Stimmen zu hören, deshalb klopfte er behutsam auch an diese Tür und öffnete sie dann. »Verzeihen Sie die Störung …«

Am Küchentisch saßen Neil, Sally und Chris. Lydia hockte in sich zusammengesunken auf einer Bank an der Wand, offenbar schlafend. Die schwarze Katze, Bat, lag auf ihrem Schoß, sprang jetzt aber fauchend herunter, und Lydia schreckte hoch. Bei Daniels Anblick lächelte sie ein wenig, doch das Lächeln erstarb sofort wieder, als ihr klar wurde, dass sie nicht aus einem Albtraum erwachte, sondern dass der Albtraum Wirklichkeit war. Daniel wollte gerade etwas sagen, als Lydia in Tränen ausbrach. Bevor er etwas unternehmen konnte, stürzte Sally zu ihrer Tochter und nahm sie in den Arm. »Lyds, Lyds«, murmelte sie, während das Mädchen laut schluchzte.

Daniel schwieg, und auch Neil und Chris waren verstummt. Der junge Pfarrer war kaum wiederzuerkennen. Dunkle Schatten lagen unter seinen Augen, er war bleich und wirkte, als habe er keinerlei Kraft mehr und bestünde nur noch aus allumfassendem Schmerz.

»Daniel«, sagte er nur. »Da sind Sie wieder.«

»Ja. Meine Mutter hat mich gebeten, Ihnen das hier zu bringen.« Er stellte den Korb auf den Tisch. »Ein Auflauf und ein Kuchen. Vielleicht wollen Sie jetzt nichts essen, aber wenn Sie Hunger bekommen, ist auf jeden Fall etwas da.« Er befreite die Auflaufform von den Geschirrtüchern; von einem lächelten ihm Prinz Charles und Prinzessin Diana aus einem ovalen Bilderrahmen entgegen.

»Ich habe sogar schrecklichen Hunger«, sagte Chris, »aber das Gefühl, nichts essen zu können. Mein Magen fühlt sich so kalt und hart an, als hätte ich gefrorene Erbsen verschluckt.«

»Ich glaube, mehr brauche ich vorerst nicht, Sir«, sagte Neil jetzt. »Wir bleiben in Kontakt. Rufen Sie uns an, wenn Ihnen noch etwas einfällt oder wenn Sie etwas Ungewöhnliches bemerken, so unwichtig es Ihnen zunächst auch erscheinen mag. Und bleiben Sie bitte bis auf Weiteres vor Ort. Sollten Sie von der Presse belästigt werden, sagen Sie uns Bescheid, damit wir die Ihnen, so gut es geht, vom Hals halten.« Er wandte sich zu Daniel. »Können wir uns später mal unterhalten?«

»Ja, natürlich. Obwohl … ich bin zum Tee eingeladen, habe dann die Abendandacht und danach noch ein Gespräch. Ginge es um neun?«

»Sicher. Bis später.«

Nachdem Neil gegangen war, nahm Daniel auf dem Stuhl Chris gegenüber Platz. Ein Schweigen entstand, in dem nur Lydias Schluchzen zu hören war.

Schließlich sagte Sally: »Sie ist völlig erschöpft. Wir haben die ganze Nacht nicht geschlafen.«

»Kann ich etwas für Sie tun?«, fragte Daniel. »Meine Mutter lässt ausrichten, dass wir Gäste bei uns unterbringen können, falls Sie nicht genug Platz haben.«

»Das ist sehr nett, sagen Sie bitte herzlichen Dank, Daniel. Ich glaube, wir kommen zurecht … aber ich kann gerade nicht besonders klar denken.«

»Möchten Sie, dass ich mit jemandem spreche? Die Bestattung wird für Sie geregelt und ist selbstverständlich kostenlos, machen Sie sich darüber bitte keine Gedanken.«

»Chris' Eltern kommen später – mein Bruder holt sie nach dem Abendgottesdienst ab. Aber die können wir hier gut unterbringen, wir haben genug Platz. Zumindest ein Vorteil von dem riesigen Haus.«

»Wie geht's den Hunden?«, fragte Lydia, die sich etwas beruhigt hatte.

»Gut«, antwortete Daniel. »Cosmo ist draußen im Wagen.

Ähm … und weißt du noch, wie ich gesagt hatte, Hilda benähme sich so merkwürdig? Es hat sich herausgestellt, dass sie trächtig ist.«

»Hundebabys!«, rief Lydia aus.

»Es wird aber noch ein Weilchen dauern«, erwiderte Daniel.

Sally richtete sich auf. »Du solltest jetzt mal versuchen, zur Ruhe zu kommen, Lyds.«

»Kann ich bei euch im Bett schlafen, Mum?«

»Klar. Komm, wir gehen nach oben.«

»Und darf ich Cosmo reinholen, Daniel?«, fragte Lydia.

»Wenn deine Eltern damit einverstanden sind …«

»Lieber nicht, Bat würde sich wieder so aufregen«, sagte Sally und sah Daniel entschuldigend an. Dann löste sie sich behutsam von ihrer Tochter und half ihr hoch. Daniel nahm den schalen Geruch wahr, der Menschen anhaftet, die keinen Schlaf gefunden haben. »Ich komme wieder runter, sobald sie schläft«, sagte Sally.

Chris wartete ab, bis die beiden rausgegangen waren. Dann fragte er: »Was wird geredet? Wissen die Leute im Dorf schon Bescheid?«

»Irgendetwas haben sie wohl gehört, ja. Noch keine … Details, aber es gibt schaurige Gerüchte. Und ich muss Ihnen leider mitteilen, dass heute Morgen Reporter bei mir im Gottesdienst waren.«

»In Champton oder hier?«

»Hier«, antwortete Daniel.

»Was soll ich denen sagen, wenn sie hier auftauchen?«

»Am besten nichts. Oder zumindest so wenig wie möglich.«

»Sie haben so etwas ja schon einmal durchgemacht«, sagte Chris. »Gibt es Dinge, die ich wissen sollte?«

Daniel dachte kurz nach. »Viel können Sie nicht tun. Und

was Sie tun, wird Ihnen mangelhaft erscheinen, weil Ihre Welt auf den Kopf gestellt wurde. Nicht aus eigener Erfahrung, sondern aus der Beobachtung heraus kann ich Ihnen sagen, dass Sie es vielleicht schwierig finden werden, zu trauern. Lassen Sie alle Gefühle zu. Bitten Sie um Hilfe, wenn Ihnen danach ist. Ich bin für Sie da.«

Chris nickte. »Danke. Wir müssen irgendwann über die Bestattung sprechen.«

»Wenn die Zeit dafür reif ist. Und da es polizeiliche Ermittlungen gibt, kann das noch eine Weile dauern, fürchte ich.«

»Das hat Ihr Freund von der Polizei auch gesagt. Er hat uns alle vernommen.«

»Tut mir leid. Das muss schlimm für Sie gewesen sein.«

»Es gab ja gar nicht viel zu sagen«, erwiderte Chris. »Als es … passiert ist, hat Sally hier in der Küche gebacken, Lydia war oben in ihrem Zimmer, und ich habe meinen Gebetsspaziergang gemacht. Stellen Sie sich das mal vor … ich bete gerade für alle Bauernhöfe an der Champton Road, während Joshua einen Kilometer weiter … ich habe für die Bauern und ihre Familien gebetet. Und fürs Erntedankfest und für alle Menschen, die Lebensmittel herstellen und vertreiben, und für Menschen, die Not leiden, und …« Chris leierte die Liste so mechanisch herunter, als könne er sich damit selbst Halt geben. »Wir danken dir, Herr und Schöpfer, für alles Gute und Schöne …« Er verstummte, schluchzte auf und begann zu weinen.

»Es tut mir so leid, Chris«, sagte Daniel. »Ich fühle mit Ihnen und möchte Ihnen sagen, dass wir alle in der Gemeinde für Sie beten, für Sie und Ihre Familie und für Jo…« Hastig unterbrach sich Daniel.

Chris blickte auf. »Für Joshua? Sie wissen doch, dass wir nicht für Tote beten, Daniel.«

»Ja. Entschuldigung.«

»Was sollte das auch bringen?«

Unter anderen Umständen hätte Daniel darauf eine ausführliche Antwort parat gehabt. Aber das war nun wahrlich nicht der richtige Zeitpunkt für theologische Auseinandersetzungen.

»Im Ernst – was soll das Gutes bewirken?«, hakte Chris nach. »Das ändert jetzt auch nichts mehr.«

Dieser Ansicht war Daniel nicht. Er dachte vielmehr, dass es sehr wohl etwas ändern konnte, wenn die Lebenden für die Verstorbenen beteten, denen die erlösende Liebe Gottes zuteilwurde. Doch in Chris' Religionsform war kein Platz für diese Auffassung. Wer entfremdet von Gott starb, würde das bis in alle Ewigkeit bleiben. Doch wie qualvoll musste es sein, nicht nur ein Kind zu verlieren, sondern auch noch zu wissen, dass dessen Seele für immer verloren war?

»Haben Sie ihn gesehen?«, fragte Chris.

Daniel nickte stumm.

»Was war passiert? Sagen Sie es mir, bevor Sally zurückkommt.«

»Das kann ich nicht.«

»Doch, das können Sie. Ich muss es wissen«, insistierte Chris.

»Was hat Vanloo Ihnen denn gesagt?«, fragte Daniel.

»Dass Joshua durch eine Wunde am Hals zu Tode kam.«

»Mehr kann ich Ihnen auch nicht sagen.«

»Hat er gelitten?«

»Das weiß ich nicht.«

»Er muss gelitten haben«, sagte Chris. »Sie wissen es. Sonst hätten Sie die Frage verneint.«

Daniel mochte sich das gar nicht vorstellen. »Nein, ich will einfach nicht etwas behaupten, das ich nicht einschätzen kann.«

»Die Polizei äußert sich immer ausweichend«, sagte Chris.

»Weil sie einem das Grauen ersparen wollen. Aber ich will die Wahrheit wissen.«

»Ich denke, es hat mit den Ermittlungen zu tun, dass keine Details offenbart werden«, erwiderte Daniel.

»Inwiefern?«

»Weil es Einzelheiten geben kann, die nur dem Täter oder seinen Komplizen bekannt sind. Sollte es zu … einem weiteren Mord kommen, wiederholt der Täter womöglich bestimmte Muster, was zu seiner Überführung beitragen kann. Verstehen Sie?«

»Aber es gibt noch keine Spur?«, fragte Chris.

»Das weiß ich nicht.«

Ein Schweigen trat ein. Dann sagte Chris: »Und wer ist die Person, die … Joshua gefunden hat?«

»Die Polizei hat einen anonymen Hinweis erhalten.«

»Ach. Haben Sie eine Idee, wer das gewesen sein könnte?«

»Nein, nicht die geringste«, antwortete Daniel. »An dieser Kapelle kommt man ja nicht gerade zufällig vorbei.«

»Also muss es jemand gewesen sein, der an dem Mord beteiligt war?«

»Das weiß ich nicht.«

»Sie wissen wirklich wenig, Daniel.«

Bevor er antworten konnte, ging die Tür auf, und Sally kam herein. »Lyds ist eingeschlafen, sobald sie im Bett lag. Ich hoffe, sie schläft durch.«

»Wenn es Lydia beruhigen würde, Cosmo zu treffen, sagen Sie mir gerne Bescheid«, bemerkte Daniel.

»Das ist nett von Ihnen, danke. Aber ich glaube, Schlafmittel wären hilfreicher für uns. Möchten Sie einen Tee, Daniel? Ich würde Ihnen auch etwas Stärkeres anbieten, aber wir trinken keinen Alkohol.«

»Ich kann auch Ihnen einen Tee machen«, erbot sich Daniel.

»Danke, aber so bin ich beschäftigt.« Sally ging zur Spüle und füllte den Wasserkocher. »Wie heißt der Polizist gleich wieder?«

»Das ist Detective Sergeant Vanloo.«

»Ich meine, mit Vornamen.«

»Neil.«

»Ist er Christ?«

»Ich glaube, diese Frage kann ich nicht beantworten«, sagte Daniel.

»Versuchen Sie es doch einfach.«

»Es steht mir nicht zu, mich darüber zu äußern, Sally.«

»Ich möchte doch nur wissen, ob er an Jesus Christus glaubt.«

»Sally …«

»Ich will wissen, ob er an die Erlösung glaubt.« Sie drehte den Wasserhahn ruckartig zu.

Daniel merkte, dass er das tatsächlich nicht wusste. Er hatte noch nie den Impuls gehabt, Neil zu fragen, und horchte Menschen grundsätzlich nicht nach ihrem Glauben aus. Sogar wenn er für Patenschaftsanträge oder andere offizielle Anlässe Formulare ausfüllen musste, erkundigte er sich ungern, ob die Menschen getauft und konfirmiert waren. Nicht, weil er das etwa für unwichtig hielt, sondern weil er den Glauben als etwas so Kostbares und Umfassendes empfand, dass er ihn nicht auf simple Angaben reduzieren wollte.

»Wirklich, Sally, da müssten Sie DS Vanloo selbst fragen. Ich weiß das nicht.«

Sie nahm einen Teebeutel aus einer Schachtel, hängte ihn in einen Henkelbecher und goss das heiße Wasser hinein. »Möchten Sie Milch?«

»Ja, gern.«

»Er muss noch etwas ziehen. Kekse?«

»Nein, danke.«

»Ist natürlich nicht so vornehm hier wie im Herrenhaus«, bemerkte Sally.

»Das ist auch gar nicht nötig«, erwiderte Daniel. »Ich wollte mich wirklich nur erkundigen, ob Sie etwas brauchen.«

Sally ging zum Kühlschrank, nahm Milch heraus, goss etwas davon in den Becher und bewegte den Teebeutel hin und her. Ihre Bewegungen hatten etwas Bemühtes, als müsse sie sich angestrengt konzentrieren, um auch nur diese kleinen Tätigkeiten richtig auszuführen. Schließlich fischte sie den Teebeutel mit einem Löffel aus dem Becher, ließ ihn auf das Abtropfbrett fallen und beobachtete geistesabwesend, wie die braune Flüssigkeit ins Becken rann. Dann schien sie sich plötzlich zu erinnern, wo sie war, und richtete sich abrupt auf. Nachdem sie Daniel den Becher gebracht hatte, ließ sie sich neben Chris nieder und ergriff seine Hand. Er schaute auf, und Daniel fragte sich unwillkürlich, ob diese Berührung vielleicht außergewöhnlich war zwischen den beiden.

»Ich weiß nicht einmal, wie ich die nächsten fünf Minuten durchstehen soll«, sagte Sally. »Ganz zu schweigen von der nächsten Woche oder dem nächsten Monat.«

»Es gibt leider einige Dinge, die erledigt werden müssen«, sagte Daniel behutsam. »Das Beantragen der Sterbeurkunde zum Beispiel. Falls Sie eine Begleitung brauchen … Oder vielleicht möchten Sie mit anderen Eltern sprechen, die das durchgemacht haben, was Ihnen jetzt widerfahren ist? Was es auch ist – sagen Sie mir bitte Bescheid. Ich bin für Sie alle da.«

»Beten Sie für uns.« Sally hielt Daniel die Hand hin. Er ergriff sie, streckte Chris die andere Hand hin, und als sie verbunden waren, schwiegen sie einen Moment. Daniel spürte den Druck der warmen Hände des Paars, vor allem von Sally. Dann begann er mit einem Trostgebet.

Sally Biddle wäre sicher enttäuscht gewesen über die Schlichtheit einer Teeeinladung in Champton House. Der Tee wurde von Mrs Shorely in der Bibliothek serviert – oder vielmehr dort hinterlassen. Auf der Anrichte stand eine Edelstahlkanne mitsamt Milchkännchen und Kuchen. Das Porzellan war erlesen, wurde aber von Bernard so achtlos behandelt wie derbe Kaffeebecher, worunter Daniel und Audrey gleichermaßen zu leiden pflegten. Honoria und Alex waren auch da und wirkten sichtlich überrascht über die Anwesenheit des Pfarrers.

Alex eilte sofort zu ihm und raunte ihm zu: »Bitte erwähnen Sie nicht, dass Sie heute Abend zu uns kommen, Dad soll das nicht erfahren.«

»Warum?«, fragte Daniel, der es hasste, zur Unwahrheit verpflichtet zu werden, wenn auch vielleicht aus ganz unverfänglichen Gründen.

»Sage ich Ihnen später … schsch!«

Bernard näherte sich mit einer Platte, auf dem Früchtekuchen arrangiert war. Audrey hatte sich einmal abfällig darüber geäußert, dass dieser gänzlich ungeeignet wäre, um ihn ohne Teller zu verspeisen, »weil dauernd Mandeln und klebrige Krümel runterfallen, vor allem, wenn Dora ihn gebacken hat«.

Jove, die flauschige weiße Hauskatze, hatte sich an Bernards Fersen geheftet. Für gewöhnlich fläzte sie sich auf der Treppe zur Bibliothek oder in Fensternischen, aber wenn Gäste kamen, folgte sie dem Hausherrn auf dem Fuße wie ein Knappe seinem Ritter.

Nachdem Bernard die Kuchenplatte abgestellt hatte, sagte er zu Daniel: »Kann ich Sie kurz sprechen?«, und wandte sich Richtung Billardzimmer.

Der Pfarrer und der Herr von Champton House hatten eine Sache gemeinsam: ihre genaue Kenntnis der Gebäude, in denen sie sich bewegten. Daniel kannte jeden Eckquader, jeden Kragstein und jede Bodenplatte von St Mary's und war sich dabei bewusst, dass bereits 58 Amtsvorgänger mit ihren Füßen die leichte Senke zwischen den Kirchenbänken weiter ausgetreten hatten. Bernard seinerseits war in Champton House aufgewachsen und mit den Zimmern, Fluren, Kellern und Dachböden ebenso vertraut wie mit den Effekten der Architektur des Herrenhauses. Und zwar nicht nur der auf Pracht ausgerichteten wie in den barocken Räumen oder der eher behaglichen Atmosphäre des Trakts aus dem 18. Jahrhundert, sondern auch mit den unabsichtlichen: dem eher enttäuschenden Anblick, wenn man eine kunstvoll verzierte Tür öffnete und dahinter die kahle, schmucklose Treppe zum Dachboden vorfand, oder der unterschiedlichen Akustik in den Räumen.

Jetzt gerade legte Bernard Wert darauf, gesehen, aber nicht gehört zu werden. Er wollte nicht den Eindruck erwecken, als wende er sich von seinen Teegästen ab, weil das unhöflich gewesen wäre. Doch er hatte die Absicht, mit Daniel unter vier Augen zu reden, und das Billardzimmer mit seiner offen stehenden Doppeltür war von der Bibliothek aus einsehbar, ohne dass man hören konnte, was dort gesprochen wurde.

»Haben Sie die Biddles schon besucht?«, begann Bernard.

»Ja, heute Nachmittag«, antwortete Daniel.

»In welchem Zustand sind sie?«

»Stehen natürlich unter Schock.«

»Soll ich sie aufsuchen?«, wollte Bernard wissen.

»Ich denke, das wird nicht nötig sein. Aber Sie sollten natürlich schreiben. Und vielleicht Ihre Hilfe anbieten?«

»Schon geschehen. Und bestimmt kein Besuch?«

»Halte ich nicht für zwingend notwendig, nein.«

»Ich möchte aber keinen falschen Eindruck hinterlassen.«

»In welcher Hinsicht?«, fragte Daniel.

»Ich würde ja einen Kondolenzbesuch abstatten, aber sie sollen nicht zu viel erwarten. Ich möchte nicht, dass sie glauben, ich wäre ihnen gegenüber als Kirchenpatron ebenso verpflichtet wie Ihnen gegenüber. Ich werde kondolieren, aber nicht die Fenster im Pfarrhaus ersetzen. Dieses Durcheinander hat Ihr verdammter Bischof mit seiner elenden Umstrukturierung verursacht.«

»Wie wäre es denn mit einem spezifischen Hilfsangebot in der Kondolenzpost?«, schlug Daniel vor. »Vielleicht könnten Sie die Bewirtung nach der Bestattung übernehmen? Das wäre großzügig, aber zugleich überschaubar.«

»Diese Kinder sind so furchtbar …«

»Es ist nur noch eines, Bernard.«

»Oh. Ja. Schrecklich.«

Nach dem Tee hatte Daniel nicht viel Zeit für eine Nachbesprechung mit Audrey, weil die Abendandacht bevorstand, und seine Mutter erstattete Bericht über ihre neuesten Informationen aus der Bibliothek, während Daniel seine Soutane und das Zingulum anlegte. Es war ziemlich kalt geworden, und weil er ein leichtes Halskratzen spürte, nahm er ein Mentholbonbon aus der Schachtel auf seinem Schreibtisch und lutschte es.

»Honoria und Alex – da ist was im Busche«, begann Audrey. »Was hat Honoria dir zugeraunt, bevor Bernard zu dir kam? Alex macht sich wegen irgendetwas Sorgen. Stimmt's? Du weißt es doch, nicht wahr? Oder ist es wegen der Hochzeit? Weshalb sonst sollten Honoria und Alex gleichzeitig hier sein? Und wieso laden sie dich auf einen Drink ein? Apropos Hochzeiten: Du musst mit Hilda am Dienstag zur Tierärztin. Sie soll mal schauen, ob alles in Ordnung ist.«

»Wird gemacht. Wann?«

»Zehn Uhr fünfzehn – ich schreibe dir noch einen Zettel. Wie lange bist du heute Abend bei den beiden?«

»Ich weiß nicht, aber sicher nicht lange«, antwortete Daniel. »Ist ja keine Einladung zum Abendessen.«

»Wollen wir dann später noch eine Suppe und ein Sandwich zusammen essen?«, fragte Audrey. »Mit Fasan und Brotsoße und … was sonst noch weg muss?«

»Herrlich, sehr gerne«, lautete Daniels Antwort.

Während der Abendandacht stiegen Daniel die ätherischen Öle des Bonbons in die Augen, und er fürchtete, dass er weithin wahrnehmbar roch wie ein Eukalyptusbaum. Als er später auf der Veranda des Pfarrhauses stand, fühlte sich die Nachtluft in den Atemwegen beinahe schneidend an, und Daniel überlegte, ob er sich wohl eine Erkältung zugezogen hatte. Wenn ja, dann musste das im Fußballstadion passiert sein, wo es nicht nur kalt und zugig gewesen war, sondern auch von Menschen gewimmelt hatte. Was man von St Mary's heute Abend wahrlich nicht behaupten konnte: Nur sieben Gemeindemitglieder hatten am Gottesdienst teilgenommen, und der Chor hatte aus acht Personen bestanden.

Anne kam nach dem Gottesdienst als Erste heraus und fragte: »Daniel, wie geht es denn Mrs Hawkins?«

»Nicht allzu gut, fürchte ich. Kennen Sie sich näher?«

»Aus der Boutique«, antwortete Anne. »Sie war viele Jahre lang eine geschätzte Kundin. Es tut uns sehr leid, dass sie gesundheitlich so schlecht dran ist. Und Mr Biddle wird wohl vorerst nicht zur Verfügung stehen?«

»Nein.«

»Deshalb haben wir uns gefragt, ob Mrs Hawkins in diesen schwierigen Wochen ausreichend seelsorgerisch betreut wird, Daniel.«

»Selbstverständlich«, sagte Daniel. »Ich habe Mrs Hawkins gestern besucht und werde das natürlich wieder tun.«

»Aber sie ist so … verletzlich …«

Daniel merkte, dass er etwas ungehalten wurde. »Wie gesagt, Anne: Ich werde Mrs Hawkins weitere Besuche abstatten.«

»Gewiss, natürlich, das weiß ich. Wir machen uns nur solche Sorgen um sie.«

Dass man sich Sorgen um eine Sterbende machte, empfand Daniel als normal, aber er hatte den Eindruck, dass Anne noch etwas anderes am Herzen lag. »Gibt es einen bestimmten Grund, weshalb Sie das sagen, Anne?«

»Sie hat keine Familie, niemanden, der sich um sie kümmert. Oder zumindest niemanden, der … ausreichend dafür qualifiziert ist.«

»Möchten Sie mir etwas anvertrauen?«

Anne blinzelte mehrmals. »Nein, ich wollte nur unserer Sorge Ausdruck geben, Daniel.« Sie knöpfte ihren Mantel zu. »Richten Sie ihr bitte meine besten Wünsche aus, wenn Sie sich sehen, ja?«

»Das mache ich.«

Anne nickte und wanderte von dannen, nach Hause zu einem Abendimbiss, einem Puzzle und einem Musical im Radio.

Als Nächstes kam Jane Thwaite, die Organistin, heraus und sagte entschuldigend: »Tut mir leid wegen des Magnificat, Daniel. Es ist wirklich sehr schwer.«

»Ich hatte nichts daran auszusetzen, Jane.«

»Das ist reizend von Ihnen, aber wir wissen beide, dass es ziemlich holprig klang.«

»Wirklich, Jane, ich bin so dankbar, dass Sie für uns spielen«, versicherte ihr Daniel.

Janes Augen glänzten plötzlich verdächtig. »Ich danke Ihnen. Es bringt mich aus dem Haus, wissen Sie. Die Abende können sehr lang sein, wenn man alleine ist.«

»Sie wissen aber, dass Sie jederzeit zu uns kommen können, wenn Sie sich einsam fühlen, oder?«

»Danke. Aber ich habe meinen Mann geliebt, und er fehlt mir. Natürlich bin ich einsam. Und das ist auch richtig so. Trotzdem sehr nett von Ihnen. Gute Nacht.«

Und auch Jane Thwaite verschwand in der Dunkelheit und kehrte in das Haus zurück, in dem sie mit ihrem Mann Ned gelebt hatte, bis er auf etwas gestoßen war, das seine Mörderin hatte geheim halten wollen.

Bob Achurch erschien und fragte: »Soll ich abschließen, Herr Pfarrer, damit Sie schon wegkönnen?«

»Ja, vielen Dank, Bob.«

Um nicht durch weitere Gespräche aufgehalten zu werden, ging Daniel außen herum zur Sakristei. Dort nahm er mit einer schwungvollen Bewegung seine schwarze Stola ab und warf sie über den Haken an der Wand, wobei er sich ein bisschen wie ein lassoschwingender Cowboy vorkam. Dann entledigte er sich des langen weiten Chorhemds und hängte es ordentlich auf einen Bügel, der seinerseits an einem Haken landete. Anschließend trug er in seinem Protokollbuch ein, wer am Gottesdienst teilgenommen hatte; das tat er regelmäßig, um einen Überblick über seine Gemeindemitglieder zu behalten. Zuletzt verließ er die Sakristei und schloss die Tür mit dem schweren alten Schlüssel ab.

Zum nördlichen Pförtnerhaus fuhr er mit dem Land Rover, zu Fuß hätte es zu lange gedauert. Alex hatte offenbar die Scheinwerfer gesehen, denn er stand bereits in der Tür. Wenn der jüngere Sohn der Familie de Floures sich auf dem Anwesen aufhielt, empfing er Gäste immer im nördlichen Pförtnerhaus und wohnte im südlichen. Gelegentlich konnte man dann Alex dabei beobachten, wie er im Pyjama oder Morgenmantel vom einen Häuschen zum anderen unterwegs war – und das durchaus auch an Tagen, an denen das Herrenhaus für Besucher geöffnet war.

»Dan!«, rief Alex zur Begrüßung. »Wie imposant Sie in der Soutane aussehen! Entschuldigen Sie bitte mein kleines Ausweichmanöver beim Tee vorhin.«

»Gibt es denn etwas, das Sie vor Ihrem Vater geheim halten wollen?«, erkundigte sich Daniel.

»Kommen Sie herein, dann erzähle ich Ihnen alles. Sie werden mich verstehen. Vorsicht, hier nicht stolpern.« Direkt am Eingang lag ein Haufen Holzscheite für den offenen Kamin. Daniel machte einen Bogen darum und folgte Alex den schmalen dunklen Flur entlang in einen kleinen Raum, den Alex hochtrabend als »Salon« zu bezeichnen pflegte und der voller Dinge war, die hier seltsam fehl am Platz wirkten: Stühle aus dem Londoner Anwesen der Familie, die den Zweiten Weltkrieg überlebt hatten; Porzellan mit diversen Varianten des Familienwappens; Gemälde von längst vergessenen Verwandten und von Shorthorn-Rindern. Sogar das Besteck für zwei Personen wirkte so überdimensional auf dem kleinen Esstisch, als hätten Riesen für Zwerge gedeckt.

Honoria saß auf dem Zweisitzer am Kamin, der offenbar lange nicht benutzt worden war, denn gerade rieselte reichlich Ruß auf das leise knisternde Feuer. »Danke, dass Sie gekommen sind, Dan«, sagte Honoria. Das flackernde Licht der Flammen schimmerte auf ihrem roten Haar. »Es geht um etwas sehr Wichtiges.«

»Aber zuerst Drinks«, verkündete Alex. »Was möchten Sie, Dan? Wir haben einen Chardonnay offen, wenn Sie sich für einen eichigen Tropfen aus Australien erwärmen können. Aber ich habe bestimmt auch noch irgendwo einen Sherry, der quasi nach Ihnen ruft.«

»Danke, für mich nichts, ich bin mit dem Auto hier«, sagte Daniel.

»Aber Sie fahren doch nur durch den Park, da erwischt Sie schon keiner«, wandte Honoria ein.

»Wirklich, ich brauche nichts, danke.«

»Sie trauen sich das nicht, Dan, oder?«, fragte Honoria. »Mit einem kleinen Sherry intus durch den Park zu gondeln, obwohl der weniger Alkohol enthält als Mrs Shorelys Fruchttörtchen. Sie sind so anders als Ihr Bruder!«

»Der kann mit seinem kleinen Flitzer überhaupt *nur* fahren, wenn er betrunken ist«, kommentierte Alex.

»Er hat aber einen tollen Fahrstil«, erwiderte seine Schwester. »So … dramatisch.«

»Sie sehen sich wohl häufig«, bemerkte Daniel, bemüht, weniger interessiert zu klingen, als er tatsächlich war.

»Na ja, wir laufen uns öfter mal über den Weg«, sagte Honoria lässig. »Er ist viel unterwegs, seit er die Rolle in dieser neuen Fernsehserie hat.«

»Und wie er das genießt!«, fügte ihr Bruder hinzu. »Bars und Clubs, und der Whisky fließt in Strömen.«

»Das ist eben sein Lebensstil«, erwiderte Daniel ausweichend.

»Und Damen«, sagte Honoria. »Zahlreiche Damen. Theo ist wirklich *ganz* anders als Sie.«

In der Tat war es etwa so wahrscheinlich, dass Daniel gegen eine Vorschrift verstoßen würde, wie dass die Erdanziehungskraft versagte. Er glaubte nämlich – gemäß der Bibel –, dass wer im Geringsten gerecht ist, es auch im Großen ist.

»Dann also eine Tasse Tee?«, fragte Alex.

»Danke, ich brauche wirklich nichts. Was wollten Sie beide denn mit mir besprechen?«

Honoria rutschte auf dem Sofa zur Seite. »Setzen Sie sich zu mir, Dan. Also ... wir haben Informationen erhalten, nach denen ein Problem auf uns zukommen könnte.«

»Oje.« Das Sofa war schmal und niedrig, und Daniel musste wieder einmal feststellen, dass eine Soutane ein eher kompliziertes Kleidungsstück ist. »Das klingt nicht sehr verheißungsvoll.«

»Es geht um Hugh.« Der ältere Bruder der beiden war Erbe des Anwesens und des Adelstitels der de Floures.

»Genauer gesagt, um seine Verlobte, Michelle Giasson«, ergänzte Alex.

»Sie ist Frankokanadierin, nicht wahr?«, fragte Daniel.

Alex legte den Kopf schräg. »Ja, schon, aber ...«

Daniel sah ihn abwartend an.

»Ein Studienfreund von Hugh hat die beiden getroffen und uns davon erzählt. Sie ist ... Indianerin. Mohawk. Sie wissen schon: Rauchsignale und Skalps.«

Nach einem betroffenen Schweigen sagte Daniel: »Das ist ja wohl kaum die richtige Weise, über die ursprüngliche Bevölkerung von Kanada zu sprechen, wenn ich das mal so sagen darf, Alex.«

»Ach, natürlich nicht, Dan, das meine ich auch überhaupt nicht so. Wir befürchten nur, dass Daddy so denkt, und wollen einen Eklat verhindern. Unterstützt du mich mal, Honoria?«

»Für uns spielt das natürlich überhaupt keine Rolle, Dan. Aber wie gesagt: Wir glauben, dass es Schwierigkeiten mit unserem Vater geben wird.«

»Ich kann mir nicht vorstellen, dass Bernard eine Person aufgrund ihrer Abstammung verurteilen würde«, wandte Daniel ein.

»Es ehrt Sie, dass Sie so positiv über ihn denken«, sagte Honoria. »Aber tatsächlich denkt unser Vater nicht fortschrittlicher als die meisten Menschen seines Alters und mit seinem sozialen Hintergrund.«

»Dennoch …«, sagte Daniel unbehaglich, »kann ich mir einfach nicht vorstellen, dass Ihr Vater so … engstirnig wäre, einen Menschen aufgrund seiner ethnischen Herkunft abzuwerten.«

»Das würde er wohl wirklich nicht«, räumte Honoria ein. »Aber ich vermute, er wird sie nicht in unserer Familie haben wollen.« Sie deutete auf ein Porträt an der Wand. »Schauen Sie doch mal.«

»Ein de Floures«, sagte Daniel schulterzuckend.

»Genau. Rote Haare, blaue Augen.«

»Und Froschgesicht«, bemerkte Alex.

»Das Bild ist zweihundert Jahre alt«, fuhr Honoria fort. »Wir de Floures sehen immer noch so aus. Ich finde rote Haare keineswegs besonders toll, ich wurde in meiner Kindheit oft gehänselt deshalb. Aber unserem Vater ist die Erblinie sehr wichtig.« Sie schwieg einen Moment. »Er ist ohnehin schon außer sich, weil Michelle keine Adlige ist. Und dann auch noch Tierärztin. Was natürlich in den Stallungen von Nutzen sein kann, aber unser Vater hat Sorge, dass sie ihre Verpflichtungen als Herrin des Anwesens womöglich nicht bewältigen wird.«

Die Lebenswelt der Familie de Floures war Daniel mittlerweile vertraut, denn er gehörte zu ihr und fand sie in großen Teilen auch sympathisch. Gelegentlich jedoch empfand er eine eigenartige Fremdheit, und dies war einer jener Momente. Er wäre nie auf die Idee gekommen, dass die jungen Leute, Alex und Honoria, gegenüber Hughs Braut ein derartiges Standesdenken an den Tag legen würden. Und das auch noch so gnadenlos, denn offenbar wurde der künftigen Herrin von Champton House gar nicht zugestanden, dass sie lernen und in ihre Aufgaben hineinwachsen konnte, sondern sie sollte alles von vornherein kennen und wissen.

»Und was soll ich nun tun?«, fragte er schließlich.

»Was Sie immer tun, Dan«, antwortete Alex. »Den Weg bereiten. Eine Straße in der Wüste anlegen.«

»Ich soll Ihrem Vater mitteilen, dass seine künftige Schwiegertochter eine Mohawk ist?«

»Wer könnte das besser als Sie, Dan?«

»Es wird für alle besser sein, wenn er nicht völlig unvorbereitet ist«, fügte Honoria hinzu. »Vor allem für Michelle.«

Daniel wusste nicht viel über die Mohawk, hatte jedoch einmal einen eindrucksvollen Dokumentarfilm über die sogenannten »Himmelsläufer« gesehen. Die Männer, die während der Entstehung von New York in höchster Höhe an den Wolkenkratzern gebaut hatten, waren größtenteils Mohawk aus Quebec gewesen, die schwindelfrei auf den Stahlträgern arbeiteten. Damals hatten so viele von ihnen in New York gelebt, dass sie ein eigenes Viertel in Brooklyn hatten.

»Was denken Sie, wie die junge Frau hier zurechtkommen wird?«, fragte Daniel. »Ob sie diese Rolle überhaupt annehmen möchte, die ihr zugeteilt wird? Hugh scheint ja nicht gerade begeistert zu sein von seinen Zukunftsaussichten. Wenn seine künftige Frau sich hier nicht willkommen fühlt, werden die beiden vielleicht wieder nach Kanada zurückkehren.«

»Hugh *muss* hier leben.«

»Warum?«

»Weil er als Ältester den Titel und das Anwesen erbt. Das Erstgeburtsrecht, Dan, das wissen Sie doch.«

»Könnte er denn nicht offiziell das Erbe antreten, aber alles hier in die Hände von anderen legen und in Kanada leben?«, schlug Daniel vor.

Alex zuckte mit den Schultern. »Ich wüsste nicht, wie das gehen soll, Daniel. Und unser Vater würde das mit Sicherheit auch niemals dulden.«

»Verstehe.« Daniel seufzte. »Gut, ich werde mir überlegen, wie ich ihn am besten auf seine zukünftige Schwiegertochter vorbereiten kann. Jetzt muss ich aber aufbrechen.«

Es fiel ihm schwer, sich von dem niedrigen Sofa zu erheben, und er musste mehrmals Anschwung nehmen. Schließlich stellte er fest, dass die Fransen seines Zingulums sich mit den untersten Knöpfen seiner Soutane verheddert hatten und er sich deshalb kaum bewegen konnte.

»Ah, warten Sie, Dan, ich helfe Ihnen«, sagte Honoria, begann, die Fransen zu entwirren, und befreite ihn. Als Daniel sich schließlich wieder in der Vertikalen befand, sagte Honoria: »Ich habe keine Lust, zum Herrenhaus zu laufen, könnten Sie mich vielleicht hinfahren, Daniel?«

»Natürlich.«

Auch Alex erhob sich, um sie – außergewöhnlich formvollendet für seine Verhältnisse – hinauszubegleiten.

Im Pfarrhaus wartete bereits die sonntägliche Abendmahlzeit auf Daniel, ein Ritual, das ebenso unveränderlich nach den gleichen Regeln ablief wie die Abendandacht. Wie Audrey bereits verheißen hatte, gab es eine Suppe mit Fasan, da Bernard ihnen wieder einen solchen Vogel an die Tür gehängt hatte. Der Zehnte, den der Kirchenpatron in früheren Zeiten dem Geistlichen hatte bezahlen müssen, wurde nicht mehr verlangt, aber die Tradition, den Pfarrer mit eigenen Erträgen zu versorgen, war bestehen geblieben. Daniels Vorgänger hatten penibel Buch geführt über die Zuwendungen des Patrons, und in einem Heft aus dem 17. Jahrhundert hatte Daniel in winziger Schrift Aufzeichnungen über jeden Viertelpenny, jede Unze Weizen und jede Rübe gefunden. Die Tinte war inzwischen verblasst, zeugte jedoch immer noch eindrucksvoll von der Kleinlichkeit des damaligen Geistlichen. Daniel hatte sich schon oft gefragt, wie damals wohl das Verhältnis zwischen den Gemeindemitgliedern und dem Pfarrer gewesen sein mochte, wenn sie monatlich ein Zehntel ihrer Erträge an ihn hatten abgeben müssen.

Aber diese Erträge hatten ihnen natürlich ohnehin nicht gehört, sondern dem jeweiligen Lord de Floures, von dem nicht nur ihre Unterbringung, sondern ihre gesamte Existenz abhing. Für einige Dorfbewohner galt das heute noch, obwohl die meisten Pächter heutzutage längst in Rente waren und die Zeiten von Butlern, Stallknechten und Gärtnersgehilfen schon lange der Vergangenheit angehörten. Und der Pfarrer ließ auch keine Kuh mehr abholen bei einem Gemeindemitglied, das den Zehnten schuldig geblieben war.

Dennoch war die Erinnerung an diese Gepflogenheiten noch so lebendig, dass die Menschen, die im Herrenhaus tätig waren – oder früher dort angestellt gewesen waren –, Bernard untertänig mit »Mylord« ansprachen. Und offenbar waren die traditionellen Herrschaftsverhältnisse auch in den Nachfahren des Lords stärker verankert, als Daniel vermutet hatte. Bislang hatte er geglaubt, diese Privilegien, Standesunterschiede und Verpflichtungen, die mit dem Adelstitel einhergingen, spielten heutzutage keine Rolle mehr, aber er wurde offenbar gerade eines Besseren belehrt.

Vielleicht hatte Alex wirklich recht, und Hugh würde sich der Tradition beugen und sein Erbe antreten, weil es seine Adelspflicht war. Und wenn er sich mit seiner Gattin hier niederließ, wäre er nicht der Erste, der eine Frau aus Nordamerika in eine englische Grafschaft brachte – was allerdings nicht immer gut ausging. Vor nicht allzu langer Zeit hatte Daniel ein Gemeindemitglied in einer privaten psychiatrischen Institution besucht. Eine Krankenschwester wies Daniel dort auf eine Amerikanerin hin, die aus einer angesehenen reichen Familie stammte und einen englischen Grafen geheiratet hatte. Doch die Ehe zerbrach, die Frau verlor ihren gesellschaftlichen Status und landete schlussendlich in der Anstalt. Bei dieser Erinnerung nahm Daniel sich fest vor, einen klugen Weg zu ersinnen, um Bernard de Floures auf seine künftige Schwiegertochter vorzubereiten, damit sie bei ihrer Ankunft willkommen geheißen würde und sich gut einleben könnte, statt von Vorurteilen und Misstrauen umfangen zu sein.

Doch nun gab es zunächst einmal Abendessen, das sie sonntags im Wohnzimmer einnahmen. Audrey hatte bereits Feuer im Kamin gemacht; das Holz stammte vom Anwesen, und Daniel war stets dankbar für diese Gabe, denn sie lebten von Jahr zu Jahr in knapperen Verhältnissen. Die Dackel hatten es sich vor dem Feuer gemütlich gemacht und sich in ihrer üblichen Weise eingerollt, ineinander gefügt wie beim Yin-und-Yang-Symbol, wobei Hilda sich wegen ihres runden Bauchs nicht mehr allzu weit krümmen konnte. Auch Hildas Temperament hatte sich verändert – für gewöhnlich ähnelte sie in ihrer Lebhaftigkeit seiner Mutter, sinnierte Daniel und begann, über Mütterlichkeit nachzudenken. Dabei fiel ihm seltsamerweise als Erstes Jean Tailby mit ihrer übertrieben fürsorglichen und betulichen Art ein. Seine eigene Mutter war dagegen seit jeher nüchtern, aber stets verlässlich gewesen. Daniel hatte nie Grund gehabt, an ihrer Liebe für ihn und seinen Bruder Theo zu zweifeln, obwohl Audrey keine Frau war, die ihre Gefühle gerne zur Schau stellte.

Die Abendmahlzeit war auf dem Servierwagen angerichtet, den Daniel Ende der Sechzigerjahre angeschafft hatte. Das fahrbare Möbelstück bestand aus Buchenholz und ließ sich durch Aufklappen der Seiten in einen kleinen Tisch verwandeln, auf dem heute Abend eine Platte mit Fasanen-Sandwiches, bestrichen mit Brotsoße und Johannisbeergelee, sowie zwei Keramiksuppenschalen standen, die aus einer Töpferei in Norfolk stammten und sicher ebenso alt waren wie der Servierwagen. Zusammengewürfelte und betagte Einrichtungsgegenstände waren typisch für Pfarrhäuser, denn es fehlte dort häufig an Barmitteln, um Mobiliar und Haushaltsdinge zu modernisieren. Daniel hatte nicht selten Pfarrhäuser mit unansehnlichem Geschirr, abgewetzten Sofas und Badezimmern erlebt, die nach Hydrotherapie aus der Viktorianischen Zeit ausgesehen hatten.

Audrey hatte den Fernseher eingeschaltet, was ebenfalls zu ihrem sonntäglichen Ritual gehörte, denn nur dann nahmen sie ihre Mahlzeit vor diesem Apparat ein. Es lief eine von Audreys Lieblingssendungen – eine Serie über Jachtbauer am Solent, einem Seitenarm des Ärmelkanals und berühmten Segelrevier.

Sie speisten im rötlichen Feuerschein und bläulichen Bildschirmflackern, und nach einer Weile fragte Audrey: »Wie geht es denn der armen Mrs Hawkins?«

»Sie weilt noch unter den Lebenden. Ach, da fällt mir ein: Sie hat mich gebeten, als ihr Testamentsvollstrecker zu fungieren, mit dir zusammen. Sie hat ja keine Verwandtschaft und niemanden, der ihr nahesteht, außer diesen zwielichtigen Tailbys.«

»Oh, gut, ein üppiges Erbe zugunsten der Kirche, hoffe ich. Aber ist das überhaupt zulässig?«

»Die Kirche bekommt nichts, nur die Armenfürsorge.«

»Ich frage mich, ob ich dafür nicht auch schon in Frage käme«, bemerkte Audrey.

»Wohl eher nicht, Mum.«

Audrey schnaubte. »Mir ist bewusst, dass wir nicht wirklich arm sind, Daniel. Aber wenn wir nicht so viele Zuwendungen vom Anwesen hätten, wüsste ich tatsächlich nicht, wie wir haushalten sollten. Und was von den de Floures kommt, ist auch nicht gerade üppig. Seit Nathan Liversedge nicht mehr da ist, kümmert sich zum Beispiel niemand mehr um unsere Reparaturen.«

»Was müsste denn repariert werden?«, erkundigte sich Daniel.

»Alles! Das Dach, die Regenrinnen, die Fenster. Ich weiß schon, dass Bernard einen homosexuellen jungen Mann mit zweifelhafter Vergangenheit nicht an Alex' Seite sehen möchte, aber Nathan war so … nützlich. Und niemand hat ihn ersetzt.«

»Soll ich es mal versuchen?«

»Das Herz von Alex zu erobern?«

»Mutter!«, rief Daniel konsterniert aus.

»Dann hätten wir bestimmt weniger Geldsorgen …«

»Ich meinte selbstverständlich, ob ich mich um die notwendigen Reparaturen kümmern soll.«

»Besser nicht.«

Daniel blieb stumm und gab vor, eingehend die Jachten im Fernsehen zu betrachten. Er spürte, dass er rot geworden war, und hoffte inständig, dass es seiner Mutter im Feuerschein des Kamins nicht auffallen würde.

Nach dem Abendessen begab Daniel sich in sein Studierzimmer, wo ihn neue musikalische Vergnügungen erwarteten, seit ein einstiges Gemeindemitglied ihm eine Stereoanlage vermacht hatte. Mit ihrem Plattenspieler plus Kassettenrekorder und zwei

Lautsprechern stellte sie im Vergleich mit dem tragbaren Plattenspieler aus Daniels Studienzeit einen phänomenalen Fortschritt dar. Die moderne metallisch schimmernde Anlage thronte auf einem altertümlichen Holztisch mit gedrechselten Beinen, wo sie allerdings ein wenig fehl am Platz wirkte.

Daniel liebte Musik, weshalb es im Pfarrhaus noch weitere Audiogeräte gab: ein Transistorradio in der Küche, mit dem Audrey beim Kochen Hörspielen lauschte, und die Musiktruhe mit eingebautem Plattenspieler aus Daniels Kindheit. Sein Vater hatte für Musik gar nichts übriggehabt und als einzige Schallplatte die Reden von Winston Churchill besessen. Daniel dagegen hatte sich bereits als Kind auf dem tragbaren Gerät, das er sich von seinen Eltern gewünscht hatte, mit solcher Leidenschaft Beethoven-Symphonien, Chopin und Wagneropern angehört, dass er heutzutage im Konzert bei den entsprechenden Stücken das Kratzen der Nadel auf der Schallplatte im Ohr hatte. Diese ersten geliebten Platten gehörten noch immer seiner sorgfältig nach Ära und Genre sortierten Sammlung an.

Jetzt lauschte er während der Büroarbeiten, die er sich für diesen Abend vorgenommen hatte, den Kindertotenliedern von Mahler und spitzte nebenbei die zahlreichen Buntstifte, mit denen er im Jahreskalender die liturgischen Farben für Kleidung und Behänge in der Kirche vermerkte. Wie bei allen Schreibutensilien war Daniel auch hier sehr penibel; Rosa – die Farbe für die Jungfrau Maria – wurde an Gaudete, dem dritten Adventssonntag, und Laetare, dem vierten Fastensonntag im März, getragen, und der Buntstift musste exakt den richtigen Farbton haben. Er durfte nicht zu kräftig und schon gar nicht pink sein, sondern eher zart rosarot. Diesen Stift spitzte Daniel besonders sorgfältig, damit er nicht etwa zu Beginn der Adventszeit in sieben Wochen stumpf sein würde.

»›Oft denk' ich, sie sind nur ausgegangen‹«, sang die Opernsängerin gerade, als ein misstönender Klang zu vernehmen war, weil das Telefon klingelte. Cosmo, der vor Daniels Füßen gedöst hatte, setzte sich auf und beobachtete, wie sein Herrchen zunächst behutsam den Tonarm von der Schallplatte nahm und dann den Telefonhörer abhob.

»Pfarrhaus Champton, guten Abend.«

»Ich bin's.«

Neil. Durch die unvorhergesehenen Ereignisse des Abends hatte Daniel seine Verabredung mit dem Polizisten völlig vergessen. »Hallo, Neil. Du wolltest mich sprechen, nicht wahr?«

»Ja. Wird nicht lange dauern. Kann ich vorbeikommen? Ich bin ganz in der Nähe.«

»Natürlich.«

»Gut, bis gleich dann.«

Kurz darauf rief Audrey draußen im Flur: »Musst du ausgehen?«

»Nein«, rief Daniel zurück. »Jemand kommt vorbei. Lass dich nicht stören.«

Nach kurzer Stille hörte er, wie die Geräusche vom Fernseher verstummten, als Audrey wieder ins Wohnzimmer ging und die Tür hinter sich schloss.

Dass seine Mutter von Neils Anwesenheit erfuhr, wollte Daniel gerne vermeiden – vor allem, weil sie zu seinem Entsetzen nun auch noch begonnen hatte, anzügliche Bemerkungen zu machen. Noch heute erinnerte er sich mit unsäglichem Grauen daran, wie seine Mutter in seiner Jugend mit einem Stapel Wäsche ins Zimmer gekommen war, als er sich gerade mit ersten Masturbationsversuchen beschäftigt hatte. Er hatte sich hastig schlafend gestellt, und Audrey hatte ungerührt die Wäsche in der Kommode verstaut, aber nach dem Abendessen hatte sein

Vater ihm einen Vortrag über die Gefahren der Onanie gehalten, die angeblich die physische Kraft eines Mannes schwächte und seine Moral untergrub. Peinlichkeiten dieser Art wollte Daniel nie wieder erleben, und so neugierig Audrey auch war, er zog es vor, sein Privatleben für sich zu behalten.

Als Geistlicher wurde Daniel so häufig mit den Irrungen und Wirrungen des Sexuallebens seiner Gemeindemitglieder konfrontiert, dass ihn nur noch wenig überraschen konnte. Er begegnete einem Schlamassel in Liebesdingen im Gespräch ebenso gelassen und mitfühlend, wie wenn ihm jemand von seinen Problemen mit Geld, Sucht oder moralischen Entgleisungen berichtete. Und sein eigenes Liebesleben hatte selbstverständlich in seiner Funktion als guter Hirte komplett außen vor zu bleiben.

Jetzt hörte er, wie sich auf der Zufahrt ein Auto näherte, und eilte zur Haustür, damit Audrey nicht durch das Klingeln herbeigelockt würde. Als Daniel die Tür öffnete, stand Neil bereits davor, angetan mit einem Anzug, der aussah, als wolle er vor Gericht aussagen.

»Komm herein. Du bist ja sehr schick heute.«

»Ich war bei den Biddles«, erwiderte Neil als Erklärung.

»Wie aufmerksam von dir. Allerdings wüsste ich niemanden, der einen förmlichen Aufzug weniger zu schätzen wüsste als diese Familie«, bemerkte Daniel trocken.

»Wahrscheinlich nicht, aber ich halte mich gern an die Etikette. So wie du.«

Cosmo war Daniel gefolgt und versuchte, sich zwecks Begrüßung an Neils Bein hochzuhangeln, rutschte aber mit den Krallen ab, weil der Stoff der Hose zu glatt war.

Neil bückte sich, um den Dackel zu kraulen. »Wo steckt Hilda?«

»Bei meiner Mutter. Seit Hilda trächtig ist, scheint sie Audreys Gesellschaft vorzuziehen. Fühlt sich vielleicht sicherer in der Nähe einer weiblichen Person. Anders kann ich mir das eigentlich nicht erklären. Möchtest du etwas trinken?«

»Danke, nein. Hab literweise Tee intus. Ich wollte dich nur rasch auf den neuesten Stand bringen. Und mal hören, ob dir etwas dazu einfällt.«

Sie gingen ins Studierzimmer, wo Daniel auf das sogenannte Tränensofa wies, das seinen Namen seiner Gebrauchsweise verdankte: Häufig saßen hier Trostsuchende aus der Gemeinde und weinten.

»Was hörst du da?«, erkundigte sich Neil.

»Die Kindertotenlieder von Gustav Mahler.« Erst jetzt fiel Daniel auf, dass diese Wahl zurzeit eine besonders sinistre Bedeutung hatte.

»Da würde mir am Wochenende aber der Sinn nach etwas weniger Traurigem stehen«, bemerkte Neil.

»Ja, das kann ich nachvollziehen. Aber was wolltest du mit mir besprechen?«

Neil zog ein kleines Notizbuch aus der Tasche, in dessen Gummiband ein Billigkugelschreiber steckte. Der Polizist blätterte, bis er eine bestimmte Seite gefunden hatte.

»Ich wollte mit dir durchgehen, was wir bisher haben. Laut seinen Eltern hat Joshua Biddle das Pfarrhaus von Lower Badsaddle gestern zeitig verlassen, weil er um elf Uhr Bandprobe hatte.«

»Ja, das haben sie mir auch erzählt. Die Band heißt Castle of Otranto, nach einem Schauerroman.«

»Wir haben mit den anderen Bandmitgliedern gesprochen«, berichtete Neil. »Stell dir vor, sie hatten gestern gar keine Probe. Zwei lagen zum Todeszeitpunkt noch im Bett, der Dritte kaufte sich gerade in Braunstonbury einen Anzug für ein Vorstellungsgespräch.«

»Also hat Joshua eine Ausrede benutzt?«, fragte Daniel erstaunt. »Aber warum?«

»Das wissen wir nicht. Seinen Basskoffer hatte er aber dabei.«

»Andernfalls hätte die Lüge auch nicht überzeugend gewirkt.«

»Ganz genau«, sagte Neil. »Wir haben den Basskoffer am Tatort gefunden.«

»Wo?«

»Hinter diesem Altar. Sah aus, als sei der Koffer hastig dort versteckt worden. Und das Instrument fehlte.«

»Was mag daraus geworden sein?«, fragte Daniel.

»Wissen wir noch nicht«, antwortete Neil, »aber die Spurensicherung ist dran. Es könnte natürlich sein, dass der Junge den Koffer nur als Tarnung mitgenommen hat.«

»Und was haben die anderen Familienmitglieder zur Tatzeit gemacht?«

»Joshuas Vater war seiner Aussage nach unterwegs, bei einem Gebetsspaziergang. Weißt du, was es damit auf sich hat?«, erkundigte sich Neil.

»Ich glaube, er spaziert durch die Gemeinde und betet dabei zum Schutz für die Menschen dort, die Gebäude, die Bushaltestelle und so weiter. Das scheint zu seiner Glaubensform zu gehören.«

»Inwiefern?«

»So genau kenne ich mich damit nicht aus. Aber ich mache etwas Ähnliches, nur nicht organisiert, sondern eher spontan. Manchmal, wenn ich mit den Hunden unterwegs bin, glaube ich, Probleme bei bestimmten Menschen zu spüren, und bete dann für sie.«

»Für ganz konkrete Dinge?«

»Nein, eher allgemein, ich erbitte einfach den Schutz des Herrn für sie. Ich formuliere das nicht genau. Chris Biddle tut das aber, soweit ich weiß.«

»Interessant«, bemerkte Neil. »Bedeutet das, dass seine Route vielleicht vorhersehbar wäre?«

»Ich denke schon, dass er methodisch vorgeht, ja«, antwortete Daniel. »Würde mich nicht wundern, wenn er eine Liste oder eine festgelegte Strecke hätte. Er hat mir gesagt, dass er die Grenzen seiner Pfarrgemeinde abschreitet, entlang der Farmen.«

»Auch den alten Flugplatz?«

»Nicht auszuschließen, aber dort lebt ja niemand, das wäre etwas sinnlos. Hat ihn jemand dort gesehen?«

»Nicht am Flugplatz, nein. Aber es hat ja auch geregnet. Die Bäuerin von der Southfield Farm an der Straße nach Champton – den Namen habe ich gerade nicht parat – hat ihn gesehen. Sagte, er sei tropfnass gewesen, und wenn sie gewusst hätte, dass es sich um den Pfarrer handelte, hätte sie ihn hereingebeten. Trug aber seinen Kragen nicht. Das gefiel ihr gar nicht.«

»Um wie viel Uhr war das?«

»Essenszeit.«

»Mittags?«

»Ja, genau um zwölf. Die Farmerin hörte gerade eine Radiosendung, die um diese Uhrzeit anfängt und um eins endet.«

»Und wann war Joshuas Todeszeitpunkt?«

»Etwa um diese Zeit, maximal zwei Stunden später. Wir wissen also, wo Chris Biddle um zwölf war. Aber für die Zeit zwischen elf und zwölf haben wir keine Informationen. Nach Hause gekommen ist er um drei.«

Daniel runzelte die Stirn. »Ich glaube nicht, dass er um diese Zeit auf dem Flugplatz war.«

»Warum nicht?«

»Weil er systematisch vorgeht. Wenn er in Richtung Champton unterwegs war, würde er nicht zum Flugplatz zurückgegangen sein. Ich könnte mir denken, dass er seine Route aufgeschrieben hat.«

»Ja, das hat er tatsächlich«, bestätigte Neil, »wir haben sie uns auch angeschaut. Aber niemand sonst hat ihn gesehen. Er könnte zurückgelaufen sein und den Mord ausgeführt haben, dann wieder in Richtung Champton gegangen sein. Fällt dir ein Motiv ein?«

»Nein. Was ist mit Lydia und Sally?«

»Sally war den ganzen Vormittag in der Küche mit Backen beschäftigt, Lydia hat in ihrem Zimmer Musik gehört. Um circa halb eins war sie unten, hat ein Sandwich gegessen und sich für ungefähr zwanzig Minuten mit ihrer Mutter unterhalten, dann ist sie wieder nach oben gegangen.«

»War jemand im Haus?«, fragte Daniel.

»Eine Frau aus dem Dorf wollte gegen zwei Uhr Fotokopien abgeben. Hat geklingelt, aber niemand machte auf. Sie sagt, sie habe laute Rockmusik gehört. Weil es regnete, hat die Frau die Kopien auf die Veranda gelegt, wo Chris sie gefunden hat, als er um drei zurückkam.«

»Hast du Joshuas Freunde wegen der Bandprobe befragt?«

»Natürlich, aber keiner konnte sich das erklären. Ich wollte wissen, ob Joshua sich vielleicht geirrt haben könnte, und sie sagten, manchmal würden sie samstags tatsächlich proben und hätten einen Termin für nächste Woche vereinbart gehabt. Vielleicht hatte er sich das falsch gemerkt. Aber das hätte er spätestens vor Ort festgestellt – sie proben in der Garage des Drummers in Braunstonbury.«

»Wie kam Joshua sonst dorthin?«, fragte Daniel.

»Mit dem Bus.«

»Von Lower Badsaddle?«

»Ja, da fährt einer um Viertel nach elf.«

»Hat Joshua den genommen?«

»Wissen wir noch nicht«, antwortete Neil. »Aber das werden wir rauskriegen.«

»Hast du mit seinen Freunden über den ganzen Goth-Hintergrund gesprochen?«, fragte Daniel.

»Soweit ich mitbekommen habe, sind sie ziemliche Neueinsteiger und haben nicht allzu viel Ahnung.«

»Und würdest du einem von denen einen Mord zutrauen? Oder die Beteiligung daran?«

»Also, diesen Eindruck hatten wir nicht«, antwortete Neil. »Vielleicht in der größeren Gruppe, aber zu der konnten wir noch keine Verbindung herstellen. Und Joshua war wohl der schwierigste von den Jugendlichen in der Band.«

»Inwiefern?«

»Offenbar überall auf Konfrontation aus. Und er hatte wohl ein massives Problem mit Autorität.«

»Tja«, sagte Daniel. »Das kommt bei Kindern aus Pfarrersfamilien häufiger vor.«

Neil nickte. »Leuchtet ein. Wie ist Lydia denn so?«

»Eher ein sanftmütiges Mädchen, ist mein Eindruck.«

»Aber die beiden waren Zwillinge«, betonte Neil. »Waren sich also sehr nahe.«

»Dennoch sehr unterschiedlich«, wandte Daniel ein. »Wie hat sie auf dich gewirkt?«

»Steht noch unter Schock. Sobald man ihr Fragen stellt, bricht sie in Tränen aus.«

»Konntest du sie zumindest wegen der Kapelle fragen?«

»Ja. Sie sagte, sie hätte Joshua davon erzählt. Aber als wir nachhakten, weinte sie wieder, und ihre Mutter sagte, wir müssten sie in Ruhe lassen.«

»Sie fühlt sich schuldig«, mutmaßte Daniel, der jetzt daran denken musste, dass er derjenige gewesen war, der Lydia die Kapelle gezeigt hatte. Hätte Joshua nichts davon gewusst, wäre er vielleicht jetzt noch am Leben. »Wussten die anderen Bandmitglieder von der Kapelle?«

»Ja, Joshua hatte ihnen davon berichtet und sie ihnen sogar gezeigt. Er wollte dort eine Fotosession machen.«

»Und gibt es schon Ergebnisse aus der Forensik?«

»Der Junge ist verblutet, die Halsschlagader wurde durchtrennt. Aber unbeholfen, da war kein Profi am Werk.«

»Tatwaffe?«

»Ein sehr scharfes Messer mit dünner Klinge«, antwortete Neil. »Ein Schlachtermesser vielleicht. Wir haben es bislang nicht gefunden. Wurde jedenfalls mehrmals über die Kehle gezogen. Unsaubere Schnitte, die ersten zögerlicher, der letzte tiefer, mit mehr Wucht. Das war auch der tödliche, der die Halsschlagader durchtrennte.«

»Habt ihr Fußabdrücke gefunden?«, erkundigte sich Daniel.

»Ja, zweierlei unterschiedliche in der Blutlache. Schuhgröße 42 und 43, vermutlich Gummistiefel, das erfahren wir noch. Unser Experte denkt, die Größe 43 war später am Tatort, weil das Blut da bereits mehr geronnen war.«

»Also stammen die anderen vom Mörder? Wir suchen nach einer Person mit Gummistiefeln Größe 42?«

»Vermutlich«, bestätigte Neil. »Aber die gibt es massenhaft.«

»Mag sein, aber es gibt wohl kaum massenhaft Menschen, die einen Ritualmord begehen wollen.«

»Hast du irgendwelche Ideen zu dem Thema?«, wollte Neil wissen.

»Ja«, antwortete Daniel. »Zuerst habe ich ein religiöses Motiv vermutet, weil das Ganze wegen des Altars wie eine Opferung auf mich gewirkt hat. Aber jetzt bin ich mir nicht mehr so sicher. Irgendetwas daran wirkt nicht authentisch auf mich.«

»Aber weißt du denn, wie ein Kinderopfer aussehen würde?«, fragte Neil.

»Nein, natürlich nicht«, sagte Daniel. »Mir kam nur der Gedanke, dass der Mörder versuchen wollte, die Tat wie einen Ritualmord aussehen zu lassen. Als hätte er in einem Buch eine Beschreibung gelesen und die dann quasi nachgestellt.« Er hielt einen Moment inne. »Deshalb frage ich mich tatsächlich, ob es nicht eine Verbindung zu der Goth-Gruppe gibt. In dieser Szene wird mit Ritualen und dem ganzen Brimborium gespielt, aber es ist eben nicht echt. Und ich kann mir einfach nicht vorstellen, warum jemand Joshua umbringen sollte.«

»Na, die üblichen Motive vielleicht? Geld? Drogen?«, schlug Neil vor. »Oder als Drohung für jemand anderen? Um mitzuteilen: So wird's dir auch ergehen, wenn du dich widersetzt? Unseren Leuten ist ein Gerücht zu Ohren gekommen, dass Josh mehr Verbindung zu den höheren Rängen der Gruppe hatte als die anderen aus seiner Band. Wir sind da dran. Aber es muss schon gravierende Gründe gegeben haben, wenn man einem halbwüchsigen Jungen die Kehle durchschneidet und ihn verbluten lässt.«

Daniel fragte sich, wie Neil es verkraften konnte, tagtäglich mit derartig grausamen Taten konfrontiert zu sein. Vermutlich gewöhnte man sich daran – wie an so vieles im Leben – und sah dann nicht mehr die Tragödie eines vorzeitig beendeten Lebens, sondern nur die sachlichen Einzelheiten, die nüchternen Fakten, die der Aufklärung des Falls dienten. Doch um die Wahrheit herauszufinden, war es hilfreich und notwendig, das gesamte Bild zu betrachten und Ungereimtheiten zu erspüren, was zu Daniels Stärken gehörte. Er tappte zwar auch noch im Dunkeln, merkte aber, wie er sich innerlich auf die Situation einstimmte und seine intuitiven Kräfte sich zu regen begannen.

»Aber was wollte Joshua dort?«, fragte Daniel schließlich.

»Wissen wir nicht. Es gab keinerlei Spuren, die auf Gewaltanwendung hinweisen, er ist also auf jeden Fall freiwillig in die Kapelle gegangen. Vielleicht, um jemanden zu treffen?«

Daniel schauderte bei der Vorstellung, was Joshua wohl empfunden hatte, als er merkte, was passieren würde.

»Alles in Ordnung?«, fragte Neil behutsam.

»So eine schreckliche Tat …«, murmelte Daniel.

»Mord ist immer schrecklich.«

»Diese ganze Inszenierung. Die Kerzen …«

»Ja, darüber wollte ich auch mit dir sprechen. Es waren Kerzen aus einer Kirche.«

»Woher weißt du das?«, fragte Daniel bestürzt.

»Von den Kollegen aus der Forensik. Hast du sie denn nicht erkannt?«

»Wieso erkannt?«

»Es waren Kerzen von der Sorte, die in deiner Kirche zum Einsatz kommen.«

Daniel starrte den Polizisten fassungslos an. »In St Mary's?«

»Ja. Wir haben beim Fachhandel nachgefragt.«

»Aber die gehören zur Standardkirchenausstattung, Neil, die werden von fast allen benutzt.«

»Eben deshalb könnten sie aus jeder Kirche stammen. Angenommen, sie wären aus St Mary's gestohlen worden – wie leicht oder schwer wäre es, da dranzukommen?«

Daniel zuckte mit den Schultern. »Jeder könnte reingehen und welche wegnehmen.«

»Würdest du es merken, wenn jemand Kerzen mitgehen lässt?«

»Vermutlich nicht. Weil unser Küster sich darum kümmert, Bob Achurch. Den könntest du fragen. Aber du kannst auch selbst nachsehen, er stellt immer einen Karton mit Kerzen unter den Hauptaltar.«

»Und wer weiß das?«

»Küster, Geistliche, Messdiener. Im Grunde jeder, der mit den Abläufen in einer Kirche vertraut ist.«

Neil machte sich Notizen mit seinem billigen Kugelschreiber, den Daniel zunehmend als störend empfand.

»Möchtest du vielleicht ein besseres Schreibwerkzeug?«, fragte er vorsichtig.

»Nein, danke, der passt gut in das Gummiband«, lautete die Antwort. »Es geht hier um Funktionalität, nicht um Schönheit, Daniel.«

»Ich sehe keinen Grund, warum etwas Funktionales nicht schön sein sollte«, wandte Daniel ein.

Neil blickte auf und sah ihn erstaunt an, woraufhin Daniel etwas heiß wurde. »Der gehört einfach zu unserer Büroausstattung, ich hole mir meine Kulis aus einem Schrank im Revier. Persönlich würde ich mir den nicht aussuchen …«

»Aber Inspektor Morse von den Oxford-Krimis fährt diesen fantastischen roten Jaguar«, beharrte Daniel hartnäckig.

»Das hat nichts mit der Realität zu tun. Wir fahren Ford und Austin. Hör mal, ich muss jetzt los.« Neil steckte den Kugelschreiber ins Gummiband des Notizbuchs und verstaute es in seiner Jackentasche. »Danke für deine Zeit. Hältst du Augen und Ohren offen?«

»Selbstverständlich. Der Flugplatz bleibt vermutlich abgesperrt?«

»Ja, vorerst schon. Warum fragst du? Wolltest du dich noch mal dort umschauen?«

»Ich dachte eher an unsere Fahrstunden …«

»Stimmt. Da brauchen wir vielleicht einen Ausweichplan.«

»Diese Woche habe ich sowieso keine Zeit. Aber am nächsten Sonntag haben wir zum Erntedank ein Mittagessen im Gemeindehaus. Möchtest du auch kommen?«, fragte Daniel.

»Ich fürchte, in einer laufenden Mordermittlung ist kein freier Sonntag drin. Aber vielleicht schaffe ich es, auf einen Sprung vorbeizuschauen. Kann ich dir kurzfristig Bescheid geben?«

Daniel nickte. »Natürlich.«

Er brachte Neil zur Tür und winkte, als er in seinem unauffälligen Dienstwagen davonfuhr, bar jeder Eleganz im Vergleich mit dem imposanten Jaguar von Inspektor Morse. In Gedanken versunken, entging Daniel vollkommen, dass seine Mutter ihn durchs Küchenfenster beobachtete.

5

Hilda, deren Temperament durch ihre künftige Mutterrolle stark gebremst schien, fand es unversehens wieder, als sie am Dienstag im Warteraum der Tierärztin in Braunstonbury auf Daniels Schoß saß. Hier gab es getrennte Räume für Hunde und Katzen, um Animositäten zwischen den beiden Tierarten von vornherein zu vermeiden. Hilda allerdings verhielt sich im Umgang mit anderen Hunden gern ebenso unfreundlich wie gegenüber Katzen, und es war ihr dann auch einerlei, ob es sich um einen Spielzeugpudel oder eine echte Bulldogge handelte. In diesem Fall erregte ein Schäferhund ihren Unmut, und sie knurrte und schnappte nach dem Artgenossen. Der blieb zum Glück recht gelassen – im Gegensatz zu seinem Herrchen. Der Mann betrachtete Daniel trotz seiner Beschwichtigungsversuche mit unverhohlener Verachtung, weil er seinen Hund nicht unter Kontrolle hatte. Daniel lockerte zur Gegenwehr seinen Schal, um den Priesterkragen sehen zu lassen, eine Taktik, die er manchmal hemmungslos anwandte, um sich Ärger vom Hals zu halten. Woraufhin der Mann auch prompt rot anlief, nicht vor Wut, sondern vor Scham, und höflich nickte.

Jetzt kam eine junge Tierärztin herein, die einen sehr robusten, bodenständigen Eindruck machte.

»Hilda Clement?«, rief die Ärztin.

Daniel stand auf, hielt die erbost knurrende Dackeldame

außer Reichweite des Schäferhunds und folgte der Ärztin in ein Behandlungszimmer.

»Ich bin Lizzie«, stellte sie sich vor, während Daniel Hilda auf dem Edelstahltisch absetzte, der ihn an eine Totenhalle erinnerte, und ihr Halsband löste.

»Und wie geht's der werdenden Mama?«, erkundigte sich Lizzie.

»Körperlich scheint alles in Ordnung zu sein«, antwortete Daniel. »Aber ihr Verhalten hat sich stark verändert.«

»Inwiefern?«

»Sie ist weniger verspielt und angriffslustig – obwohl dieser Schäferhund da draußen das wahrscheinlich anders sieht. Und sie macht Dinge, die sie noch nie getan hat.«

»Zum Beispiel?«

»Sie buddelt und dreht sich länger in ihrem Korb als gewöhnlich und verbringt mehr Zeit als sonst mit meiner Mutter. Und sie hat sich ein Repertoire an … ich weiß nicht, wie ich es nennen soll … Ticks zugelegt. Wälzt sich auf dem Rücken, schnüffelt wie wild, obwohl es gar keine besonderen Gerüche gibt …«

Lizzie lächelte. »Das klingt sehr typisch. Ich schau sie mir mal an.«

Die Ärztin betastete Hildas Bauch, und die Hündin ließ diese Belästigung nicht nur erstaunlich ungerührt über sich ergehen, sondern schien sie sogar zu genießen.

»Wie weit ist sie?«, erkundigte sich Daniel.

»Ziemlich fortgeschritten. Frisst sie mehr als sonst?«

Da Hilda ohnehin immer alles verschlang, was sie zwischen die Zähne bekam, fand Daniel die Frage schwer zu beantworten. Aber Audrey, die ihr heimlich beim Essen Häppchen zu füttern pflegte, hatte von gesteigerter Gier berichtet. »Wir haben den Eindruck, ja.«

»Und versucht sie, ein Nest zu bauen?«

»Sie sammelt Kissen und Decken, die sie sich zurechtzerrt. Und vertreibt unseren anderen Dackel von ihrem Korb.«

»Ein Rüde?«

»Ja. Vier Jahre alt. Ihr Neffe.«

»Ich glaube, wir müssen uns hier keine Sorgen um Inzucht machen, Herr Pfarrer.« Lizzie warf einen Blick auf seinen Kragen. »Ich bin übrigens Pfarrerstochter.«

»Ach ja?«, fragte Daniel erstaunt.

»Im Pfarrhaus von St Hilda's in Ravensburn aufgewachsen.«

Das war eine triste kleine Industriestadt mit rußgeschwärzten Häusern und einem hässlichen viktorianischen Pfarrhaus neben einer ebenso hässlichen modernen Kirche.

»Dann müssen Sie eine Tochter von Leonard Livesey sein!«, rief Daniel aus.

»Das bin ich.«

Daniel lächelte. »Ich erinnere mich noch an Ihren Vater. Als junger Hilfspfarrer war ich öfter in Ihrer Gemeinde.«

Lizzie betrachtete ihn forschend. »Ihr Gesicht kommt mir nicht bekannt vor … aber es gab damals viele Hilfspfarrer.«

»Kein Problem«, erwiderte Daniel. »Ich lege Wert darauf, unauffällig zu sein. Wie geht es Ihrem Vater?«

»Ist ziemlich schlecht gelaunt.«

»Wieso das denn?«

»Fürchtet sich vor Frauen im Priesteramt.«

In St Hilda's wurde eine extreme Form von Anglokatholizismus praktiziert, die sogar den Papst in Entzücken versetzt hätte. Einmal war ein Erzdiakon des eher protestantisch ausgerichteten Zweigs der anglikanischen Kirche, der in St Hilda's die Abendandacht halten sollte, von den zahllosen flackernden Kerzen und den Weihrauchschwaden so entsetzt gewesen, dass er umgehend das Weite gesucht hatte.

»Ich kann mir vorstellen, dass ihm diese Veränderung nicht leichtfallen wird …«, äußerte Daniel.

»Das kommt für ihn einfach gar nicht infrage. Ich dagegen finde, es wird höchste Zeit. Wie denken Sie denn darüber?«

»Tja … das ist wirklich eine knifflige Frage«, antwortete Daniel. »Früher war ich eher der Meinung Ihres Vaters, heute denke ich eher wie Sie. Ich weiß nicht, was sich damit verändern wird, aber es wird auf jeden Fall nicht folgenlos bleiben. In welcher Hinsicht, kann man wohl nicht absehen.« Er spürte einen Anflug von Wehmut, die sich immer einstellte, wenn es Menschen nicht gut ging, die er schätzte.

Auch Lizzie wirkte traurig, als sie sagte: »So bedrückt habe ich Vater noch nie erlebt.«

Hilda bellte jetzt auffordernd, als wollte sie daran erinnern, dass sie hier im Mittelpunkt stand und nicht etwaige Meinungsverschiedenheiten innerhalb der Church of England.

»Unsere Hundedame hier heißt ja wie die Kirche Ihres Vaters«, bemerkte Daniel jetzt, um die Stimmung aufzuheitern. »So benannt nach der Äbtissin Hilda von Whitby, weil meine Hilda an deren Gedenktag bei mir eintraf.«

»Der 19. November«, sagte die junge Ärztin. »Ihr Gedenkgebet weiß ich heute noch auswendig.«

»Das freut mich«, erwiderte Daniel.

Nach dem Tierarzttermin steuerte Daniel sein zweites Ziel des Vormittags an, einen Plattenladen in der Market Street, den er noch nie zuvor betreten hatte. Er kaufte seine Schallplatten grundsätzlich bei einem Geschäft in Stowe, in dem die Angestellten über Expertise im Umgang mit klassischer Musik verfügten. Dieser Laden dagegen erinnerte ihn an diese grell beleuchteten Kettenrestaurants, in denen es Hamburger zu essen gab, was Daniel verabscheute. Neil hatte ihn einmal in einen McDonald's mitgenommen und schallend gelacht, als Daniel nach Besteck verlangt hatte.

Als er sich jetzt in dem Plattenladen der Verkaufstheke näherte, war ihm reichlich beklommen zumute, da er sich hier ziemlich fehl am Platz fühlte. Was durch den Anblick der beiden jungen Verkäufer noch verstärkt wurde; der eine hatte kurz geschorene Haare und wirkte auf Daniel wie ein Straßenarbeiter, der andere trug weite Jeans und ein langärmliges T-Shirt. Beide Männer musterten den Neuankömmling mit einer Mischung aus Erstaunen und Argwohn.

»Guten Morgen«, sagte Daniel.

»Hallo, Rever…«, begann der eine, vollendete das Wort jedoch nicht.

»Ich suche nach einer Schallplatte«, erklärte Daniel.

»Da könnten Sie am richtigen Ort sein. Kommt aber drauf an, was Sie suchen.«

»Ähm … ›Something's Gotten Hold of My Heart‹ von Marc Almond und Jim Pitney.«

Der Mann mit den kurz geschorenen Haaren verzog verächtlich das Gesicht und schnaubte, woraufhin Daniel das seltsame Gefühl hatte, ihn von irgendwoher zu kennen.

»Gene Pitney, nicht Jim«, sagte der junge Mann mit dem langärmligen T-Shirt, zweifellos der Freundlichere der beiden. »Finden Sie bei den Charts-Singles. Oder wollen Sie die Langspielplatte?«

»Nein, die normale. Für normale Plattenspieler.«

»Normal sind beide. Aber die Single ist die Version, die Sie im Radio hören, die andere die längere für Fans.«

»Ach, dann würde ich von jeder Sorte eine nehmen, bitte.«

»Soll ich die für Sie raussuchen?«

»Ja, bitte.«

Der junge Mann schlurfte davon. Weil sein Kollege sich wortlos abwandte und einen Ordner durchblätterte, spazierte Daniel zu einem Kasten mit Langspielplatten, auf denen sich nur ein Stück befand. Das mussten dann tatsächlich sehr lange Versionen sein, sinnierte Daniel.

»Ich dachte, ich soll alles für Sie raussuchen?«, hörte er den Jungen hinter sich.

»Ja, gern. Ich vertreibe mir hier nur die Zeit.«

Der Verkäufer griff an Daniel vorbei und zog eine Platte mit weißem Cover heraus, auf dem ein finster blickender junger Mann mit glattem schwarzem Haar abgebildet war.

»Ist das Marc Almond?«, fragte Daniel.

»Na, Gene Pitney ist es nicht.«

»Aber der singt auch auf dieser Platte?«

»War ursprünglich in den Sechzigerjahren sein Hit. Als Marc Almond ihn wegen eines Duos fragte, hat Pitney ihn mit ihm gemeinsam noch mal aufgenommen. Hätte aber nicht erwartet, dass ein Pfarrer sich die Platte kauft, wenn ich das mal so sagen darf.«

»Es soll ein Geschenk für einen Freund sein«, fühlte Daniel sich bemüßigt zu erklären. »Die lange Version jedenfalls; die kurze ist für mich selbst.«

»Aha. Das muss ja ein besonderer *Freund* sein«, äußerte der junge Mann mit bedeutungsvollem Unterton.

Daniel zog es vor, zu schweigen.

Mittlerweile redete der andere Verkäufer am Tresen mit neuer Kundschaft. »Aber die taugt echt nichts, das ist doch Pop-Mist, nimm lieber ›Disintegration‹. Da sind The Cure wieder in alter Bestform.«

»Kann sein, aber ich möchte trotzdem ›Kiss Me, Kiss Me, Kiss

Me‹. Auf Kassette. Ich liebe den Song. Mein Bruder hatte ihn auf Vinyl.«

»Okay, haben wir auf Lager. Aber hast du dir ›Disintegration‹ überhaupt schon mal angehört?«

»Nee, noch nicht.«

»Dann komm doch mal zu mir, ich hab das Album zu Hause.«

»Ähm …«

»Ich heiße Brandon. Und du?«

»Lydia.«

Daniel drehte sich ruckartig um. Lydia Biddle!

Er ging zu ihr und sprach sie an. »Hallo, Lydia.«

Sie war offenbar so verblüfft, ihn an diesem Ort zu sehen, dass sie ihn im ersten Moment nicht zu erkennen schien. Dann rief sie aus: »Pfarrer Daniel! Hallo! Was machen Sie denn hier?«

»Ich kaufe eine Schallplatte.«

»Ja, genau: Jim Pitney und Marc Walnut«, bemerkte Brandon und verzog höhnisch das Gesicht.

»Und was willst du dir kaufen?«, fragte Daniel.

»Was ganz anderes. Eher nicht Ihr Stil.«

»Interessiert mich aber trotzdem«, erwiderte Daniel.

»Ein Album von The Cure.«

»Ist das eine Goth-Band?«

Jetzt starrte der junge Mann Daniel so aggressiv an, dass ihm schlagartig einfiel, woher er den Burschen kannte.

»Die beste«, antwortete Lydia. »Die allertollste.«

»Und was gefällt dir so gut an ihnen?«, hakte Daniel nach.

»Ich liebe die Musik einfach. Und … Josh hat sie auch geliebt. Er hat mir The Cure zum ersten Mal vorgespielt.« Tränen traten ihr in die Augen.

»Ah.« Daniel nickte. »Dann fühlst du dich mit deinem Bruder verbunden, wenn du diese Musik hörst.«

»Ja, ich glaube schon …«, sagte das Mädchen mit halberstickter Stimme. »Und ich fühle mich auch verstanden, wenn ich The Cure höre. Als würden die mich kennen. Und über mein Leben singen.«

»Ja, das verstehe ich gut«, sagte Daniel. »So geht es mir mit einem tschechischen Komponisten, Janáček. Er war Organist und hat erst mit sechzig Jahren begonnen, Musik zu komponieren, die ich wunderschön finde. Und in der ich auch mein Leben höre.«

»Orgelmusik?«, warf Brandon ein. »Aber Sie kaufen hier grade was ganz anderes.«

»Nun, der Song gefällt mir eben.«

Der andere junge Mann trat jetzt mit Daniels Bestellung hinter die Theke und sagte: »Lyds.« Dann schien er nach Worten zu suchen. »Tut mir echt leid wegen Josh«, fügte er schließlich hinzu.

Lydia schaute zu Boden. »Danke.«

»Ich hab ihn nicht lange gekannt, aber ich fand, er war … ein guter Typ.«

»Danke.«

»Hast du was mit Josh Biddle zu tun?«, fragte Brandon.

»Ich bin seine Schwester.«

»Oh. Echt … schlimm, was da passiert ist.«

»Danke.«

»Und, kommst du mal bei mir vorbei? Ich könnte dir ›Disintegration‹ auf Kassette überspielen.«

»Weiß nicht«, murmelte Lydia.

Der andere Verkäufer tippte den Preis von Daniels Platten in die Kasse ein. »Macht drei Pfund achtundneunzig.«

Daniel förderte seine Brieftasche zutage und reichte einen Fünf-Pfund-Schein über die Theke.

»Danke. Möchten Sie eine Tüte?«

»Ja, gerne. Und vielen Dank für Ihre Hilfe. Lydia, soll ich dich nach Hause fahren?«

»Oh ja, das wäre toll. Ich bezahle nur rasch.«

Brandon nahm das Geld entgegen und steckte die Kassette in eine Tüte. »Hier, bitte … Lydia.«

»Danke, Brandon.«

»Und du besuchst mich mal?«

»Kann schon sein. Du bist Brandon Redding, oder?«

»Genau.«

»Josh hat mir von dir erzählt«, sagte Lydia.

»Echt?«

»Ja. Aber nur Gutes, glaub ich. Kann mich an nichts Negatives erinnern. Also, bis dann.«

»Ja, bis dann. Lass dich mal blicken.«

An der Tür sagte Daniel: »Ach, ich habe meine Quittung vergessen, einen Moment noch, Lydia.«

Brandon schaute nicht auf, als Daniel erneut an die Theke trat.

»Könnten Sie mir mal einen Moment ungeteilte Aufmerksamkeit schenken, Brandon?«

Jetzt blickte der junge Mann ruckartig hoch.

»Ich habe Sie an dem aggressiven Blick wiedererkannt«, sagte Daniel. »Von dem Fußballspiel. Sie standen direkt hinter uns und haben mich da schon so angegiftet. Dieses Gehabe soll wohl drohend sein, wirkt aber nur lächerlich, doch darum geht es jetzt nicht. Ich möchte Ihnen nur sagen: Ich weiß, wer Sie sind und wo ich Sie finden kann. Und ich weiß von Ihrem Interesse an Lydia. Sie ist ein Mitglied meiner Gemeinde, minderjährig und in Trauer. Ist das so weit klar?«

»Ähm … ja.«

Während Daniel hinausmarschierte, hörte er einen unterdrückten Fluch hinter sich.

Nachdem er Lydia abgesetzt hatte, legte Daniel in Champton einen Zwischenstopp beim Postamt ein. Anne Dollinger unterhielt sich am Schalter mit Mrs Braines, der Besitzerin, aber beide verstummten sofort, als Daniel eintrat.

»Guten Morgen, Mrs Braines. Anne.«

»Reverend.«

»Hallo, Daniel«, sagte Anne und fuhr fort: »Also, Norah, es wäre gut, wenn Sie die jetzt immer vorrätig hätten. Zum Kaffee morgens raucht sie nämlich gerne eine.« Anne griff nach ihrer Tüte, die eine Packung Zigaretten enthielt, wie Daniel erkennen konnte.

»Ich werde sie bestellen, Anne.«

»Danke. Schönen Tag noch.«

Anne nickte Daniel zu, während sie hocherhobenen Hauptes hinausrauschte, und die Ladenglocke klingelte erneut.

»Mrs Braines, ich hätte gern …«

»Hier ist sie schon, Reverend.« Die Ladenbesitzerin zog unter der Theke die *Church Times* hervor, als habe Daniel nach anrüchigen Zeitschriften gefragt und nicht etwa nach der Wochenzeitung der Church of England. Sie traf stets zu spät ein, um noch frühmorgens ausgetragen zu werden, und Daniel holte sie am Postamt ab, weil er sie gerne nach dem Mittagessen las, bevor nachmittags der *Evening Telegraph* aus Braunstonbury im Briefkasten landete.

Mrs Braines war ihrerseits eine ebenso verlässliche wie reichhaltige Quelle für allerlei Neuigkeiten und Meinungen, die ihr zugetragen wurden, während sie an ihren beiden Theken im Einsatz war – Postamt und Gemischtwaren. Eifrig und mit sichtlichem Genuss verfolgte sie die Geschehnisse von Champton und kommentierte die Schlagzeilen der Presse.

»Es scheint, als hätte Anne Dollinger eine neue Herrin gefunden«, bemerkte die Ladenbesitzerin jetzt.

»Meinen Sie Miss March, Mrs Braines?«, erwiderte Daniel.

»In der Tat. Die steht tagein, tagaus an der Theke in der Boutique, und Anne muss alles andere erledigen, sogar für ihre Chefin Zigaretten kaufen gehen. Mit Menthol!«

»Kommt Miss March auch manchmal selbst?«, erkundigte sich Daniel.

»Nur, wenn Anne frei hat. Dann kauft sie immer das Gleiche: eine Schachtel Zigaretten, eine Illustrierte, eine Packung Kekse.«

»Wie läuft denn die Boutique inzwischen?«

»Gut, denke ich«, antwortete Mrs Braines. »Miss March versteht sich aufs Verkaufen und auf den Umgang mit ihrer Kundschaft. Und die Kleider sind sehr hübsch, aber ich könnte sie mir niemals leisten. Ist mir allerdings ein Rätsel, warum sie selbst immer so altmodisch angezogen ist. Sie sieht doch aus wie eine Gouvernante!«

Daniel verkniff es sich, Anne zu sagen, dass er genau den gleichen Gedanken gehabt hatte. »Sucht sie immer noch nach einem Haus hier in Champton? Oder in den Badsaddles?«, erkundigte er sich stattdessen.

»Anne hat erzählt, dass Miss March sich ein Cottage auf dem Gelände von Manor House in Upper Badsaddle angesehen hat. Aber ich würde ja nicht … na, Sie wissen schon.«

»Was meinen Sie?«, fragte Daniel.

»Das ist doch so nahe am Flugplatz, da ist schließlich ein Mord passiert … und der Täter ist noch nicht gefasst!«

»Ich verstehe, dass Sie das beunruhigend finden, Mrs Braines, aber es ist doch sehr unwahrscheinlich, dass so etwas zweimal ...« Daniel verstummte abrupt, als ihm die Ereignisse des Vorjahres einfielen.

Mrs Braines sah ihn etwas vorwurfsvoll an.

»Verzeihung. Eine dumme Bemerkung von mir.«

»Na, klopfen wir am besten dreimal auf Holz. Das kann ja angeblich Unheil abwenden.« Mrs Braines führte den Vorgang auf ihrer Theke durch. »Sonst brauchen wir hier demnächst noch Miss Marple.«

Daniel bezahlte die *Church Times* und steckte sie in das Zingulum. »Danke, Mrs Braines.«

»Beste Grüße an Ihre Mutter, Reverend. Und richten Sie ihr doch bitte aus, dass das Verfallsdatum der United-Kekse demnächst abläuft. Wenn sie kein Interesse mehr an denen hat, werde ich sie nicht mehr nachbestellen.«

Das waren die Lieblingskekse von Daniels Bruder Theo, die Mrs Braines auf Audreys Wunsch stets vorrätig hatte. Aber seit Theo bei einer neuen Fernsehserie mitspielte, kam er merklich seltener zu Besuch, und der Verbrauch der United-Kekse hatte sich entsprechend reduziert. Daniel nahm sich vor, seinen Bruder anzurufen, um zu fragen, ob er nicht wenigstens im November zum Geburtstag ihrer Mutter kommen könnte, der auch Gedenktag der heiligen Cäcilia war, Schutzpatronin der Kirchenmusik. Was allerdings leider wenig Einfluss auf die Qualität von Audreys Gesangskünsten hatte. Im Weihnachtsgottesdienst zuckte Daniel alljährlich aufs Neue beinahe zusammen, wenn ihr schriller Sopran die anderen Stimmen im Chor übertönte.

Durch das Gespräch mit Mrs Braines an Miss March erinnert, beschloss Daniel, der Boutique-Besitzerin einen Besuch abzustatten. Obwohl sie nach dem Gottesdienst in Upper Badsaddle den Wunsch geäußert hatte, mit ihm zu sprechen, hatte er seither nichts mehr von ihr gehört. Wenn so etwas vorkam, wartete Daniel für gewöhnlich ab, bis die Person von sich aus den Mut aufbrachte, zu ihm zu kommen. Aber in der gegenwärtigen Lage schien es ihm sinnvoll, selbst die Initiative zu ergreifen.

Das Haus war frisch gestrichen, und über dem Eingang prangte auf hellgrauem Grund ein neues Schild mit der Aufschrift »Elite Fashions«. Im Schaufenster wurden die neuesten Modelle der Saison ausgestellt, um das Interesse der Damen von Champton zu wecken. Und als Daniel den Laden betrat, stellte er fest, dass sich hier seit seinem letzten Besuch vieles verändert hatte. Regale und Ständer waren üppig bestückt mit Kleidern, Blazern, Mänteln und Hüten, und es gab mehr Spiegel und Umkleidekabinen als früher. An der Verkaufstheke stand Miss March in einem schlachtschiffgrauen Kostüm. Sie war im Gespräch mit einer Kundin, die so anklagend ein Kleid hochhielt, als handle es sich um ein Beweisstück in einem Gerichtsprozess.

Bei der Kundin handelte es sich um Jean Tailby, die jetzt verkündete: »Ich bin ausgesprochen enttäuscht, Miss March.«

»Das bedaure ich sehr, Mrs Tailby, aber …«

»Kein ›Aber‹! Ich möchte dieses Kleid zurückgeben. Es steht mir nicht, und das wussten Sie auch ganz genau, als Sie mich beraten haben!«

»Keineswegs, Mrs Tailby. Das ist ein sehr kleidsames Modell, passend für jede Dame, die in der Stadt an einem formellen Mittagessen teilnehmen möchte.«

»Das spielt doch keine …«

»Letzte Woche erst haben hier mehrere Damen Kleider und Jacken für den Wohltätigkeitslunch des Kinderschutzbundes in Braunstonbury erstanden. Sie waren ja vielleicht auch dort?«

»Hin oder her, das Kleid steht mir nicht, ich will mein Geld zurück«, beharrte Jean Tailby.

Nach kurzem Schweigen erwiderte Miss March in eisigem Tonfall: »Mrs Tailby, dieses Kleidungsstück hat Gebrauchsspuren und kann deshalb nicht erneut zum Verkauf angeboten werden. Und das ist mein letztes Wort zu diesem Thema.«

Aufgebracht stopfte Jean Tailby das Kleid in die Tüte zurück und lehnte sich über den Tresen. »Jetzt ist mir auch klar, warum Sie unverheiratet sind«, fauchte sie und marschierte zur Tür. Dabei übersah sie Daniel geflissentlich, weil es ihr vermutlich peinlich war, dass er ihr schlechtes Benehmen mitbekommen hatte.

»Guten Tag, Miss March«, sagte Daniel und verspürte erneut den seltsamen Impuls, einen nicht vorhandenen Hut zu lüpfen.

»Reverend. Es tut mir ausgesprochen leid, dass Sie Zeuge dieser Szene werden mussten. Mrs Tailby ist ein sehr zorniger Mensch.«

»Ich hatte den Anlass des Zwischenfalls gar nicht mitbekommen«, sagte Daniel.

»Sie war am Samstag hier, um ein Kleid zu kaufen«, erklärte die Boutique-Besitzerin. »Ich habe ihr ein klassisches gesmoktes Kleid gezeigt, lila, mit einem schönen Gürtel. Ich fand es tatsächlich nicht ganz passend für sie, aber es gefiel ihr, und sie hat es gekauft. Und heute nun – am Tag *nach* dem Wohltätigkeitslunch in Braunstonbury, wohlgemerkt – will sie es zurückgeben, weil es ihr angeblich nicht steht. Aber ich würde wohl kaum diesen Laden betreiben, wenn ich nicht erkennen würde, dass jemand versucht hat, einen Suppenfleck aus einem Polyesterstoff zu entfernen.«

»Ist das nicht sehr unehrlich?«

»Allerdings. Und mit solchem Benehmen habe ich heutzutage leider sehr häufig zu tun, Reverend.«

»Wie bedauerlich«, bemerkte Daniel.

»Ja. Aber was kann ich für Sie tun?«

»Ich hatte eher den Eindruck, etwas für Sie tun zu können, Miss March, deshalb bin ich hergekommen. Wir wurden ja am Sonntag nach dem Gottesdienst unterbrochen, und als ich Anne gerade im Postamt traf, habe ich mich daran erinnert.«

»Anne, meine Liebe?«, rief Miss March daraufhin.

Ihre Angestellte tauchte hinter dem Vorhang auf, der den Personalbereich vom Laden trennte. »Ja, Miss March?«

»Seien Sie doch so gut, und bringen Sie Mrs Staveley im alten Schulhaus ihre bestellten Handschuhe vorbei. Ich hatte versprochen, das bis zur Mittagszeit erledigt zu haben, und nun ist es schon nach zwölf.«

»Gern. Wo sind die Handschuhe?«, fragte Anne.

»Auf dem Vordersitz meines Autos. Hier sind die Schlüssel.« Miss March nahm sie aus der Kasse und ließ sie mit großer Geste in Annes ausgestreckte Hand fallen. »Und lassen Sie sich ruhig Zeit.«

»Jawohl, Miss March. Daniel.« Nachdem Anne ihren Mantel geholt hatte, eilte sie hinaus.

»Tatsächlich, Reverend«, begann Miss March, »hatte ich die Absicht, Sie aufzusuchen, aber ... es handelt sich eben um eine sehr delikate Angelegenheit.«

»Kann ich etwas für Sie tun?«

»Ich war, offen gestanden, nicht ganz aufrichtig Ihnen gegenüber.« Sie wandte den Blick ab und schaute durchs Schaufenster auf die Straße hinaus. »Ich bin nicht nur wegen der Übernahme der Boutique in Champton.«

»Ich hatte fast so eine Vermutung«, sagte Daniel.

»Ach ja?«

»Aber nur ganz allgemeiner Natur.«

»Es geht um Folgendes.« Miss March zögerte einen Augenblick und fuhr dann fort: »Trotz der Szene, die Sie gerade miterlebt haben, tue ich das nicht gern, aber ... ich möchte meiner Sorge um das Wohlbefinden von Mrs Hawkins von Manor House Ausdruck geben.«

»Weil sie von Mrs Tailby betreut wird?«, hakte Daniel nach.

»Ja, und von deren Ehemann. Wissen Sie, Reverend, im Einzelhandel entwickelt man schnell ein Gespür für Menschen, die nicht vertrauenswürdig sind.«

»Und Sie halten die Tailbys für nicht vertrauenswürdig?«

»Ja, genau«, antwortete Miss March. »Muriel Hawkins ist zwar eine charakterstarke Frau, aber sie ist auch alt und sterbenskrank. Und aus diesem Grund mache ich mir Sorgen um ihre Sicherheit.«

»Und Mrs Hawkins und Sie sind ...«

»Sie ist eine langjährige Kundin von mir, hat gemeinsam mit ihrem Mann regelmäßig in meinem Schuhgeschäft eingekauft. Wir sind nicht direkt Freundinnen, aber wenn man jahrelang Menschen beim Schuhkauf berät, lernt man sie schon ein bisschen kennen. Schuhe sagen eine Menge über eine Person aus.«

Daniel nickte zustimmend. »Ja, ich achte auch immer auf das Schuhwerk von Leuten. Meine Eltern waren im Schuhgewerbe.«

»Ich weiß, wir hatten rahmengenähte Oxfords aus Ihrer Produktion im Sortiment. Mein Vater hat dieses Modell sehr geliebt und Jahrzehnte lang getragen, zuletzt als Gartenschuhe.«

»Wie schön. Aber könnten Sie Ihre Bedenken gegenüber den Tailbys etwas ausführen?«, fragte Daniel.

Miss March schwieg einen Moment, holte dann tief Luft. »Mir ist wohl bewusst, dass eine Art Anschuldigung gegenüber einer Person durchaus keine geringe ...«

Die Ladenglocke klingelte, und herein kam Audrey.

»Daniel!«, rief sie aus. »Du scheinst dich ja prächtig mit der wundervollen Miss March zu unterhalten!«

»Hallo, Mum. Sie kennen meine Mutter, Miss March?«

»Ja. Ich freue mich sehr, Sie wiederzusehen, Mrs Clement.«

Ein kurzes Schweigen entstand, dann lächelte Audrey entschlossen. »Ich möchte in einer Sache Ihren professionellen Rat einholen, Miss March.«

»Sehr gerne, Mrs Clement.«

»Daniel, für einen Sohn und Geistlichen ist die folgende Angelegenheit eher ungeeignet, ob du uns wohl gestatten würdest, das unter vier Augen zu besprechen?«

Daniel war klar, dass seine Mutter in jedem Fall in Hörweite bleiben und eine weitere Unterhaltung mit Miss March belauschen würde. Was in dieser heiklen Sache auf gar keinen Fall von Vorteil war, denn Audreys Neugierde kannte keinerlei Grenzen. Deshalb entschloss er sich zu einem Vorschlag.

»Kommen Sie doch gerne im Pfarrhaus vorbei, Miss March, sobald es Ihnen passt.«

»Vielen Dank, Reverend. Die Nummer finde ich vermutlich im Telefonbuch?«

»So ist es.«

»Dann rufe ich vorher an und sage Bescheid.«

»Also, das muss man ihr lassen, sie hat einen sehr individuellen Stil«, sagte Audrey später am Telefon im Flur. »Ich erinnere mich noch aus meiner Schulzeit daran … Ja, in Schottland. Nein, nicht in den Dreißigerjahren, eher in den Fünfzigern. So etwas trugen die Frauen von Politikern oder Anwälten. Eine Freundin von mir, deren Großvater Professor an der Uni von Glasgow war, kleidete sich auch so. Dezent, unauffällig, aber erstklassige Qualität.«

Die Tür zum Studierzimmer stand offen, und Daniel konnte nicht umhin, das Telefonat seiner Mutter mit anzuhören, während er am Schreibtisch saß. Sie selbst hätte durchaus Professorin für gesellschaftliche Gepflogenheiten werden können, dachte er, hätte es einen solchen Lehrstuhl gegeben. Audrey besaß ein ausgeprägtes Gespür für Kleidung, Auftreten, Sprache und soziale Zugehörigkeit und kannte sich – auch ohne die einschlägigen Adelsverzeichnisse zu studieren – hervorragend mit den aristokratischen Familien von England, Schottland und Irland und deren Querverbindungen aus. Und sie verfügte durchaus über die notwendigen Umgangsformen, um sich in diesen gesellschaftlichen Kreisen zu bewegen, denen sie wohl selbst gerne angehört hätte.

Doch das war ihr vom Leben nicht vergönnt gewesen, und um sich zu kleiden wie eine Adelige, fehlte ihr das nötige Geld, an dem leider im Pfarrhaus ein nicht zu verleugnender Mangel herrschte. Deshalb suchte Audrey wohl mit Vorliebe Miss March auf, da die Boutique-Besitzerin mit ihrem Kleidungsstil signalisierte, einer gehobenen Schicht anzugehören.

Während Audrey sich über die feinen Unterschiede bei Tweed-Stoffen ausließ, hörte Daniel plötzlich einen Wagen auf der Zufahrt. Als er aufblickte, sah er das Wohnmobil der Biddles vor dem Haus halten. Hilda, die auf Daniels Füßen lag, rappelte sich hoch, und Cosmo hopste vom Tränensofa und raste in den Flur. Daniel eilte hinaus, sperrte beide Hunde ins Wohnzimmer und raunte seiner Mutter zu: »Mum, das sind die Biddles …«

»Ich muss aufhören, Jane«, verkündete Audrey. »Sehen wir uns beim Erntedankfest? Ja? Prima. Tschüs! Tschüs, tschüs!« Zu ihrem Sohn gewandt sagte sie: »Ich bin im Wohnzimmer. Brauchst du irgendetwas?«

»Schon möglich. Ich sage dann Bescheid.«

Jetzt klingelte es an der Tür, woraufhin die Dackel ein aufgeregtes Bellkonzert anstimmten. Als Daniel öffnete, sah er sich

Chris Biddle gegenüber. Er schien allein zu sein und sah erschreckend elend aus.

»Kommen Sie rein, Chris. Kann ich Ihnen den Mantel abnehmen?«

»Danke.« Als der Pfarrer seinen Dufflecoat ablegte, stieg Daniel ein unangenehmer Geruch in die Nase, den er zu ignorieren versuchte. Es hatte den Anschein, als hätte Chris länger nicht mehr geduscht, und seine blonden Locken wirkten strähnig.

»Möchten Sie etwas trinken, Chris?«, fragte Daniel.

»Einen Tee vielleicht, danke.«

Daniel geleitete den Kollegen ins Studierzimmer und wies aufs Tränensofa. »Ich bin sofort zurück.« Dann eilte er zum Wohnzimmer und streckte den Kopf durch die Tür. »Mum, es ist Chris, könntest du uns einen Tee machen?«

Audrey stand auf, woraufhin eine Lawine aus etlichen Seiten des *Daily Telegraph* zu Boden glitt. »Meinst du, er möchte auch Kuchen? Oder Kekse?«

»Weiß nicht. Am besten Kekse.«

Cosmo sprintete zur Tür, die Daniel gerade noch rechtzeitig schließen konnte, um den Dackel davon abzuhalten, sich ungeachtet von Chris' Zustand auf den Besucher zu hechten. Manche Trauernde waren dankbar für diese lebhafte Erinnerung daran, dass es eine Welt außer der ihren gab, die gerade zerbrochen war. Aber bei Chris hielt Daniel das für unwahrscheinlich.

Er kehrte ins Studierzimmer zurück, ließ sich an seinem Schreibtisch nieder und fragte: »Wie geht es Ihnen?«

Chris warf ihm einen abweisenden Blick zu und sagte kalt: »Was glauben Sie denn wohl?«

Daniel schwieg.

»Schlecht natürlich. Wir sind alle vollkommen verstört. Es ist so schrecklich.«

»Was kann ich für Sie tun?«

Chris schaute auf seine Füße. »Wir müssen über die Bestattung reden. Über die Arbeit.«

»Darüber müssen Sie sich jetzt keine Gedanken machen, Chris. Es ist für alles gesorgt.«

»Ich muss aber Konfirmationsunterricht geben. Das habe ich ganz vergessen. Ich habe das noch nie gemacht, so etwas gab es bei meiner vorherigen Stelle nicht.«

Daniel fragte sich unwillkürlich, was es wohl stattdessen gegeben hatte, sagte aber: »Keine Sorge, auch das wird geklärt. Aber Sie müssten das eigentlich kennen … aus Ihrer eigenen Schulzeit?«

»Ja, aber das liegt Jahre zurück, ich habe keine Erinnerung mehr daran. Nur, dass ich zur Konfirmation von meinem Onkel einen neuen Cricketschläger bekommen habe. Also … soll ich die Konfirmation verschieben?«

»Das geht schlecht, Chris, der Bischof wird dabei sein. Ich kann aber einige Ihrer Stunden übernehmen. Bis Sie sich vorstellen können, wieder zu arbeiten.«

»Was werden Sie den Konfirmanden beibringen?«, wollte Chris wissen.

»Sind es Kinder oder Erwachsene?«

»Sie sind alle um die fünfzehn, glaube ich.«

»Ich würde das Glaubensbekenntnis mit ihnen durchgehen. Und die Bibel natürlich.«

»Ich würde es lieber verschieben«, sagte Chris tonlos.

»Das wird nicht möglich sein«, wandte Daniel ein. »Der Bischof kommt nur einmal im Jahr zu uns, und wir müssen uns nach seinen Terminen richten.«

»Aber unter diesen Umständen wäre vielleicht eine Ausnahme möglich?«

Daniel wusste genau, dass der Bischof – vor allem aber sein beflissener unnachgiebiger Kaplan Gareth – mit Sicherheit nicht erpicht auf eine Ausnahme sein würde.

Dennoch sagte er: »Ich könnte nachfragen, wenn Sie wollen …«

»Das wäre mir recht, danke.«

Die Frage, warum Chris so versessen auf eine Verschiebung des Termins war, stellte Daniel erst gar nicht, denn er kannte die Antwort: Chris traute ihm nicht zu, den Konfirmationsunterricht in der aus seiner Sicht richtigen Glaubensauffassung abzuhalten. Doch jetzt war kaum der richtige Zeitpunkt für eine Diskussion darüber.

»Sie wollen über die Bestattung sprechen?«, fragte Daniel stattdessen.

»Ja. Mein Vater kommt, hatte ich das erwähnt?«

»Nein. Möchte er die Trauerfeier selbst abhalten? Das wäre natürlich gar kein Problem.«

»Sie wird nicht hier stattfinden, Daniel. Wir bringen Josh nach Hause.«

»Sie wollen ihn in Lower Badsaddle bestatten?«

»Nein, zu Hause. Dort, wo wir herkommen. Mein Vater wird die Trauerrede übernehmen.«

»Das ist sicher gut.«

»Finden Sie?«

»Ja, wieso nicht?«, erwiderte Daniel erstaunt.

»Er ist sein Großvater. Ich könnte das nicht.«

»Manchen Menschen hilft das bei der Trauerbewältigung …«

Chris wandte den Blick ab. »Ich erinnere mich, wie ich als Siebenjähriger in der Kirche meines Vaters saß, und er predigte über Isaak und Abraham, dessen Glaube so stark war, dass er eher seinen eigenen Sohn geopfert hätte, als sich Gott zu widersetzen. Stellen Sie sich mal vor, wie einem als Kind zumute ist, wenn man so etwas zu hören bekommt.«

»Das würde man heutzutage nicht mehr als sinnvollen Erziehungsstil betrachten, vermute ich.«

»Richtig. Aber sind wir wirklich besser heute? Welche Werte vermitteln wir denn?«

Daniel zog es vor, nicht zu antworten, und fragte: »Hat die Polizei zeitliche Angaben gemacht?« Er hatte gelernt, Trauernden gegenüber Formulierungen wie »die Leiche freigeben« zu vermeiden.

»Nein. Die Ermittlungen sind noch im Gange, hieß es.« Nach kurzem Schweigen fügte Chris hinzu: »Sally möchte Josh sehen. Aber der Bestatter … hält das nicht für gut, glaube ich.«

»Es wäre vielleicht ratsam, auf ihn zu hören«, legte Daniel nahe, dem die brutalen Schnittwunden sofort wieder vor Augen standen.

Chris schauderte unwillkürlich. »Und die Polizei … immer wieder werden mir Fragen gestellt. Ich habe schon alles gesagt, aber sie kommen ständig zurück und fragen das Gleiche noch mal …«

»Das ist leider nicht zu ändern, Chris, das gehört zur Arbeitsweise der Polizei. Die Informationen müssen abgeglichen und unter anderen Gesichtspunkten betrachtet werden. Das ist einfach der notwendige Vorgang, es hat nichts mit Ihnen persönlich zu tun.«

»Aber es ist entsetzlich, wenn man als Betroffener wie ein Verdächtiger behandelt wird«, wandte Chris ein. »Was hat Ihr Freund Vanloo Ihnen berichtet?«

»Nichts Konkretes. Die Ermittlungsergebnisse müssen ja unter Verschluss bleiben.«

»Aber Sie waren am Tatort.«

»Ich konnte Joshua identifizieren, ja, und einige Fragen beantworten.«

»Sie waren also in der Kapelle?«, fragte Chris weiter.

»Ja. Wussten Sie von diesem Ort?«

»Lydia hatte erwähnt, dass Sie mit ihr dort waren, als Sie die Hunde ausgeführt haben.«

»Waren Sie selbst auch schon dort?«

»In der Kapelle? Nein, in keinem der Gebäude, nur auf dem Flugplatzgelände«, antwortete Chris. »Aber eine halbverfallene Kapelle war auf jeden Fall nach Joshs Geschmack. Lydia sagte, sie hätten dort Fotos für die Band machen wollen.«

In diesem Moment ging die Tür auf, und Audrey kam mit einem Tablett herein. »Mein herzliches Beileid, Chris«, sagte sie als Erstes. »Wir sind alle zutiefst erschüttert über Joshuas Tod.«

Chris sah sie ausdruckslos an. »Danke.«

Audrey stellte das Tablett ab. »Hier sind Milch und Zucker, ich wusste nicht, wie Sie Ihren Tee nehmen. Und ein paar Kekse.«

Daniel sah, dass sie auf einem Teller einige United-Kekse arrangiert hatte, die normalerweise für Theo reserviert waren.

»Braucht Sally etwas?«, fragte Audrey. »Wie sieht es mit den Mahlzeiten aus? Sagen Sie bitte Bescheid, wenn wir irgendetwas für Sie tun können.«

»Ach, da fällt mir ein, ich habe Ihr Kochgeschirr im Auto vergessen«, sagte Chris. »Erinnern Sie mich, dass ich es Ihnen später gebe. Aber da wäre tatsächlich noch etwas, Daniel: Könnten Sie vielleicht mal nach Lydia schauen?«

»Selbstverständlich, gerne«, antwortete Daniel.

»Und vielleicht die Hunde mitbringen? Sie ist extrem verschlossen, sitzt die ganze Zeit nur in ihrem Zimmer und hört immer wieder dieselbe Platte. Wenn wir mit ihr reden wollen, bleibt sie entweder stumm, oder sie weint. Aber sie mag Sie und liebt die beiden Dackel. Sally meint, wenn Sie noch mal einen gemeinsamen Spaziergang machen könnten, würde Lydia sich Ihnen vielleicht öffnen …«

»Sagen Sie mir einfach Bescheid, wann es passt.«

»Jederzeit. Wir müssen ja vor Ort bleiben.« Chris nahm sich einen Keks und betrachtete ihn. Mit eigenartiger Sorgfalt entfernte er das Silberpapier. »In Joshuas Kindheit waren das seine Lieblingskekse. Er hat sie immer ausgepackt und aufgegessen und danach das Papier so gefaltet, als sei noch etwas drin. Dann hat er es in die Packung zurückgesteckt, als Scherz.«

Weder Daniel noch Audrey wussten, was sie darauf sagen sollten, und ein betroffenes Schweigen trat ein.

6

Die Erinnerung an die Kekse hatte Chris den Rest gegeben. Schluchzend hatte er auf dem Tränensofa gesessen, förmlich geschüttelt von Trauer. Audrey und Daniel spürten jedoch beide, dass sie Chris nicht nah genug waren, um ihm durch eine Berührung Trost zu spenden.

Als er sich beruhigt hatte, bot Daniel an, seinen Kollegen nach Hause zu fahren, was dieser jedoch ablehnte. Auf dem Weg nach draußen fragte Daniel dennoch ein weiteres Mal behutsam, ob Chris wirklich fahrtüchtig sei, und nahm dann am Wagen Audreys Backformen entgegen, die säuberlich abgespült waren – die kleinen alltäglichen Handlungen inmitten eines endlosen Ozeans aus Leid.

Nach dem Abendessen kehrte Daniel ins Studierzimmer zurück, musste aber feststellen, dass der Kummer seines Pfarrkollegen immer noch dort zu verweilen schien, wie Zigarettenrauch, den man nicht so schnell wieder loswird. Draußen toste ein Sturm, die Bäume bogen sich rauschend im Wind, Blätter und kleine Zweige klatschten an die Fenster, als sei die Natur ebenso aufgewühlt wie die Gefühle der trauernden Familie. Weil Daniel später kein Auge zutun konnte, stand er wieder auf und tappte in Pyjama und Morgenmantel nach unten in die Küche, sehr zum Vergnügen der Hunde, die begeistert aus ihren Körbchen sprangen.

In einem kleinen Topf wärmte er Milch auf der Kochplatte

und nahm währenddessen die Trinkschokolade aus dem Küchenschrank, in dem alles nach einem strengen System von Audrey angeordnet war. Daniel bereitete die heiße Schokolade exakt so zu, wie er es von seiner Mutter gelernt hatte, und dachte sogar daran, das Heißgetränk am Ende noch einmal im Topf zu schwenken, »damit sich die Aromen dieser Köstlichkeit voll entfalten können«, wie Audrey zu sagen pflegte. Sie liebte Süßes, aber da sie während des Kriegs eine Familie hatte verpflegen müssen, waren ihre Ansprüche sehr bescheiden, und sie konnte sich auch an einer simplen Leckerei wie einem gebutterten Hefepfannkuchen erfreuen.

Während Daniel im Lichtkegel der simplen Lampe über dem Küchentisch seine heiße Schokolade zu sich nahm, versank er tief in Gedanken. Hilda machte es sich auf seinen Pantoffeln gemütlich, Cosmo dagegen – dessen enthusiastisches Schwanzwedeln merklich nachließ, als er merkte, dass kein Ausflug anstand – zog sich in sein Körbchen zurück.

In Daniels Kopf herrschte ein einziges Tohuwabohu. Der Mord an Joshua Biddle, der so viel Trauer, Angst und Schrecken verursachte, wirbelte ebenso durch seine Gedanken wie Mrs Hawkins in Manor House, die mysteriöse Miss March und die bevorstehende Ankunft von Bernard de Floures' künftiger Schwiegertochter aus Kanada. Daniel war wohl bewusst, dass er all diese schwierigen Herausforderungen getrennt voneinander betrachten sollte. *Aber alles fließt*, dachte Daniel, der sich in einer Philosophievorlesung während des Studiums mit Heraklit beschäftigt hatte. Doch der Philosoph schien etwas nicht bedacht zu haben: Die Person, die in den Fluss steigt, ist selbst ein Fluss. Es gibt kein unveränderliches Selbst, der Mensch selbst ist permanent in Veränderung, und sosehr er sich auch bemüht, Ordnung zu schaffen, entsteht durch die Dynamik des Lebens doch stets aufs Neue Unordnung. Manchmal brodelt sie unter der Oberfläche, manchmal jedoch bricht sie hervor wie die Lava eines Vulkans. Und manchmal, so glaubte Daniel, wird sie auch von einer Kraft gesteuert, die wir nicht erkennen und nicht beeinflussen können.

Er war niemand, der an das Böse in Gestalt des Teufels glaubte, denn seine Religionsauffassung duldete keinen Rivalen zur Allmacht Gottes. Dennoch kam es dem Pfarrer gelegentlich vor, als rieche er Schwefel, als sei eine böse Macht dort am Werk, wo man auf den ersten Blick nur Zufall oder Schicksal zu erkennen glaubte. Was geschah wirklich, wenn Tugenden zum Schaden von Menschen benutzt wurden statt zu ihrem Guten? Nicht selten regierte Zerstörung dort, wo man glaubte, zum Besten der Menschheit zu handeln.

In der Kapelle hatte Daniel geglaubt, den Schwefel zu riechen. Nicht nur wegen der Grausamkeit des Mordes und der unheimlichen Szenerie – er hatte eine nicht benennbare Wirkkraft in dieser Tat gespürt. Die Angst vor dem Teufel und vor Dämonen wurde immer wieder erklärt als verkappte Angst des Menschen vor eigenen Wünschen und Gelüsten. Doch was Daniel in der Kapelle empfunden hatte, war eine uralte Angst, die ebenso wie die Furcht vor Feuer oder vor Schlangen aus grauer Vorzeit stammte und ursprünglich dazu diente, Haus und Herd zu schützen. Und sie machte sich bemerkbar, wenn man ganz plötzlich ein unerklärliches Grauen spürt.

Daniel sprach laut: *»Ein feste Burg ist unser Gott, ein gute Wehr und Waffen. Er hilft uns frei aus aller Not, die uns jetzt hat betroffen.«*

Morgens wachte Daniel eine halbe Stunde später als gewöhnlich auf. Das war vielleicht der nächtlichen Ruhelosigkeit geschuldet, oder wirkte heiße Schokolade gar schlaffördernd? Als er jedenfalls nach sieben Uhr die Vorhänge aufzog, sah es auf dem Rasen vor dem Pfarrhaus wüst aus: Äste, Blumentöpfe, Plastiktüten waren dort verstreut.

Es klopfte an der Tür. »Ich bringe dir deinen Kaffee, bist du wach?«, rief seine Mutter und kam ins Zimmer, bevor Daniel antworten konnte.

Sie trug einen Nylonmorgenmantel, gemustert mit leuchtend roten und lila Blüten, eine Anschaffung aus der Hippie-Zeit.

»Du bist ungewöhnlich spät dran«, bemerkte Audrey. »Und ich habe gesehen, dass du nachts auf warst. Hast du ein schlechtes Gewissen?«

»Nein, der Sturm hat mich wach gehalten. Hast du ihn nicht gehört?«

»Kein bisschen«, antwortete Audrey, die mit einem robusten Schlaf gesegnet war. »Möchtest du Frühstück?«

»Nur Toast. Ich komme gleich runter.«

»Die Hunde habe ich schon rausgelassen, du brauchst dich nicht zu beeilen«, erklärte Audrey.

Als er kurz darauf in die Küche kam, liefen die Nachrichten im Radio, und anlässlich der Freilassung von vier Menschen, die als mutmaßliche IRA-Terroristen unschuldig verurteilt worden und vierzehn Jahre in Haft gewesen waren, dachte Daniel über den Umgang mit Recht und Rache nach. Für diese vier hatte man ursprünglich wegen Hochverrat die Todesstrafe gefordert. Daniel selbst war als Theologiestudent zur seelsorgerischen Betreuung von Inhaftierten in ein Gefängnis geschickt worden, in dem die letzten Todesurteile in England vollstreckt worden waren. Er verabscheute die Todesstrafe, die er als barbarisch erachtete und die seiner Ansicht nach nur durch das Motiv der Rachsucht motiviert war.

Nach dem Mord an dem Hobbyhistoriker Ned Thwaite in Champton hatte dessen Tochter Angela geäußert, sie verlange für den Mörder ein ähnlich grausames Ende. Jetzt fragte sich Daniel unwillkürlich, was die Biddles sich wohl wünschten für die Person, die ihren Sohn getötet hatte – Auge um Auge, Zahn um Zahn, oder würden sie zur Vergebung bereit sein? Würden sie sich verpflichtet fühlen zu verzeihen, weil all ihre Handlungen von Gottes Liebe erfüllt sein mussten? Würden sie imstande sein, ihre Überzeugung von der Gnade des Herrn in die Tat umzusetzen, obwohl sie so schlimmes Leid erfahren mussten?

Während im Radio über die Aufstände im Osten Deutschlands berichtet wurde, wo der Fall des totalitären Systems bevorzustehen schien, klingelte das Telefon. Wenn das in einem Pfarrhaus um halb acht Uhr morgens geschieht, ist es ebenso sicher ein Bote des Todes, als zeige sich der Schnitter daselbst.

Als Daniel abnahm, hörte er Dora Sharman.

»Sie ist gestorben.«

»Mrs Hawkins?«

»Ja. Habe sie vorhin tot aufgefunden. Der Arzt ist unterwegs. Ich habe auch die Polizei verständigt. Können Sie kommen?«

»Natürlich, ich beeile mich. Können Sie dafür sorgen, dass nichts berührt wird?«

»Zu spät, Jean Tailby hat sie schon nahezu aufgebahrt.«

»Versuchen Sie trotzdem, sie ab jetzt von Mrs Hawkins fernzuhalten.«

»Leichter gesagt als getan, Reverend.«

Als Daniel ins Bad gehen wollte, war abgeschlossen, weil seine Mutter sich bereits darin aufhielt. Sie trällerte so falsch einen populären Schlager, dass er sich anhörte wie Zwölftonmusik, und war den Geräuschen nach zu schließen erst etwa bei der Hälfte ihrer Morgentoilette angelangt. Deshalb wusch und rasierte Daniel sich an dem Waschbecken in seinem Schlafzimmer und benutzte am Ende den Körperpuder mit Maiglöckchenduft, den seine Mutter als Sonderangebot im Supermarkt erstanden hatte. Dass eine so kleine zarte Blume einen so intensiven Duft hervorbringen konnte, wunderte Daniel immer wieder aufs Neue.

Unten an der Treppe wurde er von den Hunden, die auf einen Ausflug hofften, mit freudigem Schwanzwedeln erwartet. Daniel schlüpfte gerade in seinen Mantel, als Audrey sich oben über das Geländer beugte. »Wo gehst du hin?«

»Manor House.«

»Gevatter Tod?«

»Ja. Könntest du vielleicht ein paar Nachrichten überbringen?«

»Also, ich bin ja nicht deine Sekretärin, Daniel. Ich bin heute Vormittag mit Jane Thwaite in Braunstonbury.«

»Gut, dann nicht«, erwiderte Daniel. »Schönen Tag dir.«

Wie zu erwarten beklagten die Hunde sich lautstark, als Daniel die Haustür hinter sich zuzog, aber sie würden sich gedulden müssen. Während er sich auf den mit Ästen übersäten Straßen den Badsaddles näherte, überlegte Daniel, was die Tailbys sich möglicherweise bereits unter den Nagel gerissen hatten. Dora würde sicher alles mit Argusaugen beobachten, aber wenn jemand es beherrschte, Tote zu plündern, dann war es dieses Ehepaar.

Neil traf zeitgleich mit Daniel am Herrenhaus ein, und während sie an der Haustür warteten, dass geöffnet wurde, fragte Daniel: »Wieso bist du hier? Das fällt doch eigentlich nicht in dein Ressort, oder?«

»Normalerweise nicht, nein«, bestätigte Neil. »Aber ich möchte den Tailbys demonstrieren, dass jeder Todesfall bei von ihnen betreuten Personen von der Polizei registriert wird.«

Die Tür wurde geöffnet, und Roy Tailby stand vor ihnen. »Guten Morgen, Reverend, guten Morgen, Officer. Sie ist in der Nacht von uns gegangen, die Arme. Der Arzt war gestern noch hier.«

»Hat er Mrs Hawkins etwas verabreicht?«, fragte Neil.

»Sie hatte Morphium, gegen die Schmerzen. Aber ihr Zustand war zuletzt so schlecht, dass es jeden Moment zu Ende gehen konnte.«

Jean kam die Treppe herunter. »Es tut mir leid, dass Sie zu spät kommen, Reverend. Es ist in der Nacht passiert.«

»Ich würde sie gerne sehen, wenn ich darf.«

»Dann müssen Sie Dora überzeugen. Sie benimmt sich wie ein Wachhund. Und der Detective Sergeant aus Braunstonbury ist ja auch da!«

»Guten Morgen, Mrs Tailby«, sagte Neil. »Der Arzt ist auf dem Weg, habe ich gehört?«

»Ja. Gestern hat er gesagt, der Tod könnte jede Minute eintreten.«

Daniel ging nach oben ins Schlafzimmer. Die Vorhänge waren halb geöffnet, und im fahlen Morgenlicht wirkte Mrs Hawkins winzig in dem großen Bett. Ihre runzligen Hände ruhten auf der Decke, und ihr Mund stand offen, ohne ihr Gebiss, was sie gehasst hätte.

Dora saß neben dem Bett und häkelte, was sie so automatisch tat, dass sie dabei nicht hinschauen musste. »Guten Morgen, Reverend.«

»Guten Morgen, Dora. Sie waren nicht bei ihr, als sie starb, sondern haben sie heute Morgen tot aufgefunden, sagten Sie?«

»Ja.«

»Ist Ihnen irgendetwas Besonderes aufgefallen?«, fragte Daniel.

»Der Arzt kam gestern mit der Gemeindeschwester«, antwortete Dora, »und sie haben Mrs Hawkins mit so einem automatischen Ding ausgestattet, das ihr das Morphium verabreicht hat.«

»Eine Spritzenpumpe. Meinen Sie, Mrs Hawkins hat sehr gelitten?«

»Ich glaube nicht. Jean Tailby hat ihr den größten Teil der enthaltenen Dosis auf einmal verabreicht.«

»Wie lange hat das gedauert?«

»Nur kurz. Die Gemeindeschwester meinte, das könnte man machen, wenn Mrs Hawkins Schmerzen hätte und unruhig sei. Ich habe Jean Tailby gesagt, sie soll es langsamer angehen, aber sie hat erwidert, Mrs Hawkins würde sonst zu sehr leiden. Dann ist sie eingeschlafen, und wir anderen sind ins Bett gegangen.«

»Hat Mrs Tailby irgendetwas mit Mrs Hawkins gemacht, was Ihnen unrichtig vorkam?«, hakte Daniel nach.

»In meiner Anwesenheit nicht. Aber ich war nicht die ganze Zeit im Raum.« Dora blickte auf ihr Häkelzeug. »Ich denke, Mord brauchen Sie eher nicht befürchten bei den Tailbys, Daniel. Aber Diebstahl.«

»Ich werde die Verstorbene jetzt segnen«, erklärte Daniel.

Er legte sich eine schmale Stola aus purpurrotem Brokat um, die er für Besuche benutzte. Eine fromme Dame aus seiner letzten Gemeinde hatte sie für ihn genäht. An beiden Enden war die Stola mit schweren goldenen Quasten versehen, damit sie nicht verrutschen konnte – eine gelungene Mischung aus Nützlichkeit und Schönheit, dachte er oft.

Dora richtete sich auf, faltete die Hände und schloss die Augen. Nachdem Daniel das Gebet gesprochen hatte, nahm sie ihre Häkelarbeit wieder auf.

Draußen war ein Auto zu hören, das vor dem Haus hielt. Dora stand auf und schaute durchs Fenster. »Dr. Barrett.«

Der Arzt, der mit Mrs Tailby hereinkam, war um die vierzig und sah müde aus, wie es bei Landärzten häufig der Fall ist. Er nickte Daniel zu und machte sich dann wortlos an die Untersuchung des Leichnams.

Mrs Tailby trat zu Daniel und sagte mit gedämpfter Stimme: »Sie ist friedlich eingeschlafen. Das hatte sie sich gewünscht, die arme Seele. Und ich durfte sie bis zum Ende pflegen, was ein großes Privileg ist, wissen Sie.«

»Sind Sie Krankenschwester, Mrs Tailby?«, fragte Daniel.

»Ich habe schon mein Leben lang Menschen gepflegt.«

»Aber sind Sie dafür ausgebildet?«

»Für das, was ich meinen Patienten gebe, existiert keine Ausbildung. Ich gebe ihnen Liebe.« Tränen traten ihr in die Augen, und sie schaute zu der Toten hinüber. »Muriel war ein ganz besonderer Mensch. Wir … waren uns sehr nah.«

»Sie kannten sich gerade mal drei Wochen«, warf Dora ein.

»Ich weiß, meine Liebe, aber es ist eine außergewöhnliche Zeit, wenn ein Leben auf Erden zu Ende geht.«

»Na, Sie müssen es ja wissen«, versetzte Dora. »Sie haben mehr Sterbebetten erlebt als der Reverend und der Herr Doktor zusammen.«

»Meine Fähigkeit ist eine Gabe«, erwiderte Jean Tailby indigniert. »Wer hat ihr die Bettpfanne gebracht, ihre Hand gehalten, ihr Erbrochenes aufgewischt? Ich. Und ich würde es wieder tun.«

Der Arzt trat zu ihnen. »Wer ist der nächste Verwandte?«

»Es gibt niemanden«, antwortete Daniel. »Aber Mrs Hawkins hat mich zu ihrem Testamentsvollstrecker ernannt.«

»Sie sind ihr Gemeindepfarrer?«

»Übergeordnet, ja, aber diese Gemeinde wird von meinem Kollegen betreut. Er ist allerdings zurzeit in Sonderurlaub wegen eines Todesfalls.«

»Ach, ist das der Vater des Jungen, der auf dem Flugplatz ermordet wurde?«

»Ja. Deshalb habe ich mich um Mrs Hawkins gekümmert. Doktor Barrett, ob ich vielleicht kurz mit Ihnen sprechen könnte?« Daniel wies mit dem Kopf zur Tür. Der Arzt nickte, und sie gingen hinaus.

Daniel fragte: »Werden Sie den Totenschein ausstellen?«

»Es sei denn, Sie nennen mir einen Grund, warum ich es nicht tun sollte«, antwortete der Arzt. »Ich habe Mrs Hawkins gestern aufgesucht, da war sie dem Tode bereits sehr nah. Aber ich habe gesehen, dass die Polizei im Haus ist.«

»Es gibt einige Bedenken wegen der Pflegerin«, erklärte Daniel. »Mrs Tailby hat sich wiederholt einsamer und sterbender Frauen angenommen, und es besteht der Verdacht, dass sie sich dabei bereichert hat. Laut Miss Sharman hat die Pflegerin gestern Abend Mrs Hawkins beinahe die gesamte Menge Morphium injiziert.«

Dr. Barrett nickte. »Die enthielt aber nicht genügend Diamorphin, um tödlich zu sein.«

»Könnte die Menge nicht trotzdem zu hoch gewesen sein?«

»Nein. Hat die Pflegerin eine Ausbildung für diesen Beruf?«

»Nein. Würde das etwas ändern?«

»Vielleicht, aber nur wenn sie offiziell verantwortlich gewesen wäre für Mrs Hawkins' Betreuung. Das war aber die Gemeindeschwester.«

Daniel überlegte einen Moment. »Gibt es Hinweise, dass etwas mit unrechtmäßigen Dingen zugegangen ist?«

»Nein.« Er blickte zur Treppe. »Mrs Hawkins wurde allerdings bereits gewaschen und zurechtgemacht. Um so etwas festzustellen, bräuchte man eine genauere Untersuchung durch einen Gerichtsmediziner. Aber mir kam nichts verdächtig vor.«

»Vielen Dank, Dr. Barrett«, sagte Daniel. »Der Detective Sergeant will noch mit Ihnen sprechen, denke ich.«

Eine leichte Ungehaltenheit war dem Arzt anzumerken, als er nickte und sich zum Gehen wandte.

Als Daniel wieder ins Zimmer kam, sagte Jean Tailby: »Habe ich vorhin richtig gehört, dass Mrs Hawkins Sie zu ihrem Testamentsvollstrecker ernannt hat, Reverend?«

»Zusammen mit einer weiteren Person, ja.«

»Aber Mrs Hawkins war sehr großzügig, und sie hatte gesagt, dass Roy und ich ein paar Dinge zum Dank bekommen sollten.«

»Haben Sie vielleicht eine von Mrs Hawkins autorisierte Liste von diesen Dingen?«, fragte Daniel.

»Ach, du meine Güte, danach haben wir nie gefragt! Es gab aber einen Gegenstand, den sie für mich im Sinn hatte, nur etwas Kleines – eine Kameebrosche, die ich gerne als Erinnerung hätte.«

»Ich fürchte, ohne Vollmacht von Mrs Hawkins kann ich Ihnen diese Brosche nicht überlassen.«

Mrs Tailby legte den Kopf schräg. »Das ist sehr ehrenwert von Ihnen, Reverend, dass Sie Ihre Aufgabe so gewissenhaft erfüllen. Aber Mrs Hawkins hat in Anwesenheit eines Zeugen gesagt, dass ich die Brosche bekommen soll.«

»Und wer war dieser Zeuge?«

»Mein Mann.«

»Wir bräuchten eine unterschriebene Vollmacht«, insistierte Daniel.

Mrs Tailby gab ein kleines perplexes Lachen von sich. »Wie misstrauisch die Welt doch ist!« Sie ging zum Bett, ließ sich auf dem Stuhl nieder, ergriff die Hand von Mrs Hawkins und flüsterte »Auf Wiedersehen«.

»Wie rührend«, bemerkte Dora sarkastisch.

»Dora, wissen Sie, wo Mrs Hawkins ihren Schmuck aufbewahrt hat?«, fragte Daniel leise.

»In einem Behältnis, das ich versteckt habe.«

»Gut so. Lassen Sie es vorerst in diesem Versteck.«

Er ging nach unten und sah Neil an der Haustür mit dem Arzt sprechen. Roy Tailby stand an einer Kommode und strich über das Holz, als wolle er ihren Wert abschätzen. Als er Daniel sah, fragte er sofort: »Wer hat jetzt die Verantwortung, Reverend?«

»Für Mrs Hawkins' Nachlass?«

»Ja, ich muss ja meine Rechnung einreichen.«

»Ihr Notar.«

»Wird es lange dauern, bis alles geregelt ist?«

»Das kann ich nicht einschätzen. Aber Sie kennen sich doch mit dem Prozedere aus, nicht wahr?«, erwiderte Daniel.

Roy warf ihm einen missmutigen Blick zu. »Wir haben Ausgaben, wenn wir die Pflege für jemanden übernehmen. Das wusste Mrs Hawkins, und wir hatten eine Absprache.«

»Wie gesagt: Sie müssen sich an den Notar wenden.«

Mrs Tailby kam herunter und trat zu ihnen. »Roy, der Reverend ist der Testamentsvollstrecker von Muriel, wie ich gerade erfahren habe.«

»Wirklich?«, fragte Roy Tailby.

»Ja, einer von zweien«, sagte Daniel.

»Also verwalten Sie den Nachlass? Und wer ist die andere Person, wenn ich fragen darf?«

»Meine Mutter.«

Roy wechselte einen Blick mit seiner Frau. »Verstehe. Da gibt es doch bestimmt ein hübsches Sümmchen für Ihre Kirche.«

»Ich kann mich nicht über Mrs Hawkins' Testament äußern, das ich im Übrigen noch nicht einmal gesehen habe. Und auch danach werde ich nichts preisgeben – es sei denn natürlich, Sie wurden darin bedacht.«

Roy Tailby verzog höhnisch das Gesicht. »Wir werden also mit Misstrauen betrachtet, während Sie in Wahrheit auf Ihren eigenen Nutzen bedacht sind. Weil Sie ein paar Gebete mit Muriel gesprochen haben, bekommen Sie jetzt ein neues Dach fürs Pfarrhaus, oder wie?«

»Ich denke, solche Anschuldigungen sollten Sie unterlassen, Mr Tailby«, sagte Neil, der gerade zu ihnen trat.

»Uns darf man ungestraft verleumden, und wir dürfen uns nicht einmal wehren?«, erwiderte Tailby aufgebracht.

»Niemand verleumdet Sie«, sagte Neil. »Und Sie sollten Ihrerseits auch niemanden verleumden.«

Tailby straffte sich. »Ich werde meine Rechnung einreichen.«

»Ich auch«, ergänzte seine Frau.

»Tun Sie das«, sagte Daniel. »Und damit können wir dieses Gespräch, glaube ich, auch beenden.«

Er sah durchs Fenster, wie ein glänzender schwarzer Leichenwagen vor dem Haus hielt. Mr Williams, der Bestatter aus Braunstonbury, stieg aus, während einer seiner Angestellten eine Trage und einen klappbaren Rollwagen von der Ladefläche nahm.

Daniel ging zur Tür und ließ die beiden Männer ein.

»Guten Morgen, Reverend. Detective Sergeant«, sagte Mr Williams. Den Tailbys nickte er stumm zu. »Wir sollen Mrs Muriel Hawkins abholen?«

»Kann ich einen Moment mit Ihnen sprechen?«, sagte Neil.

Die beiden entfernten sich ein paar Schritte, blieben aber in Hörweite. Daniel fragte sich, ob das zu Neils Ermittlungsmethoden gehörte; wollte er vielleicht, dass die Tailbys die Unterredung hören konnten?

»Sie sind zu früh dran«, sagte Neil zu dem Bestatter. »Die Leiche muss eventuell noch gerichtsmedizinisch untersucht werden. Der Arzt hat zwar nichts Auffälliges festgestellt, aber es gibt offene Fragen, wenn auch keinen konkreten Verdacht.«

»Nun, wir sind auch das offizielle Bestattungsunternehmen, das mit der Gerichtsmedizin zusammenarbeitet«, erwiderte Mr Williams. »Wir können Mrs Hawkins vorerst mitnehmen und im Zweifelsfall übergeben.« Er schaute zu Daniel und den Tailbys hinüber und sagte zu ihnen: »Vielleicht möchten Sie sich irgendwo anders aufhalten, während wir unsere Arbeit erledigen?«

Jean Tailby wies auf eine Tür. »Da drüben ist das Wohnzimmer. Ist aber zurzeit sehr unordentlich, sage ich gleich dazu. Ich werde uns einen Tee machen. Sofern niemand mir unterstellt, dass ich das Silber stehle«, fügte sie spitz hinzu.

Der Raum hatte gigantische Dimensionen, wie Daniel feststellte, als er ihn mit Neil betrat. Es gab einen Kamin, so groß, dass man aufrecht darin hätte stehen können. Die Wände waren holzgetäfelt, darüber hingen zahlreiche Familienporträts, die aber höchstens hundert Jahre alt sein konnten und künstlerisch nicht von überragender Qualität waren. Schwere dunkle Vorhänge säumten die Fenster. Zentrales Element des Raums war jedoch ein monumentaler Esstisch, an dem sicher zwanzig Personen Platz gefunden hätten. An einem Ende standen zwei wuchtige mehrarmige Kerzenleuchter. Das andere Ende jedoch bot einen für Daniel eher erstaunlichen Anblick, denn es war bedeckt mit Utensilien für eine umfassende Korrespondenz, die er von Mrs Hawkins nicht vermutet hätte: Stapel von weißem Papier und Briefumschlägen und zwei große Flechtkörbe.

Als Neil und er näher traten, sahen sie, dass einer der Körbe geöffnete Briefe enthielt, der andere adressierte und versiegelte. Etwas bestürzt fragte sich Daniel, ob seine Aufgabe, den Nachlass der Verstorbenen zu regeln, womöglich wesentlich mühsamer ausfallen würde, als er ursprünglich vermutet hatte.

Neil machte gerade Anstalten, sich eingehender mit der Post zu beschäftigen, als aus der Eingangshalle laute Stimmen zu vernehmen waren. Er warf Daniel einen Blick zu, und sie eilten hinaus, wo sich ihnen folgende Szene bot: Roy Tailby starrte Dora Sharman drohend an und streckte fordernd die Hand aus. Dora ihrerseits versteckte etwas hinter ihrem Rücken. Keiner von beiden schien nachgeben zu wollen.

»Geben Sie das sofort her!«, verlangte Tailby barsch.

Dora schüttelte hartnäckig den Kopf. »Das gehört Ihnen nicht.«

»Ihnen auch nicht!«, rief Tailby aus und packte Dora grob am Arm.

Neil schritt ein, und zwar mit einer Taktik, die Daniel an die Rektorin der Grundschule von Champton erinnerte: Er wurde nicht laut, sondern sprach betont ruhig und leise.

»Mr Tailby, Miss Sharman, würden Sie bitte einen Moment innehalten? Worum geht es hier?«

»Dora hat unsere persönlichen Sachen durchwühlt«, sagte Tailby anklagend. »So was gehört sich nicht!«

»*Ihre* Sachen?«, erwiderte Dora. »Sie meinen wohl die von Mrs Hawkins!«

»Um was für Sachen handelt es sich dabei?«, fragte Neil.

Dora brachte ihre Hand hinter dem Rücken hervor und öffnete sie. »Diese Kameebrosche war ein Lieblingsschmuckstück von Mrs Hawkins. Es lag immer auf ihrem Nachttisch, und heute früh war es plötzlich verschwunden.«

»Sie hatte verfügt, dass Jean die bekommen soll«, knurrte

Tailby und versuchte, nach der Brosche zu grapschen, aber Dora brachte sie rasch wieder außer Reichweite.

»Ach ja? Und weshalb habe ich sie dann vorhin in der Teedose gefunden? Merkwürdiger Ort für Schmuck, oder nicht?«

»Nicht, wenn man misstrauische Menschen wie Sie im Haus hat.«

»Und Misstrauen braucht man bei Ihnen beiden auch«, versetzte Dora. »Sie sind diebische Elstern, das weiß doch jeder.«

»Geben Sie mir die Brosche«, verlangte Neil entschieden.

Nachdem Dora ihm das Schmuckstück ausgehändigt hatte, reichte er es an Daniel weiter. »Reverend Clement ist Mrs Hawkins' Testamentsvollstrecker, wie Sie bereits wissen. Er wird diese Brosche vorerst aufbewahren. Die Testamentsverkündung wird klären, wem die Brosche zufällt.«

Jean Tailby, die das Gespräch mitgehört zu haben schien, trat aus der Küche. »Muriel hat mir die Brosche geschenkt, von Freundin zu Freundin. Eine liebe Geste von ihr, und ich soll nun das Nachsehen haben, weil sie das nicht schriftlich bestätigt hat?«

In diesem Augenblick waren Geräusche von der Treppe zu vernehmen. Mr Williams und sein Helfer beförderten Schritt für Schritt die abgedeckte Trage nach unten, auf der sich die sterblichen Überreste von Mrs Hawkins befanden. Daniel bekreuzigte sich, Dora senkte pietätvoll den Blick, Neil nahm militärische Haltung an, und die Tailbys beobachteten reglos, wie die Trage auf dem Rollwagen befestigt wurde, den die beiden Männer dann hinausschoben. Sobald sich die Tür hinter ihnen geschlossen hatte, gingen die Streitigkeiten mit unverminderter Gehässigkeit weiter.

»Tee braucht ja jetzt wohl niemand mehr«, sagte Mrs Tailby giftig. »Und einen Antrag kann ich auch nicht einreichen, ich habe nichts zu schreiben bei mir.« Damit stapfte sie erbost die Treppe hinauf, gefolgt von ihrem Mann, der noch zu Dora sagte: »Sie sind ein niederträchtiges Biest.«

»Wie haben Sie die Brosche gefunden, Dora?«, fragte Daniel, nachdem die beiden verschwunden waren.

»Als ich mir vorhin eine Tasse Tee machen wollte. Die Brosche lag, wie gesagt, gestern noch auf dem Nachttisch, und heute früh war sie plötzlich weg.«

Daniel trat ans Fenster, um das Schmuckstück im Licht zu betrachten. Die in Gold gefasste Brosche war oval und etwa fünf Zentimeter lang. Auf dem Hintergrund eines bräunlichen Edelsteins befand sich elfenbeinweiß das Relief eines Mannes, der einen geflügelten Helm und geflügelte Schuhe trug. Die Gestalt sah aus, als wollte sie sich gerade in die Lüfte erheben, ein Arm war über den Kopf erhoben, ein Bein nach hinten gestreckt. Hermes, der Götterbote, Gott der Reisenden und Diebe. Als Daniel eine winzige Signatur entdeckte, wurde ihm klar, dass die Brosche nicht aus der Antike stammen, sondern höchstens zweihundert Jahre alt sein konnte. Es war jedoch zweifellos ein exquisit gestaltetes Schmuckstück.

Neil trat zu ihm und beäugte es ebenfalls. »Das ist wohl kein billiger Talmi, wie?«

»Nein, ganz und gar nicht. Sie scheint wertvoll zu sein.«

»Wer ist die Figur?«, wollte Neil wissen.

»Hermes, der Götterbote. Bei den Römern hieß er Merkur. Eine wunderschöne Arbeit auf jeden Fall.«

»Jean Tailby erkennt Qualität auf den ersten Blick«, warf Dora ein. »Brauchen Sie mich noch, Detective Sergeant? Sonst würde ich jetzt gehen.«

»Ich melde mich bei Ihnen, falls ich noch Fragen habe«, antwortete Neil.

Daniel zog sein Stofftaschentuch hervor und wickelte die Brosche sorgfältig ein. In diesem Augenblick kam Roy Tailby die Treppe herunter und fragte mit übertriebener Höflichkeit: »Bei wem sollen wir nachher die Schlüssel abgeben? Beim *Testamentsvollstrecker*?«

»Sie brechen auf?«, fragte Daniel.

»Was denn sonst?«, lautete die Erwiderung. »Sobald wir unsere Sachen gepackt haben. Es sei denn«, fügte er mit schneidendem Unterton hinzu und deutete dabei auf Dora, »sie möchte noch unsere Taschen durchsuchen.«

Daniel hielt das für gar keine schlechte Idee und überlegte, wie er das vorbringen konnte.

»Ich habe alles überprüft«, sagte Dora. »Es fehlt nichts Weiteres von Wert.«

Roy warf ihr einen vernichtenden Blick zu. »Sie erinnern mich wirklich an Ihre Schwester, Dora. Durch und durch böse, genau wie sie. Wir hinterlassen die Schlüssel auf dem Küchentisch«, sagte er kalt zu Daniel und marschierte wieder nach oben.

Seufzend sagte Daniel: »Ich hätte nichts dagegen, den Tailbys künftig nicht mehr zu begegnen. Vielen Dank, Dora. Wären Sie nicht gewesen, würde jetzt hier mehr fehlen als nur beinahe eine Kameebrosche.«

»Keine Ursache, Reverend. Bin froh, dass ich helfen konnte. Verdammte Aasgeier sind das. Aber wie geht es denn jetzt hier weiter? Ohne die Tailbys und mich?«

Daniel überlegte. »Die Verwaltung des Anwesens obliegt wohl auch den Testamentsvollstreckern. Ich glaube, ich werde als Erstes mal meine Mutter herholen. Dann schauen wir gemeinsam, was alles gemacht werden muss.«

»Dann bleibe ich noch«, erklärte Dora. »Ich kenne mich hier mit allem aus und kann Ihnen helfen.«

»Und ich warte auch noch, bis die Tailbys wirklich verschwunden sind«, erbot sich Neil.

Seit langer Zeit hatte Daniel seine Mutter nicht mehr so vergnügt erlebt. Sie genoss es sichtlich in vollen Zügen, freien Zugang zu Manor House zu haben und alles vom Dachboden bis zum Keller inspizieren zu können. Und als Daniel ihr die rätselhaften Briefberge im Wohnzimmer zeigte und seine Mutter bat, die Korrespondenz zu ordnen, kannte Audreys Begeisterung keine Grenzen mehr. Der Höhepunkt war jedoch, als Dora beide ins Schlafzimmer führte, wo sie die Schmuckschatulle von Mrs Hawkins auf der Kommode abgestellt hatte. Wobei es sich, streng genommen, nicht um eine Schatulle handelte, sondern um ein Schränkchen mit rotgoldenem Lederbesatz, das über zwei aufklappbare Türen und Schubladen im Inneren verfügte.

»Großer Gott!«, rief Audrey fassungslos aus, als sie es öffnete. »Das sieht ja aus wie die Kronjuwelen!«

In den unterschiedlichen Fächern befanden sich funkelnde Ringe, Armbänder und Ohrringe mit Saphiren, Smaragden, Rubinen und Diamanten, gefasst in Gold oder Platin. Es gab eine dreireihige Perlenkette und kunstvoll geschnitzte Gemmen aus Elfenbein. Doch als Audrey das mittlere Fach herauszog, verschlug es ihr die Sprache. Auf schwarzem Samt ruhte eine Kette aus rosa Saphiren und Diamanten, so prachtvoll, dass sie wahrlich einer Königin würdig gewesen wäre.

»Rosa Saphire«, murmelte Audrey. »Was für eine wundervolle Farbe.«

»Sind die nicht normalerweise blau?«, fragte Daniel.

»Doch, wie meiner hier«, antwortete Audrey und hielt die Hand hoch, an der ihr Verlobungsring mit einem Saphir inmitten kleiner Diamanten steckte. »Aber der wirkt doch wie ein

Kinderring aus einer Wundertüte im Vergleich mit diesem Schmuck hier. Ich wusste gar nicht, dass Muriel Hawkins so betucht war.«

Daniel wunderte sich manchmal über die Gepflogenheit, Reichtum mit anderen Worten zu umschreiben, als dürfe man ihn nicht direkt benennen. Betucht, wohlhabend, gut situiert …

»Mrs Hawkins hat ihren Schmuck geliebt«, erklärte Dora. »Trug ihre Kostbarkeiten immer, wenn es ihr schlecht ging, dann fühlte sie sich gleich besser.«

»Das muss ja eine Qual für die Tailbys gewesen sein«, bemerkte Audrey. »Aber Mrs Hawkins habe ich mit diesen Juwelen hier nie gesehen. Na ja, wäre vielleicht auch etwas übertrieben gewesen für ein zwangloses Wohltätigkeitsbüffet …«

»Ich glaube, Mrs Hawkins lag nichts daran, ihre Preziosen zur Schau zu stellen«, sagte Dora. »Sie hatte einfach selbst große Freude daran.«

Audrey schloss die Fächer des Schränkchens mit der Bemerkung: »Na, damit kann man jedenfalls etliche Bedürftige bis ans Ende ihrer Tage gut verpflegen.«

Danach beauftragte Audrey Dora und Daniel damit, Listen von allen Wertgegenständen im Haus anzulegen, und zog sich selbst ins Wohnzimmer zurück, um Mrs Hawkins' Korrespondenz in Augenschein zu nehmen.

Zwei Stunden später streckte Daniel den Kopf durch die Wohnzimmertür und verkündete: »Wir sind fertig, Mum.«

»Gut, gut …«, murmelte Audrey, ohne den Blick von diversen Papierstapeln zu erheben, die sie vor sich aufgeschichtet hatte.

»Ich müsste jetzt aufbrechen«, sagte Daniel. »Brauchst du noch länger?«

»Wie?«

»Also, wir müssen los.«

»Oh. Ich habe noch nicht viel geschafft.«

»Sind diese Briefe denn überhaupt irgendwie von Belang?«

»Ach, nein, nicht unbedingt. Aber ich werde mir dennoch einen Teil mit nach Hause nehmen, um sie dort weiter zu sortieren. Gib mir noch zehn Minuten, ja, Liebling? Und schau doch mal, ob du irgendwo einen leeren Karton auftreiben kannst.«

Aus den »zehn Minuten« wurde eine Stunde, und aus dem einen Karton wurden sechs Kisten, die hinten im Land Rover verstaut wurden, mitsamt dem Schmuckschrank, den Daniel im Safe der Sakristei einschließen wollte.

Auf dem Heimweg machten sie beim Postamt Halt, weil Audrey erklärte, sie bräuchte einen neuen Satz Spielkarten. Daniel war jedoch vollkommen klar, dass seine Mutter in erster Linie beabsichtigte, mit ihren neuen aufregenden Erlebnissen zum Klatsch und Tratsch von Champton beizutragen. Weil Daniel den wertvollen Schmuck keinesfalls unbeaufsichtigt lassen wollte, blieb er im Wagen und hoffte auf eine zügige Übermittlung der spannenden Neuigkeiten. Die Hoffnung war allerdings vergebens, weil der Klatsch-Club – bestehend aus Anne Dollinger, Dot Staveley, Margaret Porteous und natürlich Mrs Braines selbst – vollzählig anwesend war. Als Audrey endlich wieder auftauchte, hatte sie keine Spielkarten erstanden, sondern lediglich ein Kit Kat, das sie so flott mit dem Daumennagel aufschlitzte, wie sie es im Werbespot für diesen Schokoriegel gesehen hatte.

Als sie am Pförtnerhäuschen von Champton House vorbeifuhren, sagte Audrey unvermittelt: »Oh, sieht aus, als statte dein Polizist Alex einen Besuch ab.«

»Ach ja?«

»Da steht doch sein Auto.«

Tatsächlich. Daniel achtete nicht auf Autos und hätte deshalb auch den Wagen von Neil übersehen. Was er bei Alex zu suchen hatte, war Daniel allerdings ein Rätsel.

Im Pfarrhaus wurde er enthusiastisch von Cosmo begrüßt und streichelte ihn ausgiebig, weil die Hunde viel zu lange allein gewesen waren. Hilda kam aus dem Wohnzimmer gewatschelt, holte sich auch ein paar Streicheleinheiten ab und kehrte dann zu dem Deckennest zurück, das Audrey neben ihrem Sessel für die trächtige Hündin eingerichtet hatte. Seine Mutter machte bereits eifrig Pläne für die »Niederkunft« und telefonierte täglich mit Freundinnen, um über Hildas Veränderungen zu berichten und fachkundige Ratschläge einzuholen.

An diesem Nachmittag jedoch hatte Audrey andere Prioritäten. Sie ging ins Wohnzimmer, schloss zum ersten Mal seit dem Tod ihres Gatten ihren Sekretär auf und stellte rundum die Kartons mit der Korrespondenz von Muriel Hawkins auf. Danach setzte Audrey die Durchsicht der Briefe fort, wobei sie immer wieder amüsiert kicherte, was Daniel erstaunlich, aber auch sehr erfreulich fand. Er war froh, dass seine Mutter eine Aufgabe gefunden hatte, die ihr Spaß machte, denn mit zunehmendem Alter – und knapperen Finanzmitteln – reduzierte sich ihre Welt immer mehr, der Radius wurde kleiner.

Normalerweise reiste Audrey zweimal im Jahr nach London, um sich dort mit den Freundinnen zum Mittagessen zu treffen, die sie vor einem halben Jahrhundert in der Schulzeit kennengelernt hatte. Sie mieteten sich in einem Hotel nahe des Buckingham Palace ein, und diese alljährlichen Ausflüge gehörten zu den Fixpunkten in ihrem Leben. Allerdings litt Audrey zunehmend darunter, dass die sozialen Unterschiede zwischen ihr und den anderen Frauen immer deutlicher zutage traten. Ursprünglich war Audrey gut gestellt gewesen, weil sie in ein prosperierendes Unternehmen eingeheiratet hatte, und hatte es genossen, stets elegant gekleidet zu sein und sich um Geld keine Sorgen machen zu müssen. Doch als die Schuhfabriken in den Siebzigerjahren nach und nach schließen mussten, ging es wirtschaftlich bergab mit der Familie Clement, und als Audreys Mann starb, war sie keineswegs so gut versorgt, wie sie sich das erhofft hatte.

Inzwischen musste sie bei den Ausflügen nach London feststellen, dass sie nicht nur keinen neuen Hut und keine neue Handtasche hatte anschaffen können, sondern auch noch beim Blick auf die Speisekarte vor allem die Preise beachten musste. Und da die Finanzmittel im Pfarrhaus aufgrund der allgemeinen Wirtschaftslage immer knapper wurden, begann Audrey sich allmählich zu fragen, ob sie sich diese Treffen überhaupt noch leisten konnte.

Ihrem Sohn hatte sie sich mit diesen Sorgen bislang nicht anvertraut; er hätte gewiss darauf bestanden, dass sie nach London fahren solle, und es irgendwie ermöglicht. Doch das hätte sie als ebenso demütigend empfunden wie die taktvollen, aber nichtsdestoweniger beschämenden Angebote zur finanziellen Unterstützung von ihren Freundinnen anzunehmen.

Als Daniel sich im Studierzimmer am Schreibtisch niederließ, um seine Notizen der Bestandsaufnahme in Manor House durchzugehen und ordentlich zu übertragen, fiel ihm die Kameebrosche wieder ein. Er holte sie aus der Tasche, wickelte das kostbare Schmuckstück sorgsam aus und betrachtete es eingehend. Die Brosche fühlte sich kühl an in seiner Hand, und er bestaunte erneut ihren faszinierenden Schimmer. Um die winzige Signatur zu entziffern, nahm Daniel eine Lupe, die einst seiner Großmutter gehört hatte, aus dem umfunktionierten

Salzschwein, in dem er Brieföffner, Scheren und Lineale aufbewahrte.

Im Vergrößerungsglas kam der Schriftzug MORELLI zum Vorschein, und Daniel nahm sich vor, bei seinem nächsten Besuch in Stowe den Antiquitätenhändler neben der Kathedrale aufzusuchen. Er legte die Brosche beiseite, um sie vor der Abendandacht mit den anderen Preziosen von Mrs Hawkins im Safe der Sakristei zu deponieren.

Dann nahm er ein neues liniertes Ringbuch aus der zweituntersten linken Schublade und zwei Füller – einer mit roter, der andere mit schwarzer Tinte gefüllt – aus der Stiftschale. Auf die erste Seite des Notizbuchs schrieb er mit dem schwarzen Füller in Großbuchstaben INVENTAR MANOR HOUSE UPPER BADSADDLE 20.10.1989 und unterstrich das Ganze mit roter Tinte.

Jeder Gegenstand aus dem Nachlass musste nun geschätzt werden – nicht nur auf seinen materiellen, sondern auch auf seinen möglichen ideellen Wert, da Mrs Hawkins sich nicht mehr dazu äußern konnte. Bei manchen Dingen wie einer kaputten Puppe oder einem Reisesouvenir mochte das noch relativ einfach sein. Schwieriger wurde es dagegen bei Dokumenten, deren Bedeutung sich nicht auf den ersten Blick erschloss, oder Gemälden von Personen, die vielleicht irgendjemandem noch bekannt sein mochten.

Als Daniel gerade überlegte, wie er wohl am besten mit einem Porzellanservice der Traditionsfirma Spode verfahren sollte, das nicht nur Gebrauchsspuren aufwies, sondern auch unvollständig war, sah er draußen den Wagen von Miss March halten.

Er ging zur Haustür und empfing die Boutique-Besitzerin, die erschrocken zurückwich, als der wild bellende Cosmo wie ein Torpedo aus dem Wohnzimmer geschossen kam.

»Er beißt nicht, Miss March«, erklärte Daniel entschuldigend, während er den Dackel am Halsband packte, um ihn zu bändigen. »Kommen Sie bitte herein, ich sperre ihn ein.«

In lächerlich gebückter Haltung zerrte Daniel den widerspenstigen Cosmo zum Wohnzimmer, öffnete die Tür und schob ihn hinein.

»Besuch«, verkündete er.

»Wer denn?«, fragte Audrey.

»Miss March. Behältst du Cosmo bitte bei dir? Wir sind im Studierzimmer.«

Er kehrte zu seiner Besucherin zurück und erkundigte sich formvollendet: »Kann ich Ihnen etwas abnehmen?«, woraufhin er tatsächlich Mantel, Hut und Handschuhe gereicht bekam. Sämtliche Stoffe fühlten sich ausgesprochen weich und schmeichelnd an, was Daniel an Audreys Ausführungen über Stoffqualität erinnerte.

Das Tränensofa erwies sich als etwas niedrig für Miss March, die groß war und einen engen Rock trug, und es dauerte ein paar Momente, bis sie sich entsprechend arrangiert hatte.

»Was kann ich für Sie tun, Miss March?«, begann Daniel das Gespräch.

Sie öffnete den Mund, erstarrte aber plötzlich, als sie auf dem Schreibtisch die Hermes-Brosche erblickte.

»Sie wissen also … Bescheid«, sagte Miss March schließlich.

»Ja«, erwiderte Daniel behutsam. »Ich wurde heute früh nach Manor House gerufen.«

Miss March richtete sich auf. »Weshalb?«

»Nun, um … das zu tun, was mein Berufsstand dann zu tun pflegt.«

Sie runzelte die Stirn. »Irgendein Exorzismus?«

»Aber nein«, antwortete Daniel verblüfft. »Ich habe sie gesegnet.«

»Wollte sie das denn?«

»Nun, sie konnte sich nicht dazu äußern, sie war ja bereits verstorben ...«

Miss March keuchte erschrocken und schlug die Hand vor den Mund. »Mrs Hawkins ist tot? Nein. Nein, nein, nein, nein. Das kann nicht sein!«

»Ich fürchte, doch. Möchten Sie ein Glas Wasser?«, fragte Daniel, weil Miss March heftig blinzelte und vollkommen erschüttert wirkte.

Sie schüttelte stumm den Kopf, und nach einigen Momenten hatte sie sich gefangen. »Tut mir leid. Das war ein Schock für mich.«

»Mir tut es leid, verzeihen Sie mir bitte«, erwiderte Daniel. »Ich dachte, Sie wüssten Bescheid. Wegen der Brosche ...«

Sie blinzelte wieder und blickte auf ihre Hände im Schoß. »Ja ... darf ich fragen, warum sie hier ist?«

»Meine Mutter und ich sind Testamentsvollstrecker von Mrs Hawkins' Nachlass.«

»Oh, diese Funktion hatte ich bei meinem Vater. Es ist mehr Arbeit, als man anfänglich glaubt.«

»Das stelle ich auch gerade fest ...«

»Reverend, ich vermute, Mrs Hawkins hatte keine Angehörigen?«

»Ja, so scheint es.«

»Man wird ihre Besitztümer also verkaufen?«, fragte Miss March.

»Davon gehe ich aus«, antwortete Daniel.

»Empfänden Sie es als unangemessen, wenn ich Sie bitten würde, mir dieses Schmuckstück als Erstes anzubieten, sollte es verkauft werden?«

Daniel dachte einen Moment nach. »Ich weiß nicht recht, Miss March«, antwortete er dann. »Falls diese Brosche eventuell auch für andere Menschen eine besondere Bedeutung hat, wäre es nicht angebracht, sie Ihnen unter Sonderbedingungen anzubieten. Dafür haben Sie doch bestimmt Verständnis.«

Ihr Blick wirkte jetzt stählern. »Ich bin bereit, einen guten Preis zu bezahlen. Würden Sie mir die Brosche jetzt gleich verkaufen, könnten Sie ihn selbst bestimmen.«

»Das wäre ganz und gar nicht korrekt, Miss March, und ist deshalb ausgeschlossen.«

»Ich zahle bar«, fügte Miss March hinzu.

Daniel schwieg.

»Ich verstehe.« Sie stand auf. »Aber würden Sie mich dennoch informieren, falls das Schmuckstück zum Kauf angeboten wird?«

»Das kann ich gerne tun. Aber …«

»Ja?«

»Ich begreife nicht ganz, was die Faszination dieser Brosche ausmacht. Sie ist gewiss ein schönes und vermutlich auch wertvolles Schmuckstück. Aber sie scheint auf mehrere Menschen die gleiche Wirkung zu haben wie das Rheingold auf Alberich.« Daniel merkte, dass Miss March die Anspielung auf die Wagneroper nicht verstand.

»Ein exquisites Juwel«, erwiderte Miss March, »besitzt immer eine ganz besondere Magie. Muriel Hawkins wusste das ebenso gut wie vermutlich die meisten Frauen, sicher auch Ihre Frau Mutter.«

Während Miss March an der Haustür ihre Sachen in Empfang nahm, sagte sie: »An diesem Sonntag findet in St Mary's der Erntedankgottesdienst statt, nicht wahr, Reverend?«

»Ja, um halb elf. Danach gibt es ein Mittagessen im Gemeindesaal, falls Sie teilnehmen möchten.«

»Sehr gerne. Muss ich jemandem Bescheid geben?«

»Das haben Sie gerade getan, Miss March.«

»Du hast WAS?«

»Ich habe mich geweigert.«

»Aber warum denn bloß?«

»Mum!«

»Daniel!«, fauchte Audrey aufgebracht. »Sie hat dir Bargeld angeboten, und davon hat sie wahrlich genug! Du musst die Brosche doch ohnehin verkaufen, und sie hätte dann ... ein gutes Zuhause bekommen. Wäre Dora Sharman nicht so wachsam gewesen, würde Jean Tailby sie jetzt zum Bingoabend tragen! Wie kannst du nur so dumm sein!«

Nichts brachte Audrey mehr auf die Palme als Daniels hundertprozentige Korrektheit. Früher hatte seine Mutter noch vorgegeben, diese Haltung zu bewundern. Doch mittlerweile hatte es mehrere Vorfälle gegeben, bei denen Daniels hohe Moral Schwierigkeiten verursacht hatte. Im Vorjahr hatte er sogar in Kauf genommen, möglicherweise im Gefängnis zu landen, weil er nicht bereit gewesen war, vertrauliche Informationen preiszugeben. Was wäre dann aus Audrey geworden? Sie lebte nicht zuletzt aus wirtschaftlichen Gründen mit ihm im Pfarrhaus.

Mit einem tiefen Seufzer wandte Audrey sich ab und vertiefte sich wieder in die Korrespondenz von Mrs Hawkins.

Daniel konnte die Frustration seiner Mutter zwar nachfühlen, aber selbst wenn er gewollt hätte, kam es für ihn überhaupt nicht in Frage, Abstriche an seiner Integrität zu machen. Wem sollte man denn bedingungslos vertrauen können, wenn nicht einem Geistlichen? Das Beste, was er vielleicht als Pfarrer geleistet hatte, sagte sich Daniel, waren jene Hilfestellungen gewesen, bei denen er Menschen aus allerlei Abgründen hatte retten können. In seiner Brieftasche trug er stets eine kleine Karte mit einem Bild vom Abstieg Christi in die Unterwelt bei sich, wo Jesus die Seelen der Gerechten gerettet hatte. Und wenn Christen – wie in einem Gebet beschrieben – die Hände, Füße, Worte und Taten von Jesus sein sollten, dann musste Daniels Auffassung nach ein Geistlicher selbstverständlich moralisch absolut untadelig sein.

Schließlich drehte seine Mutter sich mit einem erneuten Seufzer wieder zu ihm um. »Daniel, ich finde, in Zukunft sollte ich solche Angelegenheiten übernehmen. Du bist zu arglos – wirklich wie der biblische Daniel in der Löwengrube.«

»Ich bin nicht sicher, ob ich das für eine weise Lösung halten würde«, erwiderte Daniel.

»Und ich sage dir, was wirklich *nicht* weise ist: zu glauben, dass du durchs Leben gehen kannst, ohne deinen kostbaren Glauben gelegentlich ein wenig zu beschmutzen oder Kompromisse zu schließen, wie alle anderen Menschen es auch tun müssen. Und andere – ich zum Beispiel! – müssen dann den Preis für dein übertrieben korrektes Benehmen bezahlen.«

So direkt hatte sich Audrey noch nie zu diesem Thema geäußert, weshalb Daniel überrascht schwieg und zu begreifen versuchte, warum es seiner Mutter so schwerfiel, seine bedingungslose Treue seiner geistlichen Berufung gegenüber zu akzeptieren.

Schließlich sagte er: »Aber, Mum, diese Dinge aus dem Nachlass gehören uns nun einmal nicht.«

Nun hüllte sich Audrey in ein hartnäckiges Schweigen, und Hilda, die zu spüren schien, dass es atmosphärische Störungen gab, blickte kurz aus ihrem Deckennest auf, bevor sie sich erneut einrollte.

»Ich habe zu arbeiten«, sagte Audrey schließlich und wandte

sich erneut den Papieren zu. Kurz darauf hörte Daniel, dass sie sich offenbar beruhigt hatte, denn sie hatte zu lesen begonnen und kicherte dabei wieder leise vor sich hin.

Daraufhin begab auch Daniel sich zurück an seinen Schreibtisch im Studierzimmer und begann, an der Predigt zum Christkönigsfest zu arbeiten, das am letzten Sonntag des Novembers, dem Ende des Kirchenjahrs, gefeiert wurde. Diesen Feiertag, der erst in den 1920ern entstanden war, schätzte Daniel überhaupt nicht, weil er ihn als neumodischen Unsinn empfand. Außerdem hielt Daniel es für ausgesprochen überflüssig, den Herrn aller Schöpfung mitsamt Robe und Krone auf einem Thron darzustellen, und hatte deshalb alljährlich aufs Neue Mühe, zu diesem Anlass eine passende Predigt zu verfassen.

Doch in diesem Jahr gelang es ihm ausnahmsweise besser, weil Mrs Hawkins' prachtvolles Kleinod in seinen Gedanken funkelte und schimmerte, und er schrieb gerade über Blendwerk, die Verlockungen von Schätzen und Reichtümern und die Dornenkrone, als er ganz plötzlich selbst geblendet wurde durch Scheinwerfer in der beginnenden Dämmerung. Vor dem Haus hielt der Wagen von Neil.

»Wir haben etwas«, verkündete er grußlos, als Daniel ihn einließ, und marschierte schnurstracks ins Studierzimmer, wo er sich im Mantel auf dem Tränensofa niederließ.

»Kann ich dir irgendetwas anbieten?«, fragte Daniel.

»Ich bleibe nicht länger«, antwortete Neil. »Wollte dir nur kurz Bericht erstatten.«

»Leg los.«

»Die Ergebnisse von der Spurensicherung über Joshuas Basskoffer: Man hat darin Spuren von Speed, Cannabis, Kokain und Ecstasy gefunden. Das ist ein heftiger Cocktail, der vermutlich nicht für den persönlichen Gebrauch bestimmt war.«

»Du meinst, Joshua hat mit Drogen gehandelt?«, fragte Daniel verblüfft.

»Vielleicht nicht er selbst, aber jemand hat ihn möglicherweise als Boten eingesetzt. Den Bass haben wir zu Hause in seinem Zimmer gefunden.«

»Also, bei Joshua könnte ich mir vorstellen, dass er mal einen Joint rauchte – aber sicher nicht, dass er mit Drogen gedealt hat.«

»Wir müssen diesen Ansatz dennoch erst einmal weiterverfolgen«, sagte Neil. »Wenn es so gewesen sein sollte – an wen könnte er verkauft haben?«

Daniel überlegte. »Er war erst sechzehn. An seine Bandmitglieder? Oder Jugendliche von seiner Schule?«

»Mag sein, aber allein die Bandbreite der Substanzen scheint mir für einen Jugendlichen dieses Alters zu groß.«

Unwillkürlich musste Daniel an Brandon Redding denken, dem er eine solche Tätigkeit durchaus zutraute. Dann sagte er: »Ich frage mich, ob es in den Badsaddles überhaupt einen Markt für solche Drogen gäbe.«

»Du würdest dich wundern«, erwiderte Neil trocken. »Man findet Abnehmer dafür in Schulen, Universitäten, Pubs, der Musikszene – und ich wage mal zu behaupten, auch in den Kirchengemeinden von Champton und den Badsaddles.«

Daniel nickte, als ihm wieder einfiel, dass ein ehemaliges Mitglied seiner Gemeinde, ein angesehener Apotheker und Rotarier, gerade eine Haftstrafe absaß, weil er Leute mit Zutaten für ihre Drogenproduktion versorgt hatte. Und dann dachte er an Alex de Floures, der vielleicht auch ein potenzieller Käufer war, wenn er sich hier und nicht in Soho aufhielt. Und ein weiterer Gedanke stellte sich ein. Ein Gedanke, der etwas erklären würde, was Daniel schon eine ganze Weile keine Ruhe ließ.

»Wollte dich jedenfalls rasch auf dem Laufenden halten«, fuhr Neil fort, »und mal hören, was dir dazu einfällt.«

»Noch nichts Spruchreifes«, erwiderte Daniel. »Lass mich noch ein bisschen darüber nachdenken.«

»Okay. Dann sehen wir uns am Sonntag. Beim Gottesdienst und beim Mittagessen.«

»Ach, du kannst doch dabei sein?«

»›Wir pflügen und wir streuen‹ schmettern und eine deftige Mahlzeit genießen? Das lass ich mir doch nicht entgehen, Ermittlungen hin oder her.« Neil zwinkerte ihm zu, bevor er den Raum verließ.

7

Auch Daniel mochte das Erntedankfest sehr gern. Es war kein traditionelles Kirchenfest, sondern eher aus ländlichen Bräuchen entstanden, die in Champton liebevoll bewahrt wurden. Dazu gehörte das Erntedankbrot in Form eines Weizenbündels mitsamt einer kleinen Maus, die auf einem der Stängel hockte. Bisher war dieses besondere Brot immer von Kath Sharman gebacken worden, doch da sie im vergangenen Jahr zu Tode gekommen war, hatte diese Aufgabe nun Mrs Shorely, die Haushälterin von Champton House, übernommen. Sie hatte jedoch offenbar länger kein Brot mehr gebacken, und so war das Weizenbündel, das vor dem Altar aufgestellt wurde, diesmal nicht prächtig nach Eigelb glänzend, sondern etwas gräulich und schief geraten, und die kleine Maus sah eher wie ein Teigklumpen aus. Dennoch zog Daniel diese Version dem perfekten Brot vor, das in seiner früheren Kirche in dem reichen Londoner Viertel von einem Luxuskaufhaus gespendet worden war und jeglichen ländlichen Charmes entbehrte.

Auch die von den Kindern der Grundschule angefertigten Strohpüppchen wirkten ein wenig unbeholfen, und Audrey bemerkte spitzzüngig wie üblich, sie sähen aus wie Voodoo-Puppen.

Ein weiterer Brauch war das Mittagessen, im Gemeindehaus gekocht und serviert von einem Team unter Aufsicht der eifrigen Margaret Porteous. Manchmal fragte sich Daniel, wie lange diese im Dorfleben eingebetteten Traditionen wohl noch erhalten bleiben würden. Einige Feiertage waren bereits abgeschafft worden.

Doch eine schmackhafte und für Bedürftige kostenlose Mahlzeit lockte verlässlich jedes Jahr zahlreiche Dorfbewohner an, und so herrschte wie immer reges Treiben in der Gemeindehalle mit den Kiefernholzwänden und dem Wellblechdach. In der Küche köchelte bereits das Rinderragout in den Töpfen, während die Kartoffeln für das Püree garten und Dot Staveley ein buntes »Gemüseallerlei« aus Blumenkohl, Karotten, Stangenbohnen und Lauch zubereitete. Für den Nachtisch war Audrey zuständig, und sie buk jedes Jahr den »Pfarrhauskuchen« mit Äpfeln und Brombeeren. Diesmal hatte sie auf eine Apfelsorte von Bernards Bäumen ausweichen müssen, da die Äpfel aus dem Pfarrhausgarten zu wurmig gewesen waren, und die Ernte der garteneigenen Brombeeren war auch so dürftig ausgefallen, dass Audrey Margaret Porteous gebeten hatte, in der Gruppe Beerenspenden zu organisieren. »Improvisieren ist alles« hatte sie dabei verkündet, denn damit war sie aus den Kriegsjahren nur allzu vertraut.

Zum Pfarrhauskuchen wurde stets eine Vanillesoße gereicht, die so reichhaltig und zähflüssig war, dass man damit wohl das Gebäude hätte isolieren können. Das Gemeindehaus war während des Zweiten Weltkriegs von den in Champton House untergebrachten Freien Französischen Streitkräften aus Materialien erbaut worden, die damals gerade ergattert werden konnten. Audrey hatte schon häufiger angemerkt, die Herren hätten dabei wohl an südlichere Temperaturen gedacht, denn durch die kühlen Winde in den East Midlands wurde es im Gemeindehaus rasch ungemütlich.

Doch vor dem Bankett für die leiblichen Genüsse sollte zunächst Gottvater mit Brot und Wein gefeiert werden, und dazu läuteten an diesem Morgen die Glocken von St Mary's. Farmer aus entlegeneren Gegenden der Gemeinde nahten mit ihren Familien im Sonntagsstaat zu einem der drei obligatorischen Kirchenbesuche des Jahres (Ostern und Weihnachten waren die anderen Anlässe); die verbliebenen Angestellten des Herrenhauses fanden sich ebenso ein wie die einstmaligen, die Bernard noch immer ehrerbietig grüßten; und auch die wohlhabenderen Gemeindemitglieder erschienen mitsamt Kindern und Kindeskindern.

Audrey saß neben Angela Thwaite, der Tochter des im Vorjahr ermordeten Archivars, die übers Wochenende angereist war. Neil, der sich wie üblich in seinem Anzug unwohl zu fühlen schien, war in Begleitung von Constable Scott gekommen, der seinen Regimentsblazer trug. Und Miss March, in einer dunkleren Grauschattierung als gewöhnlich gekleidet, hatte sich wie schon in Upper Badsaddle einen abgelegenen Platz gesucht.

Daniel trug bereits seine Soutane, aber noch nicht das vollständige liturgische Gewand für den Gottesdienst, und überprüfte wie immer kurz vorher in der Kanzel, ob alles seine Ordnung hatte: ob das Lektionar an der richtigen Stelle aufgeschlagen und die Hostiendose gut gefüllt war, und ob die notwendigen Damasttücher – das Kelchtuch, die Korporale, das Lavabotuch – bereitlagen.

Dabei spürte er plötzlich eine Veränderung in der Stimmung der Gemeinde – das Murmeln wurde lauter, und er hörte Kleidung rascheln.

Als Daniel aufschaute, sah er, dass Bernard, Honoria und Alex durch den Südeingang gekommen waren, in Begleitung von Hugh und einer jungen Frau. Sie hatte glänzendes schwarzes Haar und bräunliche Haut, und auch aus der Distanz konnte Daniel erkennen, dass sie eine Schönheit war.

Unversehens tauchte seine Mutter neben ihm auf. »*Schau mal,* Daniel!«

»Ja, das muss Miss Giasson sein.«

»Wer?«

»Michelle Giasson, Hughs kanadische Verlobte.«

»Wusstest du, dass sie eine Squaw ist?«, erkundigte sich Audrey.

»Mum! Das ist wirklich unangemessen. Miss Giasson ist kanadische Ureinwohnerin!«

»*Und* künftige Herrin von Champton House? Ich frage mich, was Bernard dazu sagt.«

Selbiger ließ sich nichts anmerken, sondern begrüßte wie üblich Bekannte, und nachdem er Michelle zur Familienbank begleitet hatte, kniete er dort selbst zum Gebet nieder, mit einer Hand theatralisch die Augen überschattend. Hugh blieb sitzen und flüsterte seiner Verlobten etwas zu, die daraufhin vergnügt schmunzelte.

Als Audrey wieder ihren Platz ansteuerte, sah Daniel, wie sie dem neuen Mitglied der Familie de Floures ein übertrieben strahlendes Lächeln zuwarf.

Er zog sich in die Sakristei zurück, um sein Messgewand anzulegen. Dort waren die beiden Ministranten gerade damit beschäftigt, ihre schwarzen Chorhemden mit Gürteln zu raffen, weil sie ihnen noch zu lang waren. Die beiden Jungen würden mit Kerzen dem Kreuzträger Bob Achurch vorausgehen.

Zurück auf der Kanzel stellte Daniel fest, dass der Chor sich mittlerweile auch versammelt hatte, nicht ganz so ordentlich gekleidet und platziert, wie Daniel sich das wünschte, aber das war er bereits gewohnt. Einige Spätankömmlinge zogen sich noch hastig in der Sakristei um, aber da die Kirchenglocke bereits die halbe Stunde schlug, nickte Daniel Jane Thwaite zu, damit sie auf der Orgel das erste Lied anstimmte. Auf dem Hocker hatte sie heute ihre Küchenschürze ausgebreitet, damit sie nach dem Gottesdienst sofort zum Gemeindesaal eilen konnte.

Mit den ersten Klängen verstummten wie immer alle Gespräche, und die Gemeinde erhob sich. Als der Chor zu singen begann, schritten die Ministranten und der Kreuzträger voran. Daniel schloss sich der Prozession an und stimmte mit seinem eigenen Tenor in den Gesang ein, um die wieder einmal etwas zaghaften Männerstimmen zu verstärken.

Nach dem Ende des Gottesdienstes nahm er seine übliche Position am Südportal ein, um den Gemeindemitgliedern die Gelegenheit zu einer persönlichen Ansprache zu geben. Normalerweise eilten dann einige mit einem flüchtigen Gruß vorbei, während andere ihm von Kindern und Enkeln oder nicht selten auch von allerlei körperlichen Malaisen berichteten. Als Landpfarrer, so hatte Daniel schnell bemerkt, war man immer im Bilde über die Behandlung geschwollener Knöchel, Fußpflege und den richtigen Umgang mit Kathetern.

Heute jedoch waren die Abläufe verändert, weil sich die meisten gleich beim Mittagessen wiedersehen würden und weil man hochachtungsvoll der Familie de Floures den Vortritt ließ.

»Guten Morgen, Daniel«, sagte Bernard, als er herauskam. »Vielen Dank für die interessante Predigt. Freut mich, dass die Kirche so voll war. Wir sehen uns gleich beim Mittagessen.« Sein Tonfall war so mechanisch, als spräche er einen auswendig gelernten Text, was sonst nicht seine Art war.

»Hi, Daniel.« Hugh gesellte sich mitsamt dem Rest der Familie zu seinem Vater. »Ich möchte Ihnen meine Verlobte vorstellen, Michelle Giasson.«

»Freut mich, Sie kennenzulernen, Miss Giasson.«

»Nennen Sie mich bitte Michelle. Ich habe schon so viel Gutes über Sie gehört.« Sie runzelte leicht die Stirn. »Wie darf ich Sie ansprechen?«

»Gerne mit Daniel.«

Michelle nickte lächelnd.

»Kommen Sie auch zum Erntedankmittagessen?«, fragte Daniel.

»Ich glaube schon.« Sie sah fragend Hugh an, der nickte.

Alex warf ein: »Wir geleiten Daddy erst mal nach Hause und machen ihm eine Bloody Mary. Können Honoria und ich auch am Essen teilnehmen, Daniel?«

»Gewiss, Sie sind alle herzlich eingeladen, ich müsste nur Jane Bescheid sagen ...«

Wie gerufen tauchte Jane Thwaite auf, ihre Schürze in der Hand. »Fünf Personen vom Herrenhaus, plus Jean Shorely. Das kriegen wir hin!« Sie warf Michelle und Hugh ein strahlendes Lächeln zu und hastete davon.

Bernard sah so gereizt aus wie jemand, der gegen seinen Willen aufgehalten wird, und signalisierte seinen Kindern, dass er aufbrechen wollte. Doch er hatte die Rechnung ohne Audrey gemacht, die als Mutter des Pfarrers den strategischen Vorteil hatte, die Kirche flugs durch die Sakristei verlassen zu können, und nun etwas atemlos auftauchte und Bernard den Weg verstellte.

»Audrey«, begrüßte sie der Lord, was allerdings ziemlich grollend klang.

»Ist es nicht großartig, wie gut der Gottesdienst heute besucht war?«, zwitscherte Audrey und breitete die Arme aus, als wolle sie die Familie segnen. »Guten Morgen, Honoria, Alex – Ihr T-Shirt sieht ja wieder sehr interessant aus. Hugh, wie schön, Sie wiederzusehen! Und ...«

»Das ist Michelle Giasson, meine Verlobte. Audrey … ach, entschuldigen Sie, ich habe Ihren Nachnamen nicht parat …«

»Clement, ich bin die Mutter des Pfarrers. Wir freuen uns alle so sehr, dass Sie hier sind!«

»Danke. Ich freue mich auch, Sie wiederzusehen«, sagte Hugh höflich.

Honoria begann, sich mit Daniel zu unterhalten, während Audrey sich an Michelle wandte. »Was für ein passender Zeitpunkt, dass Sie zum Erntedankfest hier sind! Sie werden unsere Bräuche gewiss sehr kurios finden.«

»Meinen Sie? Wir begehen dieses Fest in meiner Heimat auch«, erwiderte Michelle.

»Ach ja?«

»Sicher, wir danken für die Ernte und die Früchte der Natur, die uns von der Erde geschenkt wurden.«

»Und … halten Sie dabei eine Versammlung ab?«

»Ja, wie Sie bestimmt auch. Erntedank wird immer groß gefeiert, mit besonderen Speisen.«

»Am Lagerfeuer?«

»Wie bitte?«

»Ich meine – versammeln Sie sich am Lagerfeuer?«

Michelle zog die Augenbrauen hoch. »Nein, im Esszimmer.«

Audrey versuchte hastig, ihren Fauxpas zu überspielen. »Ah ja, natürlich, im Esszimmer.«

»Der Brenner – für die Heizung – befindet sich bei uns im Keller. Wir müssen früh heizen, in Kanada kann es im Herbst bereits sehr kalt sein.«

»Genau, ja. Und es gibt Bären.«

»Bären?«

»Plündern die nicht die Mülleimer?«

»In den Städten eher nicht.«

»Verstehe«, sagte Audrey kleinlaut. »Wir haben hier ein ähnliches Problem mit Füchsen.«

Ein Schweigen entstand. Dann fragte Audrey: »Wie lange bleiben Sie denn hier?«

»Nur ein paar Tage.«

»Ich wünsche Ihnen eine wundervolle Zeit. Im Herbst ist Champton am allerschönsten, finde ich.«

Bernard warf ein: »Entschuldigen Sie uns jetzt bitte, Audrey.«

»Oh, selbstverständlich, verzeihen Sie …« Audrey trat hastig zur Seite, und Bernard entfernte sich raschen Schrittes, gefolgt von der Familie, während sich der Kirchhof mit Gemeindemitgliedern füllte, die auffällig unauffällig versuchten, einen Blick auf die künftige Herrin von Champton House zu erhaschen.

Audrey haderte indessen mit ihrer Ungeschicklichkeit und nahm ihren Sohn beiseite.

»Oje, Daniel! Ich habe mich blamiert!«, klagte sie.

»Was ist denn passiert?«

»Ich glaube, ich habe die künftige Herrin von Champton House brüskiert. Sie sprach von einem Erntedankritual in ihrer Heimat, und ich habe gefragt, ob sie sich am Lagerfeuer versammeln. Aber weißt du, das liegt daran, dass ich immer diese Filme sehe, und …«

»Was hat sie denn erwidert?«

»Dass sie sich im Esszimmer treffen.«

»Das ist ja wohl naheliegender als ein Tipi, nicht wahr, Mum?«

»Du musst jetzt nicht auch noch sarkastisch sein, Daniel, das passt gar nicht zu dir«, erwiderte Audrey gekränkt.

Über ihre Schulter sah Daniel, wie Neil sich näherte und ihm bedeutete, dass sie sprechen müssten.

»Entschuldige, Mum, ich habe zu tun.« Er überließ Audrey ihrer Misere und eilte zu Neil, der sagte: »Ich brauche deine Einschätzung bei etwas.«

»Hat das nicht Zeit bis nach dem Mittagessen?«

»Nein, lieber jetzt gleich, falls möglich.«

»Gut, geh du schon mal zum Pfarrhaus rüber, ich komme gleich nach.«

Daniel eilte in die Kirche zurück, wich den letzten Nachzüglern aus und gelangte, ohne aufgehalten zu werden, in die Sakristei, wo er sich rasch seines Messgewands entledigte. Dann hastete er wieder hinaus, bevor Bob Achurch auftauchen und ihn in ein Gespräch verwickeln konnte.

Neil wartete bereits an der Hintertür des Pfarrhauses, während Cosmo in der Küche ein Riesenspektakel veranstaltete.

»Die Tür ist offen«, bemerkte Daniel.

»Ich wollte lieber warten. Um die werdende Mutter nicht zu erschrecken.« Im Studierzimmer erklärte Neil dann: »Es gibt eine neue Entwicklung im Fall von Joshua Biddle.«

»Was denn?«

»Der anonyme Anruf. Von der Person, die die Leiche entdeckt hat. Weißt du, dass wir so etwas inzwischen aufzeichnen können?«

»Die Notrufe?«

»Genau. Ein riesiger Rekorder nimmt alles auf, was bei der Zentrale eingeht. Wurde gerade frisch angeschafft fürs Revier.« Neil warf einen Blick auf Daniels neue Anlage. »Ich sehe, du hast einen Kassettenrekorder. Das passt bestens, ich möchte dir den Anruf nämlich mal vorspielen.«

Bevor Daniel etwas erwidern konnte, hatte Neil auch schon eine Kassette aus einem Umschlag genommen, schob sie in die Anlage und drückte den Play-Knopf.

Die Stimme klang entfernt und rau, war aber verständlich. »Es ist ein Mord passiert … ich hab grade die Leiche gefunden … nein, ich will meinen Namen nicht sagen. Schicken Sie jemanden zu der Kapelle auf dem alten Flugplatz in Upper Badsaddle … nein, ich sag meinen Namen nicht …« Der Anruf brach ab.

»Erkennst du die Stimme?«

Neil sah Daniel erwartungsvoll an, der langsam nickte.

»Ja. Ich glaube, das ist Nathan.«

Nathan Liversedge hatte mit seinem Großvater Edgy auf dem Gelände des Herrenhauses gelebt. Die beiden hatten als Handwerker und Wildhüter für Bernard gearbeitet, bis sie im Vorjahr nach den Morden in Champton spurlos verschwunden waren, obwohl sie nichts damit zu tun gehabt hatten. Doch beide hatten eine dunkle Vergangenheit, und überdies hatte sich zum Erstaunen aller herausgestellt, dass Alex de Floures und Nathan eine Liebesbeziehung begonnen hatten.

»Also *deshalb* warst du bei Alex«, schlussfolgerte Daniel.

Neil sah ihn perplex an. »Woher weißt du das?«

»Wir haben auf dem Rückweg von Manor House deinen Wagen am Pförtnerhaus gesehen.«

Neil wirkte ziemlich unbehaglich, als er sagte: »Ja, ich war da. Ich wollte dir das nicht vorenthalten, Dan …«

»Du brauchst wohl kaum meine Erlaubnis für deine Ermittlungen.«

»Ich weiß, nur …«

»Mach dir keine Gedanken«, sagte Daniel. »Das liefert mir auch eine Erklärung für etwas, das mir keine Ruhe gelassen hatte. Ich habe nämlich letzten Sonntag Alex und Honoria auf deren Wunsch im Pförtnerhaus getroffen und dabei bemerkt, dass der Esstisch für zwei Personen gedeckt war. Zuerst hatte ich angenommen, die beiden wollten zusammen essen, aber dann hat Honoria mich gefragt, ob ich sie zum Herrenhaus fahren könnte. Also erwartete Alex noch einen Gast. Was hat Alex denn gesagt?«

»War gar nicht da«, antwortete Neil. »Ich habe eine Weile gewartet und bin dann unverrichteter Dinge abgezogen. Dachte mir eben, du könntest zuerst mal mit ihm reden. Dir vertraut er.«

»Wer?«

»Nathan. Alex auch. Aber ich muss unbedingt mit Nathan sprechen und will verhindern, dass er wieder verschwindet.«

»Alex wollte gleich bei dem Mittagessen dabei sein«, sagte Daniel.

»Redest du mit ihm?«

»Ich will's versuchen. Aber ob es klappt, kann ich dir natürlich nicht versprechen.«

»Danke. Wollen wir los?«

Daniel überlegte einen Moment. »Geh du lieber vor. Es ist sicher eher ungünstig für unser Vorhaben, wenn wir zusammen auftauchen.«

»Okay, dann bis gleich.«

Als Neil sich zum Gehen wandte, fiel Daniel die Kassette wieder ein. »Warte, vergiss die nicht«, sagte er und nahm sie aus der Anlage. Dabei fiel sein Blick auf den Plattenspieler, und Daniel wurde schlagartig klar, dass Neil gewiss nicht entgangen war, welche Scheibe gerade darauf lag: »Something's Gotten Hold of My Heart«. Daniel hatte sie am Vorabend vor dem Zubettgehen gehört und merkte jetzt, wie ihm die Röte ins Gesicht stieg.

Der Gemeindesaal platzte aus allen Nähten. Drei lange Klapptische waren parallel aufgestellt worden, ein vierter stand am

Ende quer zu den anderen. Dort saßen Bernard, Hugh, Michelle und Honoria. Alex war doch nicht gekommen, was Margaret Porteous ärgerte, deren Sitzordnung damit durcheinandergeriet.

Bernard hieß alle Anwesenden willkommen und bedankte sich bei seinen Bediensteten für ihren fleißigen Einsatz. Es handelte sich zwar nur noch um eine Handvoll Leute. Aber obwohl heutzutage niemand mehr auf dem Anwesen die Sense schwang, um Getreide zu mähen, und es dort auch keine Milchmädchen und Schweinehirten mehr gab, sah Bernard wohl keinen Anlass, die Rede zu ändern, die er seit Jahren hielt – und die vor ihm schon sein Vater und sein Großvater in beinahe gleichem Wortlaut gehalten hatten.

Michelle, die beim Hereinkommen charmant mit etlichen Anwesenden geplaudert hatte und nonchalant über deren bisweilen unbeholfene Bemerkungen hinweggegangen war, saß zwischen Bernard und Daniel, der nach der Rede des Lords ein Dankgebet sprach. Danach begannen die freiwilligen Helferinnen, die Servierwagen durch die Reihen zu schieben und die mit Rinderragout, Kartoffelpüree und Gemüseallerlei beladenen Teller zu verteilen. Zu trinken gab es Cider, der allerdings nicht mehr vom Anwesen stammte, sondern in Herefordshire hergestellt wurde, und Limonade für alle, die sich auch vom geringen Alkoholgehalt des Cider fernhalten wollten.

Als sämtliche Gäste ihr Essen bekommen hatten und man zu speisen begann, sagte Daniel zu Michelle: »Ich freue mich sehr, Sie kennenzulernen. Und kann nur hoffen, dass Sie es gut ertragen können, Gegenstand von so viel Neugierde zu sein.«

»Kein Problem«, erwiderte Michelle unbekümmert. »Hugh hatte mich schon ausgiebig darauf vorbereitet. Es kommt ja wohl auch nicht so häufig vor, dass das Anwesen eine neue Herrin bekommt.«

»Nun ja, Ihr Schwiegervater war dreimal verheiratet …«

»Bisher«, bemerkte Michelle.

Daniel lächelte. »Genau. Und ich hoffe auch sehr, dass Sie sich nicht zu viele unangemessene Bemerkungen anhören mussten.«

»Na ja, ich fürchte, manche Leute hier vermuten, dass ich zu Hause einen Federkopfputz und einen Tomahawk habe. Oder meine Mahlzeiten am Lagerfeuer einnehme.«

Als Daniel sich betreten räusperte, fügte Michelle hinzu: »Aber wissen Sie, die Leute hier sind vermutlich noch nie Menschen wie mir begegnet.« Sie zuckte mit den Schultern. »Irgendwann werden sie verstehen, dass mein Leben ganz anders ist als in ihrer Vorstellung.«

Der Raum war von lebhaftem Gelächter und Gesprächen erfüllt, während die Bewohner von Champton sich das Erntedankmahl schmecken ließen. Vom Tisch der Familie de Floures abgesehen, saßen alle anderen bunt gemischt durcheinander, ungeachtet ihrer Herkunft oder ihres sozialen Status. Neil war zwischen Bob Achurch, dem Küster, und Dot Staveley, der Gattin des Ratsherrn Norman Staveley, gelandet. Miss Marchs Tischnachbarn waren der hochbetagte Gilbert Drage, der Manieren wie aus der Steinzeit hatte, und Christian Staniland, der in etwa so gesprächig war wie ein Mitglied eines Schweigeordens.

Rechts neben Daniel saß Margaret Porteous, die aufgrund ihres Amtes als Kirchenvorsteherin Anspruch auf einen Platz am Ehrentisch erheben konnte. Nach dem Mord an Anthony Bowness im Vorjahr hatte man Margaret diesen Posten angeboten, den sie insgeheim schon lange begehrt hatte – nicht nur wegen des Prestiges, sondern weil er ihr auch Gelegenheit gab, häufiger in Champton House zu verkehren. Anfänglich hatte sie

Bernard jede Woche aufgesucht, um liturgische Belange, das Inventar der Kirchengemeinde oder Grundstücksfragen aus grauer Vorzeit mit ihm zu erörtern – bis Bernard eines Tages geknurrt hatte, sofern nicht eine Horde Aufständischer die Kirche niederbrennen wolle, sollte sie ihn doch bitte mit derlei Themen verschonen.

Auch heute wirkte der Lord alles andere als gut gelaunt. Er saß zwischen Michelle und Hugh und verteilte seine Aufmerksamkeit höflich zwischen beiden. Doch Daniel spürte, dass die Atmosphäre angespannt war.

Margaret Porteous beugte sich vertraulich zu Daniel und raunte: »Reverend, meinen Sie nicht auch, ich sollte Miss Giasson im Namen der Gemeinde offiziell begrüßen?«

Daniel fürchtete ein weiteres Fettnäpfchen. »Ich denke, es wäre besser, man bewahrt vorerst die informelle Ebene. Bis es eine offizielle Äußerung seitens des Lords gibt«, sagte er deshalb.

»Nun ja, aber sie ist schließlich zum ersten Mal hier. Es wäre doch unhöflich von der Gemeinde, nicht darauf zu reagieren, oder?«

Die Angelegenheit konnte nicht weiter erörtert werden, weil jetzt das Dessert serviert wurde, Audreys üppig in Vanillesoße getränkter Pfarrhauskuchen, der allen so vorzüglich zu munden schien, dass die Gesprächsintensität merklich nachließ. Anschließend wurden Kaffee und Tee gereicht, in dem klassischen grünen Geschirr aus den Vierzigerjahren, das ebenso zu ländlichen englischen Pfarrgemeinden zu gehören schien wie Betkissen und Klatsch und Tratsch.

Eine der Tassen klirrte, als Margaret mit dem Teelöffel daran klopfte und sich gleichzeitig erhob.

»Ich danke Ihnen allen«, sprach sie und machte dabei eine Kopfbewegung, die wohl anmutig wirken sollte, aber aussah, als habe sie einen steifen Nacken. »In meiner Funktion als Kirchenvorsteherin von St Mary's möchte ich im Namen der gesamten Gemeinde Champton Miss Giasson sehr herzlich willkommen heißen.« Beifälliges Gemurmel war zu vernehmen, Bernard jedoch runzelte die Stirn. »Miss Giasson …«

»Nennen Sie mich gerne Michelle«, warf die junge Frau ein.

»Miss Giasson«, fuhr Margaret unbeirrt fort, »Sie haben die weite Reise aus einem fernen Land mit vielen Wäldern, Seen, Bergen und Prärien unternommen, um mit uns hier in unserem geliebten Champton am Erntedankfest teilzunehmen. Und wir hoffen, Sie vergessen bei der Rückkehr in Ihr stolzes Heimatland nicht, dass wir alle, so unterschiedlich unsere Gebräuche und unsere Abstammungen auch sind, vereint sind, denn wir alle sind ungeachtet unserer Hautfarbe Kinder Gottes …«

In diesem Moment erhob sich Bernard de Floures und verkündete schroff: »Danke, Mrs Porteous. Der Herr Pfarrer wird jetzt ein Erntedankgebet sprechen.«

Zum zweiten Mal an diesem Tag stand Daniel an einer Tür, um Gäste zu verabschieden und bei Bedarf ein Wort mit ihnen zu wechseln. Bernard hatte bereits mit der Familie das Weite gesucht, und Daniel ahnte, dass er dem Lord später mit Rat und Trost zur Seite stehen sollte. Er wirkte noch verdrossener und launischer als gewöhnlich, was zweifellos mit der künftigen Schwiegertochter zu tun hatte. Michelle hatte allerdings sämtliche noch so ungeschickten Bemerkungen und Fragen der Dorfgemeinde souverän ertragen und gewiss den Eindruck hinterlassen, dass sie die Rolle der Herrin von Champton House spielend bewältigen würde.

Nachdem die meisten gegangen waren, absolvierte Daniel mit Schürze über der Soutane einen kurzen Spüldienst in der

Küche und machte sich anschließend auf den Weg zum Pförtnerhaus. Als er sich näherte, sah er aus dem Kamin eine Rauchsäule aufsteigen. Neben dem fein säuberlich aufgeschichteten Brennholzstapel standen zwei Paar Gummistiefel.

Daniel klopfte an die Tür. Als sich auch beim zweiten Klopfen nichts regte, betrat er das Haus unaufgefordert, was er normalerweise nicht getan hätte. Im Flur stolperte er über etwas und veranstaltete damit genug Lärm, um seine Anwesenheit anzukündigen.

Als er ins Wohnzimmer trat, erblickte er Alex und Nathan eng umschlungen auf dem Sofa. Nathan sprang hastig auf und lief rot an.

»Wieso klopfen Sie nicht?«, fragte Alex ärgerlich.

»Das habe ich getan.«

»Und wenn niemand antwortet, deuten Sie das als Erlaubnis zum Reinkommen, oder wie?«

»Für gewöhnlich nicht, Alex«, erwiderte Daniel. »Aber ich muss mit Ihnen beiden reden.«

»Ich wollte ohnehin zu Ihnen kommen, Reverend«, sagte Nathan.

»Das habe ich vermutet, Nathan. Ich freue mich, Sie wiederzusehen. Sie haben auch nichts zu befürchten, aber es gibt etwas, das Sie wissen müssen.«

Nathan setzte sich wieder, und Alex wies auf den Sessel gegenüber dem Sofa.

»Danke.« Daniel ließ sich nieder. »Nathan, wir wissen, dass Sie der anonyme Anrufer waren, der auf die Leiche in der Kapelle hingewiesen hat.«

Nathan wollte etwas sagen, aber Alex hielt die Hand hoch.

»Wer ist ›wir‹?«, fragte Alex streng. »Und woher wissen Sie das?«

»Von der Polizei.«

»Von Neil Vanloo, meinen Sie?«

»Ja.«

»Der taucht ja in unserer kuriosen kleinen Welt mittlerweile recht häufig auf. Man könnte den Eindruck gewinnen, er ist aus privaten Gründen hier«, bemerkte Alex mit bedeutsamem Unterton.

Daniel ging nicht darauf ein, sondern fuhr fort: »Jedenfalls wissen wir …«

»Spielen Sie jetzt den Pater Brown aus den Krimis?«, unterbrach ihn Alex.

»Wir wissen es«, sprach Daniel unbeirrt weiter, »weil Notrufe inzwischen aufgezeichnet werden und Ihre Stimme bei dieser Aufnahme deutlich zu erkennen ist, Nathan.«

»Also habe ich doch was zu befürchten …«

»Nein. Sie haben alles richtig gemacht, werden aber einige Fragen beantworten müssen.«

Daniel wusste, dass Nathan aufgrund seiner zwielichtigen Vergangenheit sofort wieder verschwinden würde, sobald ihm ein Aufenthalt im Polizeirevier drohte, und wenn auch nur für eine Vernehmung. Dass er zurückkommen würde, hatte Daniel allerdings vermutet, seit ihm klar geworden war, dass es sich bei der Beziehung der beiden jungen Männer nicht nur um eine flüchtige Liebschaft, sondern um echte Liebe handelte. Deshalb wollte er auf jeden Fall feinfühlig vorgehen.

»Es geht nicht um Ihre Vergangenheit, Nathan, sondern einzig und allein um die Aufklärung des Mordes an Joshua Biddle. Sie müssten nur mit DS Vanloo reden, und ich könnte arrangieren, dass …«

»Und was dann?«, fiel Alex ihm ins Wort. »Wie können Sie uns denn garantieren, dass das nicht ausufert? Wir wissen doch aus Erfahrung, was bei einer Mordermittlung alles passieren kann. Und Sie wissen auch genau, welchen Vorurteilen Nathan ausgeliefert ist. Sein Großvater hat nicht gerade einen guten Leumund mit seiner kriminellen Vergangenheit.«

Es stimmte, dass der junge Mann bei den Ermittlungen im vergangenen Jahr vorschnell verdächtigt worden war, und Daniel musste eingestehen, dass seine Herkunft dabei eine Rolle gespielt hatte.

»Nathans Informationen sind aber wichtig für die Aufklärung des Falls. Danach wird man ihn in Ruhe lassen. Ich bitte DS Vanloo, mit Ihnen alleine zu sprechen, Nathan, ist Ihnen das recht? Und es muss ja nicht auf dem Revier sein.«

Der junge Mann nickte.

»Könnten Sie nach der Abendandacht zu mir ins Pfarrhaus kommen? Um sieben? Dann sorge ich dafür, dass DS Vanloo auch da ist und Sie sich ungestört unterhalten können.«

»Ja, okay.«

»Ich bringe ihn hin«, erklärte Alex und geleitete Daniel zur Tür. »Wussten Sie, dass Nathan hier ist?«

»Ich habe es vermutet«, antwortete Daniel.

»Aber wieso denn?«

»Am letzten Sonntag war der Tisch hier für zwei gedeckt, aber Honoria ist mit mir zusammen aufgebrochen. Und dann der Brennholzstapel vor der Tür. Nur Nathan schichtet ihn so auf.«

»Das ist nun aber wirklich Pater Brown«, bemerkte Alex.

»Und außerdem, wenn ich das mal so sagen darf«, fügte Daniel hinzu, »weil Liebe die große Macht hat, stärker zu sein als Angst.«

»Liebe?«, knurrte Bernard später. »Wir sind hier doch nicht bei Romeo und Julia!«

Daniel und er hielten sich in Bernards Studierzimmer auf, dem charmantesten Raum von Champton House. Hier pflegte der Lord sich zu verkriechen, wenn er das Gefühl hatte, dass die gesamte Welt gegen ihn war. Jetzt saß er in einem Sessel am Kamin, in dem Mrs Shorely Feuer gemacht hatte, und streichelte die Katze Jove auf seinem Schoß. Beim Hereinkommen hatte er Daniel nur einsilbig gegrüßt und nicht einmal einen Drink angeboten, obwohl er selbst mindestens beim zweiten Glas Brandy angelangt war.

»Den Vergleich empfinde ich hier nicht sehr passend, wenn ich das mal so sagen darf«, bemerkte Daniel.

Bernard seufzte. »Ich habe nichts gegen Michelle persönlich, Daniel. Aber eine wie sie ist doch nicht akzeptabel für die gesellschaftliche Rolle einer Lady de Floures.«

»Ich verstehe natürlich, dass Sie die Zukunft der Familie und des Anwesens im Auge haben müssen, Bernard. Aber Michelle hat heute doch wirklich Stil und Eleganz bewiesen und wäre auch nicht die erste Ausländerin, die in die Familie einheiratet, wenn ich recht im Bilde bin.«

»Meine dritte Frau, meinen Sie? Kommt aus einer italienischen Adelsfamilie. Meine Großmutter? Eine Eisenbahnerbin aus Baltimore, millionenschwer. Das können Sie nun wirklich nicht vergleichen, Daniel.«

»Nun«, beharrte Daniel, »sie haben gelernt, ihre Rolle perfekt zu erfüllen.«

»Ja, aber sie waren bereits mit Reichtum und Status und den damit einhergehenden Verpflichtungen aufgewachsen«, erwiderte Bernard hitzig. »Ich möchte gar nicht darüber nachdenken, was Michelles Großmutter gemacht hat …«

Daniel wartete einen Moment ab, bis sich Bernards Zorn etwas gelegt hatte. »Was wünschen Sie sich denn für Hugh?«

Bernard nahm einen großen Schluck Brandy. »Eine Frau mit passendem sozialen Hintergrund, die ihn bei der Erfüllung seiner künftigen Aufgaben anleiten und unterstützen kann. Die sind wirklich nicht einfach, verstehen Sie, dafür braucht man Erfahrung, Urteilsvermögen und Fingerspitzengefühl.«

»Und wer könnte so etwas bieten?«, hakte Daniel nach.

»Ach, irgendeine Tochter aus dem Landadel würde mir schon völlig reichen … was weiß denn ich …« Wütend kippte sich Bernard den Rest des Brandys hinter die Binde.

Daniel spürte, dass der Hausherr in die trübe Stimmung geriet, in die er seit geraumer Zeit öfter verfiel, wenn er die Zukunft des Anwesens, des Adelstitels und der Traditionen seiner Familie gefährdet sah. Besonders übellaunig war er an den Tagen, an denen er das gesamte Anwesen der Öffentlichkeit zugänglich machen musste, um Geld einzunehmen. Und mit einem Sohn, der sich gerne wie ein exaltierter Künstler benahm und einen jungen Mann aus zweifelhaften Verhältnissen liebte, einer Tochter, die lieber in London lebte und arbeitete, und dem Erben, der kein wahres Interesse an seinem Vermächtnis aufbrachte und sich eine ganz und gar nicht traditionelle Braut gesucht hatte, standen die Chancen für den Erwerb von Finanzmitteln durch Heirat miserabel.

»Was halten Sie denn von Michelle als Mensch?«, fragte Daniel schließlich vorsichtig.

»Von ihr als Person? Da habe ich nicht das Geringste einzuwenden. Sie ist klug, charmant, formvollendet und auch noch wunderschön. Aber das spielt keine Rolle.«

»Für Hughs Glück spielt das aber sehr wohl eine Rolle«, insistierte Daniel.

Bernard stieß einen tiefen Seufzer aus. »Um Himmels willen, Daniel. Waren Sie jemals verliebt?«

Daniel errötete leicht und blieb stumm.

»Dachte ich mir. Obwohl ja auch Geistliche Gefühle haben, vermute ich. Jedenfalls … man kann ein Orchester lieben, eine blühende Rose, eine Leibspeise. Aber Liebe tut wahrlich nichts zur Sache, wenn es darum geht, dieses Anwesen zu verwalten und der Adelsfamilie de Floures anzugehören. Ich frage mich ohnehin seit jeher, warum Pfarrer sich über Ehefragen und Erbangelegenheiten äußern. Dafür sind Sie doch gar nicht qualifiziert!«

Daniel blinzelte. »Eben genau aus dem Grund, weil wir nicht daran beteiligt sind. Wir verfügen über die notwendige Distanz.«

»Aber nicht über Erfahrung«, widersprach Bernard.

»Das mag sein, aber gerade, weil ich nicht Ihrer Welt angehöre, kann ich sie mit anderem Blick betrachten, Bernard. Die gesamte Welt wandelt sich, und damit auch die Ihre. Denken Sie nur daran, wie sich das Leben auf dem Anwesen bereits seit Ihrer Kindheit verändert hat. Oder seit Ihr Großvater seine amerikanische Braut aus Baltimore hierherbrachte. Vielleicht verfügen Hugh und Michelle genau über die richtigen Eigenschaften, um künftige Veränderungen gut zu bewältigen.«

Bernard schnaubte. »Ach was, Wandel. Den gibt's beim Adel nicht. Das ist die erste Regel, die man lernt, wenn man in so eine Familie hineingeboren wird.«

»Sie irren sich. Schauen Sie doch nur, was sich politisch gerade überall auf der Welt ereignet – in Ungarn, Ostdeutschland, Rumänien. Alte Regimes werden gestürzt.«

»Es kann aber auch genauso gut sein, dass die alten Ordnungen im Nu wiederhergestellt werden.«

»Das können wir nicht vorhersehen. Verändert werden sie aber auf jeden Fall sein«, sagte Daniel.

Bernard gab eine Art grollenden Stoßseufzer von sich und stand auf, um sich den nächsten Brandy einzugießen. Jove, von seinem Schoß vertrieben, miaute beleidigt und stolzierte von dannen.

Vor dem Pfarrhaus war Daniel gerade aus dem Land Rover gestiegen, als seine Mutter oben das Schlafzimmerfenster aufriss und schrie: »Komm sofort hoch!« Dann war sie wieder verschwunden.

Daniel wunderte sich nicht nur über die Dringlichkeit, sondern vor allem darüber, dass er sich im Schlafzimmer seiner Mutter einfinden sollte. Das war ihr heiliger Rückzugsort, den niemand außer ihr betreten durfte. Daniel konnte sich nicht einmal mehr erinnern, wann er sich zuletzt darin aufgehalten hatte – vermutlich, als seine Mutter eine Gürtelrose bekommen hatte, nachdem sie sich bei den Vorbereitungen für ein großes Wohltätigkeitsfest vollkommen verausgabt hatte.

Deshalb eilte er nun alarmiert ins Haus und hastete die Treppe hinauf, allerdings ohne zwei Stufen auf einmal zu nehmen, denn während seines Studiums hatte man ihm eingeschärft: »Ein Pfarrer rennt niemals!« Dennoch war er außer Atem, als er zu Audreys Schlafzimmer kam, wo Cosmo vor der Tür lag und seine Schnauze in den Spalt darunter drückte. Daniel klopfte an.

Als er von innen »Komm rein, schnell!« hörte, schob er mit dem Fuß Cosmo zur Seite, um ihn zurückzuhalten, und betrat das Zimmer.

Audrey kniete inmitten eines Bergs aus Kissen, Decken und Handtüchern, den sie in einem der Kartons aus Manor House als Wurfkiste eingerichtet hatte.

»Die Babys kommen!«, verkündete sie aufgeregt.

»Ach, du meine Güte!«, rief Daniel aus. »Soll ich die Tierärztin anrufen?«

»Quatsch! Lass der Natur ihren Lauf, die weiß schon, was sie tut.«

»Kann ich irgendwie helfen?«

»Ja, du kannst mir eine Tasse Tee kochen.«

»Darf ich Hilda kurz sehen?« Daniel kniete sich neben seine Mutter und streichelte behutsam die Hündin, die reglos auf der Seite lag. »Meine Kleine«, murmelte Daniel. »Du schaffst das.« Hilda rührte sich ein wenig, und plötzlich spürte Daniel eine heftige Bewegung in ihrem Bauch. »Mum! Da passiert etwas!«

»Natürlich, sie kommen doch gleich raus. Jetzt mach mir den Tee!«

Daniel war so aufgeregt, dass er in der Küche vergaß, Wasser in den Kessel zu füllen, bevor er ihn auf die Kochplatte stellte. Nachdem er sich zur Ordnung gerufen hatte, schaffte er es, sich so weit zu konzentrieren, dass es ihm gelang, zwei Becher starken Tee zuzubereiten und ein paar nahrhafte Kekse für die Hebamme aus der Dose zu nehmen, die ihn seit seiner Kindheit begleitete. Dabei erfasste ihn angesichts der Entstehung neuen Lebens so heftige Rührung, dass ihm Tränen in die Augen traten, und er musste erneut um Fassung ringen.

Im Schlafzimmer war es heiß und stickig, als er zurückkam, weil Audrey den klobigen Gasheizer aus dem Gästezimmer herübergerollt hatte, in dem Theo immer schlief, wenn er zu Besuch kam. Audrey selbst schien auch Hitze auszustrahlen; ihr Gesicht war gerötet vor Aufregung, ihre Augen leuchteten, und bei jeder Wehe von Hilda gab sie einen sonderbaren Laut von sich, der sich wie ein unterdrücktes Wiehern anhörte.

»Schau, Daniel«, sagte sie und deutete auf Hildas Hinterteil, aus dem etwas Rotes, Geschwollenes herauszuquellen schien.

»Was ist das?«, fragte Daniel ängstlich.

»Na, Hildas Geschlechtsorgan. Was dachtest du denn, der Erzengel Gabriel?«

»Ist das normal? Sollten wir nicht doch lieber jemanden holen?«

»Nein, das ist alles ganz normal. Und ich denke, wir werden in Kürze drei kleine Dackel bekommen«, antwortete seine Mutter.

»Was sollen wir denn mit denen machen?«

»Na, was wohl? Behalten natürlich.«

»Mum, das können wir doch nicht …«

»Papperlapapp, Daniel, wenn man schon zwei hat, kommt es auf drei weitere auch nicht an«, entgegnete Audrey unbekümmert.

»Aber das kostet doch …«

»Darum kümmere ich mich schon.«

»Wie meinst du das?«, fragte Daniel verwundert.

»Das tut jetzt nichts zur Sache … da, schau!«

Hilda rappelte sich auf alle viere und hob ihren Schwanz. Ein winziger Kopf mit platt gedrückter Schnauze und geschlossenen Augen erschien, bedeckt mit einer Flüssigkeit, die Hilda abzulecken begann. Dann kam der Rest des kleinen Wesens zum Vorschein, das mit nassem dunklem Fell bedeckt war. Es purzelte auf das Handtuch, und als Hilda das Hündchen ableckte, gab es ein kleines Quietschen von sich. Hilda leckte fleißig weiter und schob das Hündchen dann mit der Schnauze zu den Zitzen, wo es sich auch prompt festsaugte und zu nuckeln begann.

»Grundgütiger!«, rief Daniel überwältigt aus.

Audrey richtete sich auf und verkündete stolz: »Wir sind Großeltern.«

Vierzig Minuten später schien sich das nächste Dackelbaby anzukündigen, aber die Glocke für die Abendandacht läutete schon, und Daniel musste in die Kirche eilen.

»Schick jemanden zu mir, wenn du mich brauchst, Mum«, rief er beim Hinausgehen.

»Wen denn, die Zofe? Den Butler? Den Wildhüter? Mach es einfach kurz, und komm schnell wieder!«

Während Daniel zur Kirche hastete, dachte er an Siegfried, einen schwarzbraunen Dackel, der einem Freund von Theo gehörte und Vater von Hildas Nachwuchs sein musste. Damit Daniel seine Mutter ungestört zum Begräbnis einer Cousine in Schottland begleiten konnte, hatte Theo die Hunde gehütet und seinen Freund mit dessen Dackel ins Pfarrhaus eingeladen. Und in einem unbeobachteten Moment musste Siegfried sich wohl mit Hilda gepaart haben.

Als Daniel nach der Abendandacht – bei der er sich kaum konzentrieren konnte und beinahe selbst um Gottes Beistand bitten musste – zum Ort des Geschehens zurückkehrte, stand die Geburt des dritten Welpen kurz bevor. Daniel bewunderte Hildas Geduld und Ruhe, sie schien diesen doch sicher enorm mühevollen Vorgang mit unerschütterlicher Gelassenheit durchzustehen.

Plötzlich klingelte es an der Haustür, und Audrey sprang auf wie von der Tarantel gestochen.

»Wer mag das denn nun sein?«, rief sie, während sie das Fenster aufriss.

»Hier ist Alex«, war von unten zu hören. »Mit Nathan.«

»Ich bin voller Blut und Mutterkuchen!«

»Ähm … wie bitte?«

»Sie müssen ein andermal wiederkommen!«

Daniel schaute aus dem Fenster. »Warten Sie, Alex, ich

komme gleich runter … Mum, das ist wichtig, ich muss mich kümmern.«

»Hat er gerade Nathan gesagt? Ist das Nathan Liversedge?«, fragte Audrey.

»Ja.«

»Oh, sieh an! Der Verschollene kehrt zurück. Ja, gut, nimm dich der beiden an, ich komme alleine zurecht hier.«

Daniel war bereits am Fuß der Treppe angelangt, als Audrey von oben seinen Namen schrie. Er eilte wieder nach oben und stürzte ins Schlafzimmer, wo Audrey sich gerade die Hände mit einem Tuch säuberte und erklärte: »Frag Nathan, ob er die losen Dachschindeln ausbessern, das Gartentor reparieren und die Fensterrahmen streichen kann.«

»Also, Mum, das ist jetzt wirklich nicht der richtige Zeitpunkt.«

»Wir bezahlen ihn auch dafür.«

»Das Geld haben wir nicht«, wandte Daniel ein, »und außerdem ist Nathan hier, weil er der Polizei helfen muss – nicht, um Reparaturen zu erledigen.«

Er eilte wieder hinaus, um nun endlich die Haustür zu öffnen. Dabei fiel ihm auf, dass Cosmo nicht bellte und auch nicht hinter ihm herlief, wie er es sonst getan hätte, sondern an der Schlafzimmertür blieb, als wolle er dort Wache halten.

Daniel bat die beiden Männer herein, und als sie das Studierzimmer betraten, bemerkte Nathan nach einem Blick auf die Fenster: »Die Rahmen müssten dringend mal gestrichen werden.«

»Das hat meine Mutter auch gerade gesagt.«

»Wie geht es Mrs Clement?«, erkundigte sich Nathan.

»Gut«, antwortete Daniel. »Sie ist gerade als Hebamme tätig.«

»Als was?«, fragte Alex verblüfft.

»Hilda bekommt Junge. Unsere Hündin.«

»Oh! Und ist alles in Ordnung?«, fragte Nathan. »Kann ich helfen?«

»Danke, das ist nett. Aber meine Mutter ist ganz in ihrem Element und hat alles im Griff. Wie geht es Ihnen, Nathan? Nehmen Sie doch bitte Platz.«

Die beiden Besucher ließen sich auf dem Tränensofa nieder. Dabei strahlten sie eine Vertrautheit aus, die Daniel vermuten ließ, dass sie sich nicht erst vor Kurzem wiederbegegnet waren, sondern sich regelmäßig irgendwo außerhalb von Champton getroffen hatten, vielleicht während des gesamten Jahrs seit Nathans Verschwinden.

Nathan warf Alex einen kurzen Blick zu und sagte dann: »Okay, Reverend … ich bin nach Champton zurückgekommen, weil ich Alex treffen wollte. Wollte das aber geheim halten.«

»Wie geht es denn Ihrem Großvater?«, fragte Daniel.

»Gut so weit. Nur die Arthritis macht ihm zu schaffen. Er lebt jetzt bei Verwandten in Essex.«

»Weiß Edgy, dass Sie hier sind?«

»Als ich es ihm gesagt hab, hat er sich mordsmäßig aufgeregt und gesagt, das würde bestimmt Ärger geben. Ich hab mich aber nicht drum gekümmert.«

»Und was haben Sie hier gemacht?«

»War die meiste Zeit bei Alex. Und bin bisschen in der Gegend rumgestreift, an Orten, wo ich mich früher öfter rumgetrieben hab. Auch auf dem Flugplatz. Und da hab ich dann den Toten gefunden.«

»Nathan hat wirklich Pech, oder, Daniel?«, warf Alex ein. »Letztes Jahr hat er ein Mordopfer entdeckt, dieses Jahr wieder eines. Die Leute werden sich das Maul zerreißen.«

»Möchten Sie beide etwas trinken?«, fragte Daniel, der sich an seine Gastgeberpflichten erinnerte.

»Sehr gern«, sagte Alex. »Was gäbe es denn?«

»An Alkoholischem Wein, Whisky und Noilly Prat.«

»Ich würde im Traum nicht daran denken, die Wermutvorräte Ihrer Mutter zu plündern, Daniel. Haben Sie zufällig einen Weißwein offen?«

»Offen nicht, aber ich kann einen aufmachen. Und Sie, Nathan? Ein Bier könnte ich vielleicht auch noch auftreiben.«

»Ich nehme auch gern einen Weißwein.«

Daniel holte den Wein und drei Gläser aus der Küche. Als er ins Zimmer zurückkam, stand Alex neben dem Schreibtisch und hielt die Kameebrosche von Mrs Hawkins ins Licht.

»Das ist ja ein außergewöhnliches Schmuckstück«, bemerkte er.

»Ja, nicht wahr? Sie gehörte Mrs Hawkins von Manor House in Upper Badsaddle.«

»Was für ein schönes Geschenk.«

»Nein, es ist kein Geschenk«, erwiderte Daniel. »Ich bin ihr Testamentsvollstrecker und verwahre die Brosche lediglich.«

»Die Brosche würde Ihrer Mutter bestimmt gut stehen.«

»Das denkt sie vermutlich auch«, bemerkte Daniel trocken.

Alex beäugte eingehend die Figur auf der Brosche. »Das ist Hermes, der geflügelte Götterbote. Frühes 19. Jahrhundert, italienisch. Wir haben etliche solcher Broschen in Champton House, aber die hier ist tatsächlich etwas ganz Besonderes. War Mrs Hawkins Sammlerin?«

»Darüber weiß meine Mutter besser Bescheid als ich.«

»Vielleicht war Mrs Hawkins Juwelendiebin?«, spekulierte Alex weiter. »Und hat die Brosche bei uns gestohlen? Kam nachts übers Dach, mit schwarzer Sturmhaube und Catsuit ...«

Daniel reichte beiden Männern ein Glas. »Ich glaube nicht, dass Muriel Hawkins jemals so sportlich war.«

»Aber das hätte niemand bemerkt«, wandte Alex ein, offenbar nicht bereit, seine Fantasie aufzugeben.

Nathan trank einen Schluck. »Der ist lecker, der Wein.«

Ein kurzes Schweigen trat ein, dann fragte Alex: »Was will die Polizei denn wissen?«

»Es geht um den Fund der Leiche«, antwortete Daniel. »Wann, wie, warum – das Übliche. Aber Sie müssen sich keine Sorgen machen wegen letztem Jahr, Nathan, da besteht ja keinerlei Zusammenhang.«

»Mein Opa hat gesagt, wir könnten nicht mehr zurückkommen, weil man uns immer wegen irgendwas verdächtigen würde.«

»Sie sind aber nicht Ihr Großvater, Nathan. Ich kann Ihnen versichern, dass die Polizei wirklich nur an diesem Fall interessiert ist, an nichts anderem.«

»Haben Sie das mit Ihrem netten Polizisten abgesprochen, Daniel?«, fragte Alex.

»Wenn Sie damit DS Vanloo meinen ...«

»Oh ja, tue ich.« Alex lächelte bedeutungsvoll.

»Ich treffe keine Absprachen dieser Art«, betonte Daniel. »Aber er hat mir das zugesichert. Überlegen Sie doch mal selbst, Alex – was hat hier Priorität? Den Mörder von Joshua Biddle zu finden natürlich. Die Morde letztes Jahr sind doch aufgeklärt worden.«

»Sie sind sehr vertrauensvoll, Daniel«, murmelte Alex.

Von oben war jetzt ein Schrei zu vernehmen. »Hilfe! Zu Hilfe!«

Daniel lief hinaus und hörte Audrey rufen: »Komm schnell! Das Dritte ist da, aber es atmet nicht!«

Nathan drängte sich an Daniel vorbei und rannte zwei Stufen auf einmal nehmend die Treppe hinauf. »Wo sind Sie, Mrs Clement?«

Audrey deutete zum Schlafzimmer. »Da drin. Können Sie helfen?«

Nathan stürzte hinein, gefolgt von den anderen. Er nahm das in ein Handtuch gewickelte Hündchen vorsichtig in seine großen Hände und reinigte die Schnauze von Schleim. Dann rieb er es kräftig ab und überprüfte seine Atmung, die sich aber nicht einstellte. Daraufhin legte Nathan das winzige Tier auf eine Hand, legte die andere fest darüber und hob es hoch über seinen Kopf. Es sah aus, als wolle er den Welpen auf den Boden werfen.

»Nein!«, schrie Daniel, aber Nathan schwang mit aller Kraft seine Arme nach unten, mehrmals hintereinander. Nach dem dritten Mal war ein leises Wimmern zu vernehmen. Die Wucht der Bewegung hatte die Lunge von Schleim befreit. Das Hündchen begann, sich zu regen, und wimmerte erneut, und Nathan legte es mit rührender Behutsamkeit in die Wurfkiste. Hilda schob es mit der Schnauze an ihre Zitzen, wo das Kleine wie seine Geschwister zu saugen begann. Cosmo, dem es in dem Durcheinander gelungen war, sich Zutritt zum Schlafzimmer zu verschaffen, spähte über den Rand der Kiste, was Daniel unwillkürlich an Joseph an der Krippe in Bethlehem erinnerte.

»Nathan, Sie sind ein Held!«, rief Audrey erleichtert aus.

»Na, so macht man das halt, wenn sie nicht atmen.«

»Aber sollten wir nicht doch noch die Ärztin holen?«, gab Daniel zu bedenken.

»Nicht nötig«, antwortete seine Mutter. »Wenn sie erst einmal atmen und säugen, ist alles in Ordnung. Vielen Dank, Nathan! Sie haben uns wirklich sehr gefehlt.«

Es klingelte erneut an der Haustür.

»Das wird Neil sein«, sagte Daniel. Er ging zur Treppe und rief nach unten: »Komm rein, wir sind gleich bei dir.«

»Na dann«, sagte Alex und fasste Nathan an der Schulter, aber der konnte sich offenbar nicht vom Anblick der zappelnden Welpen in der Kiste lösen.

»Sind das alle, Mrs Clement?«, fragte er.

»Ich glaube schon, ja.«

Alex spähte auch in die Kiste. »Man könnte sie nach den Rheintöchtern benennen, Daniel ist doch so ein Wagnerfan«, schlug er vor.

»Der Letzte ist aber ein Junge«, erwiderte Audrey. »Ich finde, er sollte Nathan heißen, nach seinem Lebensretter.«

Es klopfte an der Schlafzimmertür, dann kam Neil, ohne abzuwarten, herein, gefolgt von zwei uniformierten Polizisten.

»Nathan Liversedge«, sagte er ohne Vorrede. »Ich verhafte Sie wegen des Verdachts des Mordes an Joshua Biddle. Sie haben das Recht, zu schweigen. Alles, was Sie sagen, kann und wird vor Gericht gegen Sie verwendet werden.«

Einen Moment lang war es vollkommen still, nur das leise Schmatzen der säugenden Welpen war zu hören.

Dann sagte Alex: »Sie haben es *versprochen*, Daniel!«

Neil fuhr ungerührt fort: »Alexander de Floures, ich verhafte Sie ebenfalls wegen des Verdachts des Mordes an Joshua Biddle. Sie haben das Recht, zu schweigen. Alles, was Sie sagen, kann und wird vor Gericht gegen Sie verwendet werden.«

»Was, *mich*? Sie verhaften *mich*?«

»In meinem *Schlafzimmer*?«, rief Audrey empört aus.

Später beschloss Audrey, in der Nähe von Hilda und ihren Kindern zu bleiben, sowohl zu deren Sicherheit als auch zu ihrer eigenen Beruhigung, denn dieser dramatische Tag hatte ihre Nerven sehr strapaziert. Zuerst die Geburten, dann das Erscheinen des verschollenen Nathan Liversedge und zuletzt die Verhaftung des ehrwürdigen Alexander Arthur John Wellbeck de Floures mitsamt seinem Geliebten in ihrem Schlafgemach.

»Diese Hündchen müssen doch glauben, dass es immer so irr zugeht auf der Welt«, sagte sie zu ihrem Sohn, bevor sie sich mit einem Becher Ovomaltine und dem *Sunday Telegraph* wieder in ihr Zimmer zurückzog.

Daniel hatte versucht, in der Kirche das Abendgebet zu sprechen, war aber so abgelenkt und wütend gewesen, dass es ihm kaum gelungen war. Abgelenkt, weil er nicht begreifen konnte, warum Neil zwei Personen verhaftet hatte, die den Mord an Joshua Biddle einfach nicht begangen haben konnten. Wütend, weil Neil ihn benutzt hatte, um die beiden in eine Falle zu locken – weshalb Daniel jetzt als Lügner und Betrüger dastand.

Er kannte sich genügend mit der Natur des Menschen aus, um nur noch selten überrascht zu sein, wenn sie sich anders verhielten, als sie sich nach außen hin darstellten. Überdies waren Menschen fehlbar und verführbar, nicht zuletzt von bösen Mächten. Aber Neil? Das hätte er nicht von ihm erwartet. Sie hatten einander vertraut, sich näher kennengelernt und Zeit zusammen verbracht. Und sie hatten sich auch Blößen gegeben, einander Seiten offenbart, die sie sonst für sich behielten, denn diese Freundschaft war immer intensiver geworden. Es fiel Daniel nicht leicht, sich das selbst einzugestehen, aber er war noch nie zuvor einem anderen Menschen gegenüber so offen gewesen. Weshalb er jetzt über Neils Verrat vollkommen niedergeschmettert war.

Daniel ging ins Pfarrhaus zurück und setzte sich an seinen Schreibtisch. Cosmo kam mit dem untrüglichen Hundegespür für Kummer zu ihm und rollte sich zu seinen Füßen ein. Kurz darauf sprang er allerdings wieder auf und rannte bellend zur Haustür, weil ein Auto vorgefahren war.

Als Daniel öffnete, sah er sich Neil gegenüber und ließ ihn ein. Neil steuerte wortlos ins Studierzimmer und wartete ab, bis Daniel die Tür hinter sich geschlossen hatte.

Reflexartig sagte Daniel: »Möchtest du etwas trinken?«, und merkte dabei, wie zittrig und brüchig seine Stimme klang.

Neil ging nicht auf die Frage ein, sondern sagte nur: »Es tut mir leid, Dan. Das sollte so nicht ablaufen, war aber nicht anders möglich.«

»Wieso nicht?«

»Möchtest du dich setzen?«

»Diese Frage stellt normalerweise der Gastgeber.«

Neil schwieg. Daniel zeigte aufs Sofa und setzte sich an den Schreibtisch.

Dann begann Neil: »Ich habe dich nicht getrogen, Dan. Ich wollte wirklich nur eine Aussage von Nathan. Aber in der Zwischenzeit waren neue Beweisstücke gefunden worden, und wir mussten schnell handeln. Hätte ich dich vorgewarnt, hätte ich dich in eine ungute Lage gebracht.«

»Was für Beweisstücke denn?«, fragte Daniel.

»Zwei Paar Gummistiefel am Pförtnerhaus. Größe zweiundvierzig und dreiundvierzig.«

Daniel erinnerte sich an die schwarzen Gummistiefel, die er neben dem Brennholzstapel bemerkt hatte.

»Abdruck und Marke – Dunlop – sind identisch mit denen vom Tatort«, fügte Neil hinzu.

»Aber alle Angestellten vom Anwesen tragen diese Marke«, wandte Daniel ein. »Und vermutlich das halbe Dorf.«

»Genau diese beiden Größen? Das wäre ein sonderbarer Zufall. Und vergiss nicht, dass es in Nathans Vergangenheit einen Verdacht auf ein unaufgeklärtes Gewaltverbrechen gibt …«

»Er war damals aber noch minderjährig, und das wurde auch nie bewiesen«, widersprach Daniel.

»… und sein Großvater steht im Verdacht, Auftragsmorde begangen zu haben, bei denen den Opfern die Kehle durchgeschnitten wurde. Was meinst du wohl, wie das für meine Vorgesetzten aussieht?«

»Nathan hat Joshua Biddle aber nicht umgebracht. Das ist absolut ausgeschlossen.«

»Ich halte ihn auch nicht unbedingt für dazu imstande«, räumte Neil ein. »Aber was ist mit Alex?«

»Was für ein Motiv sollte Alex denn haben, diesen Jungen zu töten, um alles in der Welt?«, erwiderte Daniel aufgebracht. »Er veranstaltet vielleicht bizarre Happenings mit Blut und hat manchmal morbide Ideen für seine Kunstprojekte, aber ihm deshalb einen Mord zu unterstellen, ist doch absurd!«

Neil ließ sich nicht beirren. »Es gibt auch Hinweise darauf, dass Alex in Braunstonbury Kokain gekauft haben könnte.«

»Und was soll das mit dem Mord zu tun haben?«

»Du erinnerst dich an die Drogenspuren in Joshuas Basskoffer? Wir sind auf der Spur eines sehr umtriebigen Dealers aus der Musikszene.«

»Ach ja? Arbeitet der zufällig im Plattenladen in Braunstonbury?«

»Wieso, kennst du ihn?«

»Wenn du Brandon Redding meinst – mit dem hatte ich zwei ziemlich unerfreuliche Begegnungen. Er war der aggressivste von den Fans hinter uns beim Fußballspiel neulich. Und später habe ich ihn in dem Laden wiedererkannt und hatte einen kleinen Disput mit ihm.«

»Was hast du denn in diesem Plattenladen gemacht?«, wollte Neil wissen. »Da gibt es doch gar keine Klassik.«

»Ähm … nicht wichtig.«

»Ah. Okay … Jedenfalls – Redding und Joshua Biddle kannten sich aus der Musikszene. Und da könnte auch Alex ins Spiel kommen.«

Daniel überlegte. »Das ist doch aber reine Spekulation, Neil. Wie soll das ausreichen, um zwei Menschen zu verhaften? Ich spüre einfach, dass weder Nathan noch Alex imstande wären, einen Menschen zu töten.«

»Aber zwischen Spüren und Wissen besteht leider ein großer Unterschied.«

»Ebenso wie zwischen einer Vermutung und einer voreiligen Verhaftung«, konterte Daniel.

»Das war unumgänglich, weil wir verhindern mussten, dass Nathan wieder spurlos verschwindet«, erwiderte Neil. »Gefahr im Verzug. Und wegen dieser neuen Hinweise war es notwendig, auch Alex festzunehmen. Ich hätte mir gewünscht, dass es anders läuft, aber das liegt nicht mehr in meiner Hand, tut mir leid.«

»Und was soll ihr Motiv für den Mord gewesen sein? Ein Drogenkonflikt etwa?«

»Das wird man bei den Vernehmungen feststellen«, antwortete Neil.

»Aber wie stehe ich denn nun vor Bernard da?«, sagte Daniel aufgebracht. »Und vor Nathan und Alex, wenn sie entlassen werden? Es sieht doch jetzt aus, als hätte ich sie hintergangen und vorsätzlich in eine Falle gelockt!«

»Und wieso bist du dir so sicher, dass man sie entlassen wird?«

»Das sagt mir meine Lebenserfahrung und Menschenkenntnis«, antwortete Daniel.

»Nun, in meinem Beruf genügt das nicht.«

Daniel spürte, wie ihn Traurigkeit erfasste. Nicht nur schien es gerade keine Möglichkeit der Verständigung zwischen ihnen zu geben – er hatte auch das Gefühl, etwas zu verlieren, an dem er große Freude gehabt hatte.

Neil sah ihn an. »Es tut mir wirklich leid, Dan. Ich hoffe, die Situation beeinträchtigt nicht … unser Verhältnis zueinander?«

Daniel blieb stumm.

Neil holte tief Luft. »Gut. Ich muss los. Hast du diese Woche … noch irgendwann Zeit?«

»Diese Woche nicht, nein«, antwortete Daniel.

Neil sah jetzt so traurig aus, wie Daniel sich fühlte. »Okay …«

Während sie zur Haustür gingen, fragte Neil: »Wie geht es denn Hilda und ihrem Nachwuchs?«

»Gut, danke.«

»Habt ihr schon entschieden, was ihr mit den Welpen machen wollt?«

»Nein, noch nicht. Meine Mutter möchte sie behalten, aber ich weiß gar nicht, wie wir das bewerkstelligen sollen.«

»Ich würde ja einen nehmen, wenn ich könnte«, sagte Neil. »Aber bei meinem Beruf ist das leider unmöglich.«

»Wir müssen alle mit unseren Einschränkungen leben lernen«, lautete Daniels Erwiderung.

Ein Schweigen trat ein, als sie etwas unentschlossen an der Tür standen. In diesem Moment näherte sich ein Wagen auf der Zufahrt. Der Land Rover der de Floures hielt vor dem Haus, Honoria stieg aus und knallte die Wagentür zu.

Als sie Daniel sah, marschierte sie zu ihm und rief aufgebracht: »Warum haben Sie das getan, Daniel? Wie konnten Sie nur?«

»Honoria …«, begann Daniel, aber sie machte auf dem Absatz kehrt, stieg wieder ins Auto und raste davon.

8

Der Tisch im Flur des Pfarrhauses war der Ort, an dem bei den Clements die Post landete, die eintraf oder weggebracht werden sollte. Normalerweise hielt sich das Aufkommen in Grenzen. Für Audrey kamen Briefe von Freundinnen, mit denen sie schon so lange korrespondierte, dass Daniel bereits deren Handschrift erkannte; er selbst erhielt Briefe von Freunden in kleinen Landsprengeln oder großen Gemeinden, die direkt dem Königshaus unterstanden, sowie gelegentlich von seinem Vorgänger Pfarrer Dolben, Missionspriestern in Südafrika, Menschen, die er seelisch unterstützt hatte, und kirchlichen Organisationen, mit denen er in Verbindung stand – wie zum Beispiel der St Martin's League, die eigens zum Schutz von Postboten entstanden war und bei der Daniel als Sekretär und Schatzmeister fungierte, obwohl seit dem Jahre 1902 kein Treffen mehr stattgefunden hatte. Ferner trafen natürlich die üblichen Haushaltsrechnungen ein.

An diesem Morgen jedoch war der Tisch überhäuft mit Briefen, die seine Mutter fein säuberlich beschriftet hatte, und jeder Menge Post, die für sie eingetroffen war, samt und sonders adressiert an A.H.D. Clement, Sekretariat CS, und einer Postfachnummer in Stowe. Einfache, schlichte Umschläge waren ebenso darunter wie edles Büttenpapier, und da es sich um circa fünfzehn Briefe an der Zahl handelte, beschloss Daniel, sie in die Küche zu bringen, wo seine Mutter gerade ihr Frühstück zu sich nahm.

»Ziemlich viel Post für dich heute, Mum«, bemerkte er, als er den Stapel auf dem Küchentisch ablegte.

»Ach, hättest du die nicht draußen lassen können?«, sagte Audrey, die gerade bei ihrem zweiten Becher koffeinfreien Kaffee angelangt war.

»Es waren so viele – und von einer Postfachnummer. Gibt es etwas, das du mir erzählen möchtest, Mum?«

»Was um alles in der Welt sollte ich dir erzählen wollen?«, erwiderte Audrey.

Daniel räusperte sich. »Nun, ich finde das doch recht erstaunlich, und … andere Leute wundern sich vielleicht auch darüber.«

»Meinst du den Postboten?«

»Was bedeutet denn CS?«, erkundigte sich Daniel.

»Ich könnte dir jetzt sagen, dass dich das nichts angeht, was ich vielleicht auch tun sollte. Aber es handelt sich ganz einfach um die Korrespondenz zum Nachlass von Muriel Hawkins, und sie ist wie erwartet sehr aufwendig.«

»Aber wer oder was ist CS?«, fragte Daniel hartnäckig weiter.

»Was spielt das für eine Rolle?«

»Das weiß ich nicht, aber kannst du es mir nicht sagen?«

»Das ist die Abkürzung für Co-Testamentsvollstreckungs-Service, wenn du es unbedingt wissen willst«, antwortete seine Mutter.

»Was um alles in der Welt soll das sein?«

»Ich biete damit Menschen meine Dienste an, die ein Interesse an Muriels Nachlass haben.«

Daniel betrachtete seine Mutter forschend. »So viele?«

»Nun, Muriel hatte zahlreiche Freunde und Aktivitäten.« In erhabenem Tonfall fuhr Audrey fort: »Erstaunt es dich etwa, dass eine Frau in reiferem Alter ein erfülltes, aktives Leben führen kann?«

Daniel wusste genau, wann er Audrey gegenüber kapitulieren musste, nahm sich aber fest vor, das Geschehen im Auge zu behalten.

»Keineswegs, Mum«, sagte er ausweichend.

»Das würde dich auch gar nicht ehren. Ach, und übrigens«, fügte Audrey hinzu. »An dem Wochenende vom Achtzehnten verreise ich.«

»Schön! Wohin?«

»Ich bin mit den Mädels in London. Wir wohnen im Goring.«

Das Goring war ein Luxushotel, weshalb Daniel nach kurzem Schweigen fragte: »Hast du im Lotto gewonnen?«

»Sei nicht albern. Das geht dich nun wirklich nichts an. Und was machst du?«

»Ich habe keine Pläne für einen schicken Stadtausflug.«

»Ich meinte, heute.«

»Nachher halte ich Mrs Hawkins' Trauerfeier ab, danach kommt Lydia Biddle, um Hildas Nachwuchs zu bestaunen.« Daniel kam plötzlich ein Gedanke. »Oder hast du die Welpen etwa verkauft?«

»Selbstverständlich nicht!«, antwortete Audrey entrüstet. »Aber sie brauchen jetzt ihre Impfungen, könntest du vielleicht einen Termin bei dieser netten Ärztin vereinbaren?«

»Natürlich, mache ich.«

»Ich wusste übrigens gar nicht, dass die Bestattung heute ist«, fügte Audrey hinzu.

»Mrs Hawkins wollte keinerlei Feierlichkeiten. Deshalb wird nicht einmal in der Kirche von ihr Abschied genommen, sondern bloß heute um halb elf im Krematorium von Braunstonbury.«

»Warum hast du mir das nicht gesagt?«

»Ich dachte, du wüsstest das«, antwortete Daniel. »Du hast ihre Anweisungen doch gelesen – keine Trauerfeier, keine Gäste, und die Asche soll im Gedenkgarten verstreut werden.«

»Ich sollte dabei sein.«

»Dazu besteht an sich keine Notwendigkeit.«

»Aber ich bin ihre Testamentsvollstreckerin«, insistierte Audrey. »Ich komme mit.«

»Ich muss um Viertel vor zehn los.«

»Bis dahin bin ich fertig«, erwiderte Audrey fest. »Wann kommt das Mädchen von den Biddles?«

»Nach der Schule.«

»Sie darf die Kleinen auf keinen Fall anfassen, solange sie nicht geimpft sind«, betonte Audrey.

»Na, sie wird wohl keinen Typhus haben.«

»Lieber Vorsicht walten lassen, Dan. Ich habe ihnen jetzt übrigens Namen gegeben.«

»Ach ja? Welche?«

»Natürlich habe ich sie nicht nach Figuren aus Wagneropern benannt, wie Alex vorgeschlagen hat, diese Namen klingen ja schauderhaft. Stell dir doch mal vor, du rufst deinen Hund im Park ›Lohengrin‹! Oder ›Floßhilde‹! Nein, der Junge heißt Nathan, die beiden Mädchen Bramble – wie mein Brombeerkuchen – und Muriel.«

»Ah, wie Mrs Hawkins … Ich bin mir nicht ganz sicher, ob sie gerne als Dackeldame in Erinnerung bleiben möchte …«, sinnierte Daniel. »Aber Humor hatte sie ja.«

»Sie heißt Muriel, Ende der Debatte«, erklärte Audrey kategorisch.

Daniel fand es selbst erstaunlich, dass Mrs Hawkins verfügt hatte, man solle bei ihrer Bestattung auf jegliche Zeremonie verzichten. Aber sie war eine willensstarke und gut organisierte Person gewesen, und die Anweisungen waren eindeutig: nur das nötigste Ritual, keine Musik, keine Blumen, keine Todesanzeige, keine Trauergemeinde. Letzterer Wunsch allerdings wurde ihr nicht erfüllt, denn abgesehen von seiner Mutter fand Daniel in der Kapelle des Krematoriums Miss March und das Ehepaar Tailby vor, die sich so weit voneinander entfernt wie möglich niedergelassen hatten. Da keine Musik gespielt wurde, blieben den Anwesenden die scharrenden Geräusche nicht erspart, die entstanden, als der Sarg hereingetragen und auf dem Rollwagen platziert wurde.

Mrs Hawkins hatte verfügt, dass ein Text aus dem Allgemeinen Gebetbuch der Anglikanischen Kirche gelesen werden solle, womit Daniel begann, nachdem die Sargträger von Mr Williams sich zurückgezogen hatten. Er liebte die ausgesuchte Passage, die er sprachlich wunderschön, wenn auch inhaltlich ungeeignet fand für eine Zeremonie, bei der anschließend ein Leichnam verbrannt wurde. Nachdem er die Worte »Erde zu Erde, Asche zu Asche, Staub zu Staub« gesprochen hatte, besprenkelte Daniel den Sarg mit Weihwasser und drückte auf einen Knopf, der zweierlei bewirkte: Ein Vorhang zog sich langsam zu, um den aufgebahrten Sarg zu verdecken, und die Angestellten im Hintergrund machten sich bereit, ihn dem Einäscherungsofen zu übergeben.

Nachdem Mr Williams sich pietätvoll vor dem geschlossenen Vorhang verbeugt hatte, folgte Daniel dem Bestatter durch eine offene Seitentür nach draußen, wo normalerweise die Kränze und Blumen ausgelegt waren. Nicht selten war das Krematorium so überlastet, dass eine Trauergemeinde kaum den Saal verlassen hatte, wenn schon die nächste durch den Haupteingang trat. Daniel erinnerte sich noch heute mit Grauen daran, wie er als junger Vikar einmal versehentlich nicht den Knopf zum Schließen des Vorhangs gedrückt hatte, sondern einen anderen, der dem Bestatter draußen signalisierte, dass er hereinkommen könnte. Woraufhin ein weiterer Sarg hereingetragen wurde, als der erste noch ebenso wenig verschwunden war wie die Trauernden.

Daniel wartete am Ausgang, während seine Mutter als Erste heraustrat, die sich aufgrund ihrer Funktion als Testamentsvollstreckerin selbst diese Position zugeteilt hatte. Jean Tailby blieb nur übrig, ihr auf dem Fuße zu folgen. »Sehr schöne Trauerfeier, Reverend«, sagte sie zu Daniel, als sie an ihm vorüberging. Dann trat sie zu dem Blumentisch, wo jedoch heute nur ein Strauß weißer Calla-Lilien und eine handgeschriebene Karte lagen.

Als Letzte kam Miss March heraus, und Daniel sagte zu ihr: »Schön, dass Sie teilgenommen haben. Woher wussten Sie das Datum? Es gab doch gar keine Anzeige.«

»Ich wollte unbedingt dabei sein und habe den Aushang am Krematorium gelesen.«

»Täglich?«

»Ja, täglich. Und offenbar war ich ja nicht die Einzige.« Miss March wies mit dem Kopf auf die Tailbys, die sich jetzt mit Audrey unterhielten. Daniels Mutter hatte die hochmütige Miene aufgesetzt, die sie bei Menschen anwandte, denen sie nicht entkommen konnte.

»Weshalb die Tailbys hier sind, kann ich mir gut vorstellen«, sagte Daniel.

Miss March nickte. »Ja, überall, wo etwas zu holen ist … Aber weshalb ich hier bin, ist Ihnen vermutlich unklar.«

»Ich würde niemals zu fragen wagen«, erwiderte Daniel.

Sie wandte den Blick ab und schaute zu dem Lilienstrauß hinüber.

»Sind die von Ihnen?«, fragte Daniel.

»Ja«, antwortete Miss March. »Ich verdanke Muriel Hawkins sehr viel, Reverend. Sie war eine bemerkenswerte Frau.«

»Ja, das finde ich auch. Aber ich verstehe nicht ganz, was Ihre besondere Verbindung zu Mrs Hawkins war …«

Miss March sah ihn an und verengte die Augen. »Neugierde ist tückisch, Reverend. Man weiß nie, wo sie einen hinführt. Ich muss zurück in den Laden. Vielen Dank für die Trauerfeier. Auf Wiedersehen, Reverend.«

»Auf Wiedersehen, Miss March.«

Mr Williams kam aus der Kapelle. »Keinerlei Speis und Trank, Reverend?«

»Nein, nicht einmal eine Tasse Tee. So hat es Mrs Hawkins verfügt.«

»Das wird den Tailbys gar nicht gefallen, die leben quasi vom Leichenschmaus. Aber ich war erstaunt, Miss March hier zu sehen.«

»Sie kennen sich?«, fragte Daniel überrascht.

»Ich kannte ihren Vater aus der Handelskammer«, antwortete der Bestatter. »Sein Schuhgeschäft war sehr speziell, wie aus der Zeit gefallen, und auch er selbst wirkte wie eine Figur aus einem Roman von Charles Dickens. Die arme Frau tut mir leid.«

»Warum?«

»Hat seinen Tod nie verwunden«, antwortete Mr Williams. »War auch eine schlimme Geschichte.«

»Inwiefern?«

»Ein paar Rowdies randalierten nachts draußen auf der Straße, und als Mr March aus dem Fenster schrie, wurden die unverschämt. Er ging nach unten, um den Kerlen die Meinung zu geigen, und einer von ihnen schlug ihn nieder, woraufhin er einen Herzinfarkt hatte und auf der Straße starb, in Schlafanzug und Morgenmantel. Wir haben ihn dort abgeholt.«

»Wurden die Täter gefasst?«, fragte Daniel.

»Ich glaube nicht. Aber Miss March wollte den Laden nicht ohne ihren Vater weiterführen. Die Mutter ist schon vor Jahren verstorben. Miss March hat den Laden geschlossen, und das Haus steht zum Verkauf. Ende einer Ära.«

Daniel dankte dem Bestatter und wandte sich zum Gehen, als ihm noch etwas einfiel.

»Gibt es Neuigkeiten von der Gerichtsmedizin, was Joshua Biddle betrifft?«, fragte er.

»Ich glaube, die Leiche wurde freigegeben, aber sie ist noch nicht bei uns. Eine weitere Familie zerstört, wie?«

Daniel trat zu dem Blumentisch, um seine Mutter zu erlösen, und Jean Tailby sagte prompt: »So ein trauriger Tag.«

»Gewiss, Mrs Tailby«, erwiderte Daniel.

»An der Trauerfeier ist ja nichts dran«, bemerkte ihr Mann. »Das Sparpaket. Schreiben Sie die Schecks?«

»Was wollen Sie damit andeuten, Mr Tailby?«, fragte Daniel irritiert. »Mrs Hawkins hat den Ablauf exakt so verfügt.«

»Ach, gar nichts«, antwortete Roy Tailby und wandte den Blick ab.

»Wunderhübsche Brosche, Mrs Clement«, sagte Mrs Tailby jetzt. »Sind die Perlen echt?«

Audrey lächelte frostig. »Das ist eine Trauerbrosche, Perlen auf Onyx, goldgefasst – ja, sie ist schön, nicht wahr? Hat meiner Urgroßmutter gehört, falls Sie das interessiert. Es ist doch wunderbar, wenn Dinge innerhalb der Familie von Generation zu Generation weitervererbt werden, finden Sie nicht auch?«

Mrs Tailby ließ sich nicht so leicht einschüchtern. »Ich hatte mich gefragt, ob das eine von Mrs Hawkins ist. Sie hatte ja so viele.«

»Und jede einzelne ist im Nachlassverzeichnis vermerkt, seien

Sie beruhigt, Mrs Tailby«, erwiderte Audrey. »Ach, und Sie hatten ja so ein besonders großes Interesse an der Kameebrosche mit der Hermesfigur, nicht wahr? Die wird demnächst irgendwann bei Reynolds und Reynolds in Stowe versteigert. Ich habe das Datum nicht im Kopf, aber im Auktionshaus kann man Ihnen das sicher sagen. Viel Erfolg beim Bieten!«

»Komm, Jean, lass uns gehen«, sagte Roy Tailby unwirsch.

Audrey lächelte triumphierend, als die beiden das Weite suchten. »Das war mein zweitliebstes Erlebnis dieses Tages«, sagte sie.

»Und was war das erste?«, fragte Daniel.

»Die Karte bei den Lilien.«

»Von Miss March.«

»Genau. Sie heißt mit Vornamen *Kimberley*. Wenn ich so einen albernen Namen hätte, würde ich mich auch nur Miss nennen, das kann ich dir sagen …«

Seit Audrey ihre neue Aufgabe übernommen hatte, war der Lebensrhythmus im Pfarrhaus verändert. Nach dem Frühstück begab Audrey sich zu ihrem Sekretär, der flankiert war von Schachteln voller Briefe. Zu ihren Füßen stand die Wurfkiste. Hilda erwies sich als vorbildliche Mutter, die sich ihrer Kinder fürsorglich annahm. Sie waren jetzt schon doppelt so groß wie bei der Geburt, und ihre Augen begannen, sich zu öffnen.

Bei Anrufen für Audrey hatte Daniel den Auftrag, zu sagen, seine Mutter sei »mit ihrer Korrespondenz« beschäftigt, und eine Nachricht entgegenzunehmen. Und in der Tat bekam Audrey täglich so viele Briefe, dass Daniel sich gelegentlich besorgt fragte, ob er ihr mit dieser Aufgabe womöglich zu viel zugemutet hatte. Doch da er seine Mutter bei der Arbeit immer wieder fröhlich Lieder trällern hörte, schloss er daraus, dass es ihr gut ging, und freute sich darüber.

Gegen elf Uhr nahm Audrey dann in der Küche eine Tasse Tee und ein Stück von einem schlichten Kuchen zu sich, der eher der Ernährung als dem Genuss diente. Audrey buk ihn nach einem Rezept aus Kriegszeiten, weshalb er kaum Margarine, Eier und Milch enthielt und aussah wie gepresstes Sägemehl. Danach begab sie sich ins Dorf zum Einkaufen und zu einer damit verbundenen Runde Klatsch, aß dann zu Mittag und machte ein Nickerchen. Anschließend kehrte sie zum Sekretär zurück, bis es um achtzehn Uhr Zeit war für die Nachrichten und ihre Lieblingshörspielserie im Radio. Nebenbei bereitete sie das Abendessen zu. Ihre nachmittägliche Bridge-Runde mit dem Ehepaar Porteous wurde ausgesetzt, denn, wie Audrey verkündete, »zuerst muss die Sisyphos-Aufgabe der Nachlassverwaltung erledigt werden«. Wobei Daniel sich dachte, dass seine Mutter wohl eher eine Herkules-Aufgabe meinte, denn irgendwann würde das Ganze ja wohl bewältigt sein.

Indessen ging das Jahr zur Neige, der November nahte, und die Bäume hatten ihre Blätterlast abgeworfen. Morgens und abends konnte es schon sehr kalt sein, ein Vorgeschmack auf Nachtfröste, und in der Luft lag der typische Geruch von Holzfeuer und feuchtem Laub, der Daniel immer rührselig machte und an seine Kindheit zurückdenken ließ.

Der alljährliche Guy-Fawkes-Tag mit Feuerwerk und Freudenfeuern stand ebenso in Bälde bevor wie Allerheiligen und Allerseelen. Daniel hatte in Vorbereitung für diese kirchlichen Festtage begonnen, statt der Abendandacht Trostgebete anzubieten für alle, die geliebte Menschen verloren hatten. Die Gläubigen hatten begonnen, vor dem Altar Kerzen für ihre Toten anzuzünden, und eine Freundin von Stella Harper, der ehemaligen Boutique-Besitzerin, die auch Vorsitzende der Blumengilde gewesen war, hatte eine rotbraune Chrysantheme dort abgelegt.

Um vier Uhr nachmittags hielt das Wohnmobil der Biddles vor dem Pfarrhaus, und Daniel empfing Sally und Lydia an der Tür. »Kommen Sie herein«, begrüßte er die beiden.

»Ich will mich aber nicht lange aufhalten, ich setze Lydia nur ab«, erklärte Sally, als sie in den Flur trat, wo sie erstaunt die Briefstapel auf dem Tisch betrachtete. »Haben Sie eine große Veranstaltung?«

»Nein, das ist die Korrespondenz meiner Mutter. Sie hat viel zu tun zurzeit.«

Sally sah einen Moment verblüfft aus. »Aha …«, sagte sie dann. »Und ist es wirklich in Ordnung für Sie, Lydia später nach Hause zu fahren?«

»Selbstverständlich.«

»Mum, komm doch kurz mit die Hündchen angucken«, sagte Lydia unvermittelt. »Die findest bestimmt sogar du süß!«

Sally zögerte einen Moment, sagte dann aber: »Natürlich, Lyds, das mach ich.«

Die beiden warteten im Flur, während Daniel den Kopf durch die Wohnzimmertür streckte. »Mum, Sally und Lydia Biddle sind hier und wollen sich die Hunde angucken.«

»Ja, bring sie herein«, erwiderte Audrey.

Lydia stürzte förmlich auf die Wurfkiste zu. »Oh, die sind ja unglaublich süß!«, rief sie aus, und Hilda hob kurz den Kopf, während die Kleinen balgten und rangelten, um ihren Platz an den Zitzen zu erobern.

Sally blieb im Hintergrund stehen und schien sich eher unwohl zu fühlen. Daniel wollte sie gerade auffordern, näher zu treten, als ihm einfiel, dass sie ein Kind verloren hatte und den Anblick von neuem Leben derzeit vielleicht sogar bei einer Hündin schlecht ertragen konnte.

»Möchten Sie gehen, Sally?«, fragte er behutsam.

Sie nickte und ging wortlos hinaus. Im Flur sagte sie: »Danke, dass Sie Lydia das ermöglichen, Daniel. Solche kleinen Gesten sind hilfreich.«

»Keine Ursache. Kann ich sonst noch irgendetwas für Sie tun?«, erkundigte sich Daniel.

»Ich wünsche mir nur, dass Josh wieder lebendig wird. Jesus hat Lazarus zum Leben erweckt, warum kann er das nicht auch für Josh tun?«

»Das weiß ich nicht, Sally.«

»Danke, dass Sie so aufrichtig sind. Das tut gut. Ich bin umgeben von Menschen, die von der grenzenlosen Liebe Gottes überzeugt sind. Wie es mir geht, ist ihnen egal, mich fragt auch niemand. Sie fürchten wahrscheinlich, ich könnte anderer Meinung sein.«

»Das stelle ich mir … sehr schwierig vor«, sagte Daniel.

»Ist es auch«, erwiderte Sally. »Vielleicht möchte ich doch eher Ihrer Glaubensrichtung vertrauen. Unsere Gebete können noch etwas ändern. Josh wird …« Sie verstummte. »Aber so denken wir eben nicht, und sobald ich mit Chris darüber reden will, wird er … nun, er verweigert das einfach.«

»Am Sonntagabend, an Allerseelen, gibt es um sechs Uhr einen Gedenkgottesdienst in St Mary's«, sagte Daniel. »Wir gedenken dabei aller Verstorbenen und werden auch für Joshua beten. Möchten Sie vielleicht teilnehmen?«

Einen Moment lang schien Sally hin- und hergerissen zu sein, doch dann seufzte sie. »Das geht leider nicht für mich, Daniel. Ausgeschlossen.« Und damit wandte sie sich ab und verließ das Haus.

Als Daniel ins Wohnzimmer zurückkam, hielt Audrey Lydia gerade einen Vortrag über die Entwicklung junger Hunde.

»Ihre Augen sind jetzt schon offen, aber sie können noch

nicht richtig sehen. Im Moment besteht ihre Welt aus Hildas Zitzen und ihrer Milch. Aber das wird sich bald ändern, und wenn sie ihre Impfungen bekommen haben, können wir anfangen, die Kleinen der Gemeinde vorzustellen.«

»Wollen Sie alle drei behalten?«, fragte das Mädchen.

Audrey warf Daniel einen Blick zu. »Das haben wir noch nicht entschieden, Liebes.«

»Wenn Sie ein Zuhause suchen … bitte, bitte, geben Sie mir eines von den Hündchen …«

»Das können wir dann gerne besprechen, Lydia«, sagte Daniel. »Aber du müsstest es zuerst mit deinen Eltern klären.«

Lydia nickte und betrachtete verzückt die saugenden Welpen.

»So süß!«, sagte sie erneut. »Ab wann fressen sie denn etwas Festes?«

»Sie haben schon angefangen«, antwortete Audrey. »Probieren Hildas Futter und trinken aus ihrem Wassernapf. Und das heißt auch, dass wir ihnen jetzt beibringen müssen, zur Toilette zu gehen, auf einer Zeitung. Wie wär's denn, wenn ich uns mal Tee und Kuchen hole?«

Daniel setzte sich und sah zu, wie Lydia verzückt die Welpen beobachtete. Dabei musste er an seinen Bruder Theo denken, der als Kind die Fähigkeit besessen hatte, etwas vollkommen versunken zu betrachten. Im Garten konnte er plötzlich in die Hocke gehen und minutenlang auf ein Kleeblatt, einen glitzernden Regentropfen oder ein Schneckenhaus starren.

Ob Theo wohl schon wusste, was sich in Champton ereignet hatte? Vielleicht hatten Audrey oder Honoria es ihm erzählt. Dass Daniel eine Rolle gespielt hatte bei Alex' Verhaftung, würde Theo garantiert ausgesprochen unangenehm sein.

Immerhin war Alex mittlerweile wieder auf freiem Fuß. Er hatte nur eine Nacht in der Zelle verbracht, weil er am nächsten

Morgen von Bernards Anwalt aus Braunstonbury abgeholt worden war. Zunächst hatte Alex sich geweigert, ohne Nathan zu gehen, aber der hatte weniger Glück und steckte immer noch in den Fängen der Justiz fest.

Als Alex ins Büro seines Vaters im Herrenhaus gebracht worden war, hatte Bernard wohl herumgeschrien, woraufhin Alex erwidert hatte: »Willst du mich jetzt mit der Reitgerte auspeitschen, Vater?« Das hatte sich herumgesprochen, weil Mrs Shorely es Mrs Braines erzählt hatte und die wiederum Audrey.

Nach Alex' Entlassung stattete Daniel abends dem Pförtnerhaus einen Besuch ab, aber nichts rührte sich, als er klopfte, und auch auf sein Rufen bekam er keine Reaktion. Er selbst fand bei seiner Rückkehr ins Pfarrhaus eine Nachricht von Neil vor, der um einen Anruf bat, meldete sich aber nicht zurück. So führte das Drama dieser Tage wohl dazu, dass sich vorerst alle Betroffenen verkrochen, um allein ihre Wunden zu lecken.

Nach dem Tee erklärte Daniel, es sei Zeit, Lydia nach Hause zu fahren. Cosmo kam mit, saß auf ihrem Schoß und ließ sich die Ohren kraulen, während Daniel noch langsamer als gewöhnlich durch die Dämmerung nach Lower Badsaddle gondelte.

»Du kannst uns gerne jederzeit besuchen kommen, Lydia«, sagte er. »Und wenn die Kleinen etwas größer sind, kannst du sie bestimmt auch mal ausführen.«

»Das wäre so toll.« Lydia versank eine Weile in Schweigen und sagte dann unvermittelt: »Falls wir dann noch hier sind. Ich weiß nicht, was meine Eltern vorhaben, Daniel.«

»Wie meinst du das?«

»Ich glaube, Mum kann es auf Dauer nicht aushalten, hierzubleiben.«

»Und dein Vater?«

Sie zögerte. »Was er will, weiß ich nicht. Er ist sehr … Er spricht nicht über seine Gefühle. Mum sagt, er kann das gar nicht.«

»Ja, das fällt manchen Menschen nicht leicht«, sagte Daniel.

»Aber er sollte seine Gefühle nicht unterdrücken. Das tut ihm nicht gut.«

»Man kann es nicht erzwingen«, sagte Daniel.

»Ich glaube, er fühlt sich schuldig«, fügte Lydia hinzu.

»Warum?«

»Weil Josh und er sich so oft gestritten haben. Aber jetzt kann Dad eben nichts mehr ungeschehen machen.«

»Es ist ganz normal, dass Eltern und Kinder sich streiten, Lydia.«

»Das war aber eben nicht normal. Weil sie sich über die Bibel gestritten haben. Dad hat manchmal Zitate gebracht, wenn er auf Josh wütend war, aber der kannte sich auch aus und hat ihn dann mit anderen Zitaten provoziert. Das hat Dad unheimlich wütend gemacht.«

»Und was passierte dann?«, fragte Daniel.

»Mum hat versucht, ihn zu beruhigen.«

»Wenn dein Vater wütend ist … spricht er dann mit deiner Mutter?«

»Weiß nicht«, antwortete Lydia. »Er ist sehr … verschlossen. Aber das liegt an seiner Geschichte. Sagt Mum.«

»Auf mich wirkt er eigentlich sehr offen«, erwiderte Daniel.

»Das täuscht. Er ist mit sieben auf ein Internat geschickt worden. Da durfte man seine Gefühle nicht zeigen, glaube ich. Und später war er in Eton. Da ist er geschlagen worden. Dort ging es ganz furchtbar zu damals.«

»Dein Vater war auf dem Eliteinternat in Eton?«, fragte Daniel verblüfft.

»Ja. Die Familie seiner Mutter ist steinreich, die haben das bezahlt. Seither hasst er dieses College.«

»Ich war auch auf einem Internat – nicht so einem renommierten wie Eton allerdings. Aber geschlagen worden bin ich auch.«

»Wirklich?«, fragte Lydia erstaunt.

»Ja.«

»Aber was hatten Sie denn getan?«

»Gar nichts. Ich hatte aber etwas auf mich genommen, um einen anderen Jungen zu schützen.«

Daniel spürte noch heute die Brutalität dieser Misshandlung. Er hatte versucht, nicht zu weinen, sich aber nicht dagegen wehren können. Danach hatte dieser Lehrer ihn gezwungen, ein Glas Sherry mit ihm zu trinken, und während Daniel das grauenhafte Getränk hinunterwürgte, hatte er sich gefragt, ob sein blutendes Gesäß Flecken auf dem Kissen hinterließ.

»Bei Dad war das anders«, berichtete Lydia. »Er gehörte einer christlichen Jugendorganisation an, mit der er im Sommerlager war. Und jemand von der Leitung … ich kenne nicht die ganze Geschichte, aber er hat meinem Vater wohl irgendetwas angetan. Und nicht nur ihm, auch anderen Jungen.«

»Wie entsetzlich.«

»Ja. Mum hat mir das mal erzählt, damit ich besser verstehe, warum Dad manchmal so komisch ist.«

Daniel dachte zurück an seine eigene Schulzeit und an sadistische Lehrer, die es genossen, kleine Jungen zu misshandeln – und an andere, die sie missbrauchten, was hartnäckig totgeschwiegen wurde.

Eine Weile schwiegen beide, bis es plötzlich laut knallte und eine Rakete den Himmel erleuchtete. Daniel warf einen Blick auf Lydia und sah, dass ihr Tränen über die Wangen rannen.

»Da ist jemand früh dran mit dem Feuerwerk«, sagte er, und Cosmo gab einen tiefen Seufzer von sich.

Als Daniel Lydia am Pfarrhaus absetzte, beschloss er, sie nicht hineinzubegleiten. Normalerweise hätte er das getan, um nach den Trauernden zu schauen. Aber er fürchtete, dass es wieder zu Meinungsverschiedenheiten mit Chris über theologische Fragen kommen könnte. Das war letztlich bei Menschen in religiösen Berufen nicht ungewöhnlich, aber im Moment traute Daniel sich selbst nicht über den Weg. Er verspürte nämlich einen gewissen moralischen Triumph, weil er jetzt wusste, dass der sich übertrieben tugendhaft gebärdende Chris Nutznießer von gesellschaftlichen Privilegien gewesen war, die er selbst verurteilte.

Einen Moment lang versank Daniel in Gedanken und zuckte deshalb erschrocken zusammen, als jemand ans Autofenster klopfte. Es war Sally.

»Hallo, Daniel«, sagte sie, als er das Fenster herunterkurbelte. »Was bringt Sie zum Lächeln?«

»Ach, nichts Bestimmtes«, antwortete Daniel.

»Möchten Sie nicht reinkommen?«

»Nein, danke. Es sei denn, Ihnen ist sehr daran gelegen ...«

Sally sagte: »Sie waren gut zu Lydia, vielen Dank dafür. Ich frage mich nur ... hat sie Ihnen vielleicht irgendetwas erzählt, das ... ich wissen sollte?«

»Ich glaube nicht, nein«, antwortete Daniel. »Aber ich hatte den Eindruck, dass sie sich Sorgen macht über die Zukunft. Sie fragt sich, was Sie vorhaben. Ob Sie hierbleiben werden oder nicht.«

»Ich denke, eher nicht. Verstehen Sie das?«

»Natürlich.«

»Aber nicht nur wegen dem, was passiert ist, Daniel. Wir gehören nicht richtig hierher.«

»Das können Sie selbst gewiss am besten einschätzen«, erwiderte Daniel, »und verzeihen Sie bitte, wenn ich mich einmische. Aber Sie sind kaum hier angekommen, als Ihr Leben brutal verändert wurde. Es heißt doch immer, man soll keine wichtigen Entscheidungen treffen, solange man sich noch im Abgrund der Trauer befindet.«

»Abgrund. Ja, darin befinden wir uns tatsächlich.«

»Dort müssen Sie aber nicht bleiben.« Daniel dachte wieder an das Bild von Jesus in seiner Brieftasche, der die Seelen aus der Unterwelt rettete. »Sally, wir sprechen häufig über Chris' berufliche Tätigkeit, aber gar nicht über Ihre. Ich möchte Ihnen sagen, dass ich Sie sehr schätze und mich darauf freue, wenn Sie eines Tages selbst Pfarrerin sein können.«

»Sie meinen, *ich* werde Pfarrerin?«

»Ja. Es wird nicht mehr allzu lange dauern, bis die Anglikanische Kirche Frauen im Priesteramt zulassen wird.«

»Meinen Sie?«

»Ja, ich denke schon. Vielleicht schon in fünf Jahren.«

»Für mich ist das sicher nichts«, sagte Sally. »Ich will keine Pfarrerin werden. Das ist mir gar nicht möglich.«

»Warum nicht?«, fragte Daniel.

»Weil es wider die Bibel wäre.«

»Ach so. Verstehe. Ich hatte gedacht, Sie … würden beginnen umzudenken.«

»Nein«, erwiderte Sally. »Zu leiten und zu führen steht nur Männern zu, nicht Frauen. Timotheus eins, Sie kennen den Text ja bestimmt: ›Einer Frau gestatte ich nicht, dass sie lehre, auch nicht, dass sie über den Mann herrsche, sondern sie sei still.‹ Und ich kann mit meiner Arbeit Nützliches leisten.«

»Aber auch dabei wirken Sie, als würden Sie etwas leiten.« Daniel blieb hartnäckig.

Sie verzog das Gesicht. »Ist Ihnen schon einmal aufgefallen, welche schwerwiegenden Folgen es hat, wenn wir Gott zuwiderhandeln?«

»Selbstverständlich. Aber Frauen als Autoritäten handeln meines Erachtens nicht wider Gott.«

Sally schwieg einen Moment. Dann sagte sie: »Wie geht es Ihrer Mutter?«

Daniel war so verdutzt, dass er sich einen Moment lang sammeln musste. »Gut. Sie ist sehr beschäftigt, das haben Sie ja gesehen. Die kleinen Hunde, der Nachlass von Mrs Hawkins.«

»Sagen Sie ihr ... der Herr ist unser Richter.«

»Ich glaube, ich verstehe Sie nicht, Sally.«

Doch sie hatte sich bereits abgewandt und ging ins Haus.

Als Daniel zurückkam, sah er einen stahlgrauen Golf GTI vor dem Pfarrhaus stehen – der Wagen seines Bruders. Theo kam aus dem Wohnzimmer, sobald er die Haustür hörte, gefolgt von Cosmo.

»Hallo, Dan!«, begrüßte Theo seinen Bruder, der sich bückte, um den Hund zu kraulen. »Cosmo ist also Vater geworden, wer hätte das gedacht ...«

»Nein, Theo, Cosmo nicht.«

»Ach so? Wer denn dann?«

»Ich vermute, Siegfried, dieser Dackel von deinem Freund.«

»Was? Das kann nicht sein, Dan«, erwiderte Theo. »Siegfried ist sterilisiert.«

»Bist du sicher?«

»Ja. Aber wieso bist du so sicher, dass es nicht Cosmo war?«

»Aus dem gleichen Grund. Er ist gar nicht zeugungsfähig.«

Audrey erschien aus der Küche, wo sie mit den Vorbereitungen fürs Abendessen beschäftigt war. »Wie lange bleibst du eigentlich, Theo?«

»So lange wie nötig, Mum. Aber vielleicht auch nur heute Abend.«

»So lange wie nötig?«, wiederholte Daniel.

»Ja. Ich bin auf einer Versöhnungsmission hier«, erklärte Theo.

Daniel zog eine Augenbraue hoch.

»Ich muss für Frieden sorgen«, fügte Theo hinzu, »zwischen dir und Alex und Honoria und Neil und Nathan – und allen anderen, die das sonst noch brauchen.«

»Es wäre mir lieber, du würdest darauf verzichten«, sagte Daniel in außergewöhnlich scharfem Tonfall.

»Was?« Theo sah überrascht aus. »Warum? Wo ist das Problem?«

»Bitte misch dich da nicht ein, Theo. Die Sache ist heikel genug. Gut Ding will Weile haben. Manchmal muss man einfach in Ruhe abwarten.« Daniels Stimme klang einen Moment lang brüchig, was Theo nicht entging.

Er schwieg kurz, bevor er fragte: »Ist alles okay mit dir, Dan?«

»Mir geht es bestens. Ich möchte nur nicht, dass jemand sich einmischt.«

»Oje«, sagte Theo.

»Was soll das heißen?«

»Das habe ich bereits getan.«

»Inwiefern?«

»Honoria hat mich angerufen und mir die ganze Geschichte erzählt. Ich bin später zum Essen im Pförtnerhaus.«

»Was? Wieso denn?«

»Nun, Bruderherz, wie du weißt, bin ich mit Alex und Honoria befreundet, und …«

»Aber das gibt dir nicht das Recht, dich einzumischen!«

»Jetzt hab dich nicht so, Dan«, erwiderte Theo entschieden. »Ich bin dein Bruder. Und ich bin mit den beiden befreundet. Wer wäre denn besser geeignet, hier zu vermitteln als ich? Und zwar je früher, desto besser.«

»Alex denkt, ich hätte seinen Liebsten der Polizei preisgegeben, obwohl ich versprochen hatte, das nicht zu tun«, sagte Daniel. »Und du meinst, du kannst das bei einem Fischauflauf und einem Chenin Blanc richten?«

»Lass doch deinen Bruder mal etwas für dich tun«, warf jetzt Audrey ein. »Ausnahmsweise.«

»Ich bin nicht blöde, Dan«, sagte Theo. »Ich will nur – ganz behutsam – herausfinden, was sie denken. Damit wieder Frieden einkehrt.«

»Aber das ist riskant in dieser unklaren Situation«, wandte Daniel ein. »Ich möchte nicht, dass Nathan und Alex sich in Sicherheit wiegen und dann erneut auseinandergerissen werden. Wir haben hier einen unaufgeklärten Mordfall, Theo, da kann noch so viel passieren. Hast du das Drama vom letzten Jahr etwa vergessen?«

»Aber wir wissen doch alle, dass weder Alex noch Nathan diesen Jungen getötet haben!«

»Das behaupte ich auch gar nicht. Ich sage nur, dass es laufende Ermittlungen gibt, die ungehindert von persönlichen Verstrickungen ablaufen müssen und …«

»Daniel, Hand aufs Herz«, warf Audrey unvermittelt ein. »Hast du ein Problem mit deinem Polizisten?«

»Er ist nicht mein Polizist, und … ja, die Sache ist äußerst unangenehm für mich, weil Neil und ich … befreundet sind.«

»*Befreundet?*«, wiederholte Audrey. »Ihr seid doch quasi ein Herz und eine Seele.«

Daniel reagierte nicht auf diese Bemerkung, sondern erklärte seinem Bruder: »Ich habe Nathan ins Pfarrhaus bestellt, damit Neil hier mit ihm reden kann und Nathan nicht aufs Revier muss. Und dann kommt Neil plötzlich mit zwei Uniformierten und lässt Nathan und Alex verhaften.«

»Ja, habe ich gehört«, sagte Theo. »Das war aber auch echt hinterhältig von Neil.«

»Es war aber so, dass in der Zwischenzeit Beweisstücke gefunden wurden, durch die sich die Lage verändert hatte«, fuhr Daniel fort. »Was Neil mir nicht mitgeteilt hat, weil er nicht riskieren wollte, dass Nathan verschwindet.«

»Und was für Beweisstücke sind das?«

»Das darf ich dir nicht sagen. Aber Alex und Nathan denken jetzt, ich hätte sie vorsätzlich belogen und in eine Falle gelockt.«

»Dabei war es dein Polizist, der sie verraten hat. Und dich obendrein«, schlussfolgerte Theo.

»Ja, das kann man so sagen.«

»Und wie verhält sich Neil jetzt?«

»Er will mit mir reden, aber ich habe mich noch nicht zurückgemeldet.«

»Nicht vergeben zu wollen, sieht dir aber gar nicht ähnlich, Dan«, bemerkte Theo.

»Vergebung ist hier nicht das Thema, Theo. Sondern, dass wir unsere beruflichen Verantwortungen angemessen wahrnehmen.«

»Verstehe. Und was willst du nun tun?«

Daniel zuckte mit den Schultern.

»Kommt, ihr beiden, lasst uns erst mal essen«, mischte sich jetzt Audrey ein.

In diesem Moment näherte sich draußen ein Wagen, der neben dem Land Rover und dem Golf zum Halten kam.

»Kommt da etwa wie aufs Stichwort besagter Polizist?«, fragte Theo, aber Audrey sagte: »Nein, Miss March. Ihr Auto ist unverkennbar.«

Als Daniel die Haustür öffnete, spähte Miss March etwas erschrocken an ihm vorbei. »Oh. Ich komme offenbar ungelegen, sehe ich. Guten Abend, Mrs Clement.«

»Guten Abend, Miss March. Das ist Daniels Bruder Theo.«

»Sind wir uns nicht schon einmal begegnet?«, fragte Miss March.

»Ich glaube nicht«, antwortete Theo, als sie sich die Hand schüttelten. »Sind Sie neu in Champton?«

»Ja. Aber ich glaube, ich kenne Sie aus dem Fernsehen, fällt mir jetzt gerade auf. Sind Sie nicht PC Heseltine aus *Appletree End*?«

»Ja, der bin ich«, erwiderte Theo mit der gespielten Bescheidenheit, mit der er Komplimente entgegenzunehmen pflegte. Darauf folgte ein längeres Schweigen von Miss March.

»Was für eine außerordentlich begabte Familie«, sagte sie schließlich. »Ob vielleicht jemand den Hund ablenken könnte?«

Cosmo hatte interessiert begonnen, ihre Schuhe zu beschnüffeln. Theo nahm ihn hoch und klemmte ihn sich unter den Arm.

»Was kann ich für Sie tun, Miss March?«, fragte Daniel.

»Entschuldigen Sie bitte, dass ich so unangekündigt hier auftauche. Aber ich müsste dringend mit Ihrer Frau Mutter sprechen.«

»Mit mir?«, fragte Audrey verblüfft.

»Hätten Sie ein paar Minuten Zeit für mich?«

»Selbstverständlich. Kommen Sie, wir gehen ins Wohnzimmer.«

»Danke.« Miss March nickte Daniel zu, der ihr Hut und Mantel abnahm, und folgte Audrey.

»Wer ist sie denn?«, erkundigte sich Theo, während er Cosmo absetzte, der ärgerlich zu zappeln begonnen hatte.

»Sie hat Stella Harpers Boutique übernommen«, erklärte Daniel. »Miss March stammt aus Stowe, ihr Vater hatte dort das Schuhgeschäft bei der Kathedrale. Wir waren mal zusammen dort, weißt du noch?«

»Ach ja, ich erinnere mich«, sagte Theo. »Großartiger Laden, ich hab mir damals ein Paar tolle Stiefel dort gekauft. Hatten die nicht auch Clement-Schuhe im Sortiment?«

»Ja. Unsere Väter kannten sich, und sie hat mir erzählt, dass ihr Vater ein Paar Schuhe von uns aus den Fünfzigern quasi bis zu seinem Tod getragen hat.«

»Sie selbst sieht auch aus, als stamme sie aus den Fünfzigerjahren«, bemerkte Theo.

»Ja, ich finde das auch erstaunlich. Vielleicht gibt es ihr irgendeine Form von Sicherheit, sich an diesem altmodischen Stil festzuhalten«, mutmaßte Daniel.

Plötzlich waren aus dem Wohnzimmer laute aufgebrachte Stimmen zu vernehmen – zwischen Audrey und Miss March schien es eine massive Auseinandersetzung zu geben. Daniel und Theo sahen sich erstaunt an, und in diesem Moment ging auch schon die Tür auf, und Miss March kam herausgestürmt, die fahlen Wangen vor Zorn gerötet.

»Meinen Hut und meinen Mantel bitte, Reverend«, sagte sie mit gepresster Stimme.

»Du liebe Zeit, was ist passiert?«, fragte Daniel bestürzt.

Miss March warf ihm einen erbosten Blick zu. »Spielt keine Rolle«, antwortete sie, während sie ihm die Sachen förmlich aus der Hand riss. Dann nickte sie beiden Männern zum Abschied zu und marschierte hinaus.

Kurz darauf spähte Audrey vorsichtig aus dem Wohnzimmer. »Ist sie weg?«

Die Frage wurde durch das Knirschen der Reifen auf dem Schotter beantwortet.

»Diese Frau hat wirklich ein erstaunliches Temperament. Hätte ich gar nicht vermutet«, sagte Audrey. »Ist einfach explodiert.«

»Warum denn?«, fragte Daniel.

»Wegen einer geschäftlichen Angelegenheit.«

»Und zwar welcher?«

»Das muss ich diskret behandeln.« Mit diesen Worten zog Audrey sich ins Wohnzimmer zurück und schloss die Tür.

Daniel schüttelte den Kopf. »Ich finde das alles sehr merkwürdig. Vorhin hat mich jemand gebeten, Mum auszurichten, dass Gott unser Richter ist.«

»Das ist ja wirklich sonderbar«, sagte Theo. »Und erinnert mich an letztes Jahr.«

»Was meinst du damit?«

»Alle sind gereizt und ängstlich, weil wieder ein Mörder hier irgendwo frei herumläuft. Das verunsichert die Menschen und stört die Ordnung.«

Daniel nickte. Sein Bruder hatte recht. Wenn nach einer solchen Tat Schock und Aufregung nachließen, machten sich im Laufe der Zeit andere Auswirkungen bemerkbar.

Theo warf einen Blick auf seine Uhr. »Ich muss los, Dan, zu dem Essen bei Alex. Hast du zufällig einen Wein, den ich mitnehmen könnte?«

»Such dir in der Speisekammer einen aus. Alex mag Chardonnay, aber ich glaube, da ist keiner vorrätig.«

»Ach, es geht ja um die Geste«, erwiderte sein Bruder. »Wie gesagt: um den Frieden wiederherzustellen.«

Daniel seufzte. »Ich hoffe, es gelingt dir, nichts zu verschlimmern.«

»Sei unbesorgt, Dan. Die beiden würden mich doch nicht einladen, wenn sie nicht Interesse am Friedenschließen hätten.«

9

Man hätte vermuten können, dass jemand wie Daniel, der in einem Krieg zur Welt gekommen war, für den Rest seines Lebens eine Abneigung gegen lautes Knallen haben würde. Doch Daniel liebte das alljährliche Feuerwerk am Guy-Fawkes-Tag, das mit seinem farbigen Licht die Landschaften beleuchtete, den Himmel mit roten und goldenen Funken erhellte und einen brenzligen Geruch in der kalten Herbstluft zurückließ. Auch die anderen Elemente – Wunderkerzen und duftende Karamelläpfel – versetzten ihn in festliche Stimmung, obwohl er sich immer wieder vor Augen hielt, dass das Freudenfeuer durchaus keinen freudigen Anlass hatte, denn man gedachte damit der Verbrennung eines Menschen, der vor Jahrhunderten ein Attentat auf den englischen König und das Parlament verüben wollte. Deshalb wurde an diesem Abend alljährlich eine Puppe, die dem Attentäter Guy Fawkes ähnelte, den Flammen übergeben.

Audrey dagegen, die den Zweiten Weltkrieg miterlebt hatte, hasste lautes Knallen und Krachen in der Tat und litt jedes Mal an diesem Abend fast genauso schlimm wie die Hunde, mit denen sie sich dann im Haus verkroch. Die Körbe von Cosmo und Hilda holte sie aus der Küche ins Wohnzimmer, wo sie den Fernseher besonders laut stellte, um möglichst wenig von dem beängstigenden Lärm draußen mitzubekommen.

Das Freudenfeuer, bei dem Daniel als Gemeindepfarrer natürlich zugegen sein musste, fand stets im Park von Champton House statt, und die gesamte Festivität inklusive Feuerwerk und Getränke- und Imbissständen wurde von einem Komitee organisiert, das Ned Thwaite jahrelang exzellent geleitet hatte. Nach seinem Tod im Vorjahr hatten sich keine freiwilligen Nachfolger für diese Aufgabe gefunden, die viel Einsatz erforderte.

Schließlich hatte Daniel den schlauen Einfall gehabt, dass Alex de Floures vielleicht Spaß an einem solchen Spektakel haben würde, und ihn gefragt, ob er den Posten übernehmen wolle. Alex hatte auch tatsächlich zugesagt, und sicherlich würde das Feuerwerk in diesem Jahr entsprechend spektakulär ausfallen. Aber bei den weniger spannenden organisatorischen Pflichten – das Parken, die Stände, die Sanitäter – hatte Alex sich als desinteressiert erwiesen, weshalb sie schließlich widerwillig vom Verwalter von Champton House, Nicholas Meldrum, übernommen worden waren, der wiederum einen großen Teil der lästigen Aufgaben an Bob Achurch delegierte.

Daniel – der seine zweitbeste Soutane angelegt hatte und darüber den bodenlangen schwarzen Mantel trug, den ihm ein mittlerweile verschiedener Pfarrkollege aus Stowe vermacht hatte – griff gerade im Flur nach seinen Gummistiefeln, da er auf einer Wiese unterwegs sein würde. Dabei musste er unwillkürlich daran denken, dass Gummistiefel der Anlass des gesamten Zerwürfnisses gewesen waren, und empfand einen Anflug von Unbehagen, denn er würde Alex an diesem Abend zum ersten Mal nach dessen Verhaftung begegnen.

Daniel musste sich jedoch eingestehen, dass er seinem Bruder im Nachhinein dankbar war für sein eigenmächtiges Eingreifen. Theo war mit vorsichtig positiven Nachrichten von dem Abendessen im Pförtnerhaus zurückgekehrt. Alex – vielleicht auch in Voraussicht auf die zwangsläufige Begegnung beim Freudenfeuer – hatte seine Bereitschaft zum Friedenschließen kundgetan. Honoria war offenbar schwerer zu überzeugen gewesen, doch schließlich hatte auch sie eingewilligt.

Angesichts dieser Neuigkeiten hatte Daniel es gewagt, Alex am späten Vormittag auf einen Kaffee einzuladen. Anfänglich war die Stimmung steif und kühl gewesen, und als das Gespräch bedrohlich ins Stocken kam, hatte Audrey mit untrüglichem Gespür für den richtigen Zeitpunkt Kaffee und United-Kekse serviert, deren Verpackung sie entfernt hatte, da das Verfallsdatum bereits abgelaufen war. Die Pflege des leiblichen Wohls entspannte die Atmosphäre und ebnete den Weg für die Aussöhnung. Zwar war Alex noch nicht zur kompletten Vergebung bereit, sah aber immerhin ein, dass Daniel letztlich ein Opfer von Neil Vanloos eigenmächtigem Vorgehen gewesen war. Besonders herzlich hatte Alex sich allerdings nicht geäußert, eher so schroff, dass Daniel sich erstmals bei dem jungen Mann an seinen Vater erinnert gefühlt hatte, der auch nicht gerade ein Ausbund an Freundlichkeit war.

»Bist du noch da?«, hörte Daniel jetzt seine Mutter aus dem Wohnzimmer rufen.

»Ja, brauchst du etwas?«

»Könntest du mal kommen?«

Daniel schlüpfte in den zweiten Gummistiefel und schaute ins Wohnzimmer. »Ich bin gerade im Aufbruch …«

»Die Kleinen …«

»Was ist mit denen?«

»Die fürchten sich doch bestimmt, wenn nachher diese schreckliche Knallerei losgeht …«

Daniel überlegte. »Stell ihren Korb am besten unter den Sekretär, da sind sie abgeschirmt. Das hat Hilda letztes Jahr auch geholfen.«

Audrey seufzte. »Am liebsten würde ich selbst da drunterkriechen ...«

»Du schaffst das schon, Mum.«

Sie lächelte Daniel an.

»Ich wünsch dir viel Glück mit Alex und Honoria.«

»Danke, ich muss jetzt wirklich los«, sagte Daniel.

»Und bring mir Lebkuchen von Jane Thwaite mit!«, rief Audrey ihm noch nach, als er zur Tür hinauseilte.

Draußen war es kalt und dunkel, ein heftiger Wind rauschte in den Bäumen. Daniel ging durch den Park in Richtung Herrenhaus. Das Feuer sollte auf der Wiese jenseits der niedrigen Mauer angezündet werden, die den Garten vom größeren Park und dem See trennte. So konnten sich Gäste von Champton House das Spektakel auch von der Terrasse am Westflügel aus ansehen, wenn sie sich nicht unters Volk mischen wollten. Damit genoss man nicht nur das Privileg, das Feuerwerk zusätzlich im See gespiegelt zu betrachten, sondern auch von Mrs Shorely persönlich verköstigt zu werden, anstatt seine Verpflegung an den Ständen erstehen zu müssen.

Das angrenzende Feld war bereits erhellt von Scheinwerfern der Autos, die sich dort einen Parkplatz suchten. Schwankende Lichter in der Dunkelheit wiesen auf Leute hin, die sich mit Taschenlampen Richtung Feuerplatz bewegten, und hie und da funkelten auch bereits Wunderkerzen.

Mr Meldrum hatte Klapptische aufstellen lassen, die als Ausschank für Cider und Bier dienten, und einige fahrende Burger-Buden waren aus Stowe angereist. In der Luft lag der Geruch von heißem Fett und geschmorten Zwiebeln, und Daniel hoffte, dass der Wind nicht zu stark sein würde, denn Alex hatte das Feuer außergewöhnlich hoch aufgeschichtet.

Daniel kam an einer Gruppe Jugendlicher vorbei, die Bier aus Dosen tranken und eine Flasche kreisen ließen. Als jemand Wunderkerzen anzündete, sah Daniel nicht nur, dass es junge Goth-Kids waren, sondern auch, dass Brandon Redding zu der Gruppe gehörte. Alle lachten, weil ein Junge mit einer Wunderkerze etwas offenbar Anzügliches in die Luft zu schreiben schien.

In diesem Moment bemerkte Brandon Daniel.

»Ah, der Herr Pfarrer«, sagte er.

»Brandon, nicht wahr?«

»Sie erinnern sich an mich aus dem Laden?«

»Ganz genau.«

»Und vom Fußballspiel.«

»Auch das, ja.«

»Wollen Sie einen Schluck?« Er hielt Daniel die Flasche hin.

»Was ist das?«

»Wodka.«

»Danke, nein. Sind die anderen hier nicht zu jung für harten Alkohol, Brandon?«

»Wieso?«

»Sie sehen nicht volljährig aus. Also sollten Sie es ihnen auch nicht anbieten.«

»Sie haben mir ja wohl gar nichts vorzuschreiben.«

»Das war lediglich ein Vorschlag.«

Wieder flackerte eine Wunderkerze auf, und ein Mädchen zeichnete damit Spiralen und Kreise in die Luft, so hell leuchtend, dass sie einen Moment lang auf der Netzhaut blieben.

»Oh, wir teilen nicht nur Wodka hier«, sagte Brandon und beugte sich auf eine Art und Weise zu Daniel, die sowohl vertraulich als auch bedrohlich war.

»Was noch?«, fragte Daniel so ruhig wie möglich.

Brandon beugte sich noch weiter vor, so dass Daniel den Alkohol in seinem Atem riechen konnte. Dieser junge Mann war wirklich ein ausgesprochen unangenehmer Zeitgenosse.

»Wir haben Magic Mushrooms genommen«, sagte Brandon. »Wissen Sie, was das ist?«

»Nein.«

»Im Herbst wachsen hier auf den Feldern kleine Pilze, Spitzkegelige Kahlköpfe heißen sie, und die enthalten Psilocybin.«

»Was das ist, müssen Sie mir wohl auch erklären«, sagte Daniel.

»Ein Halluzinogen. Damit kann man psychedelische Erlebnisse haben. Ganz natürlich und vollkommen legal. Die Azteken haben das bei ihren religiösen Ritualen auch gemacht. Vielleicht sollten Sie das beim Gottesdienst in Ihrer Kirche mal ausprobieren, Herr Pfarrer?«

»Und warum sollte ich das wohl tun, Brandon?«

»Weil das echt ulkig wäre.« Er begann zu lachen und um Daniel herumzutänzeln wie ein Boxer. »Tanzen Sie gern, Herr Pfarrer?«

»Nein.«

»Na los, tanzen Sie mit mir. Damit Sie mal aus sich rauskommen.«

Die anderen beobachteten jetzt die Szene.

»Ich möchte nicht mit Ihnen tanzen, Brandon«, erwiderte Daniel und wich zurück.

»Nur ein kleines Tänzchen. Würde Ihnen bestimmt gefallen, da bin ich ganz sicher.«

Einige aus der Gruppe lachten.

»Nein, das würde es nicht. Ich habe aber eine Frage an Sie, Brandon.«

»Schießen Sie los.«

»Ist Lydia Biddle bei Ihnen?«

»War sie vorhin.«

»Und wo ist sie jetzt?«

Brandon machte eine vage Bewegung mit der Flasche. »Irgendwo da drüben. Wollte weg. Die Pilze waren nicht so ihr Ding.«

»Die haben Sie ihr angeboten?«

»Lydia ist doch kein Kind mehr. Die kann ihre eigenen Entscheidungen treffen.«

»Sie ist erst sechzehn«, erwiderte Daniel. »Könnten Sie Lydia vielleicht künftig in Ruhe lassen?«

Brandon trat noch näher. »Und könnten Sie sich vielleicht verpissen?«

Daniel wandte sich ab und ging weg.

»Beten Sie für mich, Herr Pfarrer«, rief Brandon ihm nach, und die anderen johlten.

Während Daniel sich durch die Menge drängte, hielt er nach Lydia Ausschau, konnte sie aber nirgends entdecken. Am Rand der Wiese allerdings sah er die gesamte Familie de Floures auf einem Podest und begab sich dorthin.

Hugh und Michelle standen etwas abseits von den anderen, und Daniel begrüßte sie als Erste. »Guten Abend, Michelle. Sie sind also guten Mutes, sich mit unseren eigenartigen Bräuchen abzugeben, wie ich sehe.«

»Ich liebe Feuerwerk«, erklärte Michelle. »Ach, und prima, dass wir Sie sehen, Reverend, wir fliegen nämlich nächste Woche nach Kanada zurück und möchten Sie vorher noch treffen. Wir haben ein paar Fragen zur Hochzeit.«

»Selbstverständlich. Wann passt es Ihnen? Am Montagvormittag? Oder zum Tee?«

»Wann wäre Tee?«

»Um vier?«

Michelle besprach sich kurz mit ihrem künftigen Bräutigam und sagte dann den Nachmittagstee zu.

Daniel fasste sich ein Herz und trat zu Alex und Honoria.

»Hallo, Daniel«, sagte Alex. »Sind Sie bereit?«

Einen Moment lang verstand Daniel nicht, was gemeint war. »Wofür?«, fragte er.

»Na, um das Feuer anzuzünden.«

»Ich? Aber das macht doch Ihr Vater immer.«

»Er hält die Rede, will aber das Anzünden diesmal Ihnen übertragen.«

»Wirklich? Das hat er mir gar nicht gesagt. Gut, ich frage mal nach.«

Daniel ging zu Bernard und Bob Achurch, der die altertümliche Lautsprecheranlage zu bedienen hatte.

»Bernard, Alex sagte mir gerade, ich soll diesmal das Feuer anzünden – stimmt das?«

»Ja, ich halte die Rede«, bestätigte der Lord, »und wenn ich mit dem Countdown anfange, zünden Sie das Feuer an. Dann muss ich nicht mit diesem Ding hier herumhantieren.« Er zeigte auf einen Stab mit einem benzingetränkten Lappen am Ende, den Bob Achurch in der Hand hielt.

»Gut. Wie genau soll das vonstattengehen?«

»Ich zünde es an«, erklärte Bob, »und Sie gehen damit zum Feuer. Wir haben da eine kleine Höhle freigelassen, die können Sie nicht übersehen. Da stecken Sie den brennenden Stab rein und verdrücken sich dann schnell. Es wird sofort zu brennen anfangen, dafür haben wir gesorgt.«

»Ist das nicht gefährlich?«

»Wenn Sie sich nicht allzu blöd anstellen, nicht«, antwortete Bob trocken.

Bernard warf einen Blick auf seine Uhr. »Es ist sieben, Achurch. Legen wir los.«

»Ja, Mylord.«

Daniel folgte Bob zum Rand des Podests, wo er einige Knöpfe am Verstärker betätigte und Bernard dann zunickte.

»Einen schönen guten Abend Ihnen allen«, begann der Lord und wiederholte seine Begrüßung noch einmal mit erhobener Stimme, als der Lärm sich nicht gleich legte. »Wir versammeln uns heute wieder am Guy-Fawkes-Tag, um zu feiern, dass ein Anschlag auf den Thron, das Parlament und unsere Lebensweise vereitelt werden konnte. Die Schurken ereilte damals ihr gerechtes Schicksal, wie es auch heute allen Feinden von England und der englischen Krone widerfahren soll!«

Daniel konnte sich des Eindrucks nicht erwehren, dass Bernard ziemlich angetrunken war.

»Und wir sollten nicht vergessen«, fuhr Bernard fort, »dass in vielen Ländern der Welt Tyrannen an der Macht sind, deren Figuren wir heute hier genauso verbrennen könnten, wenn es nach mir ginge … Lasst uns alle zusammenstehen und … Freudenfeuer entfachen … um die Freiheit zu feiern … Champton hat sich in seiner langen Geschichte stets gegen Unterdrückung gewehrt und steht für die Treue zur Krone, deshalb ein dreifach Hoch auf unsere Königin Elisabeth die Zweite! Hip-hip …«

Der Hurra-Chor geriet nicht allzu kraftvoll, weil sich vermutlich alle beunruhigt fragten, wo diese Rede hinführen sollte.

»Und so habe ich jetzt die große Freude, unserem Pfarrer Clement das Zeichen zum Entzünden des Freudenfeuers zu geben …«

Honoria raunte ihrem Vater etwas ins Ohr.

»Ach ja, vorher möchte ich noch allen meinen Dank aussprechen, die so fleißig dafür gearbeitet haben, dass dieser Abend ein Erfolg werden kann … jetzt aber, Reverend – es werde Licht!«

Bob Achurch hielt sein Zippo an den benzingetränkten Lappen, der sofort aufflammte und dabei um ein Haar Daniels Augenbrauen versengte.

»Zehn!«, rief Bernard.

»NEUN!«, antwortete die Menge.

Daniel machte sich mit der brennenden Fackel auf zum Feuer und hoffte dabei, dass sämtliche Igel aus dem Holzhaufen geflüchtet waren.

»ACHT! … SIEBEN! … SECHS! …«

Daniel entdeckte Brandon Redding in der Menge, der wie gebannt auf die brennende Fackel starrte.

»FÜNF! … VIER! …«

Die Lücke in dem riesigen Berg aus Ästen und Holzresten kam in Sicht.

»DREI! … ZWEI! … EINS!«

Jubel brach aus, als Daniel die Fackel in die Lücke steckte und sofort Flammen aufloderten. Daniel entfernte sich rasch. Auf dem Podest schauten alle zu, wie sich das Feuer nach oben ausdehnte, und ein heftiger Windstoß trug dazu bei, dass binnen Sekunden der gesamte riesige Holzhaufen lichterloh brannte.

Doch dann war plötzlich kein Jubel mehr zu hören, sondern ein erschrockenes Raunen. Daniel drehte sich um und sah, dass oben auf dem Holzhaufen keine Figur von Guy Fawkes steckte, sondern die einer Person, die in Champton nur allzu bekannt war. Es handelte sich um eine Frauenfigur in schwarzem Mantel, dargestellt in der gleichen Haltung, mit der sie in der Kirche auf ihrem Stammplatz gesessen hatte und auf dem Wandgemälde im Badehaus abgebildet gewesen war, in dem sie dann auch verbrannte, nachdem sie in Champton drei Menschen ermordet hatte.

Kath Sharman.

Fassungslos vor Entsetzen starrte Daniel auf die Figur.

Oben auf dem Podest sagte Bernard aufgebracht zu seinem Sohn: »Alex, bist du dafür verantwortlich?«

Und Alex erwiderte wütend: »*Das* ist eine Person, die gemordet hat! Nicht Nathan!«

Bernard verließ überstürzt das Podium, während einige Leute in der Menge klatschten, andere den Blick abwandten. Michelle und Hugh sahen verstört aus, Honoria machte ihrem Bruder Vorwürfe. Indessen startete Bob Achurch das Feuerwerk, und es gab begeisterte Rufe des Staunens, als der Himmel rot und grün und gelb erstrahlte.

Daniel ging zu dem Stand, an dem Dora Sharman fürs Verteilen der Karamelläpfel zuständig war. Im Augenblick allerdings starrte sie nur voller Grauen auf das Feuer.

»Dora …«, begann Daniel.

»War das Mr Alex' Idee?«

»Das wäre möglich …«

»Dachte ich mir. Warum macht er so etwas?«

»Um irgendein Zeichen zu setzen, vermute ich«, antwortete Daniel.

»Die Gefühle anderer Menschen waren ihm immer schon gleichgültig«, murmelte Dora.

Jetzt stürzten die Überreste der Figur in die Flammen, und ein Funkenschauer stieg zum Himmel auf.

»Bestimmt wünschen sich viele Leute, dass Kath für immer in der Hölle schmort«, fügte Dora hinzu.

Daniel sah, dass Tränen in ihren Augen glitzerten.

»Einige vielleicht«, sagte er. »Aber sicher nicht viele. Die Menschen sind oft nachsichtiger, als wir vermuten.«

»Glauben Sie denn, dass Kath in der Hölle ist?«

»Nein, das tue ich nicht. Es ist doch allgemein bekannt, was sie durchlitten hatte und in welcher seelischen Verfassung sie war.«

»Sie sind ein gütiger Mensch, Reverend.«

»Wenn wir Gott wissen lassen, was uns plagt, werden wir geheilt und gerettet«, fügte Daniel hinzu. »Ungeachtet dessen, was wir getan haben.«

Dora wischte sich die Augen. »Viel Rauch in der Luft, nicht wahr …«

Daniel betrachtete weiter das Feuerwerk, das sich in seiner Farbenpracht immer mehr steigerte, als es sich dem großen Finale näherte. Die Menge jubelte begeistert, und im kaleidoskopartigen Farbenspiel nahm Daniel einzelne Gesichter wahr: Dora, in deren Augen Tränen glänzten; Brandon Redding, der mit starrem Blick zum Himmel hinaufschaute; Alex und Honoria, die noch immer erhitzt stritten.

Doch plötzlich näherte sich flackerndes blaues Licht, und zwischen dem Knallen der Raketen hörte man das Martinshorn eines Streifenwagens.

Kurz darauf kam Neil Vanloo auf Daniel zugerannt.

»Daniel, du musst sofort mitkommen!«

»Was? Warum?«

»Dein Pfarrhaus brennt.«

10

Vor dem Pfarrhaus standen kreuz und quer geparkt hinter Daniels Land Rover und Theos Golf zwei Feuerwehrautos und ein Krankenwagen. Feuerwehrleute kamen aus dem Haus gelaufen, bei dem alle Fenster und Türen offen standen, als seien sie durch eine Explosion aufgeflogen. Daniel starrte aus dem Streifenwagen erschüttert auf die Szene, doch dann fiel ihm auf, dass die Wasserschläuche so reglos am Boden lagen wie schlafende Schlangen.

»Sieht schlimmer aus, als es ist«, sagte Neil beruhigend.

»Und der Krankenwagen?«

»Nur zur Sicherheit. Die Sanitäter kümmern sich um deine Mutter und Miss March.«

»Miss March?«, fragte Daniel verblüfft.

»Überrascht dich das?«

»Meine Mutter und sie hatten einen heftigen Streit. Aber ich weiß nicht, aus welchem Grund.« Plötzlich fuhr Daniel ein heißer Schreck in die Glieder. »Was ist mit den Hunden?«

»Das weiß ich leider nicht.«

Hastig stieg Daniel aus und eilte so schnell zu dem Krankenwagen, wie sein langer Mantel es zuließ. Audrey und Miss March saßen, in rote Decken gehüllt und mit Teebechern in den Händen, auf den Metallstufen.

»Hallo, Liebling«, sagte Audrey. »Hier war ziemlich was los.«

»Geht es dir gut?«

»Ja. Aber jemand hat Zucker in den Tee gerührt, das schmeckt abscheulich.«

»Miss March?«

»Ich glaube, das macht man so, wenn Menschen unter Schock stehen«, sagte die Boutique-Besitzerin.

»Nein, ich meine – ist alles in Ordnung mit Ihnen?«

»So weit alles gut, danke.«

»Wäre Miss March nicht gewesen, wären wir alle tot«, erklärte Audrey.

»Oh! Und wo sind die Hunde?«

Seine Mutter zeigte hinter sich, und Daniel spähte in den Krankenwagen. Hilda und die Welpen lagen in ihrem Korb und wurden begeistert von Sanitätern gestreichelt. Einer hatte Cosmo auf dem Schoß.

»Dem Herrn sei Dank«, sagte Daniel mit einem Stoßseufzer.

»Geht es dir denn gut, Liebling?«, erkundigte sich Audrey bemerkenswert fürsorglich. »Möchtest du den Rest von diesem ekelhaften Tee?«

»Nein, danke. Alles in Ordnung. Ich bin nur ... so erleichtert, dass niemand verletzt ist. Was um alles in der Welt ist denn passiert?«

»Muss eine dieser furchtbaren Raketen gewesen sein. Ein Feuerwehrmann meinte, so was passiert oft am Guy-Fawkes-Tag.«

»Erzähl mir die ganze Geschichte, bitte«, forderte Daniel seine Mutter auf.

»Na ja, ich saß im Wohnzimmer am Sekretär«, begann Audrey. »Cosmo und Hilda lagen zu meinen Füßen, die Kleinen im Korb unterm Sekretär, wie du vorgeschlagen hattest. Ich habe richtig gespürt, wie Hilda gezittert hat wegen dieser schrecklichen Knallerei, die Arme … Aber dann fing sie ganz plötzlich zu bellen an, lief zur Tür und scharrte daran. Ich bin aufgestanden und habe sie rausgelassen, und sie rannte zur Haustür und hat sich so seltsam auf dem Rücken herumgerollt wie in der Zeit, als sie trächtig war. Dann hat sie weitergebellt. Ich konnte mir das gar nicht erklären, deshalb habe ich sie hochgenommen und ins Wohnzimmer zurückgetragen, aber sie hat sich weiter aufgeregt und wollte sich gar nicht beruhigen. Plötzlich hat es an der Terrassentür geklopft, und Cosmo hat sich auch wie verrückt aufgeführt. Deshalb habe ich die Vorhänge aufgezogen, und da stand Miss March!«

»Aber warum haben Sie ans Fenster geklopft?«, fragte Daniel.

»Weil ich von außen die Flammen im Flur gesehen habe«, antwortete Miss March. »Deshalb konnte man nicht mehr durch die Haustür gehen, und ich lief in den Garten, weil ich hoffte, Mrs Clement sei im Wohnzimmer, und habe geklopft, damit sie mich hört. Und als sie das Fenster öffnete, habe ich ihr gesagt, sie müsse schnell herausklettern.«

»Ich habe noch rasch die Feuerwehr angerufen«, setzte Audrey den Bericht fort. »Wir haben das Fenster so weit hochgeschoben wie möglich, dann habe ich Miss March die Hunde hinausgereicht und den Sessel ans Fenster gerückt und Kissen rausgeworfen, damit ich zur Not weich falle. Und dann hab ich mich irgendwie rausgehangelt, und Miss March hat mich aufgefangen, und wir haben die Hunde in den Schuppen gesperrt und frierend hier gesessen, bis die Feuerwehr kam.«

»Miss March, ich weiß gar nicht, wie ich Ihnen danken soll«, sagte Daniel.

»Keine Ursache.«

»Ich würde mich ja gern erkenntlich zeigen, wüsste aber nicht, wie.«

Miss March blieb einen Moment stumm. Dann sagte sie: »Mir würde da schon etwas einfallen.«

»Was denn?«

»Sie könnten mir die Kameebrosche verkaufen.«

»Die können Sie haben«, erklärte Audrey.

»Aber ich dachte, du hast sie zur Auktion gegeben?«, fragte Daniel verwundert.

»Nein, das habe ich nur gesagt, um Jean Tailby zu ärgern. Sie liegt in meinem Sekretär, sofern sie nicht verbrannt ist oder einer der Feuerwehrmänner sie gestohlen hat.«

»Die stehlen doch nicht, Mum.«

»Ach, du würdest dich wundern, wer alles stiehlt«, erwiderte Audrey mit bedeutsamem Unterton.

Miss March sagte: »Ich würde Ihnen wirklich gern einen guten Preis bezahlen, Mrs Clement, wie ich schon mehrmals vorgeschlagen habe …«

»Nicht nötig. Ich schenke sie Ihnen.«

»Mum, du weißt aber, dass uns diese Dinge nicht gehören …«

»Daniel, wäre Miss March nicht gewesen, dann wären deine Mutter und deine Hunde in Flammen aufgegangen. Da musst du nun wirklich mal ein Auge zudrücken.«

In diesem Moment trat Neil zu ihnen. »Miss March, ich müsste kurz mit Ihnen sprechen, wäre das möglich?«

»Selbstverständlich.«

»Hast du zufällig den Schlüssel zur Sakristei bei dir, Daniel?«, fragte Neil.

»Ja. Aber was willst du denn dort?«

»Ich brauche einen ruhigen Ort.« Nachdem er den Schlüssel erhalten hatte, sagte Neil: »Kommen Sie bitte mit, Miss March.«

Die Boutique-Besitzerin schien etwas erwidern zu wollen, stand dann aber wortlos auf und zog die Decke von ihren Schultern. »Natürlich, Detective Sergeant. Mrs Clement, Sie vergessen die Brosche auch nicht?«

»Auf keinen Fall, meine Liebe. Ich bin Ihnen sehr zu Dank verpflichtet.« Nachdem Neil sich mit Miss March entfernt hatte, sagte Audrey zu Daniel: »Ich hatte mich schon gefragt, wann er mit seinem kleinen Notizbuch erscheinen würde.«

»Du meinst, um Miss March Fragen zu stellen?«

»Ganz genau.«

»Hat sie dir gesagt, weshalb sie heute Abend hier war?«, fragte Daniel.

»Hat gesagt, sie sei zufällig vorbeigekommen. Aber wo ist ihr Wagen? Ich bin Miss March natürlich wirklich dankbar, dass sie uns gerettet hat. Aber, ehrlich gesagt, als ich sie da am Fenster gesehen habe, dachte ich, sie wollte die Brosche von Mrs Hawkins rauben.«

Daniel betrachtete seine Mutter forschend. »Mum, was geht hier vor sich?«

Audrey schaute über seine Schulter und sagte: »Wo sollen wir denn nun wohnen, bis hier wieder alles in Ordnung ist?«

»Bernard wird uns bestimmt beherbergen. Aber du weichst meiner Frage aus, Mum.«

»So viele Fragen. Wie im Fernsehquiz.«

»Was hat es mit dieser Brosche auf sich? Die ist kein gewöhnliches Schmuckstück, nicht wahr?«

Audrey seufzte. »Nun gut, es wird sowieso alles ans Licht kommen. Aber unterbrich mich nicht, und reg dich bitte nicht auf, ja?«

Daniel nickte wortlos und wartete ab.

Audrey zog die Decke enger um die Schultern. »Solltest du dich gefragt haben, wie Muriel Hawkins sich diesen ganzen kostbaren Schmuck leisten konnte – das kann ich dir erklären.

Sie war nämlich eine äußerst erfolgreiche Geschäftsfrau. Als ich anfing, mich mit ihrem Nachlass zu beschäftigen, wurde mir das schnell klar. Du erinnerst dich an die Poststapel auf dem Esszimmertisch?«

»Natürlich.«

»Das war nur die Spitze des Eisbergs!«

»Was für ein Eisberg?«, fragte Daniel verständnislos.

»Krieg jetzt bitte keinen Schreck, aber … Muriel Hawkins war ein Medium.«

»Wie bitte?«

»Ein Medium. Sie nannte sich Caduceus und hatte die Caduceus Society gegründet. Weißt du, was der Caduceus ist?«

»Dieser von Schlangen umschlungene Stab des Gottes Hermes?«

»Richtig. Und Hermes ist auch der Gott der Magie.«

»Ach, und dafür stehen die Buchstaben auf den Briefumschlägen?«, fragte Daniel, als ihm ein Licht aufging. »Für Caduceus Society?«

»Genau. Ich musste mir rasch etwas einfallen lassen, als du mich danach gefragt hast …«

»Also hat Mrs Hawkins … Séancen abgehalten? Wenn sie damit so viel Geld eingenommen hat, muss sie aber viele gemacht haben …«

»Eben nicht – und das ist der raffinierteste Teil ihres Unternehmens, Daniel. Sie hat das per Postverkehr gemacht.«

»Ich kann dir nicht folgen.«

»Sie hat mit ihrer Kundschaft nur schriftlich verkehrt«, erklärte Audrey. »Kein Tischerücken, keine Kristallkugel, kein Ektoplasma. Die Leute trugen per Brief ihr Anliegen vor, und sie schrieb ihnen dann, was die verstorbene Person ihr mitgeteilt hatte. Ist das nicht schlau? Ein Medium, das man gar nicht aufsuchen muss! Und das *Einkommen*! Das kannst du dir nicht vorstellen. Als Wahrsagerin hätte sie nie und nimmer so viel verdient.«

»Aber wenn ich ein Medium aufsuchen würde«, wandte Daniel ein, »würde ich doch wissen wollen, auf welche Weise es … mit den Geistern kommuniziert.«

»Das kann ich dir schildern. Muriel platzierte den Brief umgedreht auf dem Tisch, legte ihre rechte Hand darauf und die linke auf die angesteckte Kameebrosche. Die war so eine Art magischer Gegenstand. Und dann ist sie mit Hermes in Kontakt getreten.«

»Wie das?«

»Na ja, so wie du es auch machst. Das verhält sich mit der Jungfrau Maria doch sicher nicht anders.«

Daniel zog es vor, auf diese Bemerkung nichts zu erwidern.

»Anschließend hat Muriel ihre Unterhaltung mit Hermes aufgeschrieben und an die Kundschaft geschickt.«

»Und wie war das mit der Bezahlung geregelt?«, erkundigte sich Daniel.

»Zuerst haben die Leute pro Séance bezahlt, aber dann hat Mrs Hawkins Mitgliedschaften eingeführt«, antwortete Audrey. »Man konnte Goldmitglied werden oder Diamantmitglied – damit hatte man dann Anspruch auf eine Sitzung monatlich. Mrs Hawkins war wirklich ungemein geschäftstüchtig.«

»Kein Wunder, dass du so viel zu tun hattest«, bemerkte Daniel. »Wie viele Mitgliedschaften musstest du kündigen?«

Audrey schwieg.

»Mum?«

»So einfach ist das nicht.«

Daniel überlegte kurz, dann zuckte er innerlich zusammen, als ihm ein Gedanke kam. »Mum … hast du überhaupt schon welche gekündigt?«

»Ich hab doch gesagt, du sollst dich nicht aufregen«, murmelte Audrey.

»Mum, hast du diese armen Menschen darüber informiert, dass ihr … Medium selbst nicht mehr auf dieser Welt weilt?«

»Und sarkastisch sollst du auch nicht sein«, erwiderte seine Mutter.

Daniel, dem mittlerweile Übles schwante, fragte: »Was hast du mir zu gestehen?«

Audrey blickte ihn so finster an, als müsse sie einen Gegner einschätzen. Schließlich sagte sie: »Daniel. Ich sehe keine Notwendigkeit, diese bedauernswerten Menschen einer Quelle des Trosts zu berauben. Viele von ihnen leiden furchtbar unter dem Verlust eines Ehepartners oder Elternteils … oder sogar eines *Kindes*. Sie wenden sich an Caduceus, weil sie seelischen Beistand und Hoffnung brauchen. Und du verlangst von mir, ihnen das zu verweigern?«

»Aber Mrs Hawkins ist nun einmal verstorben, Caduceus gibt es also nicht mehr«, erwiderte Daniel. »Diese Menschen müssen sich andere Möglichkeiten suchen, um mit ihren verlorenen Lieben in Verbindung zu bleiben.«

»Es gibt aber mehr Dinge zwischen Himmel und Erde, Daniel, als in deiner Weltsicht.«

Daniel hatte plötzlich eine schockierende Idee. »Mum, du hast doch wohl nicht … die Rolle von Mrs Hawkins übernommen?«

»Muriels Umhang ist eben auf meinen Schultern gelandet«, antwortete Audrey ausweichend. »So wie diese Decke hier.«

»Mutter«, sagte Daniel ruhig, aber fest, »es ist absolut ausgeschlossen, dass du im Pfarrhaus von Champton Séancen abhältst und unschuldigen Menschen etwas vormachst und damit auch noch Geld verdienst. Das darfst du hier nicht tun und anderswo auch nicht. Es ist unehrlich und betrügerisch. Es ist … *böse.*«

»Ach, sei doch nicht so …«

»Nein, du hörst mir jetzt bitte zu. Diese Menschen trauern und leiden, und du nutzt das zu deinem Vorteil? Für Geld?«

»Das machst du doch auch.«

»Wie bitte?«

»Ja. Ich finde, Mr Tailby hat gar nicht so unrecht. Warum hast du so viel mit alten Witwen zu tun, Daniel?«

»Ich bin der Pfarrer dieser Gemeinde! Und damit auch der Seelsorger!«

»Fein, und dafür zeigen sich die alten Damen doch bestimmt erkenntlich.«

»Willst du damit sagen, ich sei wie die Tailbys?«

»Ich …«

»Wie kannst du mir so etwas überhaupt unterstellen?«

»Sei doch nicht so übertrieben mora…«

»Du wohnst mit mir zusammen und erlebst tagtäglich, wie ich meinen Beruf ausübe. Und du glaubst, dass ich mich dabei bereichere? Wie kannst du nur!«

»Ach, ich wünschte, du tätest es!« Audrey brach unvermittelt in Tränen aus. »Wir sind ständig so knapp bei Kasse, Daniel! So knapp! Glaubst du vielleicht, Gott wird für uns sorgen? Meine Rente ist zu klein, und ich muss jeden Penny umdrehen, und du tust ebenso wenig dagegen wie Gott. Und dann gibst du mir die Schuld, wenn …«

»Wenn du Menschen in einer Notlage ausnutzt und so tust, als könntest du mit ihren verstorbenen Eltern sprechen? Oder mit ihren *Kindern*?«

Neil näherte sich mit Bernard und Honoria, gefolgt von Theo.

»Alles in Ordnung, Mum?«, fragte Theo.

»Sie steht unter Schock«, antwortete Daniel für seine Mutter. »Wie wir alle.«

»Möchtest du vielleicht Tee, Mum?«, erkundigte sich Theo. »Ich glaube, bei Schock soll man süßen Tee trinken.«

»Earl Grey«, sagte Audrey. »Mit Zitrone.«

Und Bernard fragte: »Liebe Mrs Clement, darf ich Ihnen Unterbringung in Champton House anbieten?«

»Wir haben wirklich viel Platz«, fügte Honoria hinzu, »und sicher auch vieles, was Sie brauchen, solange das Pfarrhaus noch nicht betreten werden kann.«

Unwillkürlich entfuhr Audrey ein kleiner Freudenschrei bei der Vorstellung, im vornehmen Herrenhaus unterzukommen. »Wie reizend von Ihnen, danke!«

Daniel fiel plötzlich auf, dass sein Bruder merkwürdig abwesend aussah. »Ist alles in Ordnung mit dir, Theo?«

Theo sah ihn so blinzelnd an, als könne er ihn nicht richtig erkennen. »Schon, aber … kann ich mal kurz mit dir allein reden?«

Daniel nickte und ging mit seinem Bruder zu den hohen Lorbeerbüschen am Rand der Zufahrt. »Was ist los?«

»Dan, ich fürchte, ich habe Magic Mushrooms zu mir genommen.«

»Du hast was?«

»Die haben in etwa die gleiche Wirkung wie LSD. Ich sehe gerade alles ziemlich bunt.«

»Davon habe ich heute schon mal gehört. Woher hast du die?«

»Von einem ziemlich dubiosen Typen gekauft, den Alex kennt.«

»Hat Alex auch welche genommen?«, fragte Daniel.

»Nein, er musste ja wegen des Feuerwerks klar im Kopf sein.«

»Und was willst du jetzt machen?«, fragte Daniel beunruhigt. »Mum darfst du das unter keinen Umständen erzählen.«

Honoria tauchte aus der Dunkelheit auf. »Dan, Neil sucht dich. Ich kümmere mich um Theo und deine Mutter. Und um diese zauberhaften kleinen Hündchen.«

Daniel kam erleichtert zu dem Schluss, dass das Eis zwischen ihnen nun endgültig gebrochen zu sein schien.

Als er zu Neil trat, sagte der: »Miss March möchte dich sprechen.«

»Weswegen?«

»Als Geistlicher. Das wird sie dir selbst erklären. Wie geht's dir übrigens?«

»Na ja … so gut wie es einem gehen kann, wenn beinahe das eigene Haus mitsamt Mutter und Hunden in Flammen aufgeht …«

»Es war übrigens Brandstiftung, keine Rakete«, erklärte Neil.

»Im Ernst?«, fragte Daniel entsetzt. »Bist du sicher?«

»Benzingetränkter Lappen, sagt der Brandmeister. Und Miss March hat den Täter gesehen … sie glaubt, dass es ein Mann war, mit schwarzer Kapuze. Hat den Lappen in den Briefschlitz gesteckt.«

»Aber wieso hat Miss March sich überhaupt am Pfarrhaus aufgehalten?«, fragte Daniel stirnrunzelnd.

»Interessante Geschichte«, antwortete Neil. »Die wird sie dir selbst erzählen. Und sag mal … können wir beide uns später mal in Ruhe unterhalten? Mir wäre sehr daran gelegen.«

»Ja, mir auch. Machen wir.«

Als Daniel die Sakristei betrat, saß Miss March dort stocksteif auf einem Stuhl neben der Kommode für die liturgischen Gewänder.

»Miss March. Sie wollten mich sprechen?«

»Ja, Reverend. Segne mich, Vater, denn ich habe gesündigt.«

»Haben wir das nicht alle? Was möchten Sie mir denn mitteilen?«

»Ich möchte die Beichte ablegen. Meine letzte war in der Bußzeit.«

Nach dieser Erklärung zog Daniel eine Schublade der Kommode auf, nahm eine purpurrote Stola heraus und legte sie um, was über dem Mantel etwas eigenartig wirkte. Doch dieses Zeichen seines Amtes war unerlässlich für die Zeremonie, auch wenn sie nun in der Sakristei stattfand, was außergewöhnlich war.

Dann sprach er die üblichen Worte, mit denen er begann, wenn Menschen Absolution von ihren Sünden wünschten: »Gott, der unser Herz erleuchtet, schenke dir wahre Erkenntnis deiner Sünden und seiner Barmherzigkeit.«

»Amen«, sagte Miss March. »Nun, Reverend – mein Vater fiel vor einiger Zeit einem Gewaltverbrechen zum Opfer. Wir waren uns sehr nah, vor allem seit meine Mutter … verschieden war, und es fiel mir sehr schwer, ohne meinen Vater zurechtzukommen. Ich habe mich an die Kirche gewandt und dort Trost gefunden … aber was ich mir wirklich wünschte, war, dass mein Vater wieder lebendig wurde – real, und nicht nur irgendwie … theologisch. Ich habe versucht, im Gebet mit meinem Vater zu sprechen, und auch einen Priester gebeten, den Kontakt herzustellen, was jedoch alles vergeblich war. Und dann hat mir eine Kundin von Caduceus erzählt.« Miss March sah Daniel forschend an, um seine Reaktion einzuschätzen.

»Ich verstehe«, sagte er, legte die Fingerspitzen aneinander und schloss die Augen.

»Reverend«, fuhr Miss March fort, »ich neige nicht dazu, Wahrsagerinnen oder dergleichen aufzusuchen – ganz im Gegenteil: Ich bin mir wohl bewusst, dass die Bibel sagt ›Die Zauberinnen sollst du nicht leben lassen‹.«

Daniel öffnete überrascht die Augen. »Ja, gewiss, aber unter bestimmten Umständen kann man Texte der Bibel auch anders interpretieren …«

»Jedenfalls wurde mir versichert, Caduceus sei ein Christ und handle nicht im Widerspruch zur Heiligen Schrift. Und ich war so verzweifelt, dass ich ihm schrieb. Dann erhielt ich Antwort von meinem Vater, mit so tröstlichen Worten und einem Kosewort für mich, das nur er und ich kannten. Und mir fiel etwas auf …«

Daniel nickte aufmunternd. »Fahren Sie fort.«

»Ich erkannte Caduceus' Handschrift. Es war die von Mrs Hawkins. Wir hatten einmal korrespondiert, als sie ein Paar Schuhe neu besohlt haben wollte – wunderschöne hellbraune Kroko-Slipper von Bally.«

»Waren Sie schockiert, als Sie merkten, dass Caduceus in Wahrheit kein Seher, sondern eine Witwe aus Upper Badsaddle war?«

»Nein«, antwortete Miss March leise. »Ich war einfach nur froh, dass ich endlich von meinem Vater gehört hatte.«

»Und so wurden Sie quasi Stammkundin.«

Miss March nickte. »Ich glaube, wie gesagt, sonst nicht an Hellseherei und dergleichen … aber auf diese Art mit meinem Vater in Verbindung bleiben zu können, war einfach unwiderstehlich für mich. Doch dann … dann bemerkte ich eine Veränderung.«

»Inwiefern?«

»Es dauerte länger, bis die Antworten kamen, und der Inhalt klang anders. Und dann schrieb Caduceus, er sei erschöpft, weil er so viele Anfragen für Gespräche mit dem Jenseits habe, und müsse sich vorerst zurückziehen. Ich verstand, dass Muriel vermutlich schwer krank war, also bin ich zu ihr gefahren, aber sie wollte mich nicht sehen. Oder vielmehr wurde ich durch dieses schreckliche Paar von ihr ferngehalten.«

»Die Tailbys, meinen Sie?«, fragte Daniel.

»Ja. Von denen ja bekannt ist, dass sie sich an kränklichen Witwen bereichern. Deshalb habe ich dafür gesorgt, dass diese beiden beobachtet werden. Und dass sie das auch wussten.«

»Sie haben die Polizei informiert?«

»Ja. Und ich bereue es nicht«, antwortete Miss March. »Ich war ernsthaft besorgt um Muriels Sicherheit.«

Daniel nickte. »Und, darf ich fragen … die Brosche?«

Miss March errötete. »Ich wusste, dass die Hermesbrosche Muriels Talisman war. Und dass Jean Tailby sich die im Nu unter den Nagel reißen würde, obwohl sie vermutlich die wahre Bedeutung des Schmuckstücks gar nicht kannte.«

»Und nach Mrs Hawkins' Tod …«

»Habe ich versucht, die Brosche zu bekommen.«

Das Licht einer Rakete draußen warf farbige Muster auf Miss Marchs Gesicht.

»Jetzt gehört sie Ihnen«, sagte Daniel.

»Vielen Dank.«

»Danken Sie meiner Mutter dafür. Ich vermute, Sie wussten, dass sie die Rolle von Caduceus übernommen hatte?«

»Ja, das wurde mir dann irgendwann klar, und ich war bei ihr, um sie zur Rede zu stellen. Woraufhin es zum Streit zwischen uns kam, Sie erinnern sich bestimmt?«

»Gewiss«, antwortete Daniel. »Und heute Abend … da waren Sie hier, um die Brosche zu stehlen?«

»Um dieses ganz besondere Schmuckstück davor zu beschützen, verschleudert zu werden!«

»Miss March, ich muss Sie daran erinnern: Wenn Sie Absolution wünschen, müssen Sie die vollständige Wahrheit offenbaren.«

»Ich wäre bereit gewesen, einen hohen Preis für die Brosche zu bezahlen.«

»Was für uns nicht infrage kam.«

»Ihre Mutter hätte das schon getan. Aber Sie waren unnachgiebig.«

Daniel schwieg und sah Miss March eindringlich an. Ihre Wangen röteten sich noch stärker – was beim Beichten immer ein gutes Zeichen war –, und sie wandte den Blick ab.

Schließlich sagte sie: »Sehe ich das richtig, dass alles, was hier gesprochen wird, unter dem Siegel der Verschwiegenheit bleibt?«

»Ja, natürlich, das ist richtig«, bestätigte Daniel.

»Sie werden also nichts von dem, was ich hier sage, an die Polizei übermitteln?«

»Kein einziges Wort.«

»Es erfährt auch niemand von meiner Verbindung zu Caduceus?«

»Selbstverständlich nicht, Miss March.«

»Also gut. Ja, ich hatte vor, die Brosche zu stehlen. Aber dann kam es anders.«

»Was sozusagen eine glückliche Fügung war.«

»Allerdings.«

Beide schwiegen einen Moment. Dann sagte Miss March: »Ich glaube, das wäre alles. Können Sie mir Absolution gewähren?«

»Das kommt darauf an«, antwortete Daniel.

»Auf was?«

»Auf Ihren Vorsatz, künftig nicht mehr zu sündigen.«

Miss March schien zu überlegen und sagte dann: »Das kann ich nicht versprechen.«

»Sie müssen nichts versprechen. Sie sollen es sich lediglich fest vornehmen.«

Miss March dachte erneut kurz nach. »Ja, gut, das mache ich.«

»Gut. Dann werde ich Ihnen jetzt Ihre Buße auferlegen.« Daniel besann sich einen Moment. »Sprechen Sie bitte ein Reuegebet. Und wenn Sie es sich erlauben können – eine großzügige Spende für eine Wohltätigkeitsorganisation, zum Beispiel zur Wiedereingliederung ehemaliger Häftlinge?«

»Ja. Danke, Reverend.«

Daniel hob segnend die Hände und sprach: »Gott, der barmherzige Vater, hat durch den Tod und die Auferstehung seines Sohnes die Welt mit sich versöhnt und den Heiligen Geist gesandt zur Vergebung der Sünden. Durch den Dienst der Kirche schenke er dir Verzeihung und Frieden. So spreche ich dich los von deinen Sünden – im Namen des Vaters und des Sohnes und des Heiligen Geistes. Amen.«

»Amen.«

»Und beten Sie für mich, denn auch ich bin ein sündiger Mensch.«

»Das mache ich. Kann ich sonst noch irgendetwas für Sie tun, Reverend?«

»Sie haben mir bereits einen großen Dienst erwiesen, Miss March.«

»Ach, wirklich?«

»Ja. Sie haben ein Rätsel für mich gelöst.«

Neil sprach vor dem Pfarrhaus mit dem Einsatzleiter der Feuerwehr. Nur noch ein Löschfahrzeug war vor Ort, aber es kamen weiterhin Feuerwehrleute aus dem Gebäude. Als Daniel in den Flur spähte, sah er überall Wasser und Asche, ein Anblick der Verwüstung.

Neil sagte: »Dan, das ist Keith. Er hat den Einsatz geleitet.«

»Reverend.« Der Mann, der gelassen und erfahren auf Daniel wirkte, nickte ihm zu. »Kein schöner Anblick. Hätte schlimmer kommen können, aber es wird wohl eine Weile dauern, bis Sie Ihr Haus wieder benutzen können.«

»Danke, dass Sie so schnell hier waren«, sagte Daniel. »Und dass Sie meine Mutter und die Hunde gerettet haben.«

»Der Dank gebührt dieser Dame … Miss Soundso. Sie haben Glück gehabt. Oder auch nicht: Jemand hat hier vorsätzlich Feuer gelegt.«

»Sind Sie sicher?«

»Ja. Ziemlich dilettantisch allerdings – benzingetränkter Lappen im Briefkasten in der Tür.«

»Trotzdem vielen Dank für alles.«

»Gehört zum Service. Vor allem an diesem Abend im Jahr. Und auf zum nächsten Einsatz.« Der Feuerwehrmann kehrte zu seinem Fahrzeug zurück, während eine weitere Rakete den Himmel erleuchtete und die bunten Funken dann langsam verblassten.

»Neil, wir müssen reden«, sagte Daniel.

»Ich weiß. Aber kann das nicht bis morgen warten?«, erwiderte Neil. »Das alles ist doch ein Schock für dich.«

»Nein, diese Art von Gespräch meine ich gerade nicht. Ich weiß, wer es getan hat.«

»Wer das Feuer gelegt hat?«

»Ja. Und wer Joshua Biddle getötet hat. Und warum.«

11

Immer noch war hie und da das Knallen von Raketen zu hören, und der Himmel leuchtete in allen Farben auf. Doch jetzt handelte es sich nicht mehr um offiziell organisiertes Feuerwerk, sondern um vereinzelte Nachzügler, die bei Woolworth oder illegal in Eckläden Raketen erstanden hatten.

Daniel sann darüber nach, ob den Menschen, die jetzt das Feuerwerk am Firmament bestaunten, wohl auch ein anderer Tag noch in Erinnerung war, als der Bibel zufolge der Leibhaftige – besiegt vom Erzengel Michael – vom Himmel stürzte. Am Michaelistag Ende September feierte die Kirche den Sieg der geflügelten Mächte des Lichts über die geflügelten Mächte der Dunkelheit. Der Überlieferung nach war Satan bei seinem Sturz in einem Brombeerbusch gelandet und hatte dort uriniert, weshalb Audrey ihre Brombeeren auch stets vor Michaeli zu ernten pflegte.

Doch manchmal, dachte Daniel, tarnte sich das Böse auch mit kirchlichen Gewändern und Insignien, und im Namen der Kirche wurden schlimme Sünden und Gewalttaten begangen: Sklavenschiffe gesegnet, Frauen als Hexen verbrannt, Menschen zerstört, deren Liebes- und Lebensformen gnadenlosen Gesetzen und Vorschriften nicht entsprachen – und Morde unter dem Deckmantel von Gottes Willen begangen.

Als sie vor der Tür des Pfarrhauses von Lower Badsaddle standen, fragte Neil: »Bist du wirklich bereit dazu, Dan? Wir müssen das nicht allein machen, ich kann Kollegen dazu holen.«

»Ich bin mir ziemlich sicher, dass es keine Schwierigkeiten geben wird«, antwortete Daniel. »Und je unauffälliger das vonstattengeht, desto weniger Schaden für andere, falls du verstehst, was ich meine.«

Neil nickte und drückte die Klingel. Als die Tür aufging, schaute Sally Biddle mit ängstlichem Blick auf die beiden Männer vor der Tür. Daniel vermutete, dass sie jedes Mal erneut daran denken musste, wie sie ihr die Nachricht vom Tod ihres Sohnes überbracht hatten.

Sie schien wieder mit Backen beschäftigt zu sein und trug eine Küchenschürze, an der sie sich jetzt die Hände abwischte.

»Daniel, Detective Sergeant«, sagte sie beunruhigt. »Was ist passiert? Haben Sie jemanden gefasst?«

»Sally ... ist Chris zu Hause?«, fragte Daniel.

»Ja, er ist gerade aus Champton zurückgekommen, vom Feuerwerk. Sind Sie sich dort nicht begegnet?«

»Nein.«

»Er ist in seinem Arbeitszimmer, schreibt eine Predigt.«

»Könnte ich ihn sprechen?«

Sally wirkte besorgt. »Ja, aber ... könnten Sie vielleicht beim nächsten Mal vorher anrufen?«

»Tut mir leid, dafür war keine Zeit. Ist Lydia auch hier?«

»Nein, sie ist noch beim Feuerwerk.«

Neil warf ein: »Mrs Biddle, könnten wir beide in der Küche warten, während Daniel mit Ihrem Mann spricht?«

Sally holte tief Luft und seufzte dann. »Natürlich. Ich mache uns einen Tee.«

Daniel ging zum Arbeitszimmer und klopfte an.

»Was?«, rief Chris mit gereizter Stimme.

Daniel betrat den Raum. Chris saß am Schreibtisch und tippte auf einem Computer.

»Ich muss mit Ihnen sprechen, Chris«, begann Daniel.

»Worüber?«

»DS Vanloo ist hier, um Sie zu verhaften. Warum, wissen Sie. Ich frage mich, ob es eine Möglichkeit gibt, Ihre Familie möglichst wenig damit zu belasten.«

Chris erstarrte. Dann sagte er: »Das hat ja gedauert.«

»Nun, jetzt ist es so weit«, erwiderte Daniel. »Ich wollte vermutlich nicht erkennen, dass jemand wie Sie eine solche Tat begehen könnte.«

»Was denn – jemand, der bibeltreu ist? Das sollten Sie lieber auch mal probieren.«

»Ich glaube nicht, dass die Form von Bibeltreue, die Sie suchen, möglich ist. Dazu ist die Bibel viel zu komplex.«

»Ach ja? Das sehe ich anders«, konterte Chris.

»Aber jetzt ist kaum der richtige Zeitpunkt für theologische Debatten. Wir sollten …«

»Und wenn ich Ihnen meine Sünden beichte?«

»Sie glauben doch gar nicht an die Beichte, Chris.«

»Richtig, und Sie sollten das auch nicht tun. Ebenso wenig, wie irgendwelchen neumodischen Trends zu folgen, die nicht auf der Heiligen Schrift beruhen.«

»Seit der Reformation hat sich viel verändert«, sagte Daniel.

»Ich möchte mein Gewissen erleichtern«, insistierte Chris.

»Dann wäre es besser, Sie tun das bei jemand anderem.«

»Warum? Bin ich denn kein Schäfchen Ihrer Herde?«

»Doch, aber ich möchte der Polizei gegenüber ungehindert Aussagen machen können. Was nicht möglich ist, wenn ich durch die Beichte zum Schweigen verpflichtet bin.«

»Und warum sind Sie dann gekommen?«

»Weil ich nicht verstehe, wie Sie Ihren eigenen Sohn töten konnten.«

»Und ich verstehe nicht, weshalb ich Ihnen das erklären muss. Sogar Sie müssten doch vertraut sein mit dem Ersten Buch Mose, Kapitel 22.«

»›Nimm Isaak, deinen einzigen Sohn, den du lieb hast, und geh hin in das Land Morija und opfere ihn dort zum Brandopfer auf einem Berge‹«, zitierte Daniel.

»Dafür dürfen Sie sich ein Goldsternchen kleben.«

»Sie wissen doch aber, dass Abraham seinen Sohn nicht getötet hat.«

»Er war aber für Gott dazu bereit«, widersprach Chris. »Und Isaak war ein Unschuldiger.«

»Joshua nicht?«

»Er war … abtrünnig.«

»Abtrünnig?«, wiederholte Daniel.

»Sie haben ja keine Kinder. Aber wenn Sie Kinder hätten, Daniel – wie wäre Ihnen da wohl zumute, wenn sie den Himmel ablehnen und die Hölle bevorzugen?«

»Ich würde sie jedenfalls deshalb ganz sicher nicht töten wollen.«

»Dann sind Sie selbst ein Abtrünniger.«

»Ich hatte bislang eher geglaubt, ein Geretteter zu sein.«

»Ach was. Sie sind ein falscher Prophet, Daniel, und täuschen nicht nur die anderen, sondern auch sich selbst.«

»Und Sie leben in einer fanatisch geordneten Welt, Chris«, erwiderte Daniel. »Keine Ambivalenzen, keine Unsicherheiten … und keine Gnade. Weder für Joshua noch für meine Mutter.«

»Ja, Sie beide sollten als Nächste dran sein. Ursprünglich wollte ich Sie beide zusammen töten – das Übel an der Wurzel vernichten, verstehen Sie? Jeder Baum, der nur wurmige Früchte trägt, wird abgehackt und verbrannt. Aber es ist erstaunlich schwierig, mehrere Sünder aus der Welt zu schaffen.«

»Und was ist mit Sally und Lydia?«

»Die haben noch eine gewisse … Gottesfurcht.«

»Ich meine nicht, warum sie verschont wurden«, sagte Daniel. »Sondern: Was soll aus ihnen werden, wenn Sie Ihrer gerechten Strafe zugeführt werden?«

»Es gibt nur einen Richter, Daniel.«

»Ihren minderjährigen Sohn zu ermorden und dann Ihre christlichen Brüder und Schwestern durch einen Brandanschlag beseitigen zu wollen – das erfordert auch vor dem Richterstuhl Gottes einiges an Erklärung, meinen Sie nicht?«

»Christlich? Das sind Sie nicht«, versetzte Chris. »Ihre Mutter hält in Ihrem Pfarrhaus Séancen ab, wussten Sie das?«

»Meine Mutter hält keine Séancen ab, weder im Pfarrhaus noch anderswo …«

»Oh doch. Das weiß ich sicher, meine Frau ist nämlich eine ihrer Kundinnen. Sally konnte die Trauer über Joshs Tod nicht mehr aushalten – Trauer kann wahnsinnig machen, wissen Sie? – und ging zu den Spiritisten in Braunstonbury. Da hat man ihr von einem Medium erzählt, das irgendeinen dämonischen Namen trägt, Beelzebub oder so etwas. Sally hat geschrieben und eine Antwort bekommen, die ihre Angst noch gesteigert und ihr die einzige Hoffnung auf Erlösung genommen hat. Ihre Mutter hat sich an den Ängsten anderer bereichert. Und als Sally im Pfarrhaus war, hat sie ihren eigenen Brief dort auf dem Tisch gesehen, mitsamt vielen anderen von trauernden Eltern und Ehepartnern.«

»Das wusste ich nicht.«

»Sie sollten es aber wissen, wenn Sie ein bibeltreues Leben führen und das Wort Gottes verbreiten wollen zum Wohl der Menschheit. Was Ihnen zweifellos nicht gelingt.«

»Und Sie, Chris? Sie haben Ihren eigenen Sohn getötet! Und damit gegen eines der zehn Gebote verstoßen!«

»Er war schon tot«, entgegnete Chris tonlos.

Daniel sagte: »Wir sollten jetzt gehen. DS Vanloo wartet in der Küche.«

»Eine weitere Eroberung von Ihnen.«

»Wie bitte?«

»Eine weitere Seele, die Sie für Satan gewonnen haben. Gut gemacht. Oder haben Sie andere Pläne mit ihm?«

»Jetzt reicht es«, erwiderte Daniel scharf.

»Dachte ich mir.«

Daniel stand auf, ging zur Tür und öffnete sie. »Ich hoffe, dass Sie eines Tages begreifen werden, was Sie getan haben, Chris. Und dass Sie dann Ihre Sünden bereuen und wissen, dass Ihnen vergeben wird.«

»Ich weiß genau, was ich getan habe. Sie haben viel mehr Grund, auf Vergebung zu hoffen.«

Neil erschien im Flur. »Kommen Sie bitte mit, Sir.«

Sally trat aus der Küche. »Was ist los, Chris? Was hast du getan?«

»Es tut mir leid, Sally«, antwortete er. »Preiset den Herrn.« Er zeigte nach oben.

Als Daniel unwillkürlich zur Decke aufblickte, bemerkte er dort einen tiefen Riss, der von einer Wand zur anderen verlief.

Im Kamin der Bibliothek von Champton House loderte ein besonders lebhaftes Feuer, was Audrey nach ihren jüngsten Erlebnissen als unsensiblen Affront empfand, aber das behielt sie für sich. Viel wichtiger war schließlich, dass sie und Daniel im prachtvollen Herrenhaus residieren durften, bis ein Cottage auf dem Anwesen für sie hergerichtet war. Und Audrey gedachte, die Kunde von dieser luxuriösen Unterbringung möglichst bald im Dorf zu verbreiten. Als Nächstes hoffte sie auf das ehemalige

Cottage des Gärtners, ein hübsches Haus mit Säulen, neben dem Garten, den man angelegt hatte, als die Familie de Floures noch wirklich reich und stets auf Verschönerungen des Anwesens bedacht gewesen war. Alex hatte auch schon einmal ein Auge auf dieses Häuschen geworfen, was Bernard ihm aber verweigert hatte.

Doch vorerst war Audrey in der Königin-Charlotte-Suite untergebracht, die ein eigenes Badezimmer hatte, und Daniel im Chinesischen Zimmer, was wegen seiner Tapete so benannt war. Bernard hatte ihn dort einquartiert, weil es in dem Zimmer angeblich spukte, was er für einen Pfarrer besonders passend fand.

Eine große Runde hatte sich rund um den offenen Kamin versammelt. Alex saß dicht am Feuer, um die Asche seiner Zigarette ins Feuer zu schnippen. Dass Nathan an einer solchen Runde im hochherrschaftlichen Champton House teilnehmen würde, war noch immer undenkbar, weshalb er mit einem Karamellapfel und einer Flasche Valpolicella im Pförtnerhaus geblieben war. Honoria lag mit Hilda und den Kleinen auf dem Teppich, Cosmo hatte sich auf Daniels Schoß eingerollt. Jove war beim Eintreffen der Hunde auf ihren Stammplatz, die Treppe zur Bibliothek, geflüchtet, von wo aus sie jetzt mit ihren gelben Augen erbost auf die anderen Vierbeiner hinabstarrte. Michelle und Hugh hatten es sich Händchen haltend auf dem Sofa gegenüber von Daniel und Audrey gemütlich gemacht, Theo saß etwas abseits und starrte verträumt ins Feuer, wo er vermutlich noch immer erstaunliche Farben wahrnahm. Der Hausherr versorgte inzwischen alle mit Drinks, die Mrs Shorely für die zahlreichen unerwarteten Gäste bereitgestellt hatte.

Jetzt erschien sie in der Tür. »Der Detective Sergeant ist hier, Mylord.«

»Bringen Sie ihn herein. Und dann, Daniel, verraten Sie uns vielleicht, um was es geht?«

»Wird allmählich Zeit«, bemerkte Alex.

Neil wirkte etwas zerzaust und zerstreut, wie jemand, der zu viel um die Ohren hat, was Daniel irgendwie herzerwärmend fand. Er merkte in diesem Moment, dass er die Zuneigung zu seinem Freund wieder spüren konnte – offenbar kehrte nach der Anspannung dieser belastenden letzten Wochen allmählich wieder Normalität ein.

»Guten Abend allerseits«, begrüßte Neil die Runde.

»Was gibt's Neues, Detective?«, fragte Alex sofort.

»Ich kann berichten, dass ein Mann verhaftet wurde, der unter dringendem Verdacht steht, Joshua Biddle getötet und auf Sie einen Mordanschlag verübt zu haben, Mrs Clement.«

»Möchten Sie einen Drink?«, fragte Bernard. »Und können Sie uns auch sagen, wer dieser Mann ist?«

»Haben Sie ein Bier?«

»Nein.«

»Dann nehme ich ein Bitter Lemon oder irgendeinen Soft Drink.«

»Wir haben Ginger Ale«, erklärte Honoria.

»Prima, danke.«

Während sie aufstand, um das Getränk zu holen, warteten alle anderen gespannt ab, und Neil schien es sichtlich zu genießen, dass sich ausnahmsweise die gesamte Familie de Floures nach ihm richten musste anstatt umgekehrt.

Honoria reichte ihm ein Glas. »Mit Eis?«

»Ja, vielen Dank.« Nachdem sie sich niedergelassen hatte, begann Neil: »Die Information ist vorerst noch nicht für die Öffentlichkeit bestimmt und muss unter uns bleiben. Es ist Chris Biddle.«

»Was, der Vater des Jungen?«, sagte Alex verblüfft.

»Oh, mein Gott, wirklich?«, rief Michelle entsetzt aus.

Und dann verbreitete sich ein betroffenes Schweigen, während alle die schockierende Neuigkeit verarbeiteten.

Schließlich äußerte Bernard: »Ich habe es ja gleich gesagt – mit dem Mann stimmte etwas ganz und gar nicht.«

»Sie hatten recht, Lord de Floures«, erwiderte Neil. »Aber die Anerkennung für die Entdeckung, was *tatsächlich* nicht stimmte mit Mr Biddle, gebührt nicht mir, sondern Daniel. Ein weiteres Mal.«

»Ich habe nur ein paar Hinweise zusammengefügt«, sagte Daniel.

Bernard ließ sich in dem Ledersessel nieder, der sich in vielen Jahren den Körperformen des Hausherrn angepasst hatte. »Erzählen Sie uns die ganze Geschichte.«

Daniel beugte sich vor. »Ich habe viel zu lang gebraucht, um dahinterzukommen – bis heute Abend – und zu verstehen, wer diese Tat begangen hatte und warum. Und eigentlich verdanke ich es Miss March.«

»Miss wer?«, fragte Bernard.

»Das ist die eigenartig verstaubt wirkende Dame, die Stella Harpers Boutique übernommen, Dad«, klärte Honoria ihren Vater auf.

»Genau«, fuhr Daniel fort. »Miss March hat mir das Motiv geliefert und jemand anderes den Täter.«

Er legte eine bedeutungsschwangere Pause ein und genoss auch ein wenig die Spannung, bis seine Mutter sagte: »Ach, du meine Güte, Daniel, nun rück doch endlich damit raus. Wer hat dich auf den Täter gebracht?«

»Hilda«, antwortete Daniel.

Bernard blickte erneut verwirrt. »Wer ist Hilda?«

»Sie hier ist gemeint«, sagte Audrey und deutete auf den wuseligen Haufen Dackel auf dem Teppich am Kamin. »Die Mutter dieser Kleinen hier.«

Daniel nickte. »Du hattest mir doch erzählt, Mum, dass Hilda am Abend des Brands so aufgeregt war und sich dann an der Haustür so eigenartig herumgerollt hat. Das habe ich nur einmal bei ihr erlebt: bei Chris Biddle. Er hielt es für einen gelungenen Trick, aber so etwas macht Hilda ja gar nicht. Dann haben wir herausgefunden, dass sie trächtig war, und führten es darauf zurück.«

Michelle bemerkte: »Ja, das hätte ich sicher auch getan. Aber Hunde kommunizieren mit uns, wenn sie eine Gefahr oder eine bedrohliche Person spüren. Dann versuchen sie, uns das mitzuteilen. Ich habe so etwas schon bei Jägern und ihren Hunden erlebt.«

»Jedenfalls hatte sich mir das eingeprägt«, sprach Daniel weiter. »Chris war letztlich von Anfang an einer der Verdächtigen, weil er zur Tatzeit kein Alibi hatte. Aber ein Teil von mir wollte einfach nicht glauben, dass ein Geistlicher … so etwas getan haben könnte. Erst heute Abend konnte ich die Augen davor nicht mehr verschließen, weil Miss March im Gespräch mit mir ein Bibelzitat erwähnte: ›Die Zauberinnen sollst du nicht leben lassen.‹«

»Und wo ist da der Zusammenhang?«, fragte Bernard verständnislos.

»Meine Mutter hat – ebenfalls bis heute Abend ohne mein Wissen – das Gewerbe der verstorbenen Mrs Hawkins übernommen. Die ein Medium war.«

»Audrey … ein Medium?«, rief Honoria entzückt aus. »Das ist ja wirklich köstlich!«

»Ich habe lediglich Briefe an trauernde Menschen geschrieben«, verteidigte sich Audrey. »Das ist ja wohl kaum Zauberei!«

»Aber für Sally Biddle, die um ihren Sohn trauerte und glaubte, auf diesem Weg mit ihm in Verbindung treten zu können, war es ein Schock, als sie herausfand, wer diese Briefe in Wirklichkeit schrieb«, betonte Daniel.

Audrey öffnete den Mund, zog es dann jedoch vor zu schweigen.

»Sally hat nämlich auf dem Tisch bei uns im Flur ihren eigenen Brief gesehen, Mum«, erklärte Daniel. »Deshalb hatte sie mir auch gesagt, ich solle dir ausrichten, Gott sei unser Richter. Ich dachte zuerst, es habe etwas mit Trauer zu tun, aber sie war wütend. Und sie hat ihrem Mann davon erzählt. Der daraufhin das tat, was er immer versucht hat: den Willen Gottes zu erfüllen.«

»Wie absolut furchtbar!«, rief Hugh aus.

»Er wollte Audrey umbringen, weil sie sich als schreibende Spiritistin betätigt hat?«, fragte Alex.

»Ja«, antwortete Daniel. »Und er hat seinen eigenen Sohn aus einem ganz ähnlichen Grund getötet.«

»Und welchem?«, fragte Honoria.

»Bei Joshuas Anblick in der Kapelle und der ganzen Szenerie hatte ich zunächst an ein Opferritual gedacht, wie bei den Azteken, die auf ihren Pyramiden dem Regengott Tlaloc Kinder opferten. Das fiel mir heute Abend wieder ein bei der Begegnung mit Brandon Redding, einem dubiosen jungen Mann, der mir etwas über den Gebrauch psychedelischer Pilze bei den Azteken erzählt hat.« Daniel hielt einen Moment inne. »Und dann musste ich an Abraham denken, den frommen Mann, der bereit war, seinen eigenen Sohn zu opfern, weil Gott es verlangte. Und im letzten Moment, als Abraham bereits das Messer erhob, hielt ein Engel ihn von der Tat ab, und Gott schickte ihm einen Widder als Ersatz.«

»Aber in diesem Fall gab es keinen Widder weit und breit«, bemerkte Alex.

»Und der hätte auch nichts genützt«, erwiderte Daniel, »denn Chris war fest entschlossen, seinen Sohn zu töten.«

»Aber warum?«, fragte Neil.

»Weil er ›abtrünnig‹ war, wie Chris fand. Und damit in seinen Augen ohnehin bereits tot.«

»Verstehe ich nicht«, sagte Alex.

»Chris glaubte, Joshua habe sich von Gott abgewandt und sei ein Teufelsanbeter.«

»Aber er war in der Pubertät!«, wandte Alex ein. »Da gehört es doch dazu, dass man alles Mögliche auslebt!«

»Chris sah das als Rebellion wider Gott an, die schlimmste Sünde«, erwiderte Daniel und zitierte: »›Wer aber einen dieser Kleinen, die an mich glauben, zum Bösen verführt, für den wäre es besser, dass ein Mühlstein um seinen Hals gehängt und er ersäuft würde im Meer, wo es am tiefsten ist.‹«

Bernard sagte unvermittelt: »Uns hat man in der Schule versucht, den rebellischen Geist durch Schläge auszutreiben.«

»Ja, Chris war auch in Eton, Bernard«, sagte Daniel.

»Auweia, Dad«, bemerkte Alex. »Einer von uns.«

Bernard sah gequält aus.

»In meiner Zeit in dem Internat«, fuhr Alex fort, »sind die bibeltreuen Christen immer in diese furchtbaren Sommerferienlager gefahren, die waren wie militärische Drill-Lager, aber quasi mit Jesus als Feldwebel. Und es gab allerlei Gerüchte.«

»Das waren nicht nur Gerüchte«, warf Hugh ein. »Die wurden wirklich geprügelt.«

»Und häufig wurden die hübschesten Jungs dafür ausgesucht.«

»Vielleicht hat Chris dieses Schicksal geteilt«, mutmaßte Daniel. »Und körperliche Misshandlung ist immer schlimm, aber welche Folgen mag das haben, wenn es in einem pseudoreligiösen Ritual stattfindet …«

»Erwachsene, die Kinder misshandeln im Namen von Jesus«, sinnierte Hugh. »Tut mir leid, dass du dir hier so schreckliche Dinge anhören musst, Michelle.«

»Oh, das ist nicht nur hier so«, erwiderte seine Verlobte. »Bei uns gab es diese sogenannten Umerziehungsinternate für die Ureinwohner. Dort sind unaussprechliche Verbrechen an Kindern begangen worden.«

»Chris jedenfalls«, fuhr Daniel fort, »hielt seinen Sohn für verloren und beschloss deshalb, das vermeintliche Urteil Gottes an ihm zu vollstrecken.«

»Der muss doch vollkommen wahnsinnig sein«, sagte Theo, der noch immer ins Feuer starrte. »Er wird bestimmt auf geistige Unzurechnungsfähigkeit plädieren oder so …«

»Das glaube ich nicht. Und selbst wenn, wird es ihm nichts nützen.«

»Wieso?«

»Weil dieses Verbrechen eindeutig geplant und mit Vorsatz begangen wurde. Wieso hätte er sonst zwei verschiedene Paar Gummistiefel getragen, die ihm zu groß waren? Damit wollte er den Verdacht auf andere lenken.«

»Wir haben sämtliche Gummistiefel im Pfarrhaus von Lower Badsaddle überprüft«, ergänzte Neil. »Da gab es keine in dieser Größe und mit diesem Profil. Deshalb gehen wir davon aus, dass Biddle sich die Stiefel anderswo besorgt hat. Die Abdrücke sind identisch mit den zwei Paar, die vor dem Pförtnerhaus standen. Es gibt sie allerdings auch noch anderswo, denn diese Marke wird von vielen gekauft.«

»Ja, wir stellen die für sämtliche Angestellten des Anwesens«, bestätigte Bernard. »Und für Gäste.«

»Ich entschuldige mich an dieser Stelle für die Unannehmlichkeiten, die wir Ihnen und Mr Liversedge bereitet haben, Alex«, sagte Neil.

Alex nickte. »Richte ich aus.«

»Chris hatte sich die Stiefel jedenfalls vorsätzlich beschafft, um von sich selbst abzulenken«, sagte Daniel. »Und heute Abend, während wir alle beim Feuerwerk waren, hat er Lydia dort abgesetzt und ist dann durch den Park zum Pfarrhaus gelaufen, in dunklem Kapuzenshirt, wie die Jugendlichen, um im Dunklen nicht aufzufallen. Und hat den benzingetränkten Lappen bei uns in den Briefkasten geworfen und angezündet. Wäre Miss March nicht gerade dort gewesen, dann wäre das alles anders ausgegangen.«

»Aber woher hat er gewusst, dass ich zu Hause bin?«, fragte Audrey.

»Ich vermute, er hat sich gedacht: Wer lässt denn schon Hunde mit Welpen an diesem Abend alleine zu Hause?«

Ein Schweigen trat ein. Dann sagte Neil: »Ja, so war es. Biddle hat gestanden.«

»Seine arme Frau«, bemerkte Audrey. »Erst den Sohn verloren, und jetzt ist auch noch ihr Mann der Mörder!«

»Und die *Tochter* erst …« Honoria schüttelte betroffen den Kopf.

»Die Schwester von Mrs Biddle kommt und kümmert sich um die beiden«, erklärte Neil.

Bernard stieß einen tiefen Seufzer aus. »Und Champton wird erneut von der Presse heimgesucht werden, vermute ich.«

Nach drei Brandys verkündete der Hausherr, er werde sich zu Bett begeben, und wünschte allen eine gute Nacht. Theo wollte im Pförtnerhaus übernachten und brach mit Alex auf. Als auch Hugh und Michelle auf ihr Zimmer gingen, blieb Audrey wenig anderes übrig, als sich ebenfalls zu verabschieden. Honoria bot an, sie nach oben zu begleiten, und trug die kleinen Hunde die breite Treppe hinauf, die Audrey – mit einer halben Flasche Sherry intus – etwas kurzatmig, aber unversehrt bewältigte.

Hilda hatte sich den Damen angeschlossen, aber Cosmo – der unter diesen außergewöhnlichen Umständen im Bett seines Herrchens nächtigen durfte – hatte sich mit Jove angelegt, weshalb Daniel beschloss, ihm noch eine Runde Auslauf zu ermöglichen. Er ging in den Rudnam Room, vor dem es eine weitläufige Terrasse gab. Von da aus konnte er den Dackel gut im Auge behalten, falls er auf die Idee kommen sollte, zu weit entfernt herumzustromern.

Als Daniel den großen Raum betrat, musste er kein Licht einschalten, denn der Mond schien durch die hohen Fenster und Terrassentüren und brachte die polierten Oberflächen der Möbel und die Goldrahmen der Familienporträts zum Schimmern. Die Augen der de Floures-Ahnen schienen Daniel zu folgen, und er dachte, dass man wahrscheinlich deshalb in solchem Ambiente gerne Geistergeschichten ansiedelte.

Auf der Terrasse spazierte Cosmo begeistert los und beschnüffelte als Erstes ausgiebig die Pfeiler der Brüstung. Daniel folgte ihm, als er plötzlich hinter sich ein leises Quietschen hörte, weil noch jemand durch die Tür trat.

»Dan?«, sagte Neil. »Können wir jetzt bitte mal reden?«

Er sah erschöpft und verletzlich aus, sehr jungenhaft, was Daniel anrührend fand, und er spürte wider Willen erneut eine intensive Zuneigung.

»Ja, natürlich.« Er ließ sich auf der Balustrade nieder und lud Neil mit einer Handbewegung ein, sich zu ihm zu setzen. So blickten sie auf das Herrenhaus mit den einzelnen Flügeln, die aus unterschiedlichen Zeiten stammten. Der älteste ragte mit seiner Kuppel und den Giebeln und Zinnen dramatisch vor dem Nachthimmel auf. Einige Fenster waren erleuchtet.

»Das ist uns schon mal passiert, nicht wahr, Dan?«, begann Neil.

»Du meinst, dass unser Privatleben mit dem Berufsleben kollidiert?«

»Ja. Ich finde das ganz scheußlich.«

»Ja, mir ist das auch unangenehm«, gab Daniel zu. »Aber wir müssen nun mal unsere beruflichen Verpflichtungen erfüllen.«

»Das tun wir ja auch. Und beim letzten Mal hat uns dieser Konflikt einander sogar nähergebracht, glaube ich.«

»Aber diesmal ist die Situation schwieriger.«

»Inwiefern?«

»Weil wir uns besser kennen, Neil. Und je vertrauter wir miteinander sind, desto schwerer ist es, das beiseitezuschieben. Und desto schmerzhafter, muss ich sagen … jedenfalls für mich.«

Sie versanken eine Weile in Schweigen. Dann sagte Neil: »Aber weißt du, Dan, manchmal lässt sich Schmerzhaftes eben nicht vermeiden. Man kommt sich immer mal ins Gehege und lässt dann Federn. Sich mit einem anderen Menschen zu verständigen, kann manchmal wie ein Ringkampf sein.«

Unwillkürlich sah Daniel eine Szene aus einem Film vor sich, *Liebende Frauen*, in der zwei Männer nackt im Feuerschein miteinander ringen. Er versuchte, das Bild aus seinem Kopf zu verdrängen, und sagte: »Unser Berufsleben ist auch enorm unterschiedlich. Du bringst Menschen ins Gefängnis, ich besuche sie dort. Diese Widersprüche werden immer bestehen bleiben, verstehst du, Neil? Du schaffst eine Vertrauensebene mit den Opfern der Sünder, ich mit den Sündern, und wenn daraus ein Konflikt entsteht, behindern wir uns beide in der Ausübung unseres Berufs. Dann sind wir quasi Feinde und dürfen keine Freunde mehr sein.«

»Du könntest niemals mein Feind sein, Dan. Nie …«

»Aber es passiert eben …« Daniel merkte, dass seine Stimme brüchig klang. »Und das ist schwer zu ertragen für mich.«

»Glaubst du etwa, für mich nicht?«, fragte Neil. »Du denkst doch wohl nicht, dass nur du Schmerz empfindest, oder?«

»Nein. Aber was ich sehr schwierig finde …«

»Ja?«

Ein plötzlicher Lichtstrahl erhellte die Terrasse, als oben ein Fenster aufging. Honorias kupferrotes Haar schimmerte im Mondlicht, als sie sich hinausbeugte und eine Zigarette anzündete. Cosmo, der sie als Eindringling in seinem Revier empfand, begann wütend zu bellen, und Daniel sprang hastig von der Balustrade. »Cosmo, ruhig! Aufhören, sofort! Ruhig!« Doch dieser Befehl war vergebens bei einem Hund, der sein Rudel verteidigen will, weshalb Daniel zu dem aufgebrachten Dackel stürzte, ihn auf den Arm nahm und ihm »Schön still sein. Braver Junge, braver Junge« ins Ohr raunte, bis Cosmo sich nach und nach beruhigte.

»Was ich sagen will …«, begann Daniel aufs Neue und drehte sich zu Neil um.

Doch er war verschwunden.

12

Und Gott sprach: Es werde Licht! Und es ward Licht. Und Gott sah, dass das Licht gut war. Da schied Gott das Licht von der Finsternis.

So begann die Bibel, dachte Daniel, und seit jeher waren Menschen unverändert fasziniert von diesen Gegensätzen. Licht und Dunkelheit standen für den ewigen Kampf zwischen Gut und Böse, und der Antagonismus war so machtvoll, dass dieses Konzept niemals aus der Geschichte der Menschheit verschwunden war. Und auch an diesem Abend, an Allerseelen, spielte der Gegensatz zwischen Licht und Dunkel eine wichtige Rolle.

Die schummrige Kirche war gut besucht, denn bei diesem Gottesdienst wurde aller Toten gedacht, vor allem auch jener, die in den vergangenen zwölf Monaten verstorben waren. Ihre Namen wurden verlesen, und Freunde oder Angehörige kamen nach vorne, zündeten eine Kerze an und stellten sie auf den Altar, während der Chor sang »Der Gerechten Seelen sind in Gottes Hand«. Wie beim Familiengottesdienst im Advent – bei dem man stets bangen musste, dass die Kinder ihre Kerzen fallen ließen – war der Zuspruch der Gemeinde von St Mary's an Allerseelen immer sehr rege.

Zu Beginn sang Daniel allein das *Requiem aeternam*, wie er es schon häufig in dem Kloster getan hatte, in dem er vor seiner Ordination zwei Jahre lang gelebt hatte. In seiner klaren

Schlichtheit enthielt es alles Wesentliche, und er hatte oft das Gefühl, diese Klänge seien wie eine Angelschnur, in die Wirren des Menschenlebens ausgeworfen, und wenn man die Angel einholte, hatte man Angst und Leid und seelische Kämpfe eingefangen.

Dann stimmte der Chor ein Lied an, auf dem Daniel zu diesem Anlass immer aufs Neue hartnäckig bestand, obwohl es aus der Gemeinde schon Klagen gegeben hatte, es sei zu düster und trist.

Im Halbdunkel sah er Anne Dollinger, die um Stella trauerte, und Miss March, die wegen Muriel Hawkins gekommen war, ebenso wie die Tailbys. Dora Sharman hatte sich eingefunden, um ihrer Schwester zu gedenken, und Jane Thwaite und ihre Töchter trauerten um Ned. In der Familienbank der de Floures saßen Hugh und Michelle mit Alex und Honoria, denn Anthony Bowness war ihr Cousin gewesen. Bernard allerdings blieb diesem Gedenkgottesdienst immer fern, weil er ihn »zu rührselig und auch makaber« fand.

Schließlich verlas Daniel von einer Papierrolle die Namen der Verstorbenen, und die jeweiligen Trauernden kamen nach vorne, nahmen eine Kerze in einem Glas entgegen und entzündeten sie auf dem Altar.

Die Familie de Floures machte den Anfang, dann kam Dora allein nach vorne, anschließend die weinende Jane Thwaite, flankiert von ihren Töchtern Gillian und Angela.

Daniel verlas auch den Namen von Joshua Biddle. Weil aber niemand anwesend war, um eine Kerze für den grausam ermordeten Jungen anzuzünden, hatte Daniel seine Mutter gebeten, diese Aufgabe zu übernehmen. Doch bevor sie sich auf den Weg machen konnte, trat plötzlich Neil Vanloo aus dem Seitenschiff und nahm das Glas in Empfang. Sein Gesicht schimmerte in dem warmen Licht, während er die Kerze zum Altar trug und sie dort zwischen den anderen platzierte.

Nachdem alle Namen verlesen waren, hielt Daniel die zwei Schweigeminuten ab, in denen bis auf unterdrücktes Schluchzen vollkommene Stille in der Kirche herrschte. Diese Stille empfand Daniel jedes Mal als kraftvoller und mächtiger als alles, was er selbst sprechen oder singen konnte.

Anschließend wurde die Beleuchtung im Kirchenschiff eingeschaltet, und Mrs Buckhurst von der Grundschule, für Jane Thwaite eingesprungen, spielte auf der Orgel das letzte Lied, eine Vertonung von Psalm 23. Die Gemeinde erhob sich, um zu singen.

Währenddessen musste Daniel unwillkürlich daran denken, wie lange er gebraucht hatte, um die Wahrheit hinter diesem abscheulichen Verbrechen zu erkennen, dem ein Kind zum Opfer gefallen war. Und er fragte sich, ob er zu wenig Mut aufgebracht hatte, um in seine eigene innere Dunkelheit zu blicken, in die Dinge verdrängt wurden, die er nicht sehen wollte. Ihm war bewusst, dass er sich seinen Gefühlen und inneren Wahrheiten stellen musste. Ihm graute zwar davor, aber er sagte sich, dass er dabei nur gewinnen konnte.

Und dann empfand er jäh einen machtvollen inneren Widerstand, eine Auflehnung gegen seine Berufung, die ihm so viel abverlangte und versagte – Muße, Erfüllung, Freiheit. Die Berufung im Dienste Gottes, die ihn hier in diese Finsternis der Trauer versetzte, zu Menschen, deren Leben durch Unglück, Leid, grausames Schicksal geschädigt worden war. Und er sehnte sich plötzlich mit einer schmerzlichen Heftigkeit, die ihm fast den Atem nahm, danach, im Licht zu stehen, nicht im Schatten; er sehnte sich danach, hineinzurennen in strahlendes Licht, das Leben in vollen Zügen zu genießen, anstatt ein Schattendasein zu führen, zu dem er sich aus Verpflichtung gegenüber seiner Kirche, seiner Familie, seiner Gemeinde, seiner Gewissenhaftigkeit und seiner Angst verdammt fühlte.

Und dann bemerkte er, dass Neils Blick auf ihm ruhte.

Beim Gottesdienst an Allerseelen gab es nie Gedränge am Ausgang, weil niemand sprechen wollte – und einige Trauernde auch gar nicht dazu imstande waren. Sie bemühten sich dann höchstens unter Tränen, Daniel ein dankbares Lächeln zuzuwerfen oder ihm still die Hand zu drücken.

Neil kam als Letzter heraus.

»Hallo.«

»Neil. Danke, dass du für Joshua Biddle nach vorne gekommen bist«, sagte Daniel. »Das war eine schöne Geste von dir.«

»Ich dachte mir schon, dass niemand für den Jungen da sein würde.«

Daniel nickte. »Kommst du mit rüber ins Herrenhaus?«

»Ich würde gern irgendwo mit dir unter vier Augen sprechen«, antwortete Neil.

»In der Sakristei vielleicht?«

»Lieber nicht, das ist mir zu kirchlich.«

»Dann bleibt nur das Pfarrhaus. Aber da sieht es noch immer schlimm aus.«

»Macht nichts.«

Während sie zusammen über den Kirchhof gingen, empfand Daniel eine fast unerträgliche Anspannung. Er ahnte, dass Neil die gleichen Gefühle hatte wie er selbst. Was geschehen sollte, würde geschehen.

Sie traten durch die Hintertür in die Küche. Es gab keinen Strom seit dem Brand, aber Daniel fand Streichhölzer und eine Kerze und zündete sie an, wobei es ihn beruhigte, dass seine

Hand nicht zitterte. Im flackernden Licht war zu erkennen, wie wüst es in der Küche aussah. Die Feuerwehrleute hatten Möbel aus dem Flur hineingestellt, der Boden war noch immer feucht und voller schmutziger Stiefelspuren.

Daniel stellte die Kerze auf den Küchentisch und überlegte gerade, ob er ihn von der Wand abrücken sollte, damit sie sich setzen konnten, als Neil zu sprechen begann.

»Ich muss dir etwas sagen, Dan.«

»Nur zu«, erwiderte Daniel mit etwas erstickter Stimme.

»Ich vermute, dass du es schon ahnst. Und obwohl du immer so gelassen wirkst, weiß ich, dass es nicht einfach sein wird. Vor allem für dich.«

Daniel nickte nur, weil er kein Wort hervorbrachte.

»Ich weiß, dass die Menschen in Champton innerhalb sehr kurzer Zeit viel Veränderung aushalten mussten«, fuhr Neil fort, »und das macht für dich alles viel schwieriger, weil du für deine Gemeinde der ruhige Pol in einer chaotischen Welt sein musst. Darauf verlassen sich die Leute, wenn alles andere zu turbulent ist, wie in diesen letzten anderthalb Jahren. Menschen wünschen sich Stabilität, jemanden, der verlässlich ist und sie nicht überrascht. Oder?«

»Ja, das glaube ich auch«, gelang es Daniel zu sagen.

»Aber das Leben geht seiner eigenen Wege … und die Liebe auch. Die meisten von uns sehnen sich danach. Wir wünschen sie uns von höheren Mächten herbei, wir fantasieren, wir verleugnen sie, tun verrückte Dinge … als Polizist ist man mit diesem ganzen Irrsinn zwangsläufig vertraut, so wie du als Geistlicher vermutlich auch. Aber die Liebe *geschieht* nun mal. Und dann muss man sie annehmen, auch wenn sie verwirrend ist. Sonst macht man alles nur noch schlimmer.«

»Aber wenn man damit etwas anderes zerstört?«

»Ich behaupte nicht, dass es einfach ist«, antwortete Neil. »Aber ich weiß … und ich weiß, dass du es auch weißt … dass man manchmal tun muss, was man tun muss.«

Daniel sagte: »Aber wie wird Bernard darauf reagieren, der schon Alex und Nathan verkraften musste? Und die Gemeinde erst?«

»Ich denke, es wird alles gut. Das muss einfach so sein.«

Sie sahen einander an. Die Kerze flackerte wild in einem Luftzug von der Tür, beruhigte sich dann wieder.

Schließlich fasste Daniel sich ein Herz und sagte: »Du kannst ganz offen mit mir sein, Neil.«

»Ich … ich liebe …«

»Ja?«

»Ich liebe Honoria.«

Danksagung

Mein Dank gilt:

Kate Albert
Kitty Muirden
Dr Catherine Cargill
Jonathan Abbott
Earl and Countess Spencer
Councillor Andy Coles
Tim Bates und allen bei PFD
Federico Andornino und allen bei Orion
und ganz besonders: Jack Dorsey